RICHARD MAINE

REICH

Roman

Die Handlung und alle darin agierenden Personen
sind frei erfunden.

Bibliografische Information der Deutschen Nationalbibliothek:
Die Deutsche Nationalbibliothek verzeichnet diese
Publikation in der Deutschen Nationalbibliografie; detaillierte
bibliografische Daten sind im Internet über http://dnb.dnb.de
abrufbar.

Erste Auflage 2019

© 2019 Richard Maine

Es ist nicht gestattet, Abbildungen und Texte dieses Buches zu
scannen, in Computern oder auf Datenträgern zu speichern
oder zu verändern außer mit schriftlicher Genehmigung des
Autors.

Alle Rechte vorbehalten.

Umschlaggestaltung, Foto und Satz:
|r|t|, R. Takács, Communications and Media Consultant

Lektorat: N. Takács

Herstellung und Verlag: BoD – Books on Demand, Norderstedt

ISBN: 978-3-7357-6109-5

Für meine geliebte Frau.

KAPITEL 1

»Un altro Campari, per favore«, stammelte Marcel ein wenig unbeholfen. Er hoffte, dass der kleine untersetzte Kellner ihn trotzdem verstehen und das Gewünschte bringen würde.

Sprachen waren nicht sein Ding. Gerade so viel, dass man sich etwas zu essen und zu trinken bestellen und sich im Notfall nach dem Weg erkundigen konnte. Na ja, die Sache mit dem Weg war eher Wunschdenken. Er versuchte, in Gedanken die Frage *»Können Sie mir bitte sagen, wie ich zur Fellini Straße komme?«* auf Italienisch zu formulieren. Selbst der Versuch *»Ich suche die Fellini Straße«* stellte bereits eine zu große Herausforderung dar. Er gab auf. Mit einem verknoteten Hirn ließ sich die schöne Aussicht nicht genießen.

Er saß in einer kleinen Eisdiele am Hafen von Trani, einem winzigen Nest an der Ferse des italienischen Stiefels. Während Claudine die Schuhgeschäfte abklapperte, hatte er sich in dieses Eiscafé gerettet.

»Die italienischen Designer machen einfach die schicksten Schuhe der Welt. Und wenn wir schon mal da sind, sollte ich die Gelegenheit nutzen«, war ein Argument, dem er nichts entgegenzusetzen vermochte. Den Satz *»Möchtest du nicht mit hineinkommen?«* hatte sie sich Gott sei Dank abgewöhnt.

Nachdem er ihr einen Kuss gegeben hatte, war er Richtung Hafen marschiert. Nach ein paar Schritten hatte er sich umgedreht und gerade noch die wohlgeformten Beine seiner Frau im Schuhgeschäft verschwinden sehen. Oh ja, schöne Beine hatte sie wirklich. An denen konnte er sich nicht sattsehen. Generell waren Frauenbeine seine Leidenschaft. Sofern sie Strümpfe trugen. Für nackte Beine hatte er nichts übrig, egal, wie hübsch sie waren.

»Gucken darfst du, nur nicht anfassen«, neckte Claudine ihn jedes Mal, wenn sie ihn dabei erwischte, wie er anderen Frauen auf die Beine starrte und vergeblich darauf hoffte, dass sie es nicht bemerken würde. Aber mittlerweile durchschaute sie all seine kleinen Tricks.

Der Kellner stellte den Campari auf den Tisch.

»Mille grazie«, bedankte er sich.

Der Kellner nickte freundlich.

Marcel liebte es, in Cafés zu sitzen, sich mit einem Getränk in der Hand Leute und Umgebung anzuschauen. Es gab keinen besseren Ort auf der Welt, um die Atmosphäre eines Landes aufzunehmen. Er schob den Stuhl ein wenig zurück, streckte die Beine aus und nippte an seinem Campari.

Er ließ den Blick über die Tische des Eiscafés zu den benachbarten Bars und Restaurants schweifen. Von einem Ende des kleinen Hafens zum anderen. So ein begrenzter Kosmos war immer wieder faszinierend. So unterschiedliche Typen, so verschiedenartige Geschmäcker. Bunte skurrile Gestalten neben den unauffällig biederen.

Sein Blick fokussierte sich. Hallo? Na, das war doch nett anzuschauen! Und das Schöne gleich so nah. Sie konnte noch nicht lange in der Bar gegenüber gesessen haben, sonst hätte er sie schon früher bemerkt. Gott, was für Beine! Endlos. Die Füße in eleganten High Heels mit schmalen Riemchen an der offenen Ferse. Eindeutig *Slings*. Unzählige Besuche von Schuhgeschäften und die detaillierte Präsentation von Claudines Neuerwerbungen hatten ihm im Laufe der Zeit ein umfangreiches Fachwissen vermittelt. Er musste kein zweites Mal hinsehen, um zu erkennen, dass diese Frau Nylonstrümpfe trug. Obwohl es heiß war. Die rote Säule auf dem Thermometer neben dem Eingang der Bar war mittlerweile auf über dreißig Grad angestiegen. Die Sonne schien gleißend vom Himmel und brannte gnadenlos auf der Haut.

Diese Frau hatte jedoch nur einen Hauch von Strümpfen an. Sieben, höchstens zehn Denier, schätzte er. Die Farbe war so gewählt, dass sie den natürlichen Schimmer ihrer Haut sanft betonte. Ihr Rock endete knapp über den Knien, mit raffinierten Schlitzen auf beiden Seiten. Sie war nicht allein. Zwei männliche Begleiter saßen rechts und links von ihr an dem kleinen Tischchen.

Marcel nippte an seinem Campari und sah demonstrativ in die andere Richtung. Er beobachtete gerne die Leute, doch niemand sollte denken, dass er sie anstarrte. So unauffällig wie möglich scannte er seine Umgebung mit den Augen und Ohren. Aus der Bar nebenan tönte leichte Swing oder Lounge Musik. Sanftes Gedudel, bei dem man sich wunderbar entspannen und schon mal einnicken konnte, wenn man nicht aufpasste. Verstohlen schaute er wieder zurück. Wie auf Stichwort wurden genau in diesem Augenblick die hübschen Beine übereinandergeschlagen, wobei einer der beiden Schlitze den Blick auf den Rand eines Strumpfbandes freigab. Ganz dezent, gerade so viel, um die Fantasie eines Mannes anzuregen.

»Glotz nicht so hin!«, ermahnte er sich rechtzeitig, denn einer der männlichen Begleiter drehte den Kopf zu ihm. Nein, der Kopf bewegte sich weiter, ohne innezuhalten. Auch er schien seine Umgebung aufmerksam zu beobachten.

Marcel sog ein wenig Campari über die Zungenspitze in den Mund. Der leicht bittere Geschmack lenkte ihn für einen Augenblick ab. Im Restaurant drüben an der Hafenmole nahm ein Touristenpärchen Platz und versuchte mit Händen und Füßen, den gelangweilten Kellner dazu zu bewegen, ihnen eine Speisekarte zu bringen. Marcel lächelte. Sein Italienisch war ja auch nicht besser.

Aus dem Augenwinkel sah er, wie die Frau die Beine erneut übereinanderschlug. Der sich weitende Schlitz brachte erwartungsgemäß das Strumpfband am anderen Oberschenkel zum Vorschein. Er ließ den Blick nach oben wandern. Die Frau hatte Stil. Ihr Sommerkostüm war aus Seide. So elegant, wie es aussah, musste es richtig teuer gewesen sein. Bestimmt **eine** italienische Designermarke. Eine große Sonnenbrille verdeckte ihre Augen. Die breite Krempe des Hutes schützte sie vor der gleißenden Sonne und warf einen Schatten auf ihr Gesicht, sodass er nicht sehen konnte, ob es hübsch war. Hellblonde Haare fielen auf einen schlanken Nacken. Ihr Alter war schwer zu schätzen. Vielleicht Ende zwanzig? Aber meistens lag er diesbezüglich eh schief.

Sie schien nur gelegentlich mit dem Begleiter zu ihrer Linken ein paar Worte zu wechseln. Er war Anfang fünfzig. Die Haare schon etwas schütter, eher grau als schwarz. Der junge Mann zu ihrer Rechten schwieg die ganze Zeit und sah sich nur hin und wieder um. Beide waren zwar gut gekleidet, doch ihre Anzüge wirkten bei Weitem nicht so teuer wie die Garderobe der Frau. Ein seltsames Triumvirat. Aber letztendlich ging ihn das nichts an. Gerade das war ja das Schöne daran, im Café zu sitzen und die Leute anzuschauen: Ein bisschen beobachten, herumspekulieren und in Gedanken manchmal die aberwitzigsten Vermutungen anstellen. So konnte man sich wunderbar die Zeit vertreiben.

Der Zeiger der Turmuhr am Rathaus von Trani bewegte sich langsam auf vier Uhr zu. Claudine würde gleich auftauchen. Während er das Campariglas leerte, wollte er einen letzten ausgiebigen Blick riskieren.

»Na, wo schauen wir denn wieder hin? Hier spielt die Musik, mein Lieber.«

Claudine stand urplötzlich vor ihm. Sie zog ihr Sommerkleid leicht über die Knie und sah ihn tadelnd an.

Marcel wurde mit einem Schlag puterrot.

»Erwischt!«, triumphierte sie.

Rasch erhob er sich, gab ihr einen Kuss auf die Wange und schob ihr den Stuhl zurecht. Genug Zeit, um seinem Gesicht wieder eine normale Farbe zu geben.

»Wie? Was?«, stotterte er mit einer gekonnt gespielten Unschuldsmiene.

»Na, was wohl?«, entgegnete sie mit einem süffisanten Lächeln.

Sie drehte den Kopf in Richtung der Bar, wo die elegante Frau mit ihren beiden Begleitern saß. Soeben noch gesessen hatte. Denn jetzt war der Tisch leer. Nur zwei halb ausgetrunkene Gläser Wasser sowie eine unberührte Tasse Cappuccino waren zurückgeblieben.

KAPITEL 2

Am nächsten Tag machten sie einen Ausflug ins Landesinnere. Das Castel del Monte, auch die steinerne Krone Kaiser Friedrichs des Zweiten genannt, stand auf Claudines Besichtigungsprogramm.

»Ein Muss für deutsche Touristen«, betonte sie augenzwinkernd.

Marcel folgte ihr gottergeben. Der Marsch war schweißtreibend, da es sich wie alle Burgen auf einem Berg befand. Aber der Aufstieg lohnte sich. Die beeindruckende Landschaft, die sich ihnen darbot, war jeden Schritt wert gewesen. Einfach atemberaubend.

Nach einer kurzen Verschnaufpause gingen sie auf das kleine Kartenhäuschen zu. Zum Glück gab es keine lange Warteschlange. In diesem Augenblick stoppte ein Reisebus vor dem Eingang und entließ eine Touristengruppe, doch sie zog an ihnen vorbei. Claudine reichte Marcel seine Eintrittskarte. Er wollte sich gerade dem uniformierten Kartenabreißer zuwenden, als ihm ein junger Mann geradewegs in den ausgestreckten Arm lief.

»Hoppla«, rief er mehr überrascht als erschrocken.

»Scusi, Signore«, entschuldigte der junge Mann sich sofort.

Noch bevor Marcel etwas entgegnen konnte, eilte der bereits schnurstracks der Reisegruppe hinterher. Hatte wohl den Anschluss verpasst.

Marcel reichte dem Uniformierten die soeben erworbene Eintrittskarte mit einem freundlichen »Buongiorno«, das dieser nur grunzend erwiderte.

Alles, aber auch wirklich alles, hatte in dieser Burg acht Ecken, der Grundriss, der Innenhof sowie die acht Türme. Alles achteckig. Kein Wunder, dass sie als die Kaiserkrone Apuliens bezeichnet wurde, weil sie an die achteckige Reichskrone erinnerte.

Nachdem sie jeden Winkel des Castels erlaufen hatten, setzten sie sich in das kleine Burgcafé, um sich etwas auszuruhen.

»Was möchtest du?«, fragte Marcel.

»Eine Flasche Wasser und einen Espresso, bitte.«

Marcel holte beides von der Selfservice-Theke.

»Gott, tut das gut bei dem heißen Wetter. Acht Türme rauf und runter. Ich bin fix und alle.«

Er war genauso erschöpft, schwieg aber tapfer.

Eine Viertelstunde ließen sie so die Seele baumeln. Dann wurde es Marcel zu langweilig. Er nahm die beiden leeren Espressotassen, um sie zur Theke des kleinen Museumscafés zurückzubringen. Kaum dass er aufgestanden war, wurde er erneut angerempelt. Mit Mühe gelang es ihm, die Balance zu halten. Das darauf folgende »Scusi, Signore« kam ihm vertraut vor. Tatsächlich war es derselbe junge Mann, der schon am Kartenkiosk mit ihm kollidiert war. Als er etwas erwidern wollte, war der junge Mann bereits weitergegangen.

Marcel stellte die beiden Tassen ab und fuhr mit den Händen über die Taschen seiner Jacke und Hose. Man konnte nicht vorsichtig genug sein. Es war alles noch da, wo es hingehörte, nur sein Portemonnaie, das er immer in der linken Gesäßtasche trug, war etwas hochgerutscht. Aber das war wohl beim Hinsetzen und Aufstehen passiert. Er schob es wieder ganz hinein.

KAPITEL 3

Die nächsten zwei Tage verbrachten sie am Hotelstrand. Sie in der Sonne, er im Schatten. Eine leichte Meeresbrise machte die Hitze erträglich. Das Thermometer war bereits um zehn Uhr früh über die Fünfundzwanzig-Grad-Marke geklettert.

»An das *Dolcefarniente* könnte ich mich glatt gewöhnen«, bemerkte Marcel beiläufig, um mit seinen Italienischkenntnissen anzugeben.

Claudine verdrehte lachend die Augen.

»Also, ich für meinen Teil habe genug vom Rumliegen und Faulenzen. Ich möchte gerne nach Bari fahren ...«

»... und dort ein wenig shoppen, Kirchen besichtigen und antikes Zeug bewundern«, ergänzte er ihren Satz mit gelangweilter Stimme. »Aber meinetwegen. Ich wollte sowieso das Eis in Bari testen.«

Sie packten rasch zusammen, zogen sich um und eilten zum Zug. In Bari angekommen schlängelten sie sich durch die Mitreisenden zum Ausgang, überquerten die Piazza vor dem Bahnhof und liefen geradezu auf die Via Sparano da Bari, die, laut ihrem kleinen Touristenstadtplan, direkt zur Altstadt führte. Spätestens nach dem zweiten Schuhgeschäft erkannte Claudine mit unfehlbarem weiblichen Instinkt, dass dies die Haupteinkaufsstraße sein musste. Eine *geschäftstüchtige* Verbindung zwischen dem Bahnhof und der Altstadt mit ihren historischen Sehenswürdigkeiten.

Claudine hakte sich bei Marcel unter und gab ihm einen zarten Kuss auf die Wange.

»Möchtest du erst ein wenig herumbummeln oder lieber gleich die Altstadt ansehen?«

Als sie sah, wie Marcel schluckte, schlug sie rasch vor: »Lass uns einfach einen Kompromiss schließen. Zuerst bummeln wir durch die Altstadt. Hinterher klappere ich ein paar Schuhgeschäfte ab, während du dich so lange in ein Café setzt. Okay?«

»Ein fairer Vorschlag. Let's go.«

Er nahm ihre Hand und zog sie die Straße weiter rauf in Richtung Altstadt.

Nach anderthalb Stunden hatten sie ihr kleines Besichtigungsprogramm abgearbeitet.

»Und nun?«, fragte Marcel. »Was machen wir jetzt?«

Er schaute Claudine tief in die Augen.

»Na, was wohl? Ich Schuhe. Du Eis«, antwortete sie, ohne zu zögern. »Am besten treffen wir uns in einem Café. Hier drüben ist doch gleich eins, sogar mit Blick aufs Meer. Da kannst du auf den Hafen und die Boote gucken statt auf die Beine anderer Frauen«, bemerkte sie ein wenig zu schnippisch für seinen Geschmack.

»Gib mir ein Stündchen. Bis später.«

Sie verabschiedete sich mit einem Kuss und entfernte sich in Richtung Via Sparano da Bari.

Marcel blieb noch einen Augenblick stehen, um ihr nachzuschauen. Claudine hatte schon ein echt scharfes Fahrgestell. Eifersüchtig musste er feststellen, dass er nicht das einzige männliche Wesen auf der Straße war, das so dachte.

Das Café entpuppte sich als typisch italienische Eisdiele. Mit einer Eistheke so lang wie ein Frankfurter S-Bahn-Zug. Eigentlich waren es sogar zwei. Eine für alle Milchspeiseeis- und eine für alle Fruchteissorten. Er wusste nicht, wo er zuerst hinschauen sollte. Das mussten mindestens dreißig, ach vierzig Geschmackssorten sein. Ein Traum! Was italienische Designerschuhe für sie, war italienisches Eis für ihn. Einfach unwiderstehlich.

In einem Mischmasch von Englisch und Italienisch fragte er begeistert: »How many flavours of gelato do you have, per favore?«

»Cinquanta«, antwortete der Eisverkäufer stolz, spreizte die Finger und den Daumen seiner Hände weit auseinander, schloss und öffnete sie fünfmal, um auch allen anderen Touristen die Fünfzig ohne Worte verständlich zu machen.

Marcel wählte einen Tisch, von dem er einen möglichst optimalen Blick auf das Meer hatte. Als der Kellner kam, bestellte er einen großen Fruchteisbecher mit Kirschlikör und Sahne. Er lehnte sich zurück. So konnte man es aushalten.

Als der Kellner ihm nach einigen Minuten den riesigen Eisbecher servierte, bedankte er sich mit einem strahlenden »Mille grazie.«

Gierig grub er den Löffel durch die Sahne in das Eis, um ihn voll beladen in den weit geöffneten Mund zu schieben. Das Eis zerschmolz auf der Zunge. Seine Geschmacksnerven wurden von den frischen Fruchtaromen schier überwältigt. Er schloss für einen Augenblick die Augen. Gott, war das köstlich! Italienische Eiscreme war einfach die beste der Welt. Das Einzige, was er nicht mochte, war die Amarenakirsche, die als krönenden Abschluss seinen Eisbecher zierte. Doch das war kein Problem, denn Claudine war stets eine dankbare Abnehmerin. Er führte den langstieligen Eislöffel unter die Kirsche, während er gleichzeitig nach einem geeigneten Ort schielte, wo er sie ablegen konnte.

Mitten in der Bewegung hielt er inne. Wenn das kein Zufall war. Sein Blick fokussierte sich drei Tische weiter, schräg zu seiner Rechten. Diese hübschen Beine hatte er doch schon mal gesehen hier in Italien. Langsam wanderten seine Augen von den Pumps über die zweifelsfrei nylonbestrumpften Beine zum Dekolleté und blieben an einem sympathischen Gesicht haften, dessen größter Teil von einer überdimensionalen Designersonnenbrille verdeckt wurde. Plötzlich nahm sie die Brille von der wohlgeformten Nase und sah ihn mit strahlend blauen Augen an. Er erschrak. Nur eine Sekunde lang, in der er ihrem Blick nicht ausweichen konnte. Erwischt! Mist! Im selben Augenblick machte sich die Amarenakirsche selbstständig. Immer noch blickte ihn die Frau an. Mit einem Mal schlug ihr sympathisches Lächeln in ein Lachen um. Den Grund für ihre spontane Heiterkeit erkannte er sofort: Die klebrige dunkelrote Kirsche war auf seiner blütenweißen Hose gelandet und sah ihn von dort tückisch an.

»So ein Bockmist«, fluchte er leise durch die Zähne. Voll getroffen. »Was glotzt du auch so blöd auf andere Weiber, statt dich aufs Eisessen zu konzentrieren?«

Vorsichtig balancierte er die Kirsche auf den Unterteller. Zum Glück war der Fleck nicht groß, aber mehr als deutlich sichtbar. Er winkte den Kellner herbei, um ein Glas Wasser zu bestellen, tauchte die Ecke seines Stofftaschentuches hinein und rieb über den Fleck, bis er den gröbsten Schaden beseitigt hatte.

Als er hochsah, war die Frau weg. Genau wie beim ersten Mal, wenn es denn wirklich dieselbe gewesen war. Irgendwie wollte ihm der Rest des Eisbechers nicht mehr schmecken. Lustlos aß er den Becher auf, bestellte einen Cappuccino und beobachtete die Boote im Hafen. Von Frauenbeinen hatte er genug. Im Moment jedenfalls. Er ließ sich tiefer in die dünne Auflage sinken, um ein wenig vor sich hinzudösen.

Das metallische Geräusch eines Stuhls, der über Pflastersteine gezogen wurde, riss ihn aus seinem Dämmerzustand. Als er die Augen aufschlug, saß Claudine neben ihm.

»So, ich habe genug«, sagte sie erschöpft und gab ihm einen flüchtigen Kuss. »Bestellst du mir bitte ein großes Glas Wasser? Ich habe einen furchtbaren Durst. Aber zuerst muss ich ganz dringend auf die Toilette.«

Nach wenigen Schritten drehte sie sich abrupt um.

»Komm ja nicht auf die Idee, in die Tüten zu gucken. Überraschung!« Sie betonte das letzte Wort auf eine Art, die nur Angenehmes verheißen konnte.

»Auf gar keinen Fall«, versicherte er.

Erst jetzt bemerkte er, dass neben ihrem Stuhl zwei große Einkaufstüten aus festem Papier standen. Beide mit dem Logo einer italienischen Designermarke bedruckt und einer roten Schleife verschlossen.

KAPITEL 4

Mit einem tiefen Seufzer ließ Claudine die Zimmertür ins Schloss fallen.

»So, vom Laufen habe ich für heute jedenfalls genug«, meinte sie erschöpft. »Ich brauche jetzt erst einmal eine Dusche.«

Als er nach ihr aus dem Bad kam, stand Claudine nur mit dem Hotelbademantel bekleidet vor dem Bett. Eines der roten Bänder von den Einkaufstüten hatte sie mit einer großen Schleife um die Taille gebunden. Der Duft ihres Parfums erfüllte den Raum. Ihre langen braunen Haare fielen sanft auf die Schultern. Seine Augen wanderten begierig ihren schlanken Körper hinunter. Ihre Füße steckten in hochhackigen Sandaletten. Sofort erkannte er, dass sie hautfarbene Nylonstrümpfe trug. Er fühlte, dass nicht nur sein Blutdruck zu steigen anfing.

»Na, willst du dein Geschenk nicht aufmachen?«, fragte sie mit einer so erotischen Stimme, dass sich seine Körperhaare senkrecht stellten.

Anstatt der Aufforderung nachzukommen, starrte er Claudine hingerissen an.

»Na, dann will ich dir mal helfen.«

Mit einer anmutigen Bewegung zog sie die Schleife auf und ließ den Bademantel sanft zu Boden gleiten. Sie trug champagnerfarbene Dessous, einen Traum aus mattglänzender Seide, von Spitze umsäumt. Der Büstenhalter schmiegte sich perfekt an ihre wohlgeformten Brüste. Ein Hauch von einem Höschen umschmeichelte ihre Hüften und wurde von den darunter liegenden Strumpfhaltern am Rand leicht angehoben.

Marcel stand regungslos da. Er liebte elegante, verführerische Wäsche, das haptische Erlebnis von kühler Seide und glattem Nylon auf der Haut seiner Frau.

»Möchtest du denn gar nicht mit deinem Geschenk spielen?«, drang ihre samtweiche Stimme an sein Ohr.

Endlich ging er auf sie zu, nahm sie in den Arm, küsste sie erst zärtlich, dann leidenschaftlich. Er spürte, wie sich ihre Brüste an seinen Körper drückten. Die weiche Seide ihres Büstenhalters ließ seinen Puls in die Höhe schießen. Seine rechte Hand berührte ihren Oberschenkel, streichelte den Nylonstrumpf hinauf, zögerte einen winzigen Augenblick, bevor seine Hand sich sanft auf ihren Venushügel legte.

KAPITEL 5

»War keine schlechte Idee von Dir, die ersten Tantiemen für diese Reise auszugeben«, sagte Claudine und schaute gierig auf den großen Servierwagen, den ein junger Kellner in schwarzem Anzug und passender Fliege soeben mit einem freundlichen »Buongiorno« ins Zimmer geschoben hatte.

Ausnahmsweise hatten sie sich das Frühstück aufs Zimmer kommen lassen. Nachdem sie am Vorabend von der Liebe erschöpft in die Kissen gesunken waren, hatten sie ein kleines Hungergefühl verspürt, waren jedoch zu müde gewesen, um noch etwas beim Zimmerservice zu bestellen. Stattdessen hatten sie die Karte für den Frühstücksservice vom Türknauf genommen und angekreuzt, was angeboten wurde.

Marcel hob eine der Metallhauben von den Tellern.

»Meine Güte. Wer soll denn das alles essen?«, fragte er entsetzt.
»Ich hoffe, du hast so viel Hunger, wie du gestern Abend gesagt hast.«
Es musste eine Verwechselung gegeben haben. Wahrscheinlich saß irgendwo im Hotel eine sechsköpfige Familie und beschwerte sich über die kleinen Portionen. Anders konnten diese Riesenmengen an Eiern, Speck, Pfannkuchen, Croissants, Wurst, Schinken, Käse, Obst, Joghurt, Prosecco, Orangensaft, Tee, Kaffee und sonstigen Köstlichkeiten auf dem Wagen nicht den Weg zu ihnen gefunden haben.

Sie genossen das üppige Frühstück in vollen Zügen. Claudine nippte am Orangensaft. Den Prosecco ignorierte sie, was ihn ein wenig verwunderte. Normalerweise konnte sie an einem solchen Morgen einem Gläschen nicht widerstehen. Aber es sollte wieder ein heißer Tag werden, und Sekt und Sonne vertrugen sich schlecht. Daher hielt auch er sich lieber zurück.

»Wenn du als Schriftsteller weiter so erfolgreich bist, kann ich bald aufhören zu arbeiten und mich an dieses Dolce Vita gewöhnen.«

»Die Reise hast du dir redlich verdient. Das ist mein Dank für deine unendliche Geduld. Ich will gar nicht mehr daran denken, wie lange es gedauert hat, bis wir eine positive Antwort von einem Verlag bekommen haben. Dass wir überhaupt einen gefunden haben.«

Plötzlich hielt er inne und schaute Claudine tief in ihre wunderschönen braunen Augen.

»Ich liebe dich«, sagte er völlig unerwartet mit sanfter Stimme. »Ich liebe dich mehr als alles andere auf der Welt.«

Er küsste sie mit einer Hingabe auf den Mund, sodass ihr ein wenig schwindelig wurde.

»Ohne dich hätte ich es nicht geschafft. Du hast mir den Freiraum gegeben, meinen schriftstellerischen Träumen nachzugehen. Du hast alleine für unseren Lebensunterhalt gesorgt. Du hast immer an mein Talent geglaubt. Deswegen ist das unser gemeinsamer Erfolg.«

Claudines Augen wurden ein wenig feucht. Sie küsste ihn zärtlich zurück.

Dann öffnete sie mit Schwung die Haube von einem der Teller.

»Aber jetzt Schluss mit der Gefühlsduselei, sonst werden die Eier und der Toast kalt.«

Marcel schnappte sich eine Handvoll von den Speckstreifen und stopfte sie genüsslich in den Mund. Kauend ließ er den Blick über das Hotelzimmer schweifen.

»Was ist eigentlich in der anderen Tüte? Hast du vielleicht eine weitere Überraschung zu bieten?«, fragte er erwartungsvoll.

»Vielleicht.«

»Genug von der Schlemmerei. Von zu viel Essen wird man dick. Ich räume rasch alles zusammt«.

»Nicht so schnell, mein Lieber. Da musst du dich bis heute Abend gedulden. Dafür ...«, sie machte eine bedeutungsschwangere Pause, »habe ich auch gleich zwei Überraschungen für dich. Und jetzt lass uns an den Strand gehen. Ich will den wunderbaren Tag genießen.«

»Wow, gleich zwei Überraschungen«, freute sich Marcel. »Kann ich nicht schon eine kleine Kostprobe bekommen? Bitte. Wenigstens eine.«

»Na gut«, lenkte Claudine ein.

Sie griff nach der zweiten verschlossenen Papiertüte, öffnete die rote Schleife, holte ein kunstvoll in zartrosa Seidenpapier eingewickeltes Päckchen halb heraus und ließ das Papier zwischen ihren schlanken Fingern hörbar knistern.

Marcels Augen weiteten sich. Langsam wie ein Panther bewegte er sich auf seine Beute zu.

»Marcel, halt! Heute Abend und nicht früher. Erst eine Einladung zu einem romantischen Abendessen am Hafen und danach das Tête-à-Tête auf dem Zimmer. Nicht den Nachtisch schon als Vorspeise.«

»Nicht mal ein bisschen naschen?«

Claudines Miene war eindeutig.

KAPITEL 6

Sie passierten die weite, stilvoll gestaltete Lobby, deren hinterer Ausgang zum hoteleigenen Strand führte. Claudine ließ sich vom athletisch gebauten Beach Boy des Hotels ein paar Strandtücher aushändigen. Warum sahen diese Typen in allen Hotels der Welt wie Bodybuilder aus? Selbst Claudine konnte sich einen zweiten Blick auf den Muskelprotz nicht verkneifen.

Zwei freie abseits stehende Liegen unter einem Sonnenschirm schienen förmlich auf sie zu warten. Links neben ihnen lag ein altes Pärchen. Am rechten Ende des Strandes tummelten sich ein paar einheimische Gigolos, die den jüngeren und bei Bedarf auch älteren Urlauberinnen mit stiller Duldung der Hotelleitung den Aufenthalt abwechslungsreicher gestalten durften. Ansonsten war der Strand bis auf einige versprengt liegende Hotelgäste leer. Die meisten waren auf Besichtigungstouren unterwegs und würden erst am späten Nachmittag zum Sonnenbaden kommen.

Marcel legte sich in den Schatten. Er holte einen amerikanischen Roman aus der Strandtasche, kramte nach seinem MP3-Player, während Claudine ihren Bademantel auszog und sich genüsslich auf der Liege rekelte.

Er stieß einen leisen Pfiff aus. Ungeniert ließ er seinen Blick über ihren Körper wandern. Dabei verdrehte er die Augen, dass sie laut auflachte.

Claudine drehte sich auf den Bauch, damit die Sonne ihren Rücken wärmte. Er steckte die winzigen Lautsprecherstöpsel des MP3-Players in die Ohren und wählte passend zu Sonne und Strand Musik von den *Beach Boys* aus. Dann nahm er den Roman, blätterte zu der Stelle, an der er zuletzt stehen geblieben war, und fing an zu lesen.

Ein sanftes Rütteln an seiner Schulter ließ ihn aufblicken. Als Claudines Gesicht direkt über ihm erschien, zog er die Stöpsel aus den Ohren.

»Ich wollte dir nur Bescheid geben, dass ich jetzt schwimmen gehe.«

»Okay. Sei vorsichtig. Schwimm nicht so weit raus, hörst du? Du weißt nicht, ob es hier Unterwasserströmungen gibt.«

»Keine Angst. Ich werde schon aufpassen. Ich will nur ein bisschen herumplanschen.«

Sie gab ihm einen Kuss, drehte sich um und wackelte kurz mit ihrem knackigen Po, während sie in Richtung Wasser ging.

Marcel pfiff ihr hinterher. Sie lachte.

Er stöpselte die Ohrhörer wieder ein. Irgendwie konnte er sich nicht auf sein Buch konzentrieren. Er merkte, wie er manche Zeile zweimal lesen musste. Seine Gedanken schweiften ab. Ins Hotelzimmer, am Abend nach dem Besuch in Trani, zu Claudines Überraschungspaket. Er schloss die Augen, sah, wie Claudine die rote Schleife mit einer anmutigen Handbewegung öffnete und den Bademantel von ihren Schultern gleiten ließ. Er legte das aufgeschlagene Buch auf den Schoß, um sich seinen nicht ganz jugendfreien Tagträumen hinzugeben.

KAPITEL 7

Als der letzte Song der *Beach Boys* zu Ende war, holte ihn die plötzliche Stille aus seinen Träumen zurück. Er brauchte einen Moment, um die Augen wieder an das helle Sonnenlicht zu gewöhnen. Er sah Richtung Meer, konnte aber Claudine nirgendwo im Wasser entdecken. Den einheimischen Gigolos war es wohl mangels weiblicher Beute langweilig geworden. Sie waren verschwunden. Das alte Pärchen lag unverändert auf ihren Liegen. Ansonsten war der Strand so leer wie vor seinem Nickerchen.

Nachdem er das Buch und den MP3-Player wieder in der Strandtasche verstaut hatte, ging er ans Wasser. Vielleicht konnte er sie ja wegen der Sonnenspiegelung auf der Oberfläche nicht sehen. Er wollte ihr entgegengehen, um mit ihr ein bisschen herumzuplanschen. Nach wenigen Meter umspülte das Meerwasser seine nackten Füße. Es war angenehm warm. Seine Augen scannten noch einmal den Strand und das Meer, aber keine Claudine weit und breit. Wenn sie etwas weiter hinausgeschwommen war, würde er sie in der Ferne kaum sehen können. Ihm wurde unwohl. Er hasste es, nicht zu wissen, wo seine Frau war. Ob sie nur kurz aufs Zimmer gegangen war, um das Salzwasser abzuduschen? Er wusste, dass sie lieber die eigene Dusche benutzte als die am Strand.

Er entschied sich, ihr zu folgen, und lief zurück zu den Liegen, um alles zusammenzupacken. Als er Claudines Badetücher anfasste, fiel ihm auf, dass beide trocken waren. Hätte sie sich nicht zumindest abgetrocknet, bevor sie aufs Zimmer gegangen wäre? Oder hatte sie sich ein frisches von diesem Muskelprotz geben lassen. Er verzog das Gesicht bei der Vorstellung, wie dieser Typ dabei seine Frau anglotzte.

Marcel durchquerte die Hotellobby. Mit dem Lift fuhr er in ihre Etage. Automatisch griff er in die Strandtasche, um den Zimmerschlüssel herauszuholen. Er starrte den Schlüssel an. Es dauerte einen Augenblick, bis er schaltete. Wenn er den Schlüssel in der Hand hielt, wie sollte dann Claudine aufs Zimmer gekommen sein? Sie hatten nur den einen bekommen.

Es wäre natürlich möglich, dass ihr ein Zimmermädchen die Tür geöffnet hatte. Klar, das war nicht so leicht wie im Film. Im realen Leben klappte das nur, sofern das Hotelpersonal einen kannte, sei es auch nur vom Sehen.

Er schob den Schlüssel ins Schlüsselloch. Die Tür war verschlossen. Nun gut, Claudine hatte die Angewohnheit, immer wenn sie im Zimmer war, mit dem Riegel von innen abzusperren, damit das Hotelpersonal nicht ungebeten hereinkommen konnte. Er drehte den Schlüssel also zweimal, um die Tür zu öffnen.

»Schatz, bist du da?«, rief er schon beim Hineingehen. »Ich bin es. Bist du unter der Dusche?«

Ohne eine Antwort abzuwarten, ging er direkt ins Bad. Es war genauso leer wie das Zimmer. Marcel setzte sich aufs Bett. Plötzlich schlug er sich mit der flachen Hand gegen die Stirn.

»Du Idiot. Sitzt hier oben, während sie nach dem Schwimmen kurz an die Bar gegangen ist, um sich den Salzgeschmack im Mund mit etwas Geschmackvollerem als Mineralwasser wegzuspülen.«

Er verließ das Zimmer. Mit dem Lift fuhr er hinunter in die Lobby und betrat den Barbereich. Sein Blick wanderte die messingglänzende Theke entlang, ohne Claudine zu entdecken. Möglicherweise saß sie ja im Schatten am Pool. Also ging er auf die Sitzgruppen dort zu. Wieder keine Claudine. Mist!

Mit raschen Schritten lief Marcel zum Strand. Hier hatten Claudine und er gelegen.

»Oh Mann, jetzt wird es langsam nervig«, dachte er.

Sein Blick fiel auf das alte Pärchen, das noch an derselben Stelle lag. Er ging auf sie zu.

»Verzeihen Sie bitte die Störung«, sagte er gerade so laut, dass sie ihn nicht überhören konnten.

Der Mann öffnete die Augen.

»Ja bitte?«, erwiderte er leicht verstört.

Marcel gab ihm einen Augenblick Zeit, um zu sich zu kommen.

»Es tut mir wirklich leid, Sie zu stören. Ich habe auch nur eine kurze Frage.«

Der Mann blinzelte, um seine Augen auf Marcels Gesicht scharf zu stellen. Er musterte ihn, dann schien ihm das Gesicht vertraut vorzukommen.

»Ah, Sie sind es. Unser Strandnachbar sozusagen.«

»Sie können sich an mich erinnern?«

»Na klar. An Sie und Ihre hübsche Frau. Sie lagen doch die ganze Zeit hier neben uns. Und ich vergesse nie ein Gesicht. Meine Frau übrigens auch nicht. Wir haben natürlich mitbekommen, dass sie auch Deutsche sind«, sprudelte es aus ihm heraus.

»Brennebusch, mein Name. Norbert Brennebusch aus Wuppertal. Wir machen hier Langzeiturlaub. Wissen Sie, wir sind seit drei Jahren in Pension. Meine Frau und ich. Waren dreißig Jahre als Trainer tätig. Da lernt man, sich jedes Gesicht und jeden Namen sofort zu merken.

Ist sonst peinlich, wenn man Teilnehmer verwechselt und mit falschem Namen anredet«, redete er wie aufgezogen. »Gehört sich einfach nicht. Finden Sie nicht auch?«

»Marcel Grünwald«, stellte sich Marcel rasch vor, um den Wortschwall seines Gegenübers zu unterbrechen. »Ich wollte Sie nur fragen, ob Sie vielleicht meine Frau gesehen haben?«

»Ihre Frau?«, entgegnete Herr Brennebusch verdutzt. »Ja, Ihre Frau. Warten Sie.« Er überlegte kurz. »Die haben Sie wohl verloren, was?«, sprudelte er plötzlich wieder los. »Bei den vielen gut aussehenden jungen Männern hier am Strand muss man schon ein bisschen aufpassen, bei so einer hübschen Frau«, lachte er, sodass das Buch auf seinem Bauch auf und ab hüpfte.

Leicht schnippisch erwiderte Marcel: »Nur, wenn man Konkurrenz fürchten muss.«

Sofort bereute er seine Bemerkung, denn er hatte noch keine Antwort auf seine Frage erhalten.

»Na, bei Ihrer Figur gewiss nicht«, bemerkte Herr Brennebusch. Dabei schaute er selbstkritisch auf seinen Bauch.

»Aber im Ernst,« fuhr Herr Brennebusch fort, »Ich habe gesehen, wie Ihre Frau vor etwa einer Stunde ans Wasser gegangen ist. Sie lief kurz den Strand auf und ab, bevor sie sich in die Fluten gestürzt hat.«

Frau Brennebusch hatte sich derweil aufgesetzt und den beiden zugehört.

»Ich habe Ihrer Frau ein bisschen beim Schwimmen zugesehen. Sie hat einen exzellenten Schwimmstil. Wir waren Sporttrainer, müssen Sie wissen. Ist schon eine Weile her, wie Sie an der Figur meines Mannes unschwer erkennen können.«

Herr Brennebusch kommentierte die Bemerkung mit einem Grunzen.

»Elegant wie ein Delfin. War ein Genuss, ihr zuzusehen. Beim Schwimmen, meine ich«, bemerkte er mit einem Blick auf seine Gattin.

Mittlerweile fand Marcel die beiden fast schon sympathisch.

»Und danach? Haben Sie eventuell gesehen, wo Sie hingegangen ist, nachdem sie wieder aus dem Wasser raus ist?«

»Nein, leider nicht. Ich habe weiter in meinem Buch gelesen, dann sind mir die Augen zugefallen«, antworte Herr Brennebusch direkt.

»Und du, Gerda? Hast du Frau Grünwald aus dem Wasser kommen sehen?«

»Nein. Sie ist ziemlich weit rausgeschwommen. Ich habe ihr noch eine Weile nachgeschaut, bis ich sie nicht mehr sehen konnte. Dann habe ich, wie mein Mann, die Augen für ein kleines Nickerchen zugemacht. Es ist einfach so entspannend, wenn einem die Sonne auf die Haut scheint«, erwiderte sie mit sanfter Stimme. »Machen Sie sich Sorgen um Ihre Frau?«

»Eigentlich nicht. Ich glaube, wir laufen im Augenblick nur aneinander vorbei.«

Dass er sich keine Sorgen machte, schien sie ihm nicht ganz abzunehmen.

»Falls wir Ihnen helfen können, lassen Sie es uns wissen. Wir haben die Zimmernummer 22. Und keine Hemmungen, junger Mann«, ermunterte sie ihn.

»Vielen Dank für Ihr freundliches Angebot. Ich werde Sie bestimmt in den nächsten Minuten finden. So groß ist das Hotel ja schließlich nicht«, bedankte er sich.

»Sie wird gewiss jeden Moment auftauchen. Wir wünschen Ihnen noch einen schönen Tag. Vielleicht sieht man sich wieder.«

»Ihnen auch. Auf Wiedersehen.«

Als Nächsten wollte Marcel den muskelbepackten Strandwächter fragen, aber der war nicht an seinem Platz. Also weiter Richtung Lobby. Da stand das Prachtexemplar mit einer attraktiven Concierge flirtend, die sich augenscheinlich noch in der Ausbildung befand. Er unterbrach das turtelnde Paar nur ungern.

»Scusi, parla inglese, per favore?«, richtete er sich im holprigen Italienisch an die junge Dame.

»Yes, Mister Grünwald«, antwortete sie mit einem so charmanten Lächeln, dass er verstand, warum der Typ sie anbaggerte. »Aber Sie können gerne Deutsch mit mir sprechen.«

Was für ein Mädchen, dachte er. Das Deutsch klang gut und zusammen mit diesem süßen italienischen Akzent geradezu zum Anbeißen.

»Dankeschön, sehr gerne«, antwortete er erleichtert. »Hören Sie. Ich vermisse meine Frau.«

Kaum dass er die Worte ausgesprochen hatte, machte sich ein überbreites Grinsen auf dem Gesicht des Muskelprotzes breit, der anscheinend genügend deutsch verstand.

Als die junge Concierge Marcels Gesicht sah, reagierte sie vorausschauend.

»Marco, du hast bestimmt noch am Strand zu tun«, schubste sie ihren Kollegen verbal aus der Lobby.

KAPITEL 8

Das Zimmer kam ihm so leer, so viel ruhiger vor als sonst. Als ob die Mopeds und Motorroller mit ihrem endlosen Knattern einen Bogen um sein Zimmer machen würden. Den Kopf auf die Hände gestützt, saß Marcel auf dem Bett. Die junge Concierge hatte sich sehr bemüht, ihn zu beruhigen.

»Vielleicht ist Ihre Frau in eine der Buchten geschwommen und dort an Land gegangen, hat sich in die Sonne gelegt und ist eingeschlafen. Das kommt gar nicht so selten vor. Wenn die Leute aufwachen und merken, wie schnell die Zeit vergangen ist, bekommen sie meist selber einen Schreck. Dann wollen sie nicht mehr zurückschwimmen, sondern gehen lieber zu Fuß. Das ist natürlich eine viel weitere Strecke und dauert entsprechend länger. Deswegen kommen sie erst spät ins Hotel zurück.«

Sie hatte ihn verständnisvoll angelächelt und mit sanfter Stimme hinzugefügt: »Machen Sie sich keine Sorgen, Ihre Frau wird bald wieder da sein.«

Das war eine plausible Erklärung, hatte er zugeben müssen. Er hatte sich bedankt und war zurück aufs Zimmer gegangen. Wo sollte er auch sonst hingehen? Da saß er nun und wartete.

Die Zeit verging. Jedes Mal, wenn auf dem Flur Schritte zu hören waren, zuckte er zusammen, doch jedes Mal gingen die Schritte an seiner Zimmertür vorbei, bis sie vom Teppichboden aufgesogen wurden.

Marcel schaute auf die Uhr. Viertel nach neun. Er versuchte, die Zeit zu überschlagen, die sie für ihren Rückweg brauchen würde. Rasch musste er einsehen, dass es nichts half. Er konnte nur raten, um welche Uhrzeit sich Claudine von ihm zum Schwimmen verabschiedet hatte, wie lange sie tatsächlich geschwommen war, ob und wie lange sie geschlafen hatte, wie schnell sie barfuß laufen konnte und, und, und. Alles nur Vermutungen, vage Spekulationen. Ihm blieb nichts anderes übrig, als zu warten.

Sie war schließlich kein Kind. Überall wimmelte es von Einheimischen und Touristen, die sie mit ihren exzellenten Sprachkenntnissen fragen und notfalls um Hilfe bitten konnte. Abends begann hier das Leben, bis es um Mitternacht förmlich brodelte. Die Nacht war hier der Höhepunkt des Tages, so seltsam das auch klang, aber so war das hier im Süden.

Seine Gedankenspiele und die Warterei lullten ihn ein.

Plötzlich schlug er die Augen auf. Halb elf. Er musste eingedöst sein.

»Claudine, bist du da?«

Doch die ersehnte Antwort blieb aus.

Er ging ins Bad, drehte den Wasserhahn auf und schüttete sich mit beiden Händen Wasser ins Gesicht. Es half wenig, um ganz wach zu werden, denn es war lauwarm. Kaltes Wasser gab es nur frühmorgens, wenn es über Nacht in den Tanks abgekühlt war.

Er sah erneut auf die Uhr. Fünf nach halb elf. Allmählich wurde er unruhig. Er fing an, im Zimmer auf und ab zu laufen, blickte eine

Weile gedankenverloren durch das Fenster auf den Strand. Was sollte er tun? Nach ihr suchen? Aber wo? Er hatte ja keine Ahnung, in welche Richtung sie geschwommen war. Ihr entgegengehen zu wollen, wäre sinnlos, er wusste ja gar nicht, wohin. Es war wie verhext.

Er legte sich, angezogen wie er war, aufs Bett. Wie lange wollte er warten? Was konnte er überhaupt tun? Die Gedanken schossen kreuz und quer durch seinen Kopf. Zur Polizei? Wie in den Fernsehkrimis würde der diensthabende Sergente in der lokalen Polizeiwache ihm freundlich, aber bestimmt erklären, dass sie erst etwas unternehmen könnten, wenn seine Frau länger als vierundzwanzig Stunden vermisst würde. Mit den üblichen Standardformulierungen für besorgte Ehemänner, deren Frauen im Urlaub abhandengekommen waren, würde man ihn hinauskomplimentieren. Von denen gab es schließlich eine ganze Menge. In der Hauptsaison bräuchte die italienische Polizei eine Armee von Polizisten, wenn sie jede zeitweise verloren gegangene Ehefrau oder Freundin suchen müsste. Die Damenwelt hatte sich mittlerweile emanzipiert. Auch sie gönnte sich gerne eine Auszeit vom eintönigen Eheleben.

Gott sei Dank musste er sich diesbezüglich keine Gedanken machen. Dennoch fing er langsam an, sich ernsthaft Sorgen um sie zu machen. Aber ihm blieb nichts anderes übrig, als sich in Geduld zu fassen. Er verschränkte die Arme hinter dem Kopf und ließ sich tiefer ins Kopfkissen sinken. Nach wenigen Augenblicken fielen ihm die Augen zu. Unruhige Träume quälten ihn.

»Signorina, Sie sind ja ganz nass.«

Mit seinen muskulösen Armen griff der hoteleigene Beachboy nach einem flauschigen Frotteehandtuch und begann, sanft den Rücken von Claudine abzutupfen. Claudine strahlte ihn dankbar an. Ungeniert wanderte seine rechte Hand unter den Träger ihres Bikinioberteils.

Plötzlich stand Marcel neben ihnen, griff dem Adonis ins lockige Haar und riss seinen Kopf mit einem mächtigen Ruck zurück. Der brauchte nur einen Augenblick, um seine Fassung wiederzugewinnen. Unverschämt grinste er Marcel an.

Marcel stürzte sich auf ihn. Wieder und wieder schlug er auf den Adonis ein, bis seine Kräfte nachließen, doch seine Fäuste wollten nicht aufhören …
Es dauerte eine Weile, bis Marcel begriff, dass jemand an die Zimmertür klopfte und er nur geträumt hatte. Er schlug die Augen auf.
»Einen Augenblick«, rief er automatisch.
Das Klopfen hörte auf.
Marcel konzentrierte sich darauf, wieder in die Wirklichkeit zurückzukehren. Dieser schwachsinnige Traum hatte ihn völlig durcheinandergebracht. Wie spät war es eigentlich? Claudine! Na endlich!
»Claudine!«, brach es aus ihm heraus. Er rannte zur Tür und riss sie auf.

KAPITEL 9

Eine Frau stand vor ihm. Aber nicht Claudine. Sie sah ihr nicht einmal ähnlich.
»Signor Grünwald?«
Marcel musterte sie von oben bis unten. Sie trug eine Uniform.
»Signor Grünwald?«, wiederholte sie.
War er noch nicht ganz wach oder war sie Teil seines Traums? Er schaute ihr direkt ins Gesicht, ohne zu reagieren.
»Signor Grünwald?«
Marcel zuckte zusammen.
»Ja.« Mehr kam nicht aus seinem Mund.
»Sind Sie Herr Grünwald?«, wiederholte die uniformierte Frau nun zum vierten Mal in perfektem Deutsch.
»Ja, der bin ich. Wieso?«, entgegnete Marcel langsam.
Endlich kam er wieder zur Besinnung.
»Wer sind Sie? Wie spät ist es überhaupt?«
»Sechs Uhr dreißig. Entschuldigen Sie bitte die Störung. Mein Name ist Brendani, Commissaria Brendani. Ich muss Sie dringend sprechen. Darf ich reinkommen?«, fragte sie freundlich.

»Ja, natürlich«, erwiderte Marcel.
Automatisch trat er einen Schritt zur Seite.
»Können wir uns setzen?«
»Bitte.«
Marcel rückte ihr einen Stuhl heran. Er selbst nahm auf der Bettkante Platz. Sein Gehirn schaltete sich langsam wieder ein.
»Sie sind von der Polizei. Claudine. Meine Frau. Ist etwas mit meiner Frau? Ist ihr etwas zugestoßen?«, platzte es aus ihm heraus.
»Das wissen wir noch nicht«, entgegnete die Polizistin.
»Warum wollen Sie mich dann sprechen?«
»Wir haben von der Concierge des Hotels erfahren, das Sie Ihre Frau vermissen. Ich wollte mich erkundigen, ob Sie wieder bei Ihnen ist«, erklärte sie mit ruhiger Stimme.
»Dann würde ich Sie bestimmt nicht fragen, ob ihr etwas zugestoßen ist«, antwortete Marcel gereizt.
»Natürlich. Entschuldigen Sie bitte, aber ich musste Sie das fragen.«
»Wissen Sie nun etwas über meine Frau oder nicht?«, verlor Marcel die Nerven.
»Am Hotelstrand wurde heute Morgen bedauerlicherweise eine junge Frau tot im Wasser aufgefunden. Einige der Hotelangestellten meinten, dass es sich eventuell um Ihre Frau handeln könnte.«
»Oh Gott! NEIN!«
Marcel sackte zusammen.
»Wir sind uns nicht sicher. Ich möchte Sie bitten, mich nach unten zu begleiten, um sich die Frau anzusehen. Vielleicht sieht sie Ihrer Frau nur ähnlich.«
Ihre Stimme klang wenig hoffnungsvoll.
Marcel schaute ihr direkt in die Augen.
»Lassen Sie uns gehen. Schnell«, bat er und stand auf.

KAPITEL 10

Die sechs Stockwerke hinunter bis zur Lobby waren eine Qual. Der Aufzug schien sich in Zeitlupe zu bewegen, als wäre die Schwerkraft aufgehoben worden. Aber nicht nur der Aufzug schien quälend langsam zu sein, auch in seinem Kopf schien keine Schwerkraft mehr zu existieren. Raum und Zeit verschwammen. Die junge Kommissarin, die regungslos neben ihm stand, nahm sein Unterbewusstsein nur durch einen Nebel wahr.

Claudine, flackerte es wieder und wieder in seinem Hirn auf. Es war ihm unmöglich, einen klaren Gedanken zu fassen. Claudine. Claudine.

Der Aufzug ruckte, bevor er zum Stehen kam und die Stahltür seitwärts aufglitt. Marcel bewegte sich nicht. Seine Hast war in Trägheit umgeschlagen. Zeit war mit einem Mal relativ. Relativ wichtig, um schnell Gewissheit zu bekommen, relativ unwichtig, um eine Ungewissheit gar nicht erst zu einer Gewissheit werden zu lassen, die man um keinen Preis haben wollte. Strand. Ertrunken. Tot.

»Herr Grünwald« hörte er eine sanfte, ruhige Frauenstimme. »Herr Grünwald, kommen Sie bitte.«

Er konnte sich nicht bewegen. Die Beine wollten nicht.

Commissaria Brendani fasste ihn am Arm und zog ihn mit sich. Diese Reaktion war ihr nicht fremd. Zuerst konnten die Angehörigen nicht schnell genug erfahren, ob es sich bei dem Opfer tatsächlich um die vermisste Person handelte, aber je näher der Augenblick der Identifizierung heranrückte, desto größer wurde die Angst davor, dass die schlimmste aller Befürchtungen wahr werden könnte. Der vernebelte Blick dieses Mannes, den sie durch die Lobby führte, sagte ihr genau das.

Die Strahlen der morgendlichen Sonne tauchten den Strand in ein warmes Licht. Trotz der frühen Stunde war er voller Menschen. Hotelangestellte, Gäste, Polizisten, Schaulustige. Hinter einer Absperrung, die die Neugierigen auf Abstand hielt, stand nahe am Wasser ein Krankenwagen. Die Sanitäter wurden von einer Küchenhilfe des Hotels mit

Kaffee in Pappbechern versorgt. Commissaria Brendani bugsierte Marcel durch die Menschenmenge. An der Absperrung ließen ihre Kollegen sie mit einem respektvollen Kopfnicken passieren. Sie führte ihn um den Krankenwagen herum, bis sie vor einer Trage stehenblieb. Die Person darauf war vollständig mit einem weißen Tuch bedeckt.
Sie sah Marcel an.
»Es ist kein schöner Anblick. Der Körper lag vermutlich die ganze Nacht im Wasser. Nehmen Sie sich Zeit. Wenn Sie soweit sind, nicken Sie einfach.«
Sie ließ seinen Arm los und bedeutete ihren umstehenden Kollegen mit einer Kopfbewegung, auf Abstand zu gehen.
Marcel starrte ausdruckslos auf die Trage.
»Oh Gott, lass es nicht Claudine sein.«
Seine Knie zitterten, als sein Kopf sich kaum wahrnehmbar senkte. Commissaria Brendani zog das Tuch so weit zurück, dass es das Gesicht einer jungen Frau mit langen braunen Haaren freigab.
Marcel blickte in die toten Augen. Im selben Moment wurde die Schwerkraft gänzlich aufgehoben.

KAPITEL 11

Trotz des furchtbaren Anblicks hatte er sie sofort erkannt, dann das Bewusstsein verloren. Die Kommissarin hatte ihn gestützt, damit er sanft zu Boden glitt und nicht wie ein nasser Sack in den Sand plumpste. Die Sanitäter, die herbeigeeilt waren, hatte sie mit einer Handbewegung zurückgehalten.
»Geben sie ihm einen Moment. Er wird von alleine wieder zu sich kommen. Sie können den Leichnam jetzt in die Gerichtsmedizin bringen. Ich denke, die Identifizierung war eindeutig.«
Als er die Augen aufschlug, blickte er direkt in das Gesicht der Commissaria. Sie streckte ihm die Hand entgegen, die er dankbar er-

griff, und half ihm auf. Sogleich bemerkte er, dass die Trage nicht mehr da war.

»Wo ist meine Frau?«

»In der Gerichtsmedizin«, erwiderte sie ruhig. »Ich muss Sie das leider jetzt noch einmal ganz offiziell fragen. Ist die Tote zweifelsfrei Ihre Ehefrau?«

»Ja«, antwortete er leise. »Was ist mit ihr passiert?«

»Den ersten Angaben des Notarztes zufolge ist Ihre Frau ertrunken.«

»Warum bringen Sie sie dann in die Gerichtsmedizin?«.

»Das ist Vorschrift. Alle ausländischen ...« Sie stockte, um nach einem passenden Wort zu suchen, da sie den Begriff *Leichen* vermeiden wollte.

»Bei Touristen«, begann sie noch einmal, »ist es Pflicht, den Tod gerichtsmedizinisch untersuchen zu lassen, um die Todesursache einwandfrei festzustellen«, ergänzte sie.

Marcel schaute sie ungläubig an.

»Reine Routine, aber leider eine notwendige Formalität.«

»Natürlich«, erwiderte er monoton.

Zur weiteren Befragung musste er sie auf die Questura begleiten. Die Eheleute Brennebusch aus Zimmer 22 wurden als Zeugen befragt. Sie bestätigten Marcels Angaben. Die Autopsie der Leiche ergab zweifelsfrei Tod durch Ertrinken. Claudines Lungen waren vollständig mit Salzwasser gefüllt. Eine Schwimmerin, die ihre Kräfte überschätzt und vergeblich gegen eine Unterwasserströmung gekämpft hatte, gab keinen Anlass dazu, ein Verbrechen zu vermuten. Daher wurde auf weitere Untersuchungen verzichtet. Zu Dokumentationszwecken wurde die Tote brust- und rückseitig fotografiert, der ausführliche Bericht in italienischer Sprache um eine deutsche Übersetzung ergänzt und der deutschen Botschaft zugestellt.

Commissaria Brendani war auf sehr einfühlsame Weise behilflich. Selbst in der Kommunikation mit der Botschaft, mit der sie eigentlich nichts zu tun hatte, unterstützte sie ihn, ohne viel zu fragen. Durch ihre hervorragenden Deutschkenntnisse bahnte sie ihm den Weg durch den italienischen Formulardschungel mit hunderten von Genehmigungen und Stempeln für die Überführung des Leichnams.

Er wusste gar nicht, wie er die ganzen Formalitäten ohne Emilias Unterstützung bewerkstelligt hätte. Für ihn waren die Tage, bis er zusammen mit dem Sarg zurückflog wie ein schwerer, dunkler Schleier, der alles zudeckte und ihn bewegungsunfähig machte. Emilia schaffte es wie eine langjährige, vertraute Freundin, diesen Schleier, wann immer notwendig, soweit zu lüften, dass die erforderlichen Dinge getan werden konnten, was bedeutete, dass sie von ihr erledigt wurden.

Vor dem Abflug fragte er sie, wieso sie das alles für ihn tat. Mit ihrer freundlichen, ruhigen Stimme antwortete sie nur: »Ist es nicht schön, einem anderen Menschen helfen zu können, ohne nach einem Warum zu fragen?«

»Ja«, erwiderte er leise, »danke«, und küsste sie zum Abschied auf die Wange.

KAPITEL 12

Claudines Wunsch war gewesen, verbrannt zu werden, und ihre Asche sollte auf dem Mittelmeer verstreut werden. Aber die Frankfurter Administration hatte Einwände. Also bestach Marcel einen Angestellten des Krematoriums, der ihm die Asche in einem unauffälligen Gefäß aushändigte und die Urne für die Beerdigung mit Kaminasche befüllte. Er erzählte niemanden davon, denn er wollte Claudine einfach nur ihren Wunsch erfüllen.

Zwei Wochen später fuhr er mit dem Wagen nach Cassis, einem kleinen Fischerort an der französischen Mittelmeerküste, wo sie ihre ersten gemeinsamen Urlaube verbracht hatten. Dort hatte sie ihn immer beim Essen der Fischsuppe fotografiert, wie er mit den endlosen Fäden des geschmolzenen Käses kämpfte, und vor lauter Lachen die meisten Bilder verwackelt.

Mit einem Fischerboot ließ er sich in eine der vielen Buchten der Calanques fahren. Es war ein wunderbarer Sommertag. Die Sonne strahlte. Er öffnete das Gefäß und streute die Asche auf die glitzernden Sterne des Meeres. Der Fischer sah, wie sich Marcels Augen mit Tränen füllten, und verstand die Situation. Wortlos widmete er sich dem Boot. Nachdem sie wieder angelegt hatten, fragte ihn der Fischer, ob er mit ihm einen Pastis trinken wolle. Marcel nickte. Der Fischer führte ihn in eine kleine Bar am Hafen, in die sich selten Touristen verirrten. Er bestellte zwei Gläser des nach Lakritz schmeckenden französischen Nationalgetränks, das Marcel kannte, aber eigentlich gar nicht so sehr mochte. Doch hier und heute war es genau das Richtige. Der Fischer sprach kein Wort, stellte keine Fragen. Er sah Marcel nur mit einem schwermütigen Blick an und schien mehr zu verstehen, als alle Worte hätten ausdrücken können.

So saßen sie nur da und tranken. Bis zum frühen Abend.

Mit einem Mal stand der Fischer auf, ging in die Bar hinein, redete ein paar Worte mit dem Mann am Tresen, von denen Marcel nur so viel verstand wie: »Schreib es an. Für beide. Salut«.

Der andere erwiderte den Gruß, und der Fischer kam wieder aus der Bar heraus.

»Bon, mon Ami, es ist Zeit, etwas zu essen. Komm, wir gehen zu mir nach Hause. Meine Frau kocht gut. Es wird dir schmecken.«

»Merci«, antwortete Marcel bloß.

Er stand auf und folgte dem Fischer.

Der führte ihn durch ein paar enge Gassen, bis sie nach wenigen Minuten ein gelb getünchtes, typisch provenzalisches Haus mit hellblauen Fensterläden und blitzblank geputzten Fenstern erreichten. Üppige Bougainvillearanken kletterten ungehindert das Mauerwerk hoch.

Wie idyllisch, dachte Marcel. Nur für Frankreich irgendwie zu ordentlich. Er hatte sich das Zuhause eines Fischers anders vorgestellt: Mit kaputten Netzen vor der Tür, die darauf warteten, geflickt zu werden, Reusen, alten Plastikkanistern, die als moderner Bojenersatz dienten.

Doch nichts dergleichen war zu sehen. Es roch weder nach Fisch noch nach vermodernden Resten von Seetang.

Der Fischer schloss die Tür auf. Mit einer einladenden Geste forderte er Marcel auf einzutreten. Als Marcel in dem schmalen Flur stehen bleiben wollte, zeigte er geradeaus auf eine Tür. Marcel öffnete sie und trat in einen von der Abendsonne in sanftes Licht getauchten Innenhof. In der Mitte hatte sich eine Platane von beachtlichen Ausmaßen breitgemacht, darunter war ein langer rustikaler Holztisch mit einfachen Stühlen. Überall standen Kübel mit dem prächtigsten Oleander, Lavendel und Hibiskus, den man sich nur vorstellen konnte, sogar an den Wänden rankte die Blütenpracht schier um die Wette. Ein einziges Blumenmeer. Neben dem Baum entdeckte er einen Brunnen, der mit seinen verspielten Wasserspeiern für eine angenehm kühle Luft sorgte. Er war überwältigt.

»Bonsoir, mon Amour.«

Er jetzt bemerkte Marcel eine zierliche Frau, die auf den Fischer zueilte. Nachdem sie ihm einen Kuss auf den Mund gegeben hatte, schaute sie Marcel an.

Als der Fischer den fragenden Blick seiner Frau sah, setzte er zu einer Erklärung an: »Das ist ...«

Er zögerte. Der Fremde und er hatten sich bisher nicht einmal vorgestellt.

»Marcel. Marcel Grünwald, Madame.« Er nahm ihre Hand. »Enchanté.«

»Enchantée, Monsieur« entgegnete sie freundlich.

»Bon, das ist meine Frau Jacqueline, und ich, ich bin Paul. Paul Marineaux«, stellte sich der Fischer etwas unbeholfen vor.

Er streckte ihm die Hand entgegen, als ob sie sich gerade erst begegnet wären. Marcel erwiderte den festen Händedruck.

»Ich habe Marcel eingeladen, mit uns zu Abend zu essen.«

Paul bedeutete Marcel, auf einem der Stühle Platz zu nehmen.

Jacqueline ging ins Haus, gefolgt von ihrem Mann. Nach wenigen Minuten kam er mit einer Flasche Rot- und Weißwein heraus und lief noch einmal zurück, um Gläser zu holen. Nachdem er die Flaschen entkorkt hatte, setzte er sich zu Marcel. Kurz darauf erschien Jacqueline mit einer riesigen, dampfenden Auflaufform, die sie mitten auf den Tisch stellte. Es roch fantastisch.

»Und wovon und womit sollen wir drei jetzt bitteschön essen?«, fragte sie ihren Mann lächelnd.

Paul grunzte grimmig.

Marcel musste schmunzeln. Genau wie er und Claudine. Als er Jacqueline ansah, bemerkte er ihre geröteten Augen.

Binnen weniger Sekunden war sie samt Tellern und Besteck wieder zurück. Inzwischen hatte Paul großzügig vom Weißwein eingegossen. Jacqueline erhob ihr Glas. Paul und Marcel taten es ihr gleich.

Sie sah Marcel an.

»À la vie!«, sagte sie mit fester Stimme.

Paul blickte verstohlen zu Marcel.

Marcel begriff. Offenkundig hatte Paul in der Küche seiner Frau alles erzählt.

Das Klirren der Gläser hallte im Innenhof wider. Zusammen wiederholten sie: »Auf das Leben!«

Als sie die Gläser abstellten, lächelten sie sich an. Mit feuchten Augen.

An diesem Abend entstand eine echte, altmodische Freundschaft. Eine von Herzen.

Marcel war dankbar. Für die ehrliche Anteilnahme, die warmherzige Atmosphäre, das hervorragende Essen. Weder Jacqueline noch Paul stellten Fragen. Gleichwohl erzählte er ihnen in radebrechendem Schulfranzösisch, was sich in Italien zugetragen hatte.

Jacqueline konnte ihre Tränen nicht mehr zurückhalten. Die zierliche Frau stand auf, ging um den großen Tisch herum und drückte Marcel so fest, dass er glaubte, jeden Augenblick müsste eine seiner Rippen brechen.

So hatte Paul seine sonst so schüchterne Frau noch nie erlebt. Aber er fühlte genauso.

»Oh Gott«, kam es Paul in den Sinn, »wenn ich auf diese Weise meine Jacqueline verlieren würde.«

Er schenkte aus der Rotweinflasche üppig ein. Sie tranken, sie schwiegen, sie weinten. Sobald die Gläser halb leer waren, füllte Paul nach. Marcel war unendlich dankbar für die Erleichterung, die ihm ihre Gesellschaft brachte. So saßen sie die ganze Nacht im Freien.

Paul und Jacqueline bestanden darauf, dass Marcel bei ihnen übernachtete. Er ließ sich willig in das Gästezimmer führen und bedankte sich für die liebevolle Gastfreundschaft. Nachdem sie ihm »Bonne nuit« gewünscht hatten, schlief er sofort ein.

Als er wach wurde und auf die Uhr sah, bekam er ein schlechtes Gewissen. Es war halb zwei mittags. Jacqueline und Paul hatten ihn schlafen lassen. Das erste Mal seit Langem fühlte er sich wirklich ausgeruht. Die Begegnung mit den beiden, der gestrige Abend hatten ihm so gutgetan. So schnell er konnte, duschte er und ging hinunter in den Hof. Der Tisch war bereits gedeckt. Ein Korb mit frischen Croissants, Butter und, wie er richtig vermutete, von Jacqueline selbst eingemachte Marmelade. Drei große *Bols* warteten darauf, mit dem für Frankreich üblichen Milchkaffee gefüllt zu werden. Sie hatten mit dem Frühstück auf ihn gewartet, obwohl es eigentlich schon Zeit für das Mittagessen gewesen wäre.

Marcel setzte sich an den Tisch. Für einen Moment schloss er die Augen, genoss die wohltuenden Sonnenstrahlen auf seinem Gesicht. Er fühlte wie die Lebensgeister wieder Besitz von ihm ergriffen. Die Sehnsucht nach seinem Notebook, die er so lange nicht mehr gespürt hatte, keimte in ihm auf. Endlich an seinem neuen Buch weiterschreiben.

»Bonjour, Marcel«, hörte er unvermittelt die Stimme von Jacqueline über den Innenhof hallen. »Hast du gut geschlafen?«

»Bonjour«, antwortete er automatisch. »Sehr gut. Das erste Mal seit Italien. Dank euch. Ich hoffe, ich habe euch gestern Abend nicht um den Schlaf geredet«, fügte er ein wenig unsicher hinzu.

»Sag bitte so etwas nicht, Marcel. Wie sagt doch so eine deutsche Redensart: Geteilte Traurigkeit ist wie halb traurig sein.«

Sie gab ihm Bisous auf beide Wangen.

»Du meinst: Geteiltes Leid ist halbes Leid.«

»Ja natürlich, so heißt es sicherlich korrekt, aber du weißt, was ich meine«, erwiderte sie lächelnd.

»Ich bin dir und Paul so unendlich dankbar für den gestrigen Abend. Ihr beide könnt euch gar nicht vorstellen, wie sehr ihr mir geholfen habt.«

»Was redest du denn da?«, entgegnete sie verlegen. »Paul muss jede Minute zurück sein. Er wollte nur schnell runter zum Boot, um nach dem Rechten zu sehen.«

In diesem Augenblick betrat Paul den Hof. Er begrüßte Marcel herzlich, bevor er sich neben seine Frau an den Tisch setzte. Er sah genauso übernächtigt aus wie sie.

Jacqueline verschwand in die Küche, um kurz darauf mit einer Kanne dampfenden Kaffees und einem Krug heißer Milch wieder zurückzukommen. Sie goss in die Trinkschalen ein und schob das Körbchen mit den Croissants in Marcels Richtung. Er griff mit Appetit zu.

»Ich glaube, ihr beide habt nicht so gut geschlafen wie ich«, bemerkte er zu Paul.

»Wenn du so direkt fragst: Nein, wir haben kein Auge zugetan. Da hat auch der Wein nicht geholfen.«

»Ich hätte euch nicht mit meinem Kummer belästigen dürfen. Das tut mir wirklich leid.«

»Red keinen Unsinn«, brauste Paul kurz auf, um sofort mit sanfterer Stimme fortzufahren: »Das war genau richtig so, nicht wahr, Jacqueline?«

Er schaute zu seiner Frau, die bekräftigend nickte.

»Hör zu, Marcel. Natürlich konnten wir nicht schlafen nach dem, was du uns gestern erzählt hast. Ist doch logisch. So eine Geschichte geht einem an die Nieren.«

Jacquelines Augen wurden wieder feucht.

»Oh Gott, das habe ich echt nicht gewollt.«

Marcel begann, auf dem Stuhl unruhig hin- und herzurutschen. »Ich wollte euch doch nicht ... Vielleicht der viele Wein ...?«, fing er an zu stammeln.

»Quatsch mit Soße. Hör einfach zu«, erhob Paul erneut seine Stimme. Jacqueline legte ihre Hand auf den Arm ihres Mannes.

»Ist alles in Ordnung so, kannst du uns glauben. Aber was ich jetzt eigentlich sagen will, ist, dass Jacqueline und ich gestern Nacht lange über die Sache gesprochen haben.«

Marcel wurde die Situation immer peinlicher. Gestern Abend war es so leicht gewesen, sich alles von der Seele zu reden. Und als er heute Morgen aufgewacht war, hatte er sich prima gefühlt. Und nun? Nun wusste er, wie egoistisch das gewesen war.

Paul schaute Marcel fest in die Augen.

»Also, wir haben uns Gedanken gemacht und sind zu dem Schluss gekommen, dass wir dich so nicht gehen lassen können, genauer gesagt, nicht gehen lassen wollen.«

Als Jacqueline Marcels Gesichtsausdruck sah, fiel sie ihrem Mann ungeduldig ins Wort: »Was wir dich eigentlich die ganze Zeit fragen wollen, ist: Möchtest du nicht eine Weile hier bei uns bleiben? Wir beide würden uns sehr freuen.«

Marcel wusste nicht, was er sagen sollte. Die Achterbahn der Gefühle war an diesem Morgen ein bisschen viel für ihn.

»Pass auf, ich war gerade unten am Hafen, um nach dem Boot zu sehen. Der kleine Pascal, meine helfende Hand, wenn ich hin und wieder zum Fischen rausfahre, ist krank geworden. Da kam mir der Gedanke, ob du nicht vielleicht Lust hättest, mal etwas ganz anderes zu machen und mir helfen würdest. Für eine Woche oder zwei?«

Marcel hätte nicht geglaubt, dass ein gestandener Mann wie Paul so einen unschuldigen Hundeblick aufsetzen konnte.

»Natürlich nur, falls es dir recht ist.«

»Was soll ich sagen? Ihr seid so lieb zu mir, obwohl ihr mich gerade mal vierundzwanzig Stunden kennt«, entgegnete Marcel gerührt.

»Na und? Spielt das eine Rolle, wenn man sich auf Anhieb sympathisch ist?«, fragte Jacqueline.

»Also ich weiß nicht«, fuhr Marcel fort, »eigentlich hatte ich mein Hotel bis morgen gebucht und wollte dann wieder zurück nach Frankfurt.«

»Oh«, erwiderte Jacqueline enttäuscht, »du hast wichtige Termine zu Hause. Das ist sehr schade.«

»Nein, keine Termine«, beeilte sich Marcel zu erwidern.

»Aber dann«, hakte Jacqueline sofort ein, »gibt es doch keinen Grund. Oder hast du andere wichtige Verpflichtungen? Wir wollen nicht neugierig sein.«

»Also gut. Im Augenblick gibt es nichts, was wirklich eilig wäre, aber ich kann euch doch nicht so spontan zur Last fallen.«

»Oh doch, das kannst du. Wenn Jacqueline und ich es sagen, dann geht das. Ganz einfach so. Ha, ha«, lachte Paul heiser, als ob er einen Witz gemacht hätte.

Marcel wusste, dass er längst verloren hatte. Gegen die offene Herzlichkeit der beiden hatte er keine Chance.

Außerdem fühlte er, dass er im Augenblick nirgendwo lieber sein wollte als hier an der Mittelmeerküste. In diesem Innenhof. An diesem riesigen Holztisch. In der Gesellschaft von Paul und Jacqueline.

»Aber nicht umsonst«, fügte er rasch hinzu.

Sogleich bereute er seine direkte Art.

Paul kam ihm unvermittelt zur Hilfe.

»Keine Angst, mon Ami. Wenn dir die Arbeit als Hilfsfischer gegen Kost und Logis nicht zu anstrengend ist, dann sind wir uns sofort einig«, streckte er Marcel seine raue Hand entgegen.

Marcel schlug ohne ein weiteres Wort ein.

KAPITEL 13

Obwohl die Arbeit auf dem Fischerboot für einen Großstadtmenschen wie Marcel ausgesprochen ungewohnt war, machte sie ihm Spaß. Vom Fischfang hatte er zwar nicht die geringste Ahnung, doch mit Pauls geduldiger Hilfe richtete er nur wenig Schaden an.

Nach der ersten Ausfahrt berichtete Paul seiner Frau stolz, dass sein neuer Gehilfe weder Boot noch Fische versenkt habe. Aus diesem Grund werde er, Paul Marineaux, Marcel heute Abend beim Aperitif offiziell zum Hilfs-Pêcheur befördern.

Jacqueline hatte ihren Mann schon lange nicht mehr so ausgelassen erlebt. Paul war von der grüblerischen Sorte Mensch. Für Außenstehende war es nicht so leicht, mit ihm auszukommen, da man nicht so recht wusste, wie er zu nehmen war. Er mochte es nicht, bevormundet zu werden und schon gar nicht anderen nach dem Mund zu reden. Und so war er in dem kleinen Fischerdörfchen zum Eigenbrötler abgestempelt worden. Seinen aufrechten Charakter respektierten zwar alle, was ihn allerdings auch nicht beliebter machte. Nie hätte sie geglaubt, dass er einen Fremden so spontan in sein Herz schließen würde. Nun waren Marcel und sein Schicksal auch äußerst ungewöhnlich, und Marcel schien genau den richtigen Nerv bei Paul zu treffen. Mit Marcel hatte Paul Geduld, weil er die Sprache nicht so gut beherrschte. Marcel war intelligent, packte mit an und war sich für keinen Handgriff, ob Deckschrubben oder Fischeausnehmen, zu schade. Er besaß eine ordentliche Portion gesunden Menschenverstand und, was Paul trotz der Sprachschwierigkeiten besonders schätzte, Humor.

Wie schnell sich das Leben doch ändern konnte, dachte Jacqueline. Wie auch immer, ihr gefiel es so, wie es gekommen war.

Nach seinem ersten Tag auf einem Fischerboot taten Marcel am meisten die Hände vom Einholen des Netzes weh. Paul hatte ihm zwar ein paar dicke Handschuhe gegeben, aber er musste so fest zupacken, um den Fang an Bord zu hieven, dass er Stunden später Mühe hatte, Messer und Gabel in die Hand zu nehmen und das Weinglas zu halten.

»Das geht vorüber«, meinte Paul grinsend. »Wenn du eine ordentliche Hornhaut bekommen hast, tut es nicht mehr so weh.«

Marcel setzte ein übertrieben schmerzverzerrtes Gesicht auf.

»Super, kann ich wenigstens so lange einen Strohhalm kriegen, um meinen Wein zu trinken?«

Beide lachten.

Nach dem ersten Tag auf dem Wasser spürte er zwar jeden Knochen einzeln, aber die harte körperliche Arbeit hatte ihm nicht nur gutgetan, sondern obendrein Spaß gemacht. Auch das Ergebnis konnte sich sehen lassen. Paul meinte, es wäre sein bester Fang seit Monaten.

Sie waren glänzender Laune, und das Abendessen von Jacqueline war der perfekte Abschluss eines erlebnisreichen, anstrengenden Tages. Hatte Marcel am Vortag so gut wie seit Langem nicht geschlafen, lag er diese Nacht wie ein Stein im Bett. Er rührte sich erst, als Paul vom Innenhof in sein Zimmer hinaufrief:

»Hey, du alter Pêcheur! Wach auf! Die Fische warten nicht.«

Marcel schreckte hoch und eilte ans Fenster.

»'tschuldigung. Bin sofort unten.«

»War nur ein Scherz. Wir fahren heute nicht raus. Ist zu stürmisch, und du musst dich erst einmal von gestern erholen.«

Marcel beugte sich aus dem Fenster.

»Wovon denn erholen? Wegen mir können wir in ein paar Minuten die Leinen losmachen.«

Er flitzte ins Bad. Als er nach dem Duschen seine Hose anziehen wollte, merkte er, dass das viel schwieriger ging als tags zuvor, und bereute seine große Klappe. So rasch wie es der muskelverkaterte Körper zuließ, lief er hinunter in den Innenhof, um sich zu Paul an den Tisch zu setzen. Der erwartete ihn bereits mit einer Bol dampfenden Milchkaffees.

»Na, wenn das nicht schnell ging. Das waren ja rekordverdächtige dreißig Minuten zwischen jetzt und vorhin«, lästerte Paul munter weiter.

Marcel hielt lieber den Mund und nippte an seinem Milchkaffee.

»Ich hatte dir doch gesagt, dass wir nicht jeden Tag rausfahren. Jeden zweiten oder dritten. Das reicht, um ein paar zusätzliche Fische zu fangen. Wobei ich sagen muss, die gestrige Ausbeute war nicht schlecht, gar nicht schlecht. Mittlerweile ist das Ganze für mich eh mehr ein Zeitvertreib als ein Broterwerb. Die Erträge werden immer geringer, und die Arbeit ist mir allmählich zu anstrengend. Und alleine macht es auch keinen Spaß.«

»Du hast doch diesen Pascal«, entgegnete Marcel, während er in ein Croissant biss.

»Pascal? Ja, das ist ein netter kleiner Bursche. Packt für sein Alter ordentlich mit an, quatscht aber leider ein bisschen viel. Nee, is wirklich ein lieber Junge, der sich damit ein Taschengeld verdient. Kann natürlich nur am Wochenende wegen der Schule.«

Paul nahm einen großen Schluck Kaffee.

In dieser Woche fuhren sie noch zweimal raus und kamen mit gut gefüllten Netzen zurück. Pauls zufriedenes Grinsen wurde jedes Mal breiter, wenn er seiner Frau den Erlös in Euroscheinen auf den Küchentisch legte.

Jacqueline war glücklich. Marcel schien auf ihren Mann wie ein Jungbrunnen zu wirken. Die sich mit zunehmendem Alter einschleichende Melancholie war mit einem Mal wie weggeblasen. Sie hoffte, dass Marcel noch eine Weile blieb.

Am Ende der zweiten Woche reichte Paul nach dem Abendessen Marcel einen Umschlag über den Tisch. Marcel sah ihn fragend an. Er öffnete ihn, schaute hinein und schob ihn wieder zurück.

»Ich verstehe nicht.«

»Na, das ist dein Anteil an unserem Fang in den letzten beiden Wochen. Dank deiner Hilfe haben wir mehr gefangen als in den vergangenen drei Monaten«, antwortete Paul mit strahlendem Gesicht.

»Aber das geht doch nicht. Abgemacht waren Kost und Logis. Dabei bleibt es«, entgegnete Marcel mit fester Stimme.

»Keine Widerrede,« insistierte Paul ebenso bestimmt. »Das hast du verdient und damit basta. Das Geld ist ja nur der Überschuss aus dem hervorragenden Fangergebnis, an dem du kräftig mitgearbeitet hast.«

»Die Arbeit hat mir Spaß gemacht, ihr habt mich zwei Wochen lang verwöhnt, und dann soll ich noch Geld annehmen? Nein, das wäre wohl zu viel verlangt. Ich bin euch so dankbar, dass ihr mir über den Berg geholfen habt. Wollt ihr es nicht lieber euren Kindern geben?«

Paul und Jacqueline senkten den Blick.

Marcel merkte sofort, dass die Stimmung umschlug. Für einige Augenblicke wurde es still am Tisch.

Jacqueline ergriff als Erste wieder das Wort: »Du hast die Fotos im Wohnzimmer gesehen, nicht wahr?«

»Ja«, erwiderte Marcel leise, »aber ich wollte nicht neugierig sein.«

»Sei nicht albern«, schob Paul den Einwand beiseite. »Die Bilder sind schließlich kein Geheimnis.«

»Sie zeigen unseren Sohn«, fuhr Jacqueline mit belegter Stimme fort. »Er ist vor elf Jahren bei einem Unfall ums Leben gekommen.«

»Unfall?, wiederholte Paul zornig. Er hat sich mit einem dieser verdammten Dinger totgefahren! So war das! Mit einem dieser Motorräder, mit denen man in einem irren Tempo über Stock und Stein brettert. Bei einem dieser Querfeldeinrennen ist er dann mit dem Vorderrad an einer Baumwurzel hängen geblieben. Über zehn Meter weit ist er geflogen, auf einen Baum geprallt und hat sich das Genick gebrochen. Mit zweiunddreißig Jahren war sein Leben aus und vorbei! Was für eine Vergeudung. Wenigstens hat er keine Witwe und Kinder zurückgelassen.«

»Paul!«, wies seine Frau ihn energisch zurecht. »Fang nicht wieder an, so zu reden. Er war schließlich unser Sohn.«

»Is ja gut. Ich kriege mich schon wieder ein. Aber es ist nicht leicht, wenn ich daran denke, was aus dem Jungen hätte werden können ohne diesen gefährlichen Blödsinn.«

Marcel war bestürzt. Damit hatte er natürlich nicht gerechnet. Um die Wunde, die er soeben aufgerissen hatte, nicht zu vertiefen, nahm er den Umschlag, bedankte sich und steckte ihn in die Hosentasche.

»Na bitte. Geht doch«, konnte sich Paul einen Kommentar nicht verkneifen und machte ein zufriedenes Gesicht.

Jacqueline atmete hörbar auf. Sie hatte befürchtet, dass Paul sich in Rage reden würde, aber Marcel schien tatsächlich eine außergewöhnliche Wirkung auf ihren Mann zu haben.

Obwohl Marcel nicht gleich wieder Öl ins Feuer gießen wollte, blieb ihm nichts anderes übrig, als ein weiteres heikles Thema anzusprechen. Schließlich konnte er nicht ewig bei den beiden bleiben. Irgendwann musste er zurück nach Frankfurt, selbst wenn ihn dort die Erinnerungen einholen würden.

Es kam, wie er es vorausgeahnt hatte, als er die Sprache darauf brachte. Man einigte sich, dass er noch eine Woche länger blieb, aber nur, falls er versprach, bald wiederzukommen. Marcel dreht den Spieß um, indem er ihnen das Versprechen abrang, ihn in Frankfurt zu besuchen. In spätestens drei Monaten. Dann könnten sie sich bei ihm zu Hause davon überzeugen, dass es ihm gut ginge.

Da Marcel nicht locker ließ, gaben sie nach.

Wie die ersten beiden verging auch die letzte Woche wie im Flug. Dreimal fuhren sie noch zum Fischen raus. Das Meer meinte es gut mit ihnen. Das Netz war jedes Mal voll, und Paul strahlte wie ein kleiner Junge, wenn Jacqueline ihn abends nach dem Fang fragte. Aber ihre Blicke hielten ihn davon ab, Marcel erneut um einer Verlängerung zu bitten.

KAPITEL 14

Ein penetranter Piepton riss ihn jäh aus seinen Erinnerungen. Aus Versehen hatte er mit dem Ellenbogen eine Taste blockiert und damit das unangenehme Geräusch ausgelöst.

Mit einem kurzen Blick überflog er den letzten Absatz. Dann jagten seine Finger über die Tastatur. Er war wieder ganz in die Handlung seines neuen Buches vertieft. Er hoffte, nein, diesmal hatte er einfach ein gutes Gefühl, dass dieses Buch ein Bestseller werden würde.

Natürlich fehlte ihm Claudine. Jede Ecke, jeder Gegenstand erinnerte an sie. Er fragte sich oft, ob es klug sei, in der Wohnung zu bleiben. Aber er war noch nicht so weit. Er hatte gehofft, mit der Beisetzung in einer der Buchten der Calanques eine Art Schlussstrich ziehen und ein neues Leben anfangen zu können. Doch mit den Gefühlen war das so eine heikle Sache, musste er feststellen. Man konnte sie nicht so leicht mit dem Verstand beiseiteschieben. Das brauchte Zeit. Mehr Zeit, als er dachte.

In seinem Kopf herrschte ein ziemliches Durcheinander. Auf der bequemen alten Ledercouch sitzend, goss er sich im Abendlicht ein Glas von dem französischen Rotwein ein, mit dem Paul und Jacqueline ihn zum Abschied reichlich bedacht hatten.

»*Das hilft, wenn du zu viel grübelst. Aber in Maßen, mein Lieber, sonst wird's eher schlimmer*«, hatte Paul dazugesagt. »*Und falls es unerträglich wird, dann setz dich ins Auto oder nimm das Flugzeug und komm zu uns. Ganz spontan. Du bist immer willkommen.*«

Marcel nahm einen großen Schluck.

»*Die Zeit heilt alle Wunden. Du musst irgendwann einen Schnitt machen und dir ein neues Leben aufbauen. Denk an das Morgen.*« Et cetera, et cetera. Er hatte es leid, ständig diese Floskeln von seinen Freunden und Bekannten zu hören. Sicherlich waren sie gut gemeint, aber meist nur so dahin gesagt. Als wäre das Leben so einfach. Allerdings konnte man es auch unnötig komplizieren, besonders wenn Emotionen im Spiel waren. Freude und Trauer, Liebe und Hass, das waren starke Gefühle, die niemand mühelos zu beherrschen vermochte. Von diesen Gefühlen wurde man beherrscht. Der Verstand zog immer den Kürzeren. Er musste erst mit sich selbst klar kommen, sich der Situation stellen.

Marcel nahm einen weiteren Schluck Wein.

Gott, wie sollte, wie wollte er jetzt ohne Claudine weiterleben? Konnte er nicht schlichtweg wieder zur Tagesordnung übergehen, ohne viel darüber nachzudenken? Sehen, wie alles kommt, wie die Dinge sich entwickeln?

Nein. Er entschied sich dafür, nichts zu entscheiden. Die Dinge sollten sich von alleine entwickeln. Er wollte definitiv keinen neuen Lebensabschnitt anfangen. Natürlich war ihm bewusst, dass Claudine tot war, dass sich sein Leben dadurch zwangsläufig verändert hatte. Schließlich war er ein intelligenter Mann, der die Realität wahrnahm, aber er war einfach zu träge. Das Leben sollte für ihn entscheiden, wie es nach dem Tod von Claudine weiterging.

KAPITEL 15

Mit dem neuen Buch war Marcel so zufrieden, wie man es als Autor nur sein konnte. Kaum dass er den letzten Absatz beendet hatte, übermittelte er dem Verlag das Manuskript.

Er war zuversichtlich, diesmal nicht so lange auf eine Antwort warten zu müssen. Bis dahin wollte er es sich erst einmal gutgehen lassen. Die folgenden Tage schlief er aus und kaufte nur ein, was er am liebsten aß und trank. Abends schaute er Action- und Science-Fiction-Filme, bis er vor dem Fernseher einschlief.

Die Reaktion auf sein neues Buch ließ tatsächlich nicht lange auf sich warten, aber sie fiel anders aus als erwartet. Das Leben hatte anscheinend entschieden, dass sich etwas verändern sollte.

Beinahe hätte er das Telefonklingeln vor lauter Actiongetöse aus dem Fernseher überhört. Noch während er vom Sofa kletterte, griff er nach dem Telefon.

»Ja bitte.«

»Hallo, Marcel. Ich bin's, Martin. Ich hoffe, ich störe nicht.«

Marcel war überrascht. Mit einer so schnellen Resonanz hatte er nicht gerechnet.

Martin Zimmermann war seit fast zwei Jahren sein Ansprechpartner beim Deutschen Literatur Verlag. Er hatte ihn von Anfang an unter seine Fittiche genommen, was für einen Ressortleiter eigentlich unüblich war, wie er später erfahren hatte. Aber Martin hatte schon bei ihrem ersten Gespräch derart Gefallen an ihm gefunden, dass er die Betreuung persönlich übernahm. Sie waren sich auf Anhieb sympathisch gewesen, hatten sich sogar ein wenig angefreundet, obwohl Martin gute zehn Jahre älter war als er.

»Nein, überhaupt nicht. Wie geht es dir?«, fragte er automatisch.

»Sag mal, ist bei dir alles in Ordnung oder bist du gerade dabei, deine Wohnung in die Luft zu sprengen?«

»Oh Entschuldigung, ich habe den Fernseher laufen.«

Mit der freien Hand griff er nach der Fernbedienung, um die Stummtaste zu drücken.

»So, jetzt ist es besser.«

»Viel besser«, bestätigte Martin am anderen Ende der Leitung. »Und danke der Nachfrage, mir geht es fast gut.«

»Was meinst du mit *fast gut*? Hat dir das neue Manuskript nicht gefallen?«

»Das Manuskript? Oh nein, keine Sorge, das hat nichts damit zu tun.«

Marcel atmete hörbar auf.

»Der Anfang liest sich sehr vielversprechend. Zu mehr bin ich noch nicht gekommen. Leider. Nein, deswegen rufe ich nicht an. Es gibt eine gute und eine schlechte Nachricht. Welche willst du zuerst hören?«

»Egal.«

»Wie du willst. Dann die schlechte zuerst: Unser Verlag hat den Besitzer gewechselt.«

»Das bedeutet?«, fragte Marcel neugierig.

»Dass alle Autoren auf ihre Profitfähigkeit hin überprüft werden.«

»Na, dann weiß ich ja Bescheid«, hörte Martin ihn am anderen Ende der Leitung resigniert seufzen. »Danke, dass du nicht lange um den heißen Brei herumgeredet hast.«

Das war's wohl mit seiner steilen Schriftstellerkarriere. Sein erstes Buch war nach den gängigen Kriterien am Buchmarkt zwar ein *Seller*, aber kein *Best*seller gewesen. Ein Überraschungserfolg eines Newcomers. Eine Gelddruckmaschine zu sein wie die Starautoren, davon war er noch meilenweit entfernt.

»Interessiert dich eigentlich auch die gute Nachricht?«, fragte Martin ungeduldig nach.

»Du behältst deinen Job«, reagierte Marcel flapsig.

Kaum dass es aus dem Mund war, bereute er seine unsensible Art, schließlich war Martin nicht nur sein Agent, sondern auch sein Freund.

»Ich meine, du behältst doch hoffentlich deinen Job?«, setzte er verlegen nach.

»Ja«, entgegnete Martin nur knapp. »Du übrigens auch.«

Marcel brauchte einen Moment, bis er verstand.

»Dein Erstlingswerk hat die neuen Manager hinsichtlich der verkauften Auflage nicht vom Hocker gerissen. Die sind vom amerikanischen Buchmarkt andere Zahlen gewohnt. Aber«, Martin machte eine kurze dramaturgische Pause, »man glaubt, dass du das Potenzial zum Bestsellerautoren hast. Du bist ab sofort die Nummer eins unserer Nachwuchsautoren. Also voll im Geschäft, mein Alter.«

Wollte Martin ihn auf den Arm nehmen?

»Und das heißt?«, fragte er unsicher.

»Dass für deine nächsten Bücher die ganz große Werbetrommel gerührt wird.«

»Aber du bleibst doch mein Ansprechpartner?«

»Keine Angst, du kannst leider nicht darauf hoffen, dass dein Schriftstellerleben einfacher wird. Ich bleibe dir erhalten.«

»Gott sei Dank«, seufzte Marcel erleichtert.

Martin war zwar gnadenlos ehrlich, was seine Schreibarbeit betraf, aber immer hilfreich und konstruktiv.

»Das neue Management möchte dich natürlich persönlich kennenlernen. Ich ruf dich wegen eines Termins noch mal an.«

»Danke, Martin, bis dann.«

»Halt die Ohren steif.«

Marcel warf den Hörer auf den Couchtisch und fläzte sich wieder aufs Sofa. Den Fernseher schaltete er aus. Im Moment brauchte er Ruhe zum Nachdenken. Man erfuhr schließlich nicht jeden Tag, dass man das Potenzial zum Starautoren hatte. Großzügig goss er sich von dem Wein nach. Seine Augen suchten das Bild von Claudine im Regal.

»Schade, dass ich den Erfolg nicht mit dir teilen kann. Ich vermisse dich so sehr.«

Er nahm einen großen Schluck und ließ seinen Tränen freien Lauf.

KAPITEL 16

Das Treffen mit der neuen Leitung des Verlages verlief in einer eher geschäftsmäßigen Atmosphäre. Bis auf Martin saßen nur Business Manager in dem kleinen Konferenzraum. Abgesehen von seinem Freund sahen die Anwesenden nur mäßig sympathisch aus. Da sich niemand für die literarische Seite seiner schriftstellerischen Arbeit interessierte, war die Konversation recht einseitig. Von modernem Marketing war die Rede, wobei sein neues Buch im Vordergrund stand. Laut Martin, so bemerkten sie, hätte es ja wohl das Potenzial, ein Riesenerfolg zu werden. Sie redeten über die Höhe der Erstauflage sowie einer Neuauflage seines ersten Werkes mit erhöhtem Werbeaufwand. Ob er bereit wäre, häufiger Lesungen zu veranstalten, in den Medien präsent zu sein, für Interviews, Porträts, redaktionelle Beiträge et cetera zur Verfügung zu stehen. Auch Fotoshootings und Dreharbeiten für Werbespots würden auf ihn zukommen, da man die Absicht verfolge, ihn ganz groß herauszubringen.

Marcel schwirrte der Kopf von all dem Werbefachchinesisch. Damit habe er eigentlich nichts am Hut, wandte er ein. Lieber würde er sich aufs Schreiben konzentrieren.

Das würden alle Autoren gerne, konterten sie, aber das Klappern gehöre nun einmal zum Handwerk, wenn man diese guten Bücher auch erfolgreich zu verkaufen beabsichtige. Vom Applaus allein würde niemand satt.

Marcel nickte ergeben. Vor seinem inneren Auge sah er sich schon mehr auf Reisen als am Schreibtisch sitzen.

Das Leben hielt also die ersten Veränderungen für ihn bereit. Mit einem Mal schossen ihm unzählige Fragen durch den Kopf: Wollte er denn herumreisen, über seine Bücher, sein Leben befragt werden? Ein berühmter Autor werden? Plante man bereits, sein persönliches Schicksal als rührselige Geschichte zu vermarkten, um die Auflage zu steigern? Mit den Auftritten, ja selbst mit den Interviews könnte er sich zur Not arrangieren. Vielleicht wären sie sogar eine willkommene Ablenkung von der Trauer um Claudine. Andererseits hatte er kein Interesse an irgendwelchem Rummel um seine Person. Ihm war es wichtiger, dass die Bücher im Vordergrund standen und nicht er. Sich mit seinem Notebook zu Hause zu vergraben, um Romane zu schreiben, in denen zwangsläufig sein Kummer einfließen würde, war allerdings auch keine Alternative.

Vielleicht hatte Martin ja eine Idee, wie man alles in vernünftigen Maßen unter einen Hut bringen konnte, die Wünsche des Managements zu erfüllen, ohne sich gleich komplett der Vermarktungsmaschinerie preiszugeben.

Martin hatte.

Da er Marcel gut genug kannte, wusste er sofort, worum es ihm ging.

»Wir müssen dir lediglich ein geeignetes Image verpassen.«

»Und welches, bitteschön?«

»Eins mit dem du und das neue Management in perfekter Harmonie leben könnt.«

»Welches wäre?«

»Eins, mit dem du zufrieden bist, das sich aber gleichzeitig optimal vermarkten lässt.«

»Geht's auch ein klein wenig konkreter?«, fragte Marcel leicht genervt.

»Wir machen aus dir den *einsamen Wolf*. Einen introvertierten Schriftsteller, der zurückgezogen seine Meisterwerke schreibt. Der nur selten in der Öffentlichkeit erscheint. Geheimnisvoll, rätselhaft, mysteriös. So was lieben die Leute. Außerdem ist das ja nicht so weit von deiner Realität entfernt, und du müsstest dich nicht einmal sehr verstellen. Ausgewählte Auftritte in den Medien, gelegentliche Lesungen, um die sich deine Fans reißen, Spekulationen über dein Privatleben, warum du so zurückgezogen lebst. Das kommt bei den Leuten an, und dir bleibt genügend Zeit zum Schreiben.«

»Klingt nach Hollywoodinszenierung. Aber dass mir genügend Zeit zum Schreiben bleibt, gefällt mir. Was wird das Management dazu sagen, das mich so groß herausbringen will?«

»Das lass nur meine Sorge sein. Ich werde die Herren zu überzeugen wissen. Für die zählen nur die Umsatzzahlen und der Gewinn. Ich weiß schon, wie ich das hinkriege.«

Marcel schaute Martin dankbar an.

»Wenn das klappt, hast du nicht nur einen Stein bei mir im Brett.«

»Na, das ist es doch wert«, antwortete Martin zufrieden. »Überlass alles nur mir.«

KAPITEL 17

Wie Martin die neue Verlagsleitung rumbekam, behielt er für sich. Marcel war dankbar, dass er es überhaupt geschafft hatte.

Die ersten Auftritte waren ungewohnt. Auch wenn Martin recht hatte und das von ihm entworfene Image gut zu ihm passte, fühlte er sich wie ein Schauspieler, der eine Rolle spielte. Dennoch fand er sich schnell hinein. Martin übte mit ihm, wie man ein wortkarges Interview gab, zurückhaltend gestikulierte und trotz eines selbstbewussten Auftretens schüchtern wirkte. Das schien sogar zu funktionieren, wie Martin erleichtert feststellte. Das Management war zufrieden, denn bei den von ihnen favorisierten Zielgruppen kam dieses Image des neuen Sterns am Schriftstellerhimmel hervorragend an. Die Kassen der Buchläden klingelten.

Die ersten Artikel in den Zeitungen zu lesen, war recht ungewohnt, wobei die Spekulationen über sein Privatleben ihn daran zweifeln ließen, ob seine Entscheidung richtig gewesen war. Martin beruhigte ihn. Das sei nun mal Teil des Showgeschäfts, und der Buchmarkt gehöre längst dazu. Zähneknirschend gab Marcel ihm recht. Die Imagepflege war der Kompromiss, den er einging, um ein ruhigeres Schriftstellerleben zu führen als viele seiner Kolleginnen und Kollegen. Aber ein Kompromiss war naturgemäß kein Idealzustand.

Die seltenen Lesungen empfand er als den angenehmeren Teil dieses Arrangements. Am Anfang hatte er sich etwas schwergetan mit dem lauten Vorlesen, der dramaturgisch richtigen Betonung. Doch auch hierbei hatte ihm Martin geholfen, indem er einen befreundeten Schauspieler um Unterstützung gebeten hatte. Danach machten ihm die Lesungen sogar Spaß. Der direkte Kontakt mit dem Publikum war eine motivierende Erfahrung. Nie mehr als hundert Zuhörer hatte Martin dem Management abgerungen und mit Exklusivität argumentiert. Für Marcel war das eine angenehme, überschaubare Teilnehmerzahl.

Es geschah bei einer Lesung in einem Berliner Literaturcafé. Aufgrund seiner Größe bot es etwa fünfzig Zuhörern Platz. Man hatte darauf verzichtet, zusätzlich Sitzgelegenheiten hinzuzustellen, damit die Caféhausatmosphäre erhalten blieb. Marcel machte es nichts aus, dass die Leute, während er vorlas, einen Kaffee oder etwas anderes tranken. Im Gegenteil. Dadurch waren die Menschen entspannter, und er hatte nicht das Gefühl, dass ihn alle Augen aus akribisch aufgestellten Stuhlreihen anstarrten. Bis auf einen Tisch mit drei leeren Stühlen war das Café voll besetzt. Marcel wunderte sich darüber einen Moment, da seine Auftritte Wochen im Voraus ausverkauft waren.

Die Lesung begann wie immer. Zunächst stellte er sich in wenigen Worten vor, was eigentlich überflüssig, aber der Höflichkeit geschuldet war. Dann setzte er sich auf den für ihn reservierten Stuhl, schlug die Beine übereinander und fing an, mit kräftiger Stimme vorzulesen.

Kaum hatte er den Titel des Romans ausgesprochen, eilte der Besitzer des Cafés zur Eingangstür. Sie war aus Sicherheitsgründen nicht abgeschlossen, allerdings wies ein großes Schild darauf hin, dass eine geschlossene Veranstaltung stattfand.

Automatisch folgten alle Augenpaare dem Besitzer, der damit ungewollt eine Ablenkung verursachte. Neugierig blickte auch Marcel zur Tür. Eine elegante Frau in Begleitung zweier schwarz gekleideter Männer betrat das Café. Der Besitzer führte sie zu den freien Stühlen.

Marcel konzentrierte sich auf die Lesung. Gelegentlich schaute er über die Seiten hinweg in das Publikum, so wie es ihm der Schauspieler beigebracht hatte. Als er wieder einmal den Blick auf seine Zuhörer richtete, sah er, wie die elegante Frau die Beine übereinanderschlug, wobei sich der Schlitz ihres Rockes so weit öffnete, dass der Rand eines Strumpfbandes sichtbar wurde. Ganz automatisch fokussierten sich Marcels Augen auf die hübschen Beine, bis er bemerkte, dass alle im Raum ihn ansahen. Irritiert wandte er seinen Blick ab, um die Stelle im Buch zu finden, an der er fortfahren musste. Er räusperte sich kurz, damit niemandem etwas auffiel. Mehrere Absätze lang schaffte er es, sich auf die Seite vor ihm zu konzentrieren. Zwischendurch meinte er, das typische Geräusch zu hören, wenn Nylonstrümpfe beim Übereinanderschlagen der Beine aneinanderrieben, was bei der Entfernung, in der die Frau zu ihm saß, natürlich unmöglich war. Es fiel ihm zusehends schwerer, seine Aufmerksamkeit auf den Text zu richten. Die Versuchung war einfach zu groß. Seine Augen suchten immer öfter den oberen Rand des Buches, um hinüberzuspähen. So unauffällig wie möglich probierte er, zwei Dinge gleichzeitig zu tun: auf die Beine der Frau zu schielen, ohne dabei den Faden zu verlieren. Kaum dass seine

Augen auf ihre Beine scharf gestellt hatten, schlug sie sie erneut übereinander. Wie in Trance wanderte sein Blick langsam den Oberschenkel hoch Richtung Strumpfband. Dann passierte, was unweigerlich passieren musste: Er verhaspelte sich, stockte. Sein so gut eingeübter Redefluss war unterbrochen. Verzweifelt suchte er auf der Seite nach dem nächsten Absatz. Im Café war es mucksmäuschenstill. Er sah ins Publikum. Alle warteten geduldig darauf, dass er fortfuhr. Eigentlich sollte das beruhigend auf ihn wirken, stattdessen wurde seine Verwirrung von einer Sekunde auf die andere größer: Zwei strahlend blaue Augen schauten völlig unvermittelt in die seinen. Schlagartig wurde sein Gesicht puterrot. Seine Gedanken überschlugen sich. Vor seinem inneren Auge fiel eine klebrig süße Amarenakirsche von der Sahnehaube seines Eisbechers, suchte und fand ihren Weg auf sein Hosenbein.

Es dauerte eine Weile, bis Marcel bemerkte, wie das Publikum ihn weiterhin anstarrte. Betreten senkte er den Blick, saß einfach still da. Geschäftstüchtig winkte der Besitzer des Cafés den Bedienungen zu, die Gelegenheit zu nutzen, die Gäste mit Getränken zu versorgen. Marcel wusste nicht, ob er ihm dafür dankbar sein sollte. Die elegant gekleidete Frau, die beiden Männer rechts und links neben ihr, Süditalien, die Eisdiele in Bari ... Die Erinnerung war sofort präsent. Und jetzt, hier in einem Berliner Literaturcafé, dieselbe Szene, bei einer seiner Lesungen.

Der Besitzer des Cafés berührte ihn an der Schulter.

»Möchten Sie eine kurze Pause einlegen?«, fragte er ein wenig besorgt wegen der unerwarteten Unterbrechung.

»Nein danke.«

Er wollte die Lesung so schnell wie möglich zu Ende bringen, und dann nichts wie weg von hier.

Warum hatte ihn dieser Blick so aus der Fassung gebracht? Es war nicht das erste Mal, dass ihn eine Frau erwischte, wie er ihre hübschen Beine betrachtete. Die meisten lächelten ihn für dieses rein optische Kompliment dankbar an. Nein, das war es nicht. In diesem besonderen Fall wusste er den Grund sofort – es war die Erinnerung an Claudine.

KAPITEL 18

Es dauerte eine Weile, bis er den Vorfall so weit vergessen hatte, dass er sich wieder voll auf die Arbeit konzentrieren konnte. Die anwesende Lokalpresse hatte die spontane Unterbrechung nicht erwähnt. Es war ja auch nichts passiert, was der Rede wert gewesen wäre.

Mehr schlecht als recht hatte er die Lesung in Berlin beendet und war auf dem schnellsten Wege nach Hause gefahren, hatte eine Flasche von Pauls Wein entkorkt und stundenlang das Bild von Claudine angestarrt, bis er vor Müdigkeit eingeschlafen war. Dann hatte er Martin angerufen, um ihn darum zu bitten, nur die absolut notwendigsten Termine zu vereinbaren, da er an einem besonders schweren Kapitel seines nächsten Buches arbeiten würde. Martin versprach, ihm den Rücken freizuhalten, ohne Fragen zu stellen. Martin war halt ein echter Kumpel.

Das Leben hatte für ihn entschieden, dass Veränderungen stattfinden sollten. Nun hatte ihn die Erinnerung an Claudine wieder zurückgeworfen. Erschrocken über seine Wortwahl, wiederholte er das letzte Wort: *zurückgeworfen*. Was sollte das denn bedeuten? Wohin zurück? Claudine war sein Ein und Alles gewesen.

»Gewesen?«, murmelte er leise.

Die Zeit heilt alle Wunden, hieß es. Seine schienen durch dieses zugegebenermaßen seltsame Ereignis in Berlin gerade wieder aufzureißen. Sollte er jedes Mal so reagieren, wenn Erinnerungen an Claudine wachgerufen wurden, dann würde es keine Veränderung geben können, egal was das Schicksal für ihn bereithielt. Das Leben für sich entscheiden zu lassen, war also keine Alternative, wie er mit Bedauern feststellen musste. Das war einfach nur der Wunsch nach einer bequemen Lösung. Doch die war eine naive Illusion.

Am nächsten Morgen wartete eine Überraschung auf ihn. Diesmal im Briefkasten. Ein dicker DIN-A5-Umschlag aus teurem Papier, wie er als ehemaliger Grafikdesigner feststellte. Gespannt öffnete er ihn. Er enthielt eine aufwendig gestaltete Klappkarte, eine Einladung. Normalerweise gingen solche Schreiben an den Verlag. Dort wurde dann entschieden, welche er annehmen sollte. Theoretisch hatte er das letzte Wort. Theoretisch.

Aufmerksam las er den Text:
Lieber Herr Grünwald,
es tut mir leid, wenn ich Ihre Lesung in Berlin ein wenig durcheinandergebracht habe. Das war unverzeihlich. Ich hoffe, dass Sie mir die Gelegenheit geben, mich persönlich bei Ihnen zu entschuldigen.
Samstag in zwei Wochen veranstalte ich eine Matinee, zu der ich Sie herzlich einladen möchte.
Ich würde mich freuen, Sie dort begrüßen zu dürfen.
Ihre Mariana Dariovesa

Auf der zweiten Seite folgten Datum, Uhrzeit und Ort der Veranstaltung. Ein Frankfurter Museum, wie er erstaunt feststellte, nur zwanzig Autominuten von ihm entfernt. Ein Katzensprung also.

Er klappte sein Notebook auf, um den Namen im Internet zu recherchieren. Kaum dass er *Mariana Dariovesa* eingetippt hatte, löschte er die Eingabe wieder. Warum sollte er sich die Überraschung verderben? Es dürfte viel spannender sein, sich einen unvoreingenommenen Eindruck von dieser Frau zu machen. Von ihren äußeren Vorzügen hatte er sich ja bereits überzeugen können. Sogar dreimal, wenn ihn sein Gedächtnis nicht täuschte und die Frau in dem Berliner Literaturcafé tatsächlich mit der in Bari und Trani identisch war. Immer wieder hatte er das Bild aus seiner Erinnerung mit dem in Berlin verglichen: die elegante Frau, umrahmt von den beiden Männern in Schwarz. Das war eine verblüffende Übereinstimmung. Allerdings hatte er in dem Café nicht auf die Gesichter ihrer Begleiter geachtet. Insofern konnte es purer Zufall, lediglich eine Ähnlichkeit sein. Die Matinee bot ihm die einmalige Gelegenheit, das herauszufinden.

KAPITEL 19

Marcel war noch nie auf einer Matinee gewesen. Niemand hatte ihn bisher dazu eingeladen. Was zog man passenderweise an? Vor seinen Augen erschien Mariana Dariovesa in ihrem Designerkostüm. Also Anzug, zumindest Sakko, Krawatte sowieso. Selbstverständlich hatte er ordentliche Klamotten, allein für die öffentlichen Auftritte. Aber die waren locker, lässig, auf das Image als introvertierter, geheimnisvoller Schriftsteller zugeschnitten. Er rief Martin an, der bestimmt schon auf zahlreichen dieser Veranstaltungen gewesen war. Er sollte recht behalten.

»Da laufen lauter Künstler rum, dazu jede Menge von der Sorte, die keine sind, sich aber für solche halten, aus welchem Grund auch immer. So eine Matinee ist in der Regel voll von Spinnern, deren Hauptinteresse darin besteht, sich ihre Bäuche an einem ordentlichen Gratisbuffet vollzuschlagen. Zieh einfach an, was du bei einem Interview im Fernsehen trägst. Damit entsprichst du sowohl deinem Image als auch den Erwartungen der Gastgeber, bist weder underdressed noch overdressed, also perfekt angezogen.«

Das war genau das, was er wissen wollte.

»Von wem bist du denn zu deiner ersten Matinee eingeladen worden?«, fragte Martin plötzlich nach.

»Von einer sehr eleganten Frau mit dem italienischen Namen Mariana Dariovesa«, klärte er ihn auf. »Sie war auf der Lesung in dem Berliner Literaturcafé vor knapp zwei Wochen.«

»Oh«, entfuhr es Martin. »Dann vergiss mal ganz schnell, was ich soeben gesagt habe.«

»Doch Schlips und Krawatte?«

»Die Klamotten kannst du so lassen, aber mach dich auf eine sehr erlesene Gesellschaft gefasst. Du wirst dich im Kreise der edelsten Kulturschaffenden Frankfurts, wahrscheinlich sogar ganz Deutschlands bewegen. Benimm dich also.«

»Ach du meine Güte«, entfuhr es Marcel. »Vielleicht sollte ich besser zu Hause bleiben.«

»Gönn dir das nur. Wird eine coole neue Erfahrung für dich, mein Alter. Die Dame ist jedenfalls dafür bekannt, dass auf ihren Veranstaltungen jede Menge Leute verkehren, denen es nicht ums Buffet geht. Wenn ich dem Management erzähle, dass Mariana Dariovesa deine Lesung besucht und dich danach persönlich zu einer ihrer Matinees eingeladen hat, werden die einen Kopfstand machen.«

»Upps«, hörte Martin aus dem Hörer.

»Bleib einfach locker und genieß die Show. Ruf mich an, sobald du wieder zurück bist. Ich bin auf jedes Detail deines Abenteuers gespannt.«

Martin schien plötzlich mehr Gefallen an Marcels Einladung zu finden als er selbst. Dessen ungeachtet beschloss er hinzugehen. Was sollte schon groß passieren? Ein bisschen Abwechslung würde ihm guttun. Falls ihm das Ganze zu unheimlich wurde, konnte er jederzeit abhauen.

KAPITEL 20

Zwei Minuten vor elf stoppte das Taxi vor dem Museum. Auf die Minute pünktlich erreichte er die Eingangstür, vor der zwei schwarz gekleidete junge Männer standen. Marcel zog seine Einladung aus der Jackentasche, um sie einem der beiden unter die Nase zu halten. Doch der würdigte sie keines Blickes. Stattdessen begrüßte er ihn freundlich mit einem: »Guten Tag, Herr Grünwald. Wenn Sie mir bitte folgen würden. Frau Dariovesa erwartet Sie.«

Angenehm überrascht von dieser VIP-Begrüßung, folgte er dem jungen Mann bereitwillig in einen etwas abseits liegenden Ausstellungsraum. Er erkannte sie sofort. Sie stand im Zentrum des Raumes, mit dem Rücken zu ihm. In einem todschicken, perfekt auf ihre schlanke Figur zugeschnittenem Kleid. Was für eine feminine Erscheinung!

Kaum dass er den Raum betreten hatte, drehte sie sich um. Sogleich kam sie mit einem Lächeln auf ihn zu, das Eisberge schmelzen ließ. Ein hübsches, sympathisches Gesicht, das von einer modischen blonden Pagenfrisur eingerahmt wurde. Der neue Haarschnitt stand ihr hervorragend. Er schätzte, dass sie in seinem Alter war, plus minus ein, zwei Jahre. Nicht mehr.

Mit einer anmutigen Geste reichte sie ihm eine Hand mit perfekt manikürten Fingernägeln, die in der passenden Farbe zu ihrem Kleid lackiert waren.

»Herr Grünwald«, begrüßte sie ihn mit sanfter Stimme, »ich freue mich sehr, dass Sie die Einladung angenommen haben.«

Marcel führte ihre Hand an seinen Mund, bevor er mit einer leichten Verbeugung einen Handkuss andeutete.

»Signora Dariovesa, die Freude ist ganz auf meiner Seite.«

»Wie galant«, kommentierte sie die perfekte Geste.

In einer Ecke des Raumes balancierten zwei junge Leute Tabletts mit Sektgläsern sowie einer Auswahl an Kanapees. Sofort eilte einer der beiden herbei, um ihnen Sekt anzubieten.

»Zunächst möchte ich mich für die Verwirrung entschuldigen, die ich während Ihrer Lesung gestiftet habe.«

Dabei lächelte sie ihn so unwiderstehlich an, dass er glaubte, jeden Augenblick den Boden unter den Füßen zu verlieren.

»Aber ich bitte Sie, nein«, stammelte er verlegen. »Im Gegenteil, eigentlich müsste ich mich bei Ihnen …«

Während er sprach, streifte sein Blick ihre Beine. Als er merkte, dass sie ihn dabei ertappte, röteten sich seine Wangen. Doch da sie ihn charmant anlachte, empfand er keine Peinlichkeit. Ihre Augen schauten plötzlich tief in die seinen, und sie beide wussten genau, worum es eigentlich ging. Die Situation verursachte ihm ein Kribbeln im Bauch. Ihr schien es genauso zu gehen. Mit einem leisen Klirren stießen die Sektgläser zusammen. Kaum dass er an dem Glas genippt hatte, schmeckte er, dass es Champagner war. Natürlich, was sonst, bei so einer Frau.

Die junge Serviererin, die das Tablett mit den Kanapees trug, blieb zu seinem Bedauern im Hintergrund stehen, weil sie wohl nicht stören wollte. Gerne hätte Marcel ein paar davon gegessen, denn er merkte, wie rasch ihm der Alkohol zu Kopf stieg. Allerdings war sein Smalltalk mit Mariana Dariovesa dadurch ungezwungener. Ihr Designeroutfit sowie ihr stilvolles Auftreten bildeten keine Barriere zwischen ihnen. Es war beinahe so, als ob sie sich schon lange kennen würden. Natürlich fragte er sie nicht danach, ob sie die Frau in dem Café in Trani und in Bari gewesen sei. Vielleicht später einmal. Sein Blick verschlang sie mit jeder Minute mehr, die sie sich unterhielten. Fast war er versucht, sie spontan einzuladen, heute Abend mit ihm essen zu gehen, doch er traute sich nicht. Seinetwegen hätten sie stundenlang so weiterreden können. Dass er auf einer Matinee war, zu der noch andere Gäste eingeladen waren, hatte er vollkommen ausgeblendet.

Wie lange sie so ausgelassen geplaudert hatten, vermochte er nicht zu sagen, als ein Mann ihr von der Tür aus ein Zeichen gab. Marcel bemerkte sofort den Unmut in ihrem Gesicht. Es schien ihr nicht zu gefallen, aber sie musste sich wohl oder übel ihren gesellschaftlichen Pflichten fügen.

»Ich glaube, uns ist die Zeit davongerannt«, unterbrach sie ein wenig abrupt. »Die anderen Gäste warten gewiss schon ungeduldig auf uns beide. Es wäre mir ein Vergnügen, Sie mit einigen einflussreichen Persönlichkeiten des deutschen und europäischen Kulturlebens bekannt zu machen.«

Sie hakte sich bei ihm ein und zog ihn einfach mit sich.

Er verspürte nicht die geringste Lust, diese faszinierende Frau nun mit anderen Gästen zu teilen. Am liebsten wäre er gegangen.

Sie merkte seinen Stimmungsumschwung, zog ihn etwas enger zu sich heran, bevor sie sich mit ihrem Mund seinem Ohr näherte.

»Lächeln Sie doch bitte wieder. Sie werden mich bestimmt bald wiedersehen. Allein. Ich verspreche es Ihnen«, flüsterte sie, während er den warmen Hauch ihres Atems spüren konnte.

KAPITEL 21

Martin saß in Marcels Küche. Sein Mund stand offen, während die Pizza auf seinem Teller kalt wurde.

»Alle haben dein Buch gelesen?«, wiederholte er fassungslos.

»Na, fast alle. Die Deutschen jedenfalls. Die anderen bedauerten zutiefst, dass es noch keine Übersetzung gibt.«

Martin konnte es nicht glauben.

»Wenn ich das dem Management erzähle, sind die platt, Mann. Du hast tatsächlich den Chefredakteur der Kulturredaktion des ZDF, die Feuilletonchefs der FAZ, der Zeit und des Spiegels kennengelernt? Sag mal, bist du sicher, dass du das nicht nur geträumt hast?«

»Vergiss nicht, meine selbst gebackene Pizza zu essen. Ich hab mir nicht die ganze Mühe gemacht, damit du sie kalt werden lässt.«

Endlich nahm Martin ein Dreieck von seinem Teller und biss hinein.

»Lecker. Echt lecker.«

»Sag ich doch.«

»Willst du noch von dem Lambrusco?«

»Schenk ein«, bat Martin kauend. »Ich hab's dir doch gesagt, wenn Mariana Dariovesa einlädt, dann kommen keine Penner zu der Party.«

»Nee, Penner waren das wirklich nicht. Wann trifft man schon auf die Kulturchefs der führenden europäischen TV-Sender und Zeitungen? Der Franzose, der von Le Monde, war echt lustig. Meinte, er würde mich gerne mal zum Essen in einen Pariser Gourmettempel einladen. Der sprach so exzellent deutsch, dass ich mich mit meinem Schulfranzösisch nicht blamieren musste. Die Frau von der BBC wartet bereits ungeduldig auf die englische Übersetzung von dem Buch, über das sie von ihren deutschen Kollegen schon so viel gehört hat.«

Martin war einfach sprachlos.

»Das Beste habe ich mir aber zum Schluss aufgehoben«, meinte Marcel triumphierend.

»Was denn noch? Übertreib's bloß nicht.«

Martin erhob sein Glas.

»Die ARD möchte meinen ersten *und* zweiten Roman verfilmen. Die Anfrage dürfte in diesem Augenblick auf dem Weg in den Verlag sein. Prost, mein Lieber.«

Marcel stieß mit ihm an.

»Du scheinst ja echt im Lotto gewonnen zu haben. Meinen Glückwunsch.«

Sie tranken beide in einem Zug aus.

»Aber jetzt mal unter Männern. Wie war denn Mariana?«

Die Frage erwischte ihn derart eiskalt, dass er beim Nachschenken Lambrusco auf die Tischdecke kleckerte.

»*So* beeindruckend, oh là là«, lästerte Martin. »Ich weiß, wie gut die Frau aussieht, von Fotos zumindest«, grinste er anzüglich.

Marcel reagierte nicht darauf. Verlegen schaute er den Rest Pizza auf seinem Teller an.

»Hey, was ist los, Mann? Hat's dich etwa erwischt?«, fragte Martin mit einem Augenzwinkern.

Marcel starrte weiter auf seinen Teller.

»Sollte nur ein Scherz sein. War echt unsensibel, sorry«, ruderte Martin schnell zurück.

»Nein, ist okay«, seufzte Marcel. »Du hast ja recht.«

Martin fiel beinahe das letzte Pizzadreieck aus der Hand.

»Erzähl keinen Quatsch. Ich wollte dich nur veräppeln.«

»Sie ist echt klasse, charmant, lustig. Wir haben wahnsinnig nett miteinander geplaudert, so ungezwungen, als ob wir uns schon lange kennen würden«, begann Marcel mit melancholischer Stimme zu schwärmen.

Martin hörte mit offenem Mund zu.

»Sie sieht umwerfend aus, trägt die teuersten Designerklamotten, trotzdem hat sie mir überhaupt nicht das Gefühl vermittelt, unnahbar zu sein.« Er schaute Martin mit glasigen Augen an. »Es war das erste Mal, seit Claudine tot ist, dass ich Schmetterlinge im Bauch hatte.«

Martin schwieg. Er ahnte, was in Marcel vorging.

»Sie ist gerade einmal anderthalb Jahre … und ich …«

Weiter kam er nicht. Tränen bahnten sich ihren Weg auf seinem Gesicht.

So ein Mist, dachte Martin. Hätte er bloß seine Klappe gehalten. Das hatte er nun wirklich nicht beabsichtigt. Mit einem Mal fühlte er sich hundsmiserabel.

Plötzlich änderte sich seine Meinung. Schließlich war Marcel erst Anfang dreißig, ein junger Mann. Claudine war vor anderthalb Jahren in Italien bei einem Unfall ums Leben gekommen. Wie lange wollte sein Freund denn um sie trauern? Kein Mensch verlangte von ihm, dass er sie vergessen sollte.

»Hey, Mann«, sagte er leise. »Du musst keine Schuldgefühle haben. Ich denke, Claudine würde sich für dich freuen. Sie würde wollen, dass in dein Leben wieder Freude kommt, dass du glücklich bist. Damit meine ich, und bestimmt auch sie, nicht nur als Schriftsteller erfolgreich zu sein. Glücklichsein umfasst viel mehr. Dazu braucht es Menschen. Im Idealfall einen ganz besonderen.«

Marcel wischte sich die Tränen aus dem Gesicht.

»Danke, Martin. Würdest du mich adoptieren?«, lachte er plötzlich.

Martin starrte ihn an.

»Du bist wie Vater und Mutter gleichzeitig zu mir.«

KAPITEL 22

Die kommenden Tage checkte Marcel direkt nach dem Aufstehen seine E-Mails, lief anschließend zum Briefkasten, um danach auf das Display des Anrufbeantworters zu blicken, für den Fall, dass jemand versucht haben sollte, ihn gerade in dem Augenblick zu erreichen, als er auf dem Weg zum Briefkasten war. Jeden Tag die gleiche Routine, seit einer Woche. Aber kein Brief, keine E-Mail, kein Anruf.

Am achten Tag schaute er beim Zähneputzen in den Spiegel, setzte den linken Zeigefinger an die Schläfe und murmelte mit der Zahnbürste im Mund: »Du hast doch echt 'ne Meise, wenn du glaubst, dass diese Frau sich ernsthaft für jemanden wie dich interessieren würde. Nicht mal unernsthaft.«

Kaum war er zu dieser weisen Selbsterkenntnis gelangt, klingelte das Telefon. Die Zahnbürste zwischen den Zähnen und den Mund voller Zahnpasta rannte er ins Wohnzimmer. Er riss das Telefon von der Ladestation.

»Grüünwaald«, nuschelte er ins winzige Mikrofon.

»Störe ich Sie gerade?«, fragte eine süße Stimme am anderen Ende der Leitung.

Marcel erkannte sie sofort. Prustend spukte er die Zahnbürste aus. Als er hastig den Schaum der bitteren Kräuterzahncreme heruntergeschluckte, rutschte ihm automatisch ein »Bääh!« heraus.

»Was machen Sie denn da gerade? Das hört sich ja furchtbar an. Soll ich Ihnen zu Hilfe kommen?«, lachte Mariana Dariovesa.

»Ja bitte, unbedingt. Ich habe vor Aufregung die Zahnbürste verschluckt und schwebe in Lebensgefahr«, hätte er am liebsten gesagt, bevor ihm noch rechtzeitig einfiel, dass er kein pubertierender Teenager mehr war.

»Sorry, Sie haben mich beim Zähneputzen erwischt.«

»Wenn Sie lieber erst den Mund ausspülen möchten, rufe ich gerne später an.«

»Oh nein, kein Problem. So ist mein Atem umso frischer«, konterte er ein wenig keck. »Nein, im Ernst, ich freue mich sehr, dass Sie anrufen.«

»Na, das musste ich ja wohl. Erstens habe ich es Ihnen ja versprochen, zweitens hatten sie ja vergessen, mich nach meiner Telefonnummer zu fragen«, fügte sie gespielt enttäuscht an. »Ich hätte glatt den Eindruck gewinnen können, dass ich Ihnen gleichgültig bin. Aber dann habe ich mich dazu durchgerungen, Ihnen eine zweite Chance zu geben.«

Marcel staunte nicht schlecht. Trotz ihrer netten Unterhaltung auf der Matinee hätte er nie gedacht, dass diese Frau so locker sein konnte. Ihm wäre nicht im Traum eingefallen, sie am Ende der Matinee nach ihrer Telefonnummer zu fragen. Im Gegensatz zu ihr war er bei Weitem nicht so forsch, aber ihm gefiel ihre frische, offene Art sehr. Sie hatte Humor.

»Oder bevorzugen Sie die klassische Variante der Kontaktaufnahme zu einer Dame, und wir tun einfach so, als ob Sie mich soeben angerufen hätten?«

Marcel war mit einem Mal ziemlich durcheinander. Sein Gehirn suchte verzweifelt nach einer schlagfertigen Antwort.

»Als moderner Mensch und Verfechter der Gleichberechtigung bin ich gerne damit einverstanden, es so zu belassen, wie es gerade ist. Fahren Sie bitte nur fort«, fiel ihm nichts Gescheiteres ein.

»Sehr geschickt. Ich liebe gleichberechtigte Männer. Dann haben sie ja auch nichts dagegen, wenn ich *Sie* zum Essen einlade.«

»Natürlich nicht. Solange ich die Rechnung bezahle, habe ich damit kein Problem«, lachte er. »Sie dürfen aber trotzdem das Restaurant aussuchen.«

»Dann bei mir«, entgegnete sie so prompt, dass er einen Moment brauchte, um zu verstehen, was das bedeutete.

»Morgen Abend. Acht Uhr. Wäre Ihnen das recht?«

In seinem Bauch fing es wieder an zu kribbeln.

»Gerne.«

»Mein Fahrer wird sie um halb acht abholen. Und«, fuhr sie im leicht verführerischen Tonfall fort, »ich erwarte sie zu einem zwanglosen Abendessen. Sie brauchen also kein Dinnerjacket. Wir werden allein sein, wie ich es versprochen habe.«

Ohne ein weiteres Wort legte sie auf.

KAPITEL 23

Auf die Sekunde pünktlich hielt eine riesige, in Marineblau und Silber lackierte Limousine vor seiner Haustür und verursachte sogleich einen Auflauf von Nachbarn und Fußgängern. Die anthrazit getönten Scheiben vereitelten jedoch jeden Versuch, einen Blick ins Innere des Wagens zu werfen.

Als Marcel an der Haustür erschien, stieg der livrierte Chauffeur aus. Mit einem freundlichen »Guten Abend, Herr Grünwald« öffnete er ihm die ausladende hintere Wagentür.

Na prima, dachte er. Die Hausbewohner, die ihn bis jetzt nicht erkannt hatten, wussten nun auch Bescheid.

»Guten Abend. Danke«, erwiderte er höflich.

Alle, die um den Wagen herumstanden, gafften ihn staunend an.

»Ein berühmter Schriftsteller wohnt in unserem Haus, quasi inkognito«, hörte er seine Nachbarin einem der Schaulustigen zuraunen.

Es war ein hollywoodreifer Auftritt. Hoffentlich würde er niemandem in den nächsten Tagen im Hausflur begegnen, um irgendwelche Fragen beantworten zu müssen.

Der Chauffeur bahnte sich seinen Weg durch die kleine Menge zurück auf den Fahrersitz. Gemächlich setzte er die Limousine in Bewegung. Aus dem Augenwinkel sah Marcel, wie sich die Schaulustigen rasch verteilten, die Hausbewohner aber auf dem Gehsteig aufgeregt weiter tuschelten.

»Darf ich Ihnen einen Drink anbieten?«, fragte ihn der Chauffeur, nachdem er den überlangen Wagen souverän in den laufenden Verkehr eingefädelt hatte.

Marcel hatte das Gefühl, eher in einer Luxuslounge als in einem Auto zu sitzen, wenn man dieses Gefährt überhaupt als solches bezeichnen durfte.

»Ein Glas Champagner vielleicht, um die Fahrt ein wenig angenehmer zu machen?«, ermunterte ihn der Chauffeur, da Marcel nicht gleich reagierte.

»Was ist das für ein Wagen? Was für eine Marke?«
Er interessierte sich im Augenblick mehr für diese Luxussänfte auf vier Rädern.
»Ein Maybach, Modellreihe Zeppelin«, gab der Fahrer präzise Auskunft.
»Ein tolles Auto, dieser Maybach«, bemerkte Marcel begeistert.
»In der Tat, ein sehr komfortabler Arbeitsplatz, wenn ich es aus meiner Perspektive ausdrücken darf. Champagner, Herr Grünwald?«
»Sehr gern«, nahm Marcel diesmal das Angebot an, gespannt, was nun passieren würde.
Denn während der Fahrt konnte er ihn wohl kaum serviert bekommen. Er staunte nicht schlecht, als der Chauffeur neben dem Armaturenbrett auf einen Schalter drückte und sich zeitgleich im Fond ein ausladendes Barfach vor seinen Augen öffnete. Darin befand sich eine kleine Flasche gekühlten Champagners und ein silberner Sektkelch mit der Namensgravur Zeppelin.
»Sie verzeihen, wenn ich Sie darum bitten muss, den Champagner selbst einzugießen?«, entschuldigte sich der Chauffeur.
»Selbstverständlich. Vielen Dank.«
Marcel schenkte den Kelch nur zu einem Drittel voll. Für den Fall, dass der Fahrer plötzlich bremsen musste, wollte er das exklusive Interieur nicht bekleckern. Außerdem beabsichtigte er, nüchtern bei Mariana Dariovesa ankommen.
Aber gegen ein winziges Schlückchen, um sich Mut für den Abend anzutrinken, war wohl nichts einzuwenden.

KAPITEL 24

Die Fahrt dauerte nicht allzu lange. Kurz nach dem Ortsschild von Kronberg, einem der nobelsten Adressen im Umland Frankfurts, verringerte der Chauffeur die Geschwindigkeit, bis er vor einem gusseisernen Tor zum Stehen kam. Unauffällig löste er eine Fernbedienung aus, um den Weg auf eine imposante Auffahrt freizugeben. Nach wenigen Metern tauchte eine moderne Villa auf, die von ihrer Südseite aus einen atemberaubenden Panoramablick auf die Frankfurter Skyline bieten musste. Ihre Dimensionen sowie der architektonische Stil entsprachen dem luxuriösem Gefährt, das ihn hierher gebracht hatte. Marcel pfiff leise durch die Zähne, was von dem Chauffeur mit einem fast unmerklichen Schmunzeln kommentiert wurde.

Kaum dass die Limousine zum Stehen gekommen war, stand auch schon ein Butler neben der Wagentür, um sie mit einer kurzen Verbeugung zu öffnen.

»Guten Abend, Herr Grünwald. Wenn Sie mir bitte folgen möchten. Signora Dariovesa erwartet Sie.«

»Vielen Dank. Ich wünsche Ihnen ebenfalls einen guten Abend«, erwiderte er schüchtern.

Von einem Chauffeur abgeholt zu werden, konnte man ja noch wohlwollend mit Taxifahren vergleichen. Aber von einem Livrierten ins Haus, er korrigierte sich sofort, in eine Megavilla geführt zu werden, das war schon ungewohnt. Jedenfalls für ihn.

Eingeschüchtert folgte er dem Butler durch eine hohe Eingangshalle in einen Salon. Mariana schien tatsächlich auf ihn zu warten. Sie trug ein dunkelblaues Kleid, das weder ein Dekolleté noch einen Schlitz hatte, sich einfach nur perfekt an ihren schlanken Körper anschmiegte. Hautfarbene Strümpfe verliehen ihren langen Beinen einen seidigen Glanz. Verglichen mit dem, was sie auf der Matinee getragen hatte, war diese Aufmachung sehr leger, aber sie sah darin mindestens ebenso umwerfend aus.

Sobald sie ihn erblickte, eilte sie auf ihn zu. Da sie Pumps mit halbhohen Absätzen trug, trafen sich ihre Blicke auf Augenhöhe. Sie strahlte ihn an.

»Herr Grünwald«, hieß sie ihn willkommen.

Als er ihre zierliche Hand ergriff, legte sie die andere prompt darüber und streichelte ihn zärtlich mit den Fingern, sodass ihm ein wenig mulmig wurde.

»Marcel«, hauchte er ihr entgegen. »Bitte nennen Sie mich doch Marcel.«

»Ich freue mich sehr, Sie wiederzusehen, Marcel«, erwiderte sie ebenso leise.

Oh Gott! Seine Gedanken fingen bereits jetzt an, Purzelbäume zu schlagen. Wenn der Abend so anfing ...

»Signora Dariovesa, die Freude ist ganz auf meiner Seite«, versuchte er, sein charmantestes Lächeln aufzusetzen, hatte aber das Gefühl, nur blöde wie ein verliebter Pennäler zu grinsen.

»Da ich Sie mit Ihrem Vornamen anreden darf, bestehe ich darauf, dass Sie Mariana zu mir sagen«, schmollte sie ein wenig.

In Marcels Hirn fuhren die Sinne Achterbahn. Diese Frau brachte ihn mit ihrer sympathisch unkonventionellen Art ziemlich aus dem Gleichgewicht. Dabei waren sie erst bei der Begrüßung. War ihm etwa der winzige Schluck Alkohol auf der Herfahrt zu Kopf gestiegen?

Plötzlich bemerkte er, wie jemand ein Tablett mit zwei Champagnerkelchen vor ihnen hochhielt. Daraufhin ließ Mariana seine Hand los. Mit einem freundlichen »Danke« nahm sie beide Gläser und reichte ihm eines.

»Willkommen. Auf einen schönen Abend.«

Mit Rücksicht auf den Schluck, den er bereits intus hatte, nippte er nur daran.

»Signora, es ist angerichtet«, meldete ein Livrierter vom anderen Ende des Salons.

Wie schon auf der Matinee, hakte sie sich wie selbstverständlich bei ihm unter.

»Kommen Sie, Marcel. Es warten mediterrane Köstlichkeiten auf uns«, machte sie ihm den Mund wässrig.

Mariana führte ihn am großen Speisesaal vorbei in einen riesigen Wintergarten. Marcel staunte nicht schlecht. Ein Glashaus dieser Dimension hatte er zuletzt im Frankfurter Palmengarten gesehen. Überall hingen Orchideen, wuchsen exotische Pflanzen, deren Namen er nicht kannte. Mariana schien sich über sein kindliches Staunen sichtlich zu freuen. Von diesem Paradies unter Glas schaute man direkt in einen perfekt angelegten, endlos scheinenden englischen Garten. Der atemberaubende Panoramablick endete an der weit entfernten Skyline von Frankfurt. Vor der Glaswand stand ein runder Tisch, der im provenzalischen Stil eingedeckt war. Der livrierte Diener, der ihnen unauffällig gefolgt war, zog einen der beiden Stühle zurück und wartete, bis die Hausherrin Platz nahm. Dann folgte dasselbe Prozedere bei ihm.

So ganz wohl fühlte er sich in dieser Atmosphäre nicht. Was hatte er erwartet? Ein Reihenhäuschen, wo sie ihm mit noch umgebundener Küchenschürze die Tür öffnete, ins Esszimmer führte mit der frohen Ankündigung, dass das Essen gerade fertig sei? Natürlich nicht. Doch musste es gleich solche Dimensionen haben? Ein Maybach, eine Megavilla mit livrierten Dienern. So etwas kannte er lediglich aus Hochglanzmagazinen über die oberen Zehntausend. Trotzdem wollte er sich nichts anmerken lassen. Schließlich war er wegen Mariana da, und nur wegen ihr.

Mariana nahm die blau-weiße Stoffserviette neben ihrem Porzellanteller, streifte den silbernen Serviettenring ab und breitete sie über ihren Schoß. Marcel tat es ihr nach. Das schien eine Art Startsignal zu sein, denn plötzlich kam Geschäftigkeit auf. Bedienstete schoben Servierwagen mit fein dekorierten Speisen und erlesenen Getränken in den Wintergarten, bevor sie ihnen diskret lächelnd serviert wurden. Es folgten Gang auf Gang die köstlichsten Gerichte in kleinen, überschaubaren Portionen.

»Sollten Sie etwas besonders mögen, lass ich Ihnen gerne nachlegen«, bot sie ihm an, als sie sah, wie gut es ihm schmeckte.

»Das ist sehr nett«, bedankte er sich, »aber ich beherzige diesbezüglich eine goldene Regel, die mir mein alter Französischlehrer mit auf den Weg gegeben hat: *Esse niemals zu viel von einem Gericht, selbst wenn es noch so lecker ist, es kommt immer reichlich Gutes nach.* Und dann wäre es eine Schande, schon satt zu sein.«

»Ein weiser Mann, Ihr Französischlehrer«, lachte Mariana.

Ihre Gesellschaft und das vorzügliche Essen ließen ihn auf einer Wolke der Glückseligkeit schweben. Als ein Servierwagen mit einer schier endlosen Zahl von internationalen Käsespezialitäten an ihren Tisch geschoben wurde, wurde ihm klar, dass diese Wolke sich bald verflüchtigen würde. Er wusste nicht wie, aber das köstliche Dessert passte auch noch hinein. Einen Moment fragte er sich, wo Mariana, die, wie er feststellte, genau so viel aß wie er, diese Menge an Leckerbissen in ihrem flachen Bauch versteckte.

»Es war vorzüglich, einfach vorzüglich«, schwärmte Marcel. »Bitte lassen Sie der Küche meinen besten Dank ausrichten.«

»Das werde ich«, versprach sie ihm.

Sie blickte kurz zu dem Livrierten, der den Nachtisch abräumte.

»Kaffee und Digestif bitte im Kaminzimmer.«

Der nickte kaum merklich zur Bestätigung.

Zwei weitere Bedienstete eilten sofort herbei, um ihnen beim Aufstehen mit den Stühlen behilflich zu sein.

Mariana hakte sich wieder bei ihm unter. Zielstrebig führte sie ihn in das Kaminzimmer.

Seine Definition von einem Zimmer hatte in dieser Villa keine Gültigkeit, stellte er erneut fest. Bei grob geschätzten einhundertfünfzig Quadratmetern entsprach es eher seiner Vorstellung von Sälen. An der Stirnseite war ein gewaltiger Kamin eingelassen, in dem ein loderndes Feuer prasselte, davor zwei parallel stehende Designersofas, deren Länge er jeweils auf mindestens zehn Meter schätzte, getrennt durch mehrere flache Glastische. Auf jedem eine mittelgroße Glasskulptur, in der das Kaminfeuer interessante Lichtspiele inszenierte.

Sie führte ihn an den oberen Teil des linken Sofas dicht vor den Kamin und setzte sich ihm gegenüber. Durch den transparenten Tisch blieb der Blick auf ihre hübschen Beine frei.

Sobald sie Platz genommen hatten, schob der Butler einen Servierwagen mit einer Auswahl der edelsten Digestifs ins Zimmer.

»Marcel, was möchten Sie zum Digestif? Espresso, Kaffee, Cappuccino?«

»Einen Espresso, bitte.«

Den brauchte er jetzt dringend, um nach diesem üppigen Mahl wach zu bleiben.

»Einen doppelten, bitte, wenn es keine Umstände macht«, blickte er den Butler freundlich an.

»Ich nehme ausnahmsweise auch einen Espresso, Giovanni.«

Es dauerte nur wenige Minuten, bis die beiden Espressos auf zwei Silbertabletts serviert wurden. Neben der Espressotasse befanden sich ein Glas Wasser, eine Zuckerdose sowie eine kleine leere Glaskaraffe darauf.

Marcel wunderte sich über Sinn und Zweck dieser leeren Karaffe. Lange brauchte er sich nicht den Kopf zu zerbrechen. Auf ein Nicken Marianas, nahm der Butler gezielt eine Flasche mit klarem Inhalt von dem Servierwagen, um sowohl ihre als auch seine Karaffe zu füllen.

»Giovanni, Sie können sich für heute zurückziehen. Ich wünsche Ihnen eine gute Nacht.«

»Gute Nacht. Signora, Herr Grünwald« verbeugte er sich leicht vor beiden, verließ das Zimmer und zog die Flügeltüren zu.

Sie waren allein.

Sie blickte auf die Glaskaraffe auf ihrem Tablett.

»Eine kleine Reminiszenz an Ihr erstes Buch.«

Sie lächelte so hinreißend, dass er wieder anfing, Schmetterlinge im Bauch zu spüren. Zugleich ahnte er Peinliches.

Mariana schüttete den Inhalt der Karaffe in ihren Espresso.

Ertappt, schoss es ihm durch den Kopf.

Mariana wartete, bis er es ebenso tat. Als er fertig war, schlug sie langsam das eine Bein über das andere, sodass ihm fast schwindelig wurde.

»*Ein Espresso ohne einen Schuss Grappa ist wie eine Frau, die keine Strümpfe trägt. Man kann beide auch ohne genießen, aber nur mit sind sie perfekt*«, zitierte sie den Machoprotagonisten aus seinem ersten Roman mit einer Stimme, die ihm beinahe Flügel verlieh, um auf ihre Seite hinüberzufliegen.

KAPITEL 25

Mariana strahlte ihn ohne Unterbrechung an. Wenn sie ihn ansah, lächelten ihr Mund und ihre Augen. Wenn sie andere Menschen anlächelte, lächelte nur ihr Mund. Diesen Unterschied hatte er schon auf der Matinee beobachtet.

Das Kaminfeuer verstärkte den Glanz ihrer Beine. Marcel konnte den Blick einfach nicht von ihr abwenden.

»Benimm dich nicht wie ein Voyeur«, ermahnte er sich. »Starr nicht so hinüber.«

Waren eigentlich Menschen, die in einer Ausstellung stundenlang nur ein einziges Gemälde ansahen, das ihnen mehr als alle anderen gefiel, gleich Voyeure? Sozusagen Kunstvoyeure? Genauso betrachtete er dieses sinnliche Gesamtkunstwerk auf dem Sofa gegenüber mit dem Titel *Mariana Dariovesa*.

Keiner von ihnen sagte ein Wort. Sie sahen sich nur an. Plötzlich schlüpfte Mariana aus ihren Pumps, winkelte die Beine an und zog sie hoch auf das Sofa. Sie hatte wohlgeformte, schlanke Füße. Unter der verstärkten Fußspitze ihrer Strümpfe schimmerten perfekt pediküre Fußnägel, die keinen oder nur transparenten Nagellack trugen. Sanft klopfte sie mit der Hand auf die Sofafläche zu ihrer Rechten.

Natürlich verstand er die Geste, reagierte aber nicht. Er lächelte nur nonchalant. Die wohlige Wirkung des Espressos und die Gegenwart dieser Frau entspannten ihn auf die angenehmste Weise.

»Seien sie nicht so schüchtern, Marcel«, brach sie das Schweigen, während ihre Hand weiterhin demonstrativ auf den Platz neben ihr zeigte. »Setzen Sie sich zu mir. Sie sehen doch, wie einsam ich hier bin.«

Irgendwie erinnerten ihn die betörende Stimme und der Blick an die Schlange Kaa im Dschungelbuch, und sie hatten die gleiche Wirkung auf ihn.

Wie in Trance erhob er sich endlich, ging langsam um den Glastisch herum, um sich neben sie zu setzen, allerdings in einem gebührlichen Abstand. Forsch ergriff sie seinen linken Arm und zog ihn mit einem süßen Schmollmund zu sich ran.

»Ich beiße schon nicht. Ich brauche nur ein bisschen Wärme.«

Marcel schaute erst zum Kaminfeuer, das lichterloh prasselte, dann verwundert zu Mariana.

»Menschliche Wärme«, präzisierte sie.

Nun gut, er wollte keinesfalls prüde wirken. Sofort spürte er ihren Körper durch das Kleid, nachdem er an sie herangerückt war. Unangenehm war das nicht. Ganz im Gegenteil. Anstatt seinen Arm loszulassen, ließ sie ihre Hand daran hinuntergleiten, bis sie auf seine traf und hielt sie einfach fest. Auch dagegen wehrte er sich nicht, denn es war ebenso angenehm. Die Wolke der Glückseligkeit, die sich am Ende des Abendessens verflüchtigt hatte, fand sich in diesem Augenblick erneut ein. Die wohlige Wärme, die Nähe zu Mariana, mit einem Mal wollten ihm die Augen zufallen. Eigentlich hätte ihn der Espresso nach dem üppigen Essen wieder munter machen sollen. Er wusste, dass es etwa zwanzig Minuten dauerte, bis die belebende Wirkung einsetzte. Doch die durften längst vorbei sein. Viel Alkohol hatte er nicht getrunken, nur einen kleinen Schluck Champagner im Maybach und zur Begrüßung, zum Essen hatte er nur am Weinglas genippt und dann der Grappa im Espresso. Okay, das summierte sich womöglich.

Ohne dass er es verhindern konnte, fiel sein Kopf langsam auf ihre Schulter. Mit der linken Hand strich Mariana über seinen Kopf. Marcel spürte jeden ihrer Finger, genoss die Zärtlichkeit der Berührung. Seine Augenlider wurden schwer. Sanft legte Mariana seinen Kopf in ihren Schoß. Bevor seine Augen endgültig zufielen, merkte er, wie sie ihm einen Kuss auf die Stirn gab.

KAPITEL 26

Unruhige Träume begleiteten seinen Schlaf.
Mariana saß neben ihm, schaute ihn sehnsuchtsvoll an und wartete auf einen Kuss von ihm. Gerne hätte er ihren Wunsch erfüllt, aber die Erinnerungen an Claudine hielten ihn zurück.
Plötzlich stand Claudine da: Schlank und schön, in einem hautengen feuerrot glänzendem Anzug, Teufelshörner auf dem Kopf, einen Dreizack in der Hand, mit dem sie ihn in den Hintern pikste.
»Du warst doch früher nicht so schüchtern. Jedenfalls nicht bei mir.«
»Ich kann dich nicht mit einer anderen Frau betrügen«, stöhnte er.
Verzweifelt versuchte er, den scharfen Spitzen des Dreizacks auszuweichen.
»Du kannst mich weder betrügen noch küssen, denn ich bin tot, du Idiot.«
Schwer atmend drehte er sich zur Seite.
Mit einem Mal verwandelte sich Claudine in einen Engel mit goldenen Flügeln und einem weißen Gewand, durch das ihr makelloser nackter Körper durchschimmerte.
»Du wirst mich doch nicht wegen dieser Frau vergessen«, weinte sie dicke Tränen, »nach all den glücklichen Jahren, die wir zusammen verlebt haben.«
Schlagartig verzerrten sich ihre Gesichtszüge. Teufelshörner wuchsen aus ihrem Engelshaar.
»Ist ihre Figur etwa schöner als meine?«
Das transparente Gewand löste sich auf. Claudine stand in champagnerfarbenen Dessous und Nylonstrümpfen vor ihm.

In dem Moment erschien ein zweiter graziler Engel mit dem Gesicht Marianas.

»Bevor du dich ewig bindest, schau ob sich nicht was Besseres findet«, hauchte sie ihm ins Ohr, öffnete ihr blaues Kleid und ließ es zu Boden gleiten.

Ein Stück Kienholz explodierte im Kamin. Die Engel zerplatzten wie Seifenblasen und hinterließen eine dunkle Leere.

Marcel fuhr hoch und wischte sich mit der Hand über die Augen. Er brauchte einen Moment, um zu sich zu kommen. Der Schein des heruntergebrannten Feuers tauchte seine Umgebung in rotgelbes Dämmerlicht. Er lag auf einem Sofa, ein zerknautschtes Kopfkissen unter dem Kopf, eine weiche Wolldecke auf dem Körper. Dann spürte er seine Erregung. Unvermittelt sah er die beiden Engel vor sich.

Oh mein Gott, dachte er.

Seine Gedanken überschlugen sich. Mit einem Mal wusste er wieder, wo er war. Die Villa. Mariana. Sein Kopf war in ihren Schoß gesunken, ihr Kuss auf seiner Stirn, bevor er … einschlief.

»Oh mein Gott«, wiederholte Marcel laut.

Das Spannen seiner Hose irritierte ihn über die Maßen. Eine Toilette. Er musste dringend auf die Toilette. Mit einem Ruck schlug er die Decke zurück und sah an sich herab. Gott sei Dank, er war angezogen. Lediglich die Schuhe hatte man ihm ausgezogen. Hoffentlich nicht Mariana, schoss es ihm durch den Kopf. Vor dem Sofa standen sie. Daneben ein paar weiche Puschen, wie sie Luxushotels ihren Gästen anboten. Sie passten wie angegossen.

Bevor er weitere Überlegungen zur Situation anstellen konnte, musste er erst mal eine Toilette aufsuchen. Er hatte keine Ahnung, wo eine war. Wenn er sich nun in dieser Mega-Villa verlaufen würde? Außerdem nahm er nicht an, dass die entsprechenden Räumlichkeiten in so einem Hause mit eindeutigen Symbolen gekennzeichnet waren.

Vorsichtig öffnete er die Tür und lugte hinaus. Alles war ruhig. Kleine Lampen am Boden spendeten ein diffuses Licht, sodass er wenigstens nicht im Dunkeln herumtasten musste. Seine Optionen waren begrenzt. Trial and error. Etwas anderes blieb ihm nicht übrig.

Langsam schritt er den schier endlosen Flur entlang bis zur nächsten Tür.

Hoffentlich lande ich nicht im Schlafzimmer von Mariana, schickte er ein Stoßgebet gen Himmel. Wobei der Gedanke seinen Reiz hatte. Beeil dich lieber, bevor dir jemand über den Weg läuft und dich in diesem Zustand sieht. In seinem Kopf tauchte plötzlich Mariana auf, wie sie im Negligé auf dem Flur erschien, auf seine Hose blickte und errötete.

Vorsichtig drückte er die Türklinke herunter und zog die Türe einen Spaltbreit auf. Seine Nase nahm den frischen Duft von Zitrone mit einer zarten Note von Desinfektionsmittel wahr. Er schob die Tür langsam weiter auf, damit das diffuse Bodenlicht hineindringen konnte. Als er den Lichtschalter fand, atmete er erleichtert auf. Eine Gästetoilette. Glück gehabt!

Rasch verrichtete er sein Geschäft, während sich das Symbol seiner Männlichkeit zusehends normalisierte. So schnell es die Puschen zuließen, kehrte er in das Kaminzimmer zurück. Leise schloss er die Tür wieder hinter sich.

Gott, war ihm das alles peinlich! Am liebsten hätte er seine Schuhe angezogen, wäre hinausgeschlichen und mit dem nächsten Taxi ab nach Hause. Die Vorstellung, mitten in der Nacht wie ein Dieb herumzuschleichen, bis er den Ausgang fand, um dann auf dem Weg zum Tor von Wachhunden zerfleischt zu werden, wollte ihm gar nicht behagen und erstickte seine Unternehmungslust im Keim. Was blieb ihm also anderes übrig, als sich wieder hinzulegen, bis ihn Mariana mit einem weiteren Kuss auf die Stirn wecken würde?

KAPITEL 27

»Die Hoffnung stirbt zuletzt«, dachte er, als sich die Flügeltüren öffneten und der Butler ihm ein »Guten Morgen, Herr Grünwald« wünschte. »Ich hoffe, dass Sie unter den gegebenen Umständen angenehm geruht haben.«

»Danke, es war nicht unbequem. Guten Morgen«, erwiderte er sichtlich verlegen.

»Darf ich Ihnen das Bad zeigen oder möchten Sie vorher einen Kaffee oder Tee trinken?«

»Zuerst das Bad, bitte.«

»Gerne.«

Der Butler wartete, bis Marcel die Puschen angezogen hatte, und ging voraus. Das Bad befand sich ziemlich weit weg in einem anderen Trakt des Hauses. Er bezweifelte, ob er je alleine zurückfinden würde. Das Bad entsprach den sonstigen Dimensionen der Villa. Bei den Ausmaßen hätte locker noch ein Whirlpool für sechs Personen hineingepasst, lästerte er ein wenig. Selbstverständlich war alles vom Feinsten ausgestattet. Eine begehbare Erlebnisdusche, aus der wahrscheinlich Champagner anstelle von gewöhnlichem Wasser floss, eine überdimensional freistehende Marmorwanne mit diversen Badezusätzen auf dem Rand und mehrere Tische, die anscheinend erst vor Kurzem dazugestellt worden waren. Auf ihnen entdeckte er weitere Utensilien für eine perfekte Morgentoilette. Marcel kam aus dem Staunen nicht heraus. Auf dem ersten lag eine Auswahl an Rasierern. Für die elektrische Trockenrasur mit einer geraden Scherklinge oder drei runden, für die Nassrasur Rasierseife, Pinsel, Schale, Rasiermesser sowie Fertigrasierer mit bis zu fünf Klingen, gefolgt von diversen Zahnbürsten nebst Zahncremes unterschiedlichster Geschmackssorten. Giovanni musste einen Drogeriemarkt leergekauft haben. Daneben eine Auswahl der teuersten Aftershaves. Auf dem zweiten Tischchen fand er nagelneue Unterwäsche in den Größen S, M, und L. Die Krönung bildeten Hemden und Socken in smarten Dessins und Passformen, die seinen sehr nahe kamen.

»Gut geschätzt, Giovanni«, dachte er.

Was für ein Aufwand. Extra für ihn? Oder bekam Mariana öfter Herrenbesuch, der spontan über Nacht blieb? Spürte er da etwa einen ersten Hauch von Eifersucht?

»Schön sachte auf dem Teppich bleiben«, rief er sich zur Räson.

Er rührte die Sachen nicht an. Stattdessen zog er sich aus. Nackt betrachtete er sich kurz im Spiegel. Kein Wunder, dass Mariana verrückt nach ihm war, grinste er in sich hinein.

Die Erlebnisdusche machte ihrem Namen alle Ehre. Nachdem er sich die Haare geföhnt hatte, zog er seine eigene Kleidung wieder an. Davon starb man nicht gleich, wenn man Unterwäsche, Socken und Hemd einen zweiten Tag trug. Zu Hause würde er eh noch einmal duschen und alles wechseln, nur ungeduscht wollte er Mariana nicht zum Frühstück treffen.

Seine Hoffnungen wurden erneut enttäuscht.

»Darf ich Sie zum Frühstück in den Wintergarten führen?«, fragte Giovanni, der offensichtlich die ganze Zeit vor der Badezimmertür gewartet hatte, ihn höflich. »Signora Dariovesa lässt sich entschuldigen. Sie muss zu ihrem größten Bedauern unaufschiebbare geschäftliche Termine wahrnehmen.«

Der zweite Satz war wie ein Schlag vor den Kopf. Trotz des für ihn so peinlichen Verlaufs des gestrigen Abends, hatte er sich auf ein Wiedersehen, ein Frühstück, selbst ein kurzes, gefreut. Allein für die Gelegenheit, sich direkt nach diesem Desaster bei ihr entschuldigen zu können, wäre er dankbar gewesen. Nun war ihm der Appetit jedenfalls gründlich vergangen, und er fühlte sich umso mieser. Wahrscheinlich hatte sie es vorgezogen, rechtzeitig die Reißleine zu ziehen. Schade, wäre ja auch zu schön gewesen. Das Leben hatte wieder einmal entschieden. Basta.

»Wenn Sie mir ein Taxi rufen würden, wäre ich Ihnen sehr dankbar, Herr …«

»Giovanni, Herr Grünwald«, reagierte der Butler sehr freundlich. »Der Chauffeur steht zu Ihrer Verfügung, jederzeit.«

»Danke, Herr Giovanni, aber ...«

»Giovanni genügt völlig«, fiel ihm der Butler unerwartet ins Wort.

»Giovanni«, berichtigte Marcel. »Vielen Dank, aber mir wäre heute Morgen ein Taxi lieber.«

»Wie Sie wünschen. Ich werde Sie zur Tür begleiten, sobald es vorgefahren ist.«

Marcel konnte in Giovannis unverbindlich freundlichem Gesicht nicht ablesen, ob er Mitgefühl für den armen Tropf empfand, dessen Aufenthalt in diesem Hause so peinlich endete, oder ob er ihm völlig egal war.

Wenige Minuten später kehrte Giovanni zurück.

»Entschuldigen Sie die Umstände, die ich Ihnen gemacht habe«, verabschiedete sich Marcel, bevor er ins Taxi stieg, »und richten Sie Signora Dariovesa bitte aus, dass ich ihr für den netten Abend danke und die Unannehmlichkeiten, die ich verursacht habe, zutiefst bedaure.«

Giovanni schaute ihn mit ausdruckslosem Gesicht an.

»Ich werde es ausrichten.« Mit einem »Einen guten Tag, Herr Grünwald«, schloss er die Autotür.

KAPITEL 28

»Was bist du? Ich kann's nicht glauben. Eingeschlafen? Sag mal, bist du impotent geworden, oder was?«

Martin konnte sich nicht einkriegen, über das, was Marcel ihm da gerade erzählt hatte.

»Du wirst von einer der schärfsten Bräute Europas zum Tête-à-Tête eingeladen und pennst weg. Wie bescheuert ist das denn? Hat sie dir vielleicht noch ein Schlaflied gesungen?«

»Nun krieg dich mal wieder ein. Ich weiß, wie blöd das klingt. Aber ich konnte nichts dafür. Ich bin einfach weggeknickt, mit einem Mal, ganz plötzlich. Erst mitten in der Nacht bin ich dann, fein säuberlich zugedeckt, wieder aufgewacht. Ich fühle mich selber ziemlich mies, kann ich dir versichern«, reagierte Marcel unwirsch auf Martins Tirade.

»Oh Mann. Diese einmalige Chance hast du ja ordentlich verbaselt«, legte Martin nach.

»Das ist wohl wahr.«

»Der Zug ist abgefahren. In der Tat. Endstation Sehnsucht«, bemerkte Martin mitfühlend.

»Und wenn ich mich entschuldige? Ich meine, nicht nur per Butler, sondern persönlich?«, überlegte Marcel laut.

»Du hättest echt die Nerven, da noch mal aufzutauchen?«

»Nee, ich glaube nicht.«

»Und wenn du sie anrufst und um Gnade winselst?«, schlug Martin als Alternative vor.

»Geht nicht. Ich habe keine Telefonnummer von ihr. Soweit waren wir noch nicht.«

»Aber du weißt jetzt, wo sie wohnt. Da ist es doch ein Klacks, ihre Nummer rauszukriegen.«

»Hab ich längst versucht. 'ne Geheimnummer. Keine Chance.«

»Oh Mann, die Sache ist echt verkorkst«, stellte Martin mit ehrlichem Bedauern fest.

»Blumen. Schick ihr einfach einen Riesenstrauß Blumen. Rosen. Bunte, keine roten. Als Entschuldigung ein Strauß mit hundert bunten Rosen, dass macht Eindruck«, brach es euphorisch aus ihm raus.

»Nee, geht auch nicht«, revidierte Martin seine gerade noch als brillant empfundene Idee.

»Wieso? Klingt gut.«

»Blumen hast du ihr erst gestern geschenkt«, knurrte er.

Marcel schaute ihn an wie ein Ochs vorm neuen Tor.

»Du hast ihr doch Blumen zu der Einladung mitgebracht, oder? Bei einer Einladung zu einer Dame!«

Marcel blickte zu Boden.

»Oh Mann. Wohl nicht etwa 'ne Schachtel Pralinen?«, verzog Martin das Gesicht. »'ne Mischung, damit etwas dabei ist, was ihr schmeckt.« Er konnte sich kaum einkriegen.

Marcel starrte weiter auf den Küchenboden.

»Ist nicht wahr. Du bist mit leeren Händen zu ihr gefahren?«

»Ich hab schlicht und ergreifend nicht daran gedacht«, gab Marcel ehrlich zu.

»Na, dann bleibt dir ja nur noch eins. Du haust auf den Putz wie seiner Zeit Gunter Sachs bei Brigitte Bardot.«

Martin sah das Fragezeichen in Marcels Gesicht.

»Der hat ein paar tausend rote Rosen oder so gekauft, sich einen Helikopter gemietet und anschließend die ganze Blumenpracht über dem Anwesen seiner Angebeteten abgeworfen. Danach ist sie dahingeschmolzen und in seine Arme gefallen«, grinste Martin breit. »Du erhöhst auf zehntausend und legst zu jeder Rose ein Zettelchen, auf dem steht, wie leid es dir tut oder wie sehr du sie vermisst. Ab in den Helikopter, nach Kronberg und runter damit. Ich habe eine Druckerei an der Hand, die macht dir die Zettel in zwei Stunden.«

»Das kostet doch ein Vermögen, zehntausend Rosen, die Druckkosten, der Helikopter«, protestierte Marcel. »Das kann ich mir nicht leisten.«

»Nach deiner letzten Tantiemenabrechnung schon. Allerdings nur einmal«, gab Martin zu. »Die Zettel würde ich übernehmen, aus alter Freundschaft.«

»Selbst wenn. Ihr Anwesen ist so groß, dass sie sogar zehntausend von den Dingern nicht mal sehen würde«, resümierte Marcel resigniert. »Aber danke für die Idee.«

Plötzlich veränderte sich seine Miene.

»Danke für die Idee«, wiederholte er strahlend, rannte aus der Küche und knallte die Wohnungstür zu.

»Jetzt ist er ganz verrückt geworden, der arme Kerl«, dachte Martin und nahm sich ein Bier aus dem Kühlschrank.

KAPITEL 29

Marcel rannte die Straße runter. Hastig schaute er auf die Uhr. Kurz vor fünf. Knapp eine Stunde, bevor der Blumenladen an der Ecke schließen würde. Nicht allein die Blumen waren wichtig, sondern dass sie heute noch ausgeliefert wurden.

Nassgeschwitzt betrat er das Geschäft. Vor ihm warteten bereits zwei Kundinnen. Nur eine Bedienung im Laden. Super!

Kaum dass die Ladenglocke nach seinem Eintreten zu bimmeln aufgehört hatte, erschien Gott sei Dank ein zweites Gesicht aus dem hinteren Ladenraum. Die Verkäuferin wandte sich der Kundin vor ihm zu.

»Entschuldigen Sie bitte, würden Sie mich vielleicht vorlassen? Ich habe es sehr eilig«, bat er freundlich.

Die ältere Frau sah ihn unwillig an.

»Das haben sie alle, besonders die jungen Leute. Ich musste schließlich auch warten.«

»Aber es ist ein Notfall. Ich bin verliebt«, bettelte er.

Die Miene der Frau hellte sich zu einem Lächeln auf. Sie sah die Bedienung an.

»In dem Fall lassen wir den jungen Mann mal vor. Nicht dass wir noch daran schuld sind, sein Leben ruiniert zu haben.«

»Danke. Vielen Dank«, beeilte sich Marcel zu sagen, bevor er sich der Verkäuferin zuwandte.

»Können Sie mir einen Biedermeierstrauß binden? In der Mitte eine orangefarbene Rose, drumherum sechs oder sieben cremefarbene. Als Rosette große grüne Blätter und ein bisschen von den kleinen weißen Blüten dazwischen, nur ganz dezent bitte.«

»Kein Problem, junger Mann.«

»Das klingt aber sehr hübsch«, kommentierte die ältere Dame.

»Haben Sie so kleine Grußkarten mit Kuvert?«, beeilte er sich zu fragen.

»In dem Ständer da drüben. Bedienen Sie sich selbst.«

Die Auswahl war überschaubar.

»Welche würden Sie nehmen, wenn Sie sich entschuldigen müssten?«, sprach er spontan die ältere Dame an.

Sie zeigte auf die linke Karte.

»Eindeutig die da. Die passt auch besser zu Ihrem Sträußchen.«

»So recht?«

Die Verkäuferin hielt ihm das Ergebnis entgegen.

»Wunderschön. Perfekt«, erwiderten er und die ältere Dame unisono.

»Diese Karte beilegen, alles in Papier einwickeln und bitte unbedingt noch heute an die folgende Adresse zustellen.«

»In Kronberg«, las die Verkäuferin mit. »Das schaffen wir, ist ja nicht besonders weit.«

»Wunderbar«, bedankte sich Marcel überschwänglich.

Er zückte sein Portemonnaie, um zu bezahlen.

»Sie müssen erst noch was auf die Karte schreiben«, erinnerte ihn die ältere Dame.

Marcel nahm den Kugelschreiber von der Ladentheke, drehte die Karte um und schrieb nur fünf Worte: *Danke für den Gutenachtkuss! Marcel.*

»Macht siebenundzwanzig Euro. Fünfzehn für den Strauß, zwei für die Karte, zehn für die Lieferung am selben Tag.«

»Und eine Rose für die Dame, die mir freundlicherweise den Vortritt gelassen hat«, addierte Marcel hinzu, nahm eine rote Rose aus einem der Eimer am Boden und überreichte sie mit einem Lächeln.

»Danke, wie galant«, freute sie sich. »Ich hab ja schon immer gesagt, die Jugend wird heute ganz falsch beurteilt.«

»Zusammen dreißig.«

Zufrieden gab Marcel fünfunddreißig Euro und verließ den Laden.

Wozu brauchte es tausende von Rosen und einen Helikopter, wenn man die wichtigen Dinge so einfach zum Ausdruck bringen konnte?

KAPITEL 30

Bei seiner Rückkehr bekam er erst einmal einen Riesenschreck. Die Wohnungstür war nur angelehnt. Vorsichtig stieß er sie auf und schlich den Flur entlang. Aus der Küche hörte er das typische Ploppen, wenn der Metallbügel einer Bierflasche geöffnet wurde. Entschlossen trat er ein.

Martin saß da, sich ein zweites Bier gönnend.

»Du bist noch da?«, fragte er erstaunt.

»Wenn ich nicht da wäre, wärst du jetzt nicht hier«, entgegnete er philosophisch. »Oder hat unser Frischverliebter daran gedacht, seine Schlüssel mitzunehmen, als er Hals über Kopf aus der Wohnung rannte? Zum Glück steht ja eure Haustür immer offen, sonst würdest du unten auf der Straße stehen oder müsstest bei einer Nachbarin klingeln und Fragen über eine Luxuslimousine beantworten.«

Wie auf Stichwort fuhr Marcel mit der Hand in die Hosentasche. Leer.

»Hier«, reichte ihm Martin den Schlüssel. »Ich hab ihn abgezogen, bevor ich die Tür angelehnt habe. Hatte keine Lust, extra aufzustehen, wenn du wieder zurück bist.« Er nahm einen langen Zug aus der Bierflasche. »Wo warst du denn bloß? Willst du auch ein Bier?«

»Ja, bitte.« Marcel setzte sich auf den Küchenstuhl. »Ich habe deine Idee umgesetzt und Mariana ein paar Blumen geschickt.«

»Mit oder ohne Zettel?«

»Mit«, bestätigte Marcel nur knapp.

»Dich scheint's ja wirklich erwischt zu haben«, stellte Martin mit ernster Stimme fest.

»Sie ist furchtbar nett. Hab ich ja nicht so vorgehabt. Ist einfach so gekommen. Was soll ich machen? Sie ignorieren?«

»Nee, nicht so eine Frau. Wenn du sie auch noch sympathisch findest, weil sie echt lieb zu dir ist, erst recht nicht. Und wie soll es mit unserer umgekehrten Aschenputtel-Story weitergehen?«

»Ich hab keine Ahnung. Ich lass die Sache halt laufen. Mal seh'n was passiert, wie es sich entwickelt.«

Martin setzte ein nachdenkliches Gesicht auf.

»Bevor sie dir dein frisch verheiltes Herz zerreißt, würde ich dich als Freund gerne fragen, wie ernst es dir ist.«

Marcel schaute Martin unsicher an.

»Wenn es dir nur um einen Flirt mit einer scharfen Braut geht und du nur mal wieder deinen Testosteronspiegel ins Gleichgewicht bringen willst, dann halt ich sofort meine vorlaute Klappe.«

»Du kennst mich lange genug, um zu wissen, dass ich kein Typ für One-Night-Stands bin.«

»Das ist mein Marcel.«

»Aber so weit ist es doch noch gar nicht.«

»Ach so. Die liebe Mariana gibt dem kleinen Marcel nur harmlose Gutenachtküsschen?«, reagierte Martin ironisch. »Und im Himmel ist Jahrmarkt, oder?«

Marcel guckte erschrocken ob der Formulierung, die er exakt so auf die Karte geschrieben hatte.

»Was soll ich denn deiner Meinung nach tun?«

Martins Antwort kam ein wenig zögerlich.

»Hast du schon mal versucht, einem Verliebten einen Rat zu geben?«

Marcel verstand sofort, was Martin damit meinte. Sein Blick senkte sich wieder auf den Küchenboden.

»Du verstehst also auch ohne viele Worte, wie ich sehe.«

Marcel nickte.

»Siehst du, somit kann ich es mir also sparen, dir erklären zu müssen, dass Aschenputtel nur ein Märchen für Kinder ist. Du solltest besser ein flottes Mädel in deiner Liga suchen und dir keine großen Hoffnungen bei Signora Dariovesa machen. Prost!«

KAPITEL 31

Martin hatte vollkommen recht. Er konnte es drehen und wenden, wie er wollte. Was sollte eine Frau wie Mariana, schön, reich und sympathisch, mit einem Mann wie ihm anfangen, außer eine kurze Affäre zu haben, ein temporäres Vergnügen? Was stellte er, Marcel Grünwald, sich denn vor? Flirten, verlieben, verloben, heiraten, Kinder kriegen. Mit einer Frau wie Mariana? Wohl kaum. Er war in dieser Version das Aschenputtel. Doch Aschenputtel war und blieb ein Märchen, selbst wenn seine Fantasie ein wenig mit ihm durchging.

Alles sprach gegen eine Beziehung mit ihr. Mit dem Verstand war die Sache sonnenklar. Aber Liebe auf den ersten Blick gehorchte nun mal keiner Logik. Marianas Blick in dem Berliner Café hatte ihn wie Amors Pfeil direkt ins Herz getroffen. Ins frisch vernarbte Herz, wie Martin es so treffend ausdrückte. Was, wenn sie nur mit ihm spielte? Wenn sie die Narbe wieder aufreißen würde? Wollte er dieses Risiko eingehen? Oder hatte er gar keine andere Wahl, als das Leben entscheiden zu lassen, weil er bereits über beide Ohren in sie verliebt war?

KAPITEL 32

Als das Telefon klingelte, sprang er, wie von einer Tarantel gestochen auf. Er rannte ins Wohnzimmer, um ja rechtzeitig den Apparat zu erreichen.

»Gern geschehen«, sagte eine sanfte Stimme am anderen Ende. »Und vielen Dank für die wunderschönen Blumen.«

In genau diesem Moment lösten sich alle Vorbehalte auf, die noch vor wenigen Sekunden sein Gehirn verknoten wollten.

Doch kaum waren die lästigen Wenn und Aber verschwunden, tauchten neue auf. Sollte er jetzt sie zum Essen einladen? In seine Bude? Welch reizvoller Kontrast zur Megavilla. Mit Panoramaaussicht auf das Haus gegenüber. Ein Abendessen bei romantischem Kerzenschein in seiner gemütlichen Küche. Unmöglich. In ein Restaurant? Welche kannte er, die mit den gestrigen Standards konkurrieren konnten? Keines. Stattdessen ins Kino? Mit Mariana in Pariser Designerklamotten, zwei schwarz gekleideten Leibwächtern im Schlepptau ins Lichtspielhaus des nächsten Shoppingcenters? Möchtest du einen XL- oder XXL-Becher Popcorn? Lieber ein Eis am Stiel? Lächerlich.

Sein Gehirn arbeitete auf Hochtouren. Natürlich wollte er sie wiedersehen. Aber um Gottes Willen wie? Er fühlte sich wie in eine Sackgasse geraten, aus der er keinen Ausweg wusste. Alles klappte so gut und war trotzdem so verdammt kompliziert, wenn er am Zug war.

»*Ich* danke für den wundervollen Abend«, entgegnete er nach einer ihm schier endlos vorkommenden Pause, um nicht den Eindruck zu erwecken, ihm hätte es die Sprache verschlagen oder ein peinliches »Sind Sie noch dran?« zu hören. Seine grauen Zellen liefen heiß. Irgendeine Eingebung musste her, aber pronto.

Wieder kam sie ihm zuvor.

»Ich gebe nächstes Wochenende eine Abendgesellschaft für Freunde von mir. Ich würde mich sehr freuen, wenn Sie auch kommen könnten. Darf der Chauffeur Sie am Samstag um zwölf Uhr mittags abholen?«

Das passte so gar nicht in sein emanzipiertes Denkschema. Seinen Vorstellungen nach war er an der Reihe, etwas vorzuschlagen, doch er hatte keine Alternative zu bieten. War die Kluft zwischen ihren Welten so groß, dass es nur den Weg in ihre Richtung, nicht in seine gab?

»Oh bitte«, bettelte sie.

Egal, entschied sein Hirn spontan.

»Gerne, aber ich nehme lieber ein Taxi. Die Limousine hat letztes Mal ein ziemliches Aufsehen vor meinem Haus erregt.«

»Das wäre allerdings etwas kompliziert.«

»Von hier bis Kronberg ist es nur ein Katzensprung«, warf er ein, den gestrigen Auflauf noch zu gut in Erinnerung.

»Ach bitte, Marcel, ich habe eine kleine Überraschung für Sie. Mit dem Chauffeur geht es einfacher«, beharrte sie zuckersüß.

»Eine Überraschung?«, fragte er verwirrt nach.

»Ja, aber wenn ich sie Ihnen verrate, ist es keine mehr«, sagte sie ein wenig trotzig.

»Okay. Ich freue mich. Nächsten Samstag, High Noon, vor meiner Haustür«, säuselte er.

»Prima«, strahlte Mariana förmlich durchs Telefon.

»Mariana«, rief er rasch, bevor sie auflegen konnte.

»Ja?«

»Darf ich Sie um Ihre Telefonnummer bitten?«, fragte er schüchtern.

»Aber die haben Sie doch«, lachte sie.

Da er nicht reagierte, fügte sie hinzu: »Sie müssen sie nur finden.« Damit legte sie auf.

Verwirrt stellte er das Telefon zurück in die Ladestation.

Wo konnte sie ihre Telefonnummer versteckt haben? Viele Möglichkeiten gab es nicht. Neugierig ging er ins Schlafzimmer, öffnete den Kleiderschrank und durchsuchte die Taschen des Jacketts, das er gestern Abend anhatte. Aus der linken zog er ein Mini-Kuvert mit seinem Vornamen darauf. Es war zugeklebt.

Mit raschen Schritten ging er rüber ins Büro, nahm den Brieföffner und schlitzte es vorsichtig auf. Ein Hauch ihres Parfums strömte in seine Nase. Als sie ihm auf der Matinee ins Ohr geflüstert hatte, war ihm dieser verführerische Duft das erste Mal aufgefallen, das zweite Mal, als sie ihm den Gutenachtkuss gegeben hatte.

Dann zog er eine elegante Visitenkarte heraus. Auf der stand in goldgeprägter Schrift lediglich ihr Name: *Mariana Luisa Dariovesa*. Sonst nichts. Er drehte die Karte um. Auf der Rückseite war in feiner hellblauer Tinte eine Mobilfunknummer geschrieben. Darunter eine kurze Bemerkung: *Diese Nummer ist nur für Sie, Marcel!* Gefolgt von einem »X«. Er wusste, was das »X« bedeutete: einen Kuss.

Für einen Moment überlegte er, ob er sie gleich ausprobieren sollte. Nur so, ob sie auch stimmte. Er wollte ihr nur mal schnell Gute Nacht sagen.

Zurück im Wohnzimmer hob er das Telefon aus der Ladestation. Wie von selbst wählten seine Finger die Nummer auf der Visitenkarte.

»Hallo, Marcel, Sie haben sie also gefunden.«
»Ja, das habe ich. Vielen Dank. Ich wollte nur fragen, welchen Dresscode es für nächsten Samstag gibt?«, fragte er, froh, dass ihm etwas halbwegs Vernünftiges einfiel.
»Seien Sie einfach Sie selbst, Marcel, dann sind Sie immer perfekt gekleidet«, antwortete sie charmant.
»Danke«, erwiderte er leise. »Ich freue mich auf Samstag. Gute Nacht.«
»Ihnen auch, Marcel, angenehme Träume.«
Die Nummer stimmte also. Sie war sofort rangegangen, als ob sie auf seinen Anruf gewartet hätte. So ein Quatsch. Eine Frau wie Mariana hatte vermutlich weder die Zeit noch die Muße dazusitzen, bis er anrief. Die Mühe, die sie sich gab, erstaunte ihn schon sehr. Der Gutenachtkuss, ihr Telefonat, direkt nachdem sie seinen kleinen Blumenstrauß erhalten hatte, und nun die Art, wie sie ihm die Visitenkarte zukommen ließ. Das waren alles Gesten, die äußerst persönlich waren, die seiner Meinung nach kaum zu einer reichen Frau passten, die lediglich auf ein kurzes Abenteuer aus war. So benahmen sich nur Verliebte. Mit einem Lächeln bemerkte er, dass er die Mehrzahl benutzt hatte: Verliebte. Damit gestand er sich ein, dass er dieses Attribut nicht nur auf Mariana bezog, sondern ebenso auf sich selbst. Es war ein herrliches Gefühl, an eine Person zu denken und sofort Schmetterlinge im Bauch zu spüren.

KAPITEL 33

Die Tage bis zum Samstag vergingen schleppend langsam. Zwischendurch widerstand er der Versuchung, ihre Nummer zu wählen. Berechtigte ihn die Verliebtheit, ihr die Zeit zu stehlen, sich wie ein Teenager zu benehmen? Ach, was redete er da nur für ein dummes Zeug. Wenn man verliebt war, war es doch völlig egal, wie jung oder alt man war, man benahm sich immer so, dass die meisten Menschen einen für verrückt hielten. Warum sich deswegen einen Kopf machen oder sich gar schämen? In der Regel beneideten einen die anderen.

Die einzigen Stunden, die während dieser Wartezeit wie im Flug vergingen, waren die, in denen er mit Martin shoppen ging.

»Dich hat's also voll erwischt, Zweifel ausgeschlossen.«

»Ich brauch einen qualifizierten Kleiderberater mit exquisitem Geschmack«, argumentierte Marcel.

Als er Richtung Shoppingcenter losfahren wollte, bremste ihn Martin gleich aus.

»Sorry, mein Alter, aber da kriegst du bestimmt nicht die Klamotten, die du jetzt brauchst. Lass mich mal ans Steuer.«

Zu Marcels Erstaunen landeten Sie nicht in der Frankfurter City, sondern in der von Wiesbaden. Martin parkte den Wagen selbstbewusst vor einem der besten Herrenschneider der Landeshauptstadt.

»Nun werde ich ausnahmsweise meinen Charme spielen lassen, damit deine Klamotten noch rechtzeitig zur Party fertig sind. Ich kenne den Mann und werde ein gutes Wort für dich einlegen. Überlass mir das Briefing. Allerdings wird das alles nicht ganz billig, aber Mariana ist es dir sicher wert.«

Marcel war beeindruckt, wie souverän Martin zusammen mit dem Schneider die Stoffe und Schnitte aussuchte. Er wurde vermessen, und in nur drei Tagen sollten sie zur ersten Anprobe wiederkommen.

»In fünf Tagen ist alles fertig, Dinnerjacket, Hose, zwei Hemden und ein Mantel, damit du unterwegs nicht erfrierst. Versprochen.«

Martin tuschelte kurz mit dem Schneider unter vier Augen, danach zog er Marcel beiseite.

»Dreitausendfünfhundert Euro. Freundschaftspreis. Tutto kompletto. Fliege und Kummerbund gehen auf Kosten des Hauses, weil du Neukunde bist. Fünfhundert Piepen kann ich dem Verlagsmanagement als Kleiderzuschuss für deine Werbeauftritte aus den Rippen schneiden, mehr ist nicht drin.«

»Ist mir egal, legt los. Spätestens Freitagabend muss alles fertig sein. Ich brauch die Klamotten am Samstagmorgen.«

»Wie du willst, dann lass uns mal die passenden Schuhe, Socken und einen Schal kaufen gehen, um dein neues Outfit zu vervollständigen.« Als er drei Tage später die Sachen anprobierte, war er beeindruckt, wie perfekt alles passte. Kein Vergleich mit der gewohnten Konfektionsware von der Stange. Er sah um Galaxien besser aus. Wow, was für ein Unterschied! Er fühlte sich gleich viel selbstbewusster.

Mit einem festen Händedruck überreichte er Martin eine Flasche zwanzig Jahre alten Scotch Whisky.

»Danke, Mann. Was würde ich ohne dich nur machen. Darf ich meinen Adoptionswunsch wiederholen?«

»Darfst du, nur erfüllen werde ich ihn dir nicht«, lachte Martin. »Aber, wenn es so läuft, wie du es dir wünscht, dann hast du ja bald jemanden, der auf dich aufpasst.« Plötzlich machte er ein nachdenkliches Gesicht. »Eine Frage will mir allerdings nicht aus dem Kopf gehen. Wieso holt dich der Wagen schon mittags zu einer Abendgesellschaft ab?«

Marcel schaute Martin verdutzt an. Er hatte recht. Ihm war das gar nicht aufgefallen.

KAPITEL 34

Um fünf Minuten vor zwölf verließ er geschniegelt und gestriegelt die Wohnung. Ihm war es lieber, vor der Haustür zu warten, um einen erneuten Menschenauflauf zu vermeiden. Wie erwartet, erschien der imposante Maybach pünktlich vor dem Haus. Der Chauffeur stieg aus, hielt ihm, wie beim ersten Mal, mit einem freundlichen »Guten Tag, Herr Grünwald« die Wagentür zum Fond auf. So schnell es ging, verschwand Marcel im Wagen. Nervös schaute er auf die Fenster, an denen sich einige Gardinen bereits bewegten.

Bloß weg, dachte er.

»Warum denn so unruhig, Marcel?«

Erschrocken zuckte er zusammen. Mit einem Ruck drehte er sich zur Seite. Mariana saß auf dem anderen Sitz. Sie strahlte ihn an.

»Mariana! Das ist aber eine tolle Überraschung.«
»Das hatte ich gehofft«, lächelte sie.
Sie reckte sich zu ihm hinüber, um ihm einen Kuss auf die Wange zu geben.
Marcel wusste nicht, wie ihm geschah. In seinem Bauch begannen die Schmetterlinge zu tanzen. Als sie sich zurücklehnen wollte, hielt er sie fest und küsste sie auf den Mund. Nur kurz. Dann ließ er sie rasch wieder los.
Mit großen Augen sah sie ihn überrascht an.
»Darf ich dich jetzt duzen?«, fragte sie ihn ernst.
»Ja, ich bitte darum«, sagte er selbstbewusster, als er sich fühlte.
»Darauf sollten wir aber anstoßen. Außerdem entspannt Champagner.«
Mariana entnahm dem Barfach, das er bereits kannte, eine Flasche und schenkte ihnen ein.
Marcel hielt es für unangebracht, dieses typische Ritual mit den ineinander verschränkten Armen in einem Auto vollführen zu wollen.
Mariana zögerte.
»Kann ich noch einen bekommen?«, zwinkerte sie ihm zu.
Marcel schien für einen Moment auf dem Schlauch zu stehen, bis sein Gesicht ebenso strahlte wie ihres.
»Gerne, sehr gerne sogar.«
Langsam bewegten sich ihre Gesichter aufeinander zu, bis ihre Lippen sich trafen. Diesmal ließ er nicht so schnell los.
»Marcel«, hauchte sie, nachdem er sie freigegeben hatte.
»Mariana«, erwiderte er.
Die silbernen Champagnerkelche mit der Zeppelin-Gravur berührten sich.
Das alles hatte ihn so sehr abgelenkt, dass er seine Überraschung schwer verbergen konnte, als der Wagen vor einer Schranke anstelle der erwarteten Kronberger Villa hielt. Vor ihnen prangte ein unübersehbares Schild: *Flughafen Frankfurt am Main, Terminal für Privatjets.*
Erstaunt schaute er zu Mariana.

»Das ist meine kleine Überraschung. Die Gesellschaft findet nicht in Kronberg statt, wie du siehst. Wir lassen uns nach Nizza fliegen.«

Sie schien eine diebische Freude daran zu haben, ihn ein wenig zu verwirren.

Deswegen der Termin am Mittag für eine Einladung zu einer Abendgesellschaft, wurde ihm mit einem Schlag klar.

»Wie ist dein Französisch?«, neckte sie ihn.

»So là là. Drei Jahre Schulfranzösisch.«

»Das wird vollkommen ausreichen, Chéri«, bemerkte sie mit einem übertriebenen Akzent.

Für l'amour brauchte es ja keine großen Sprachkenntnisse, dachte er frech, traute sich aber nicht, es laut auszusprechen.

Dem Securitymann schien der Wagen nicht unbekannt zu sein. Unverzüglich öffnete er die Schranke und winkte sie mit einer lässigen Handbewegung durch.

Danach hielt der Maybach erst wieder in einem Hangar vor einem Privatjet, der eher die Ausmaße einer kleinen Passagiermaschine hatte. Nachdem der Chauffeur ihnen die Wagentüren geöffnet hatte, begleitete er sie zur Gangway, wo eine Stewardess sie freundlich begrüßte. Außen hatte der Jet dieselbe zweifarbige Lackierung wie die Limousine, cremefarbenes Leder und hellbraunes Wurzelholz bestimmten das Interieur. Alles passte perfekt zusammen. Marcel war beeindruckt. Mariana nahm ihn an die Hand und zog ihn mit.

»In knapp anderthalb Stunden werden wir in Nizza landen, eine halbe Stunde mit dem Auto, und schon haben wir das Ziel meiner kleinen Entführung erreicht.«

Sie lächelte ihn an.

»Wenn Sie bitte Platz nehmen möchten, Signora, wir sind zum Abflug bereit.«

Ein älterer Mann war geräuschlos aus dem vorderen Teil der Maschine aufgetaucht. Der Uniform nach musste es sich um den Flugkapitän handeln.

Der Flieger rollte aus dem Hangar direkt zur Startbahn, um wenige Augenblicke später abzuheben. Sobald er die vorgesehene Flughöhe erreicht hatte, eilte die Stewardess herbei.

»Champagner, Signora?«, fragte sie zuvorkommend.

»Und Kanapees, bitte«, ergänzte Mariana. »Du hast doch bestimmt auch noch nichts gegessen. Ich bin jedenfalls nicht dazugekommen.«

Etwas zu essen, war das Letzte, an das er gedacht hatte. Dafür war er viel zu aufgeregt gewesen. Bisher hatte Mariana kein Wort über sein neues Outfit verloren. Sie trug ein todschickes Chanelkostüm in hellem Zitronengelb. Der Rock kurz, aber nicht zu kurz, sodass ihre hübschen Beine optimal zur Geltung kamen. Natürlich hatte sie hautfarbene Strümpfe an.

Nudefarben, schoss es Marcel durch den Kopf. Er kannte sich diesbezüglich immer noch aus.

»Du siehst sehr chic aus«, bemerkte sie spontan.

Selbstverständlich war ihr sein neues Outfit aufgefallen. Ihr Blick scannte ihn vom Kopf bis zu den Schuhen.

»Maßgeschneidert«, folgerte sie im Ton einer Expertin.

Ihre Augen blieben auf ihm ruhen. So musste man sich als Frau fühlen, wenn Männer einen musterten.

»Du hast einen exquisiten Geschmack, sehr stilsicher«, lobte sie.

»Oh, das Kompliment gebe ich gerne an meinen Freund Martin weiter«, entgegnete er bescheiden. »Als persönlicher Styling Coach hat er mir den besten Herrenausstatter Wiesbadens empfohlen. Gemeinsam haben sie mir diesen Anzug auf den Leib geschneidert.«

»Er muss dich gut kennen, wenn er dich so exzellent beraten kann.«

Marcel sah Martin in Gedanken in der Küche sitzen, ihn frech angrinsend.

»Ja, ich glaube, dass er mich sehr gut kennt. Obwohl wir noch gar nicht so lange miteinander befreundet sind.«

Mariana wartete neugierig darauf, dass mehr erzählte.

»Ich habe ihn erst vor knapp drei Jahren kennengelernt. Er ist Ressortleiter in dem Verlag, der meine Bücher publiziert. Wir waren uns auf Anhieb sympathisch. Seit dem Tod meiner Frau berät er mich in literarischen Angelegenheiten und sehr warmherzig bei vielen Lebensfragen.«

Mariana wandte ihren Blick ab. Sie schien mit einem Mal sichtlich betroffen zu sein.

»Das tut mir sehr leid«, sagte sie mit belegter Stimme.

Er wusste im ersten Augenblick nicht, was sie meinte.

»Der Tod deiner Frau.«

Marcel musste mit sich kämpfen. Der plötzliche Themenwechsel brachte ihn aus dem Gleichgewicht. Darauf war er nicht vorbereitet gewesen, in der Gegenwart von Mariana, in dieser Atmosphäre von Verliebtheit über Claudine zu sprechen, den tragischen Unfall.

Mariana umfasste zärtlich seine Hände. Aus einem Impuls heraus wollte er sich befreien, doch sie hielt ihn mit sanftem Druck fest. Er gab nach, dankbar für die wohltuende Wirkung dieser tröstenden Geste.

»Es war ein Unfall. Vor anderthalb Jahren in Süditalien. Sie ist beim Baden ertrunken. Das Meer hat sie mir genommen.«

Seine Augen wurden feucht. Die von Mariana ebenfalls.

»Das tut mir so unendlich leid«, wiederholte sie.

Gott, was für eine Situation. Er wollte so schnell wie möglich das Thema wechseln. Dies war weder der Zeitpunkt noch der Ort, erst recht nicht die Person, um über den Tod seiner Frau zu reden. Nicht jetzt, nicht hier, nicht mit Mariana. Später einmal. Vielleicht.

KAPITEL 35

Das leise, eintönige Summen der Jetturbinen wirkte beruhigend. Mariana sah ihn auf eine so warmherzige Art an, dass er das Bedürfnis verspürte, einfach in ihren Augen zu versinken, sich an sie zu schmiegen, um das Vergangene für den Moment zu vergessen.

In diesem Augenblick ertönte die Stimme des Kapitäns.

»Signora, auf unserer Route streifen wir die Ausläufer eines Tiefdruckgebietes, an dessen Rand teilweise heftige Gewitter auftreten. Wenn ich es weiträumig umfliege, verlängert sich unsere Flugzeit um etwa vierzig Minuten. Ansonsten kann es zwischendurch mal zu ein paar Turbulenzen kommen, die ein wenig unangenehm sein können.«

»Wie ist dein Magen, Marcel?«

Sie warf einen Blick auf das Silbertablett mit den Kanapees, von denen sie bisher nur einige gegessen hatten.

»Recht stabil. Viel ist eh nicht drin, was im schlimmsten Fall …«, erwiderte er lächelnd. »Nein, mach dir um mich keine Sorgen, ich werde selten see- oder flugkrank.«

»Sehr schön, da sind wir wohl aus demselben Holz geschnitzt«, stellt sie zufrieden fest.

Sie drückte auf einen Knopf neben ihrem Sitz, um die Interkomverbindung zum Cockpit zu aktivieren.

»Kapitän?«

»Ja, Signora«, kam die prompte Reaktion aus dem Bordlautsprecher.

»Bleiben Sie bitte weiter auf Kurs, solange sich das Wetter nicht verschlechtern sollte. Dann drehen Sie nach eigenem Ermessen ab.«

»Roger, Signora. Ich möchte Sie nur darum bitten, die Anschnallzeichen zu beachten. Danke.«

Kaum dass die Verbindung zum Cockpit beendet war, schüttelte eine heftige Bö die Maschine. Da sie beide ihre Sicherheitsgurte nicht angelegt hatten, rutschte Mariana aus ihrem bequemen Sessel auf ihn zu. Er fing sie rechtzeitig auf und hielt sie einen Moment lang fest. Spontan schlang sie ihre Arme um seinen Hals. Er drückte sie an sich.

Simultan bewegten sich ihre Lippen aufeinander zu. Als sie sich trafen, schlug ein gewaltiger Blitz in das Flugzeug ein.

KAPITEL 36

Der Rest des Fluges verlief ruhiger als vom Kapitän vorhergesagt. Nur leichte Turbulenzen. Zu wenige, um Marcel weitere Anlässe für galante Rettungsaktionen zu geben.

Pünktlich setzte die Maschine auf der Rollbahn in Nizza auf. Im Hangar, in dem der Jet zum Stehen kam, wartete bereits eine Limousine auf sie. Zweifarbig in Silber und Marineblau lackiert und, wie Marcel mit hochgezogener Augenbraue rasch am Zeichen auf der Motorhaube erkannte, wieder ein Maybach Zeppelin. Derselbe, der sie zum Flughafen gefahren hatte, konnte es wohl kaum sein. Mariana schien nicht nur eine dieser sündhaft teuren Luxuskarossen zu besitzen. Schön, wer sich einen Privatjet von der Größe einer kleinen Linienmaschine leisten konnte, für den waren auch zwei Maybachs drin.

Zu seiner Überraschung war aber der Chauffeur derselbe. Er musste in der Maschine mitgeflogen sein.

»Signora, Herr Grünwald, willkommen in Nizza«, öffnete er ihnen nacheinander sehr zuvorkommend die Wagentüren.

Das war besser als in jedem Hollywoodfilm über die oberen Zehntausend.

Wahrscheinlich war es die sympathische, ungezwungene Art Marianas, die bewirkte, dass er dieser geballten Ladung Luxus ziemlich locker, ja sogar mit Spaß begegnete, statt beklommen in Ehrfurcht zu erstarren. Wie sonst sollte das auch funktionieren, da er kein professioneller Playboy war, der von Hause aus souverän in so einer Umgebung agierte? Unbefangenheit war seine einzige Chance, sich in der Gegenwart von Mariana gelassen zu geben.

In diesem Augenblick zweifelte er daran, dass die Investition in sein Outfit nötig gewesen wäre. In dem Jackett, das er bei seinem Besuch in der Kronberger Villa anhatte, würde er sich jetzt bestimmt nicht anders fühlen. *Sei einfach du selbst*, hätte auch im Sakko von der Stange funktioniert. Aber wenn man verliebt war, wollte man halt ein bisschen vor der Angebeteten angeben, nicht wahr?

Die Strecke entlang der Côte d'Azur war atemberaubend. In seiner ungewöhnlichen, farbigen Lackierung stach der Maybach sogar unter den hier reichlich vertretenen Luxuskarossen anderer Hersteller heraus. Eigentlich fehlten nur noch die Fähnchen an den Kotflügeln vorne zur echten Staatskarosse. Köpfe wirbelten herum, neugierige Blicke folgten ihnen mit der Frage, welcher Prominente da wohl drin saß.

Je näher sie ihrem Ziel kamen, desto strahlender schaute Mariana ihn an. Kurz nach dem Ortsschild *Antibes* musste der Chauffeur in den engen Gassen die Geschwindigkeit drosseln. Marcel blickte sich um. Sie fuhren Richtung Wasser, vermutlich zum Hafen, spekulierte er vor Vorfreude. Denn neben dem Anblick von Frauenbeinen in Nylonstrümpfen waren Boote, Schiffe, Yachten, einfach alles, womit man auf einen See oder aufs Meer hinausfahren konnte, seine zweite Leidenschaft.

Bisher hatte er sich kein Boot leisten können. Selbst wenn, hätte er nicht mal die erforderlichen Führerscheine. Wie bei Damenstrümpfen ging es ihm nur um das sinnliche Erlebnis, kurz, darum, auf einem Schiff zu sein, von Wasser umgeben, die Bewegung der Wellen zu spüren. Er mochte die damit verbundene Abgeschiedenheit, wie ein Kokon auf dem Meer, die Ruhe zum Schreiben. Wie oft stellte er sich vor, am Heck einer alten Holzyacht unter einem schattenspendenden Segeltuch zu sitzen, sein kleines Notebook auf dem Tisch, und an einem Buch zu arbeiten, zwischendurch mal in die kleine Kombüse runterzugehen, um eine Dose Ravioli auf dem Gaskocher warm zu machen.

Die Schiffe, die jetzt näher kamen, waren allerdings nicht mit denen in seinen Träumen vergleichbar. Die würden neben diesen Megapötten wie Modellschiffchen wirken. Fasziniert ließ er seinen Blick von einer Yacht zur nächsten schweifen. Er hatte in einem Schiffsmagazin gelesen, dass in Port d'Antibes die größten und teuersten Privatyachten der Welt lagen, die hunderte von Millionen Euro kosteten.

Woher wusste Mariana von seiner Leidenschaft für Boote? Die hatte er ihr gegenüber noch mit keinem Wort erwähnt.

Der Maybach fuhr im Schritttempo an den imposanten Yachten vorbei, bis er vor einer gewaltigen zweifarbig Silber und Marineblau lackierten abbremste, an deren Gangway Bodyguards in schwarzen Anzügen standen. Der Chauffeur brachte den Wagen exakt mit der Fondtür vor dieser Gangway zum Halten. Er stieg aus und öffnete Mariana die Wagentür. Sofort nahmen die beiden Leibwächter Haltung an.

Nachdem auch ihm die Tür aufgehalten wurde, stieg er aus, ging um den Wagen herum auf Mariana zu, starrte erst sie und dann das Schiff an.

Lachend nahm sie ihn an die Hand, um ihn die Gangway hochzuziehen.

»Willkommen auf der Dariovesa II«, rief sie und gab ihm einen Kuss.

An Deck angekommen, erwartete sie ein alter Bekannter.

»Signora, Herr Grünwald, willkommen an Bord«, begrüßte sie Giovanni, der Butler.

»Herr Giovanni«, erwiderte Marcel überrascht.

»Giovanni genügt vollkommen, Herr Grünwald«, korrigierte ihn der Butler höflich.

»Natürlich. Danke.«

Im hinteren Teil des Privatjets musste das halbe Hauspersonal mitgeflogen sein. Jedenfalls freute er sich über die bekannten Gesichter des Chauffeurs und des Butlers. Das machte die Sache ein wenig vertrauter.

Mariana schaute auf die winzige diamantenbesetzte Uhr, die sie an ihrem schlanken Handgelenk trug.

»Bis zur Abendgesellschaft haben wir noch jede Menge Zeit«, stellte sie zufrieden fest. »Wir können den Nachmittag am Pool genießen, eine Kleinigkeit essen. Es dürfte genügen, wenn wir uns um sieben Uhr umziehen.«

Marcel schaute demonstrativ an sich hinunter.

Sie verstand sofort.

»Sorry, das ist ganz allein meine Schuld, aber ich habe Giovanni Vorsorge treffen lassen. In deiner Kabine liegt Freizeitkleidung, inklusive Badehose, in ausreichender Vielfalt und passender Größe bereit.«

Der alte Knabe musste mal wieder für mich shoppen gehen, dachte Marcel mitfühlend.

»Danke, Herr – ich meine, Giovanni«, schenkte er dem Butler ein Lächeln.

»Ich schlage vor, wir treffen uns in einer halben Stunde auf dem Sonnendeck. Giovanni wird dir deine Kabine zeigen und dich anschließend zu mir bringen.«

Mit einem zarten Kuss auf die Wange ließ sie ihn mit dem Butler allein.

»Giovanni, ich mache Ihnen wohl eine Menge Umstände. Tut mir echt leid.«

»Das muss es nicht, Signore. Es gehört zu meinem Job, und ich mache ihn gerne.«

Marcel hatte das Gefühl, dass der Butler ihn zu mögen schien. Was auf Gegenseitigkeit beruhte.

»Darf ich Ihnen Ihre Kabine zeigen?«

»Gerne.«

Das Schiff war unvorstellbar groß. Nach einer gefühlten halben Stunde stoppte Giovanni vor einer Kabinentür aus edlem Teakholz und auf Hochglanz polierten Messingbeschlägen. Giovanni öffnete sie und ging voraus. Marcel staunte nicht schlecht. Solch eine Kabine hatte er in seinen kühnsten Träumen nicht erwartet. Das war eine Luxussuite, wie er sie selbst in den Yachtmagazinen noch nicht gesehen hatte.

»Die Eignersuite, Signore«, klärte ihn Giovanni auf. »Sie war bisher den Eltern der Signora vorbehalten.«

»Das nennt Signora Dariovesa eine Kabine?«

Marcel schüttelte lächelnd den Kopf.

»Die Signora hat Humor«, bemerkte Giovanni. »Darf ich Ihnen alles zeigen, Herr Grünwald?«

»Sagen Sie, Giovanni«, unterbrach er den Butler. »Wie Ihnen sicherlich nicht entgangen ist, ist diese Umgebung für mich sehr ungewohnt. Würde es Ihnen etwas ausmachen, mich Marcel zu nennen?«

»Wie Sie wünschen, Herr Marcel.«

»Marcel genügt völlig«, erwiderte Marcel schmunzelnd.

Dass Giovanni so formlos auf seinen Vorschlag einging, verwunderte Marcel etwas.

Als er Marcel verdutztes Gesicht sah, beeilte Giovanni sich zu erklären: »Ich bin ein angestellter Butler, der im Hause Dariovesa seit vielen Jahren tätig ist. Die Signora, wie auch zuvor ihre Eltern, lassen mir freie Hand. Ich bin weit davon entfernt, ein verkappter Sklave in einer Butlerlivree zu sein. Ich kann also selbst entscheiden, ob ich ihr freundliches Angebot, Sie mit Ihrem Vornamen anzureden, annehme oder nicht.«

»Oh, ich wollte Sie nicht beleidigen, Giovanni«, entschuldigte Marcel sich sofort.

»So habe ich es auch nicht verstanden. Wenn Sie irgendwelche Fragen haben, bin ich Ihnen immer gerne behilflich. Sie sind der erste Mann, dem die Signora ihr Herz so weit öffnet. Wenn ich mir die Bemerkung erlauben darf.«

Marcel kommentierte die Äußerung nicht. Er hatte das Gefühl, dass Giovanni mit der Wahl seiner Chefin zufrieden war.

Marcel schätzte die Suite auf mehr als zweihundert Quadratmeter. Ein Salon, größer als seine Wohnung, ein Bad, das man eher als Wellnesslandschaft bezeichnen konnte, daneben ein Schlafzimmer mit einem Kingsize Bett nebst begehbarem Kleiderschrank. Zusätzlich gab es ein etwas kleineres Zimmer, das wohl als privates Büro diente.

Der Kleiderschrank war gut gefüllt mit allem, was ein Mann auf einer Luxusyacht brauchte. Vom Aufenthalt am Swimmingpool bis zum formellen Dinner war für alles in mehr als ausreichender Vielfalt gesorgt. Mariana hatte nicht übertrieben. Spaßeshalber nahm Marcel ein Jackett heraus, um nach der Größe zu schauen, konnte aber kein Label finden.

»Ich habe mir erlaubt, während Sie in Kronberg duschten, einen Blick auf Ihre Konfektionsgröße zu werfen. Es müsste passen. Ansonsten kommt der Schneider in einer Stunde an Bord, um notwendige Änderungen vorzunehmen.«

Marcel blieb die Spucke weg.

»Die Sachen haben Sie doch nicht alle für mich gekauft?«, stammelte er.

»Selbstverständlich«, entgegnete Giovanni trocken. »Und es war mir ein Vergnügen«, fügte Giovanni rasch hinzu.

Der Butler half ihm, die Badesachen zu finden.

»Ich warte vor der Tür, bis Sie fertig sind, falls Sie Hilfe benötigen. Anschließend werde ich Sie zur Signora auf das Sonnendeck bringen.«

Nachdem Marcel sich umgezogen hatte, folgte er Giovanni. Ohne ihn hätte er sich hoffnungslos verlaufen. Fasziniert schaute er sich um.

»Wenn es Sie interessiert, bitte ich den Kapitän, Ihnen das ganze Schiff zu zeigen«, kam Giovanni seiner Frage zuvor.

»Ja gerne, vielen Dank.«

Mariana erwartete ihn in zwei aufregend kleinen Stückchen Stoff, die man gemeinhin als Bikini bezeichnet hätte. Es war das erste Mal, dass er sie ohne Kleider sah. Martin hatte in einem Gespräch über Frauen einmal frech zu ihm gesagt: »*Es zählt nur das, was morgens aus der Dusche kommt – nackt und ungeschminkt.*« Bei Mariana konnte er sich diesen Machospruch schenken. Was er sah, war einfach atemberaubend.

Freudestrahlend kam dieser Traum von einer Frau auf ihn zu, umarmte ihn und gab ihm einen Kuss direkt auf den Mund.

»Gefällt dir mein kleines Boot?«, fragte sie ihn keck.

»Ja doch, aber es fehlt der Hubschrauberlandeplatz«, fiel ihm nichts Originelleres ein.

»Der Helikopter parkt unter Deck und wird erst bei Bedarf hochgefahren. Verschandelt sonst die Optik der Yacht. So steht er außerdem bei rauer See windgeschützt«, belehrte sie ihn augenzwinkernd.

»Komm, ich habe uns eine Kleinigkeit zubereiten lassen. Einen Salat mit Hummer, Scampis, was Leichtes, damit wir die Zeit bis heute Abend überstehen.«

Sie führte ihn zu einem runden Tisch, der edel eingedeckt war.

Giovanni half ihr, Platz zu nehmen. Ein zweiter Diener tat dasselbe bei ihm. Aus dem Nichts erschien ein Koch, um zwei ausladende Porzellanteller mit Salat, Riesengarnelen und einem halben Hummer, dem Gott sei Dank vorher die Schale entfernt worden war, zu servieren. Es sah einfach köstlich aus.

»Weiß oder Rosé?«, fragte Mariana.

»Wasser bitte. Ich möchte für heute Abend einen klaren Kopf behalten.«

»Für mich bitte auch«, wandte sie sich an den Livrierten, der mit einem Barwagen an ihren Tisch gekommen war. An seinem Revers fiel Marcel ein goldener Pin in Form einer Weinrebe auf.

Nachdem er sich wieder zurückgezogen hatte, konnte Marcel seine Neugier nicht zügeln.

»War das etwa dein Sommelier?«

»Ja«, antwortete sie kurz, bevor sie ein winziges Häppchen von dem Hummer in den Mund steckte.

Marcel aß mit Appetit. Gegrillter Hummer und Riesengarnelen standen zu selten auf seiner Speisekarte, als dass er diese Delikatessen nicht vollends genießen würde. Gleichwohl war er keineswegs so naiv, um nicht zu wissen, wie teuer dieses kleine Mal war. Mariana gab und gab. Alles, was er ihr bisher zu bieten hatte, war ein Biedermeiersträußchen samt einer Grußkarte, für das er gerade mal fünfunddreißig Euro im Blumenladen gelassen hatte. Dafür bekam man vielleicht ein Viertel von diesem Hummer, wenn er denn preiswert war, wovon er nicht ausging. Diese Rechnung verdarb ihm ungewollt den Appetit. Als er anfing, ein wenig im Essen herumzustochern, merkte Mariana, dass ihn etwas beschäftigte.

»Was ist?«, wollte sie nach einer kurzen Weile besorgt wissen.

»Schmeckt es dir nicht mehr? Soll ich dir schnell etwas anderes zubereiten lassen?«

Er winkte ab.

»Nein, bitte nein, es ist vorzüglich. Ich glaube, ich habe in meinem ganzen Leben noch keinen so köstlichen Hummer gegessen«, beeilte er sich, ihre Befürchtung zu zerstreuen.

»Was ist es dann? Sag es mir.«

»Es ist nichts, wirklich«, schwindelte er und bemühte sich, so zu tun, als ob ihm das Essen wieder schmecken würde.

Aber seine dilettantischen Schauspielkünste konnten Mariana nicht täuschen. Mit einer fast unsichtbaren Geste ließ sie das gesamte Personal aus ihrem Blickfeld verschwinden.

»Dich beschäftigt doch etwas. Es würde mich freuen, wenn du darüber mit mir redest«, sagte sie ernst.

Er schaute durch ihre schönen Augen direkt in ihr Herz. Marcels Blick ging Mariana durch und durch.

»Können wir ein anderes Mal darüber reden? Ich möchte mit meinen kleinbürgerlichen Vorstellungen diesen wunderschönen Tag in keinster Weise trüben.«

Sie erwiderte seinen Blick. Von diesem Augenblick an wussten beide, dass zwischen ihnen eine starke emotionale Bindung bestand. Wenn sie darauf bestünde, würde er mit ihr über seine Bedenken reden.

»Was bedrückt dich?«, insistierte sie mit sanfter Stimme.

»Du bist reich«, kam er direkt zur Sache.

»Ja, das bin ich«, bestätigte sie ohne Umschweife. »Sehr reich sogar. Und ich werde mit jedem Tag reicher. Meine Eltern haben mir ein umfangreiches Vermögen hinterlassen. Obendrein tragen viele Menschen dafür Sorge, dass es weiterwächst.«

Sie sprach auf so natürliche Art darüber, dass er nichts Verwerfliches dabei finden konnte. Er selbst war kein Weltverbesserer, der nach der Umverteilung von Reich zu Arm rief. Offen gesagt, beschäftigte ihn das Thema gar nicht. Er schrieb an seinen Büchern, mit denen er so viel Geld verdienen wollte, dass es für ein angenehmes, ein normal angenehmes Leben reichte. Dass man nicht aufs Geld schauen musste, ob man sich eine Reise oder ein neues Auto leisten konnte.

Er definierte sich selbst als wohlhabend. Ambitionen, reich zu werden, um sich beispielsweise ein eigenes Boot kaufen zu können, hatte er nicht. Wenn er einmal genug Geld dafür haben sollte, wäre das schön. Aber gezielt darauf hinzuarbeiten, dazu fehlte ihm die Motivation.

»Ich habe mir dieses Vermögen nicht erarbeitet. Es ist mir quasi in den Schoß gefallen. Die vielen Leute, die aufpassen, dass es mehr wird statt weniger, habe ich sozusagen mitgeerbt.« Sie sah ihn mit einem ehrlichen Gesicht an. »Ich gebe nicht damit an und will niemanden damit kaufen. Ich genieße es, ich denke nicht darüber nach, ich nehme es einfach so, wie es ist.«

Das unterschied sich kaum von seiner Meinung, musste er feststellen.

»Und ich weiß sehr wohl, was man mit Geld kaufen kann und was nicht.«

Bei dem letzten Satz schaute sie ihn so verliebt an, dass er ihr jedes Wort glaubte.

KAPITEL 37

Um sieben Uhr zogen sie sich um. Der französische Schneider, der, wie von Giovanni angekündigt, an Bord gekommen war, ließ ihn alles der Reihe nach anprobieren. Raffte etwas hier und da zusammen, malte mit Kreide an seinen Schultern herum, heftete kleine Stecknadeln an der einen und anderen Stelle an. Als Marcel seine teure Neuanschaffung für den Abend anzog, drosselte er sein Tempo schlagartig.

»Sehr ordentliche Maßarbeit, Monsieur, ein wenig klassisch und mit warmer Nadel genäht. Sie haben meinem Kollegen wohl nicht sehr viel Zeit gelassen. Trotzdem tadellos, aber es fehlt ein bisschen der letzte Chic«, konnte er sich einen Kommentar über die Arbeit des deutschen Schneiders nicht verkneifen.

Der Mann ließ sich noch umfassend über standesgemäße Garderobe aus, um seine Kompetenz zu unterstreichen. Marcel verstand nur die Hälfte von dem Modefachchinesisch, bedankte sich mit einem »Merci,

Monsieur« und überließ den Rest Giovanni, der die ganze Zeit anwesend war, um ihm behilflich zu sein.

Nachdem er den Schneider samt zu ändernder Kleidung hinauskomplementiert hatte, führte Giovanni ihn zu einem eleganten Salon ein Deck über seiner Kabine. Mariana war mit ihrer Garderobe wohl noch zugange. Seine Armbanduhr zeigte viertel vor acht. Hinter einer kleinen Bar stand ein junger Mann, der ihn freundlich begrüßte.

»Guten Abend, Herr Grünwald. Darf ich Ihnen die Wartezeit mit einem Cocktail verkürzen?«

Marcel war beeindruckt. Jeder auf diesem Schiff schien seinen Namen zu kennen.

»Guten Abend«, erwiderte er höflich. »Wenn Sie mir etwas Leckeres ohne Alkohol zaubern können, nehme ich ihr freundliches Angebot gerne an.«

»Selbstverständlich. Eher süß, sauer, fruchtig, herb? Welche Geschmacksrichtung bevorzugen Sie?«, fragte er kurz nach.

»Fruchtig wäre fein. Danke.«

Der Barkeeper, der recht zurückhaltend wirkte, jonglierte geschickt mit diversen Flaschen und einem Shaker. Am Ende der Aufführung stand ein aufwendig dekorierter und verführerisch aussehender Cocktail vor ihm.

»Wow«, rutschte es Marcel raus. »Waren Sie mal Jongleur beim Zirkus?«

Marcel sog ein wenig Flüssigkeit durch den Strohhalm ein.

»So was Leckeres habe ich selten getrunken. Sie sind ein Meister«, bedankte er sich.

»Freut mich, dass er Ihnen schmeckt«, erwiderte der junge Mann.

Plötzlich zog er sich diskret in den Hintergrund der kleinen Bar zurück. Marcel drehte sich um. Mariana betrat den Salon. In einem langen, seidenen Abendkleid mit transparenten Ärmeln und einem ebensolchen Dekolleté. Außer ein paar passenden Ohrringen trug sie keinen Schmuck. Ihm blieb der Mund offen stehen. Anmutig wie ein Model auf dem Laufsteg kam auf sie auf ihn zu.

»Du siehst umwerfend aus.«

Sie lächelte ihn dankbar an, bevor sie ihn direkt auf den Mund küsste.

»Dann sind wir ja ein perfektes Paar«, gab sie das Kompliment auf charmante Art zurück.

»Die ersten Gäste fahren bereits vor. Würdest du mich zur Gangway begleiten, um sie zusammen mit mir zu begrüßen?«

»Gerne.«

Er drückte sie kurz an sich, um ihren Körper durch den dünnen seidigen Stoff zu spüren. Sie gab ihm einen weiteren Kuss.

»Lass uns besser unsere Gäste willkommen heißen. Es ist leider zu spät, um sie ausladen zu können«, zwinkerte sie ihm zu. Sie nahm seinen linken Arm, hakte sich unter und zog ihn mit.

An der Gangway standen die Bodyguards in ihren schwarzen Anzügen. Mehrere livrierte Diener öffneten Wagentüren. Sie waren gerade noch rechtzeitig heruntergekommen.

Marcel wunderte sich ein wenig über die relativ geringe Anzahl an Wagen, die vorfuhren. Er hatte eine lange Kolonne von Luxuslimousinen erwartet.

Mariana nannte die Vornamen ihrer Gäste und stellte ihn glückstrahlend vor: »Darf ich euch meinen Freund Marcel Grünwald vorstellen?«

Die Männer begrüßten ihn mit einem ordentlichen Handschlag, während die Frauen ihn mit den in Frankreich üblichen, allerdings nur angedeuteten Küsschen auf die Wangen bedachten.

Was für eine ungewöhnlich herzliche Begrüßung eines Unbekannten, dachte er.

Das Defilee an der Gangway war recht kurz. Er zählte gerade zwölf Leute. Mariana schien wenig Freunde zu haben, aber vielleicht waren das ja nur die engsten.

Gab es etwa einen besonderen Anlass? Ihm war es gar nicht in den Sinn gekommen, Mariana danach zu fragen. Oh Gott, wenn sie nun Geburtstag hatte! Er hatte kein Geschenk. Panisch sah er vor seinen Augen das Licht im Speisesaal ausgehen. Der Koch marschierte mit einer riesigen Geburtstagstorte herein, auf der Wunderkerzen brannten, und alle fingen an, *Happy Birthday to you* zu singen. Mit einem Mal war ihm schwummerig zumute. Nachdem er schon das erste Mal in der Villa ohne Gastgeschenk aufgetaucht war, versuchte er sich innerlich auf die nächste Peinlichkeit vorzubereiten, die unweigerlich kommen würde.

Arm in Arm begleiteten sie die Gäste in den Salon. Ihre Antennen für seine Gemütslage schienen außerordentlich empfindlich zu sein.

»Was ist?«, flüsterte sie ihm zu.

Er druckste ein wenig herum.

»Ich habe vergessen, dich zu fragen, ob es für die Abendgesellschaft einen besonderen Anlass gibt?«

»Ja, den gibt es.«

Ihm rutschte das Herz in die Hose.

»Dein Geburtstag?«, murmelte er zaghaft.

Bei dem Gesicht, das er machte, hatte Mariana Mühe, ein lautes Lachen zu unterdrücken.

»Nein, entspann dich«, flüsterte sie.

»Gott sei Dank«, wäre ihm beinahe rausgerutscht.

»Welchen dann?«, hakte er leise nach.

»Dass du meine Freunde kennenlernst«, erlöste sie ihn aus der Ungewissheit.

Marcel atmete auf. Wobei er keinen Grund dazu hatte, als ihm schlagartig klar wurde, dass er damit im Mittelpunkt des Abends stand.

KAPITEL 38

Im Salon wurden Champagner und Cocktails serviert. Der junge Barkeeper schien die Vorlieben der anwesenden Gäste gut zu kennen. Mariana blieb immer in Marcels Nähe. Wenn nötig, soufflierte sie ihm die Namen der Freunde ins Ohr, mit denen sie gerade sprachen. Bei jeder passenden Gelegenheit hakte sie sich bei ihm ein. Fast so, als ob sie sagen wollte: »Das ist meiner, damit ihr es nur wisst!«

Marcel hatte nichts dagegen. Ganz im Gegenteil.

Sein erster Eindruck von Marianas Freunden war ein durchaus sympathischer. Da sie sahen, wie sehr Mariana ihn mochte, gaben sie sich ihm gegenüber offener, als sie es normalerweise bei einem Fremden taten. Zu seinem Erstaunen wussten alle, dass er ein deutscher Schriftsteller war, zudem ein recht erfolgreicher. Ob Mariana wohl ein bisschen damit kokettiert hatte, kam ihm der Gedanke in den Sinn. Auf jeden Fall war er dankbar über ein Gesprächsthema, zu dem er etwas halbwegs Gescheites beisteuern konnte.

Nach den Drinks im Salon ging es nicht, wie er es erwartet hatte, in den Speisesaal, sondern aufs Oberdeck, wo ein aufwendig dekoriertes Buffet angerichtet war. Auf zwei separaten Grillstationen bereitete der Koch Fisch- und Fleischspezialitäten zu. Den Wünschen der Gäste entsprechend, füllte er persönlich die Teller und ließ sie von livrierten Kellnern servieren.

Kaffee und Digestif gab es auf dem Sonnendeck. Die Nacht war sternenklar, die Temperatur, trotz fortgeschrittener Stunde, mild. Selbst Mariana schien in ihrem recht dünnen Kleid nicht zu frieren. Als Marcel die versteckt angebrachten Heizstrahler entdeckte, wusste er, warum. Nachdem er auf einem der luxuriösen Ledersofas Platz genommen hatte, verspürte er eine angenehme Wärme am Po und Rücken. Beheizbare Sofas, nicht schlecht. Wenn es sie im Auto gab, wieso nicht auch auf einer Luxusyacht, um abends länger draußen bleiben zu können? Wahrscheinlich komplettierte obendrein noch eine Fußbodenheizung das Wohlfühlambiente.

Gegen Ende der Soiree zog ihn einer der Gäste, der recht ordentlich der Rotweinempfehlung des Sommeliers zugesprochen hatte, zur Seite. Sein Name war Pierre, konnte Marcel sich erinnern. Er war exklusiv gekleidet und ausgesprochen zuvorkommend, wie alle an diesem Abend. Ungeachtet dessen hatte er, sobald Mariana außer Hörweite war, den anderen Gästen gegenüber leise Andeutungen gemacht, dass Marcel in seinen Augen ein Parvenü sei und ganz bestimmt kein adäquater Umgang für eine Frau wie Mariana. Er hatte im Internet nach dem angeblich so erfolgreichen Schriftsteller recherchiert.

»Na, mein Lieber«, sprach Pierre Marcel in plump vertraulichem Ton an, »das hier ist eine völlig andere Welt als die, aus der du kommst. So 'ne Yacht ist da was Unerreichbares. Als Schriftsteller ist man kaum in der Lage, sich so etwas zu leisten. Da kann man Bestseller schreiben, so viel man will, und darf trotzdem nur davon träumen. Da ist Mariana eine tolle Partie, die man sich nicht entgehen lässt, nicht wahr? Zumal sie ja offensichtlich ganz scharf auf dich ist. So viel Geld kann jemand wie du nicht mal in der Lotterie gewinnen. Mariana ist das große Los, der Hauptgewinn. Eine Chance, die man nicht zweimal kriegt«, zwinkerte er ihm zweideutig zu. Dann schaute er abschätzig auf Marcels neue Garderobe. »Ein kleiner Tipp von mir: Kleider machen keine Leute. Geld macht Leute, nur Geld.«

Marcel kämpfte hart mit sich, Pierre spontan eine reinzuhauen. Das musste er sich von niemandem bieten lassen.

»So ein Goldkehlchen fliegt nur einmal ins Bett, äh Nest, von einem Spätzchen wie dir.«

Pierres letzte Bemerkung brachte das Fass zum Überlaufen.

Marcel holte bereits aus, als Mariana wie eine Furie dazwischenging.

»Du unverschämter Kerl«, giftete sie Pierre an. »Wie kannst du es wagen, Marcel derart zu beleidigen. Entschuldige dich und verlass dann auf der Stelle die Yacht. Hast du mich verstanden?«

Alle Aufmerksamkeit war mit einem Mal auf Mariana gerichtet.

Marcel zuckte erschrocken zusammen. So resolut konnte sie also sein. Respekt. Sie musste jedes Wort mitbekommen haben. Zum Glück hatte sie ihn vor der Peinlichkeit bewahrt, einen ihrer Freunde niederzuschlagen.

Pierre wurde kreideweiß und starrte Mariana entgeistert an.

»Ich warte«, drängte sie ihn wütend, weil er den Mund nicht aufmachen wollte.

Die anderen standen mittlerweile um sie herum. Alle warteten gespannt auf eine Reaktion von ihm.

»Giovanni, rufen Sie bitte die Bodyguards«, sagte Mariana kühl.

Marcel konnte Giovanni nirgendwo entdecken. Erst dann bemerkte er, dass Mariana auf die Krone ihrer kleinen diamantenbesetzten Armbanduhr drückte, während sie sprach. Sie musste per Funkverbindung mit dem Butler in Kontakt stehen.

»'tschuldigung«, murmelte Pierre mit lockerer Zunge.

»Lauter«, bestand Mariana mit fester Stimme darauf. »Ich möchte, dass es alle hören können.«

»Entschuldigung, Herr Grünwald«, reagierte Pierre endlich in Richtung Marcel, deutlich vernehmbar mit einem sarkastischen Unterton.

Und zu Mariana gewandt: »War doch nur ein kleiner Scherz. Verstehst wohl keinen Spaß mit deinem Schriftsteller.«

In dem Moment erschienen zwei stämmige Männer in schwarzen Anzügen.

»Bringen Sie ihn augenblicklich von Bord«, befahl sie.

Als sie auf Pierre zugingen, sprang er auf.

»Ich brauche keine Eskorte«, lallte er herablassend, bevor er erhobenen Hauptes den Bodyguards folgte, die ihn rechts und links flankierten. Plötzlich drehte er sich um.

»Tschüss, du Spätzchen im Goldkäfig«, rief er Marcel zu.

Mariana funkelte Pierre zornig an. Sofort packten die Leibwächter zu und zerrten ihn mit sich.

»Wage es ja nicht, mir je wieder unter die Augen zu kommen«, zischte sie ihm hinterher.

Mein Gott, dachte Marcel, was für ein Temperament.

Alle anderen Freunde standen peinlich berührt da.

»Das tut mir so leid«, sagte Mariana zu Marcel. »Ich hätte das nie für möglich gehalten, nicht unter meinen Freunden.«

Für Marcels Geschmack schauten ihre Gäste etwas unentschlossen drein. Ihn beschlich das Gefühl, dass die Sache noch nicht ganz ausgestanden war, und er sollte recht behalten.

»Musstest du unseren alten Freund Pierre gleich so hart anpacken? Er hat ein bisschen tief ins Glas geschaut, na wenn schon«, meldete sich die erste Stimme, gefolgt von einem leicht verächtlichen Blick in Marcels Richtung.

»Ihn von den Bodyguards von Bord werfen zu lassen, wo er bereits freiwillig gehen wollte, war ziemlich grob. Pierre ist schließlich nicht irgendwer«, tat ein weiterer Freund Marianas seine Meinung kund, wobei er Marcel ebenfalls überheblich musterte.

Darauf folgte allgemeines, missbilligendes Gemurmel, und alle traten wie auf Kommando ein paar Schritte von Marcel zurück.

Marianas Gesicht nahm eisige Züge an.

»Ich denke, die Party ist zu Ende«, bemerkte sie kühl.

Demonstrativ hakte sie sich bei Marcel unter, um ihn von ihren Gästen wegzuziehen.

»Giovanni, bitte sorgen Sie dafür, das unsere Gäste zügig von Bord gebracht werden«, bat sie unüberhörbar den Butler, der wieder in ihrer Nähe stand.

»Sehr wohl, Signora«, bestätigte er und machte einen Schritt auf die Gäste zu, die sich bereits freiwillig in Richtung Gangway bewegten.

KAPITEL 39

Wenige Sekunden später befanden sie sich alleine auf dem Sonnendeck. Die Angestellten hatten sich bereits während des Vorfalls diskret zurückgezogen. Marcel nahm Marianas Hand und zog sie auf ein beheiztes Sofa. Sanft legte er seinen Arm um ihre Schulter, um sie an sich zu drücken.

»Das tut mir so unendlich leid«, schluchzte sie. »Ich hätte nie für möglich gehalten, dass einer meiner Freunde, dass meine Freunde«, korrigierte sie betroffen, »sich dir gegenüber so verhalten könnten.«

Marcel streichelte zärtlich über ihr Haar. Gerne hätte er etwas Tröstendes gesagt, aber er hielt es für angebrachter, keinen Kommentar abzugeben. Schließlich hatte seine Anwesenheit das Ganze verursacht. Vielleicht war Pierre eifersüchtig, und der Wein hatte seine Zunge gelöst. Doch das war keine Entschuldigung für so ein Verhalten.

»Misch dich besser nicht ein«, dachte er diplomatisch. »Das sind ihre Freunde, die du zum ersten Mal gesehen hast. Dir steht lediglich eine Meinung zu.«

Aber die, musste er fairerweise zugeben, fiel nach diesem Ende des Abends nicht sehr positiv aus. Arrogantes Pack ohne Benehmen, hätte er am liebsten gesagt, beherrschte sich jedoch. Es brachte nichts, Mariana zusätzlich zu verletzen. Der Abend dürfte völlig genügt haben.

»Vergiss es«, bemerkte er unverbindlich.

»Oh nein, das werde ich ihnen nie vergessen, da kannst du sicher sein«, sagte sie fest entschlossen.

Marcel streichelte weiter ihr weiches Haar, was die gewünschte beruhigende Wirkung brachte. Wie ein schnurrendes Kätzchen schmiegte sie sich an ihn.

»Du bist so lieb zu mir, obwohl meine Freunde so gehässig zu dir waren.«

»Eben. Deine Freunde waren nicht nett, nicht du. Lass uns schlafen gehen. Morgen sieht die Welt ganz anders aus«, schlug er vor.

Mariana hob den Kopf und sah ihm zärtlich in die Augen.

»Du hast recht, lass uns zu Bett gehen.«

Marcel stand auf. Wie er Mariana so auf dem Sofa zusammengekauert sah, schnürte es ihm das Herz zu. Er beugte sich zu ihr hinunter, legte den einen Arm um ihren Rücken und den anderen unter ihre Beine. Dann hob er sie vorsichtig hoch.

Mariana lehnte ihren Kopf an seine Brust.

»Giovanni, würden Sie mir bitte den Weg zeigen?«, rief er auf gut Glück in die Dunkelheit hinein.

Wie aus dem Nichts erschien der Butler mit einem Lächeln auf dem Gesicht. Mit einigem Abstand ging er voraus und führte ihn bis vor Marianas Kabine. Marcel stellte fest, dass es die Kabine genau gegenüber von seiner war. Warum überraschte ihn das nicht wirklich?

Giovanni öffnete die Kabinentür. Noch bevor Marcel sich bedanken konnte, war der Butler verschwunden.

Was für ein Gentleman, dachte Marcel.

Behutsam legte er Mariana auf das riesige Bett. Als er ihren Kopf sanft auf das seidenbezogene Kopfkissen bettete, schlang sie ihre Arme fest um seinen Hals. Sie sah ihn verliebt an.

»Heb mich bitte wieder hoch«, bat sie mit verträumter Stimme. »Ich muss mich erst noch ausziehen. Das geht bei diesem Kleid nicht im Bett«, erklärte sie ein wenig verlegen.

Marcel half ihr, sich aufzustellen.

Äußerst verführerisch drehte sie ihm den Rücken zu. Dann schob sie ihre Haare nach oben und entblößte ihren Nacken. Marcel musste alle Widerstandskräfte aufbringen, um sie nicht darauf zu küssen.

»Würdest du mir bitte helfen?«

Wie sie das sagte, brachte ihn ins Schwitzen. Er brauchte einen Moment, um den raffiniert getarnten Reißverschluss zu finden. Mühelos ließ er sich hunterziehen. Marcel trat schüchtern einen Schritt zurück.

Mariana nahm ihre Hände aus dem Haar, um ihr Kleid über die Schultern zu streifen. Dann drehte sie sich mit der Grazie einer Balletttänzerin um. In einer sanften Welle fiel das Kleid zu Boden. In seidenen Dessous, die perfekt auf die Farbe ihres Kleides abgestimmt waren, Strumpfhaltern, Nylonstrümpfen und hochhackigen Pumps stand sie vor ihm. Der Blick, mit dem sie ihn ansah, ließ ihn schwindelig werden.

Anmutig stieg sie aus dem am Boden liegenden Kleid. Durch den fast transparenten Büstenhalter war ihre Erregung unübersehbar. Geschmeidig wie eine Raubkatze bewegte sie sich auf ihn zu. Ihm wurde warm. Sehr warm.

Mit einem Mal schlang sie ihre Arme um ihn und drückte ihm einen langen zärtlichen Kuss auf die Lippen. Marcel war wie hypnotisiert. Auf eine äußerst angenehme Weise fühlte er sich ihr völlig ausgeliefert.

Sie löste den Knoten seiner Fliege. Dem obersten Hemdenknopf folgte der zweite, der dritte. Sein Verstand war derart von dem süßen Duft ihres Parfums vernebelt, dass er regungslos verharrte. Sie öffnete den letzten Knopf, legte ihre Hände auf seinen Bauch, schob sie langsam Richtung Brust, und streifte das Hemd über die Schultern. Obwohl er nun mit nacktem Oberkörper dastand, hatte er das Gefühl, dass heiße, rote Lava aus seinen Hautporen strömte. Als ihre Hände den Rückweg über seine Brust zum Bauch antraten, waren seine Sinne völlig überspannt. Nachdem ihre Finger geschickt den Gürtel geöffnet hatten, dauerte es nicht lange, bis sie den Reißverschluss fanden und herunterzogen. Mehr brauchte sie nicht zu tun. Seine Hose glitt zu Boden, und so stand er nun vor ihr, in schwarzen Socken, gleichfarbigen Schuhen und einer blütenweißen Designerunterhose, die unübersehbar spannte.

KAPITEL 40

Mariana presste ihren schlanken Körper fest gegen seinen, sodass sie ihre gegenseitige Erregung deutlich spüren konnten. Spätestens jetzt wusste er, dass jeder Widerstand zwecklos war. Warum auch, meldeten abertausende von Schmetterlingen, diesmal aus der Hüftgegend.

Endlich umschlangen seine kräftigen Arme ihren Körper. Er drückte sie fest an sich. Ihre Hände glitten seinen Rücken hinab, bewegten sich langsam nach vorne.

Mit einem sanften Ruck hob er Mariana hoch und trug sie zum Bett. Während er sie voller Leidenschaft küsste, suchte er verzweifelt den Verschluss ihres Büstenhalters. Nervös fummelte er eine Weile herum, bis er das winzige Stück Seide endlich öffnen konnte. Unter zärtlichen Küssen bewegte sich sein Mund auf ihre Brüste zu. Als er ihre erregten Brustwarzen mit den Lippen berührte, stöhnte sie auf. Er liebkoste ihren Bauchnabel. Langsam näherte er sich dem Rand ihres hauchdünnen Slips. Während er sie küsste, glitten seine Hände ihren schlanken Leib hinab, um den feinen Seidenstoff hinunterzuziehen.

Mit einem Mal verkrampfte sich Marianas Körper, als ob er sich sträuben wollte. Marcel hob den Kopf. Mit weit geöffneten Augen schaute sie unendlich tief in die seinen hinein, als suchte sie in ihnen die Antwort auf die alles entscheidende Frage. Er erwiderte ihren Blick voller Zuneigung, sodass Mariana die einzig wahre Antwort darin fand. Im selben Augenblick entspannte sich ihr Körper, und sie ließ ihn gewähren. Marcel spreizte ein wenig ihre Beine. Er bewegte seinen Oberkörper nach oben, bis sein Mund wieder den ihren fand, während sein Unterleib ihre Oberschenkel weiter öffnete. Als er ihren Schoß berührte, zuckte sie erneut zusammen. Marcel hielt inne.

»Bitte nicht, noch nicht«, hauchte sie.

Verständnisvoll drehte er sich zur Seite und zog ihren Körper sanft zu sich heran. Er streichelte ihren Oberschenkel. Die Berührung der seidenglatten, kühlen Nylonstrümpfe hatte eine entspannende Wirkung auf ihn. Ihre Hand suchte seinen Schoß, liebkoste ihn.

Er blickte sie liebevoll an. Dankbar erwiderte sie seinen Blick und küsste ihn auf den Mund. Dann schob Marcel sanft ihre Hand etwas zurück.

»Sonst explodiere ich jede Sekunde.«

Ohne ein Wort zu sagen, zog sie seine Hand zwischen ihre Schenkel. Kurze Zeit später bäumte sich Marianas Unterleib mit einem leisen Stöhnen auf. In diesem Moment entlud sich seine Erregung.

Müde sanken sie beide in die Kissen.

»Du bist ein sehr zärtlicher, einfühlsamer Mann. Ich liebe dich, Marcel«, flüsterte sie.

»Ich liebe dich auch, Mariana Luisa«, erwiderte Marcel ernst.

»Ich habe meinen zweiten Vornamen nie gemocht, aber so wie du ihn aussprichst, mag ich ihn jetzt sehr.«

KAPITEL 41

Den Rest der Nacht verbrachten sie ineinandergekuschelt. Am Morgen verabschiedete er sich mit einem Kuss in seine Kabine, um sich zu duschen und anzuziehen. Seine Kleider nahm er mit. Mariana versprach, sich zu beeilen. Frühstück auf dem Sonnendeck in einer halben Stunde.

Beide waren sie pünktlich. Ein hübsch dekorierter Tisch erwartete sie bereits. Kaum dass sie saßen, eilte der Koch herbei und erkundigte sich nach ihren Wünschen.

»Du zuerst«, bat sie ihn mit einem Lächeln.

Da er hungrig war, ließ er sich nicht lange bitten. Er bestellte Spiegeleier mit Speck und gegrillten Würstchen, gebutterten Toast, zwei Croissants sowie Erdbeermarmelade. Die junge Serviererin bat er um einen großen Milchkaffee und ein Glas Orangensaft. Zu seinem Erstaunen nahm Mariana exakt dasselbe. Nachdem alles innerhalb weniger Minuten serviert war, zog sich das Dienstpersonal außer Hörweite zurück.

Bevor Mariana das sehr appetitlich aussehende Frühstück auch nur eines Blickes würdigte, schaute sie ihn bekümmert an. Marcel, der gerade mit Messer und Gabel loslegen wollte, hielt inne.

»Das mit Pierre«, begann sie mit belegter Stimme, »das tut mir so leid. Ich muss mich sehr dafür entschuldigen.«

Marcel umfasste ihre Hände.

»Das musst du nicht«, erwiderte er sanft. »Es war nicht deine Schuld.«

»Aber es waren meine Gäste, meine Freunde. Wie er dich behandelt hat, war so … unfair, so verletzend …«

Marcel unterbrach sie: »Vergiss es, ich habe ein dickes Fell. Es waren Pierres Worte, die eines Mannes, der mich nicht kennt, dessen Meinung mir nicht wichtig ist. Es waren nicht deine Worte.«

»Und was er über mich, mein Geld, meinen Reichtum gesagt hat …«, fuhr sie fort.

»Das war er, nicht du«, wiederholte Marcel. »Du hast es gestern Nachmittag so schön formuliert: Ich weiß sehr genau, was man mit Geld kaufen kann und was nicht. Ich kann dir darauf nur antworten: Und ich weiß sehr genau zwischen dem Menschen Mariana, also dir, und deinem Reichtum zu unterscheiden.«

Mariana stiegen Tränen in die Augen.

»Ich liebe dich, Marcel.«

»Ich liebe dich auch, Mariana Luisa.« Wobei er ihren zweiten Vornamen besonders zärtlich betonte.

KAPITEL 42

Sie verbrachten den Vormittag am Pool. Am Nachmittag schlenderten sie durch Antibes, um den Abend wieder auf dem Sonnendeck zu verbringen. Die beheizbaren Ledersofas waren wirklich der Hit, fand Marcel.

»Morgen Mittag müssen wir zurück.«

Mariana schaute ihn traurig an.

Marcel wusste nicht, was er darauf antworten sollte. Eigentlich war er zu einer Abendgesellschaft eingeladen worden, die mittlerweile bereits den zweiten Tag andauerte, obendrein in Port d'Antibes stattfand und nicht wie erwartet in Kronberg im Taunus.

»Wann sehen wir uns wieder? Wie geht es nach der letzten Nacht mit uns beiden weiter?«, schossen ihm Fragen durch den Kopf, auf die er keine Antwort wusste. Deshalb wartete er darauf, dass Mariana dieses Thema anschnitt.

»Ich würde so gerne noch länger mit dir hierbleiben, aber ich habe wichtige Termine. Auch wenn ich viel Unterstützung habe, um einige Dinge muss ich mich persönlich kümmern.«

Marcel verstand.

»Wenn du Lust hast, kannst du hier auf mich warten. Ich bin nicht lange weg.«

Wie gerne würde er auf der Yacht bleiben, sich ein schönes schattiges Plätzchen irgendwo an Deck suchen, sein Notebook aufklappen und schreiben. Umgeben vom Meer, dem azurblauen Himmel und der frischen Seeluft. Aber es fing schon damit an, dass er sein Notebook äußerst selten auf Abendgesellschaften mitnahm, was bedeutete, dass dieses zu Hause auf seinem Schreibtisch stand.

»Ich muss nach Hause, arbeiten«, bemerkte er nur.

»Dann lass uns morgen Mittag zusammen nach Frankfurt zurückfliegen. Du packst alles, was du für die nächste Zeit brauchst, und am Mittwoch kommen wir wieder her.«

Sie strahlte ihn an.

Marcel fand den Vorschlag verlockend, dennoch war er unschlüssig.

»Was ist?«, fragte sie rasch nach, als sie sein Gesicht sah.

Statt zu antworten, sah er sie nur schweigend an.

»Ist es, was Pierre zu dir gesagt hat?«, kam sie direkt auf den Punkt. Ihre Antennen für ihn waren anscheinend unfehlbar präzise.

»Nicht *was* er gesagt hat«, druckste er herum.

»Aber das Thema, mein Geld, der Reichtum?«

»Wir beide sind in unterschiedlichen Welten aufgewachsen und leben auch in diesen sehr unterschiedlichen Welten«, rückte er mit der Sprache heraus.

»Ja, das sind wir, beziehungsweise das tun wir. Die materielle Kluft zwischen unseren Welten ist in der Tat enorm. Trotzdem waren wir uns schon einig, dass es auf den menschlichen Faktor ankommt. Ich weiß, was man mit Geld nicht kaufen kann, und du kannst zwischen dem Menschen Mariana und ihrem vielen Geld sehr genau unterscheiden.«

»Das ist wahr«, gab Marcel zu. »Aber wie sollen wir damit umgehen, in so verschiedenen materiellen Welten zu leben? Das ist nicht so einfach. Da sind wir uns doch auch einig, oder?«

Er blickte demonstrativ über das Schiff.

Bevor Mariana darauf antworten konnte, stellte er die Frage, die ihm schon öfter durch den Kopf gegangen war: »Könntest du denn in meiner Welt leben?«

Mariana antwortete nicht gleich. Marcel sah, dass er sie damit überrascht hatte. Reiche Menschen gingen wohl automatisch davon aus, dass man immer auf ihre Seite des Wohlstands wechseln würde.

Mariana schien sorgfältig zu überlegen, was sie erwidern sollte. Sie schaute Marcel an, dann blickte sie wie er über das Schiff. Gerade so, als ob sie beides gegeneinander abwägen wollte.

»Würde dir denn meine Seite, um es einmal so auszudrücken, so sehr missfallen?«, wich sie raffiniert einer direkten Antwort aus.

Doch so leicht würde er auf diesen rhetorischen Trick nicht hereinfallen.

»Machen wir einfach so weiter, verlierst du vielleicht noch mehr Freunde«, konterte er sachlich.

Zu seiner Überraschung lächelte Mariana.

»Na und? Auf solche Freunde kann ich verzichten, wenn ich dafür einen Mann wie dich bekomme.«

Das saß! Die Frau konnte einem alten Seebär wirklich den Wind aus den Segeln nehmen.

Auf Anhieb würde ihm ihre Seite des Wohlstands natürlich besser gefallen. Also war eine theoretische Diskussion über *lieber zu mir oder zu dir* vollkommen überflüssig, solange sie ihn respektierte und nicht gönnerhaft behandelte. Genau das war der Punkt. Was, wenn der Himmel nicht mehr voller Geigen hing? Die Liebe zeigte ihr wahres Gesicht oft erst beim ersten Streit, wenn man den geliebten Menschen plötzlich verletzen wollte. Würde sie ihn dann vielleicht über Bord werfen, statt ihn selbst gehen zu lassen? Für einen Moment stellte er sich vor, wie zwei hünenhafte Bodyguards ihn packten und mit Schwung über die Reling ins Hafenbecken warfen.

»Lass uns bitte langsam und behutsam herausfinden, ob wir beide tatsächlich miteinander kompatibel sind«, bat er sie sanft. »Lass uns nichts überstürzen. Für mich ist das alles sehr neu. Unsere Liebe, deine Welt des Reichtums. Außerdem möchte ich dir meine Freunde vorstellen.«

Marcel sah Mariana ernst an.

Sie drückte fest seine Hände.

»Für mich ist unsere Liebe ebenso neu. Und natürlich möchte ich deine Freunde kennenlernen, wobei ich sehr hoffe, dass sie auch zu meinen Freunden werden. Ich könnte ein paar neue gebrauchen«, fügte sie schmunzelnd hinzu.

»Du bestimmst das Tempo«, wurde sie rasch wieder ernst.

»Nein«, entgegnete Marcel. »Wir müssen immer nur offen und ehrlich miteinander reden, dann muss keiner von uns beiden etwas bestimmen.«

»Du bist nicht nur ein schöner, du bist auch ein kluger Mann«, neckte sie ihn. »Genauso machen wir es. Wir werden uns von keinen Klischees beeinflussen lassen. Vorurteile, so sie denn auftauchen sollten, werden wir offen ausdiskutieren.«

»Dann sind wir ja ein perfektes Paar«, lachte er sie an.

Er drückte noch einmal fest ihre Hände, bevor er sie losließ, um Messer und Gabel wieder aufzunehmen. Endlich machten sie sich beide mit Heißhunger über das fantastische Frühstück her.

KAPITEL 43

Der Rest des Tages verging schnell, viel zu schnell. Am nächsten Morgen brachte sie der Chauffeur zum Flughafen von Nizza. Bereits am frühen Nachmittag setzte ihn der Maybach vor der Haustür in Frankfurt ab. Mariana gab ihm einen langen Abschiedskuss.

»Ruf mich an, wenn dir danach ist, du hast ja jetzt meine Telefonnummer. Am besten packst du gleich einen Koffer, falls ich wieder einen Überraschungsangriff auf dich vorhabe«, zwinkerte sie ihm zu.

»Das werde ich«, versprach er ihr.

»Mich anrufen oder den Koffer packen?«

»Beides.«

Er gab ihr noch einen letzten Kuss, bevor er ausstieg.

Kaum dass er die Haustür erreicht hatte, war die imposante Limousine bereits vom Stadtverkehr aufgesogen worden.

Zum Glück hatte er daran gedacht, den Inhalt seiner Taschen in die neue Kleidung einzuräumen, sonst würde er jetzt hilflos vor seiner verschlossenen Tür stehen. Giovanni hatte darauf bestanden, seinen eigenen Anzug trotz einmaliger Nutzung professionell zu reinigen, selbst die Schuhe. Berufsehre, vermutete Marcel.

Obwohl die Sachen aus dem Kleiderschrank der Yacht äußerst bequem waren, ging er als Erstes unter die Dusche und zog sich danach eine alte Hose und ein T-Shirt an. Ein Ritual, das er irgendwie brauchte, um wieder in seine normale Welt eintauchen zu können.

Kaum dass er den Gürtel der ausgeblichenen Jeans zugemacht hatte, klingelte das Telefon.

Mariana? Hatte sie nach so kurzer Zeit bereits Sehnsucht nach ihm?

»Hallo«, meldete er sich unverbindlich, falls sie es doch nicht sein sollte.

»Marcel. Endlich. Wo warst du denn? Hat dich Mariana etwa drei Nächte lang in ihrer Villa angekettet und pausenlos verführt?«

»Hallo, Martin«, entgegnete Marcel, trotz der Dusche ein wenig matt von dem aufregenden Wochenende. »Nicht in der Villa, sondern auf ihrer Megayacht in Antibes.«

Er stellte sich vor, wie gerade Martins Mund offen stehen blieb und er Mühe hatte, den Hörer festzuhalten.

»Meine Fresse«, röchelte Martin. »Du warst das ganze Wochenende in Frankreich? Mit ihr?«

»Soeben wiedergekommen und ein bisschen müde.«

»Verstehe.«

Er sah Martins anzügliches Grinsen förmlich durchs Telefon.

»Ich ruf dann später noch mal an.«

»Bitte, tu das«, erwiderte Marcel dankbar und legte auf.

Er nahm sich ein Bier aus dem Kühlschrank, öffnete mit einem lauten Plopp den Bügelverschluss und trank einen langen Schluck aus der Flasche. Hat doch auch was. Ein simples kaltes Bier im Stehen in der Küche. Eigentlich schöner und viel intimer als Champagner vom Sommelier auf dem Sonnendeck einer Megayacht serviert zu bekommen. Obwohl das andere nicht unangenehm gewesen war. Aber die Preisfrage war: Was war ihm lieber?

Marcel setzte sich auf einen Küchenstuhl und legte die Beine auf einen zweiten. In seiner Welt gab es nur die eine Version. In der von Mariana war es vielleicht möglich, beide zu haben, wenn Giovanni ihm zeigen würde, wo in der Bordküche das Bier stand. Konnte er sich wirklich vorstellen, bei ihr zu wohnen? In der Villa, auf dem Schiff?

In Deutschland, in Frankreich? Plötzlich musste er an Paul und Jacqueline denken. Wie weit war es eigentlich von Antibes nach Cassis? Oh mein Gott. Was würden die beiden wohl sagen, wenn sie ihn auf diesem Schiff besuchen würden? Lächelnd versuchte er, sich Pauls Gesicht vorzustellen. Sein Fischerboot hatte gerade mal die Länge der Gangway von Marianas Yacht, und die hatte stattliche Ausmaße.

Größer, teurer, schöner gleich besser?

Marcel nahm einen weiteren Schluck vom Bier.

Wie hatte er so altklug zu Mariana gesagt: »*Ich weiß ganz genau zwischen dir und deinem Reichtum zu unterscheiden.*« Er hatte doch gar keine Ahnung, weder von ihr noch von einem solch riesigen Vermögen. Vor einem Monat hatte er sie zum ersten Mal in dem Berliner Literaturcafé gesehen. Falls sie mit der Frau in Bari und Trani identisch sein sollte, dann dort vor anderthalb Jahren. Getroffen hatten sie sich erst auf der Matinee, kurz darauf in ihrer Villa. Und kaum eine Woche später hatten sie sich ihre Liebe auf der Luxusyacht in Antibes gestanden.

Upps! Das war ein flottes Tempo. Jedes Mal waren sie bei ihr gewesen, außer im Literaturcafé. Ob sie wohl jemals diese Wohnung betreten würde? Der Gedanke war ziemlich befremdlich. Warum eigentlich? Mariana war eine sympathische Frau ohne Allüren. Ihre Kleidung, ihr Leben, alles teuer, luxuriös, aber sie selbst? Hätte er sich sonst so schnell in sie verlieben können?

Dennoch, das Tempo, das sie beide vorlegten, war ganz schön rasant. Was konnte man dagegen tun? Nichts. Wenn Amors Pfeil mitten ins Herz traf, war man machtlos. Die Gefühle triumphierten über den Verstand.

»Mach dir nicht so viele Gedanken. Grübeln macht Falten, und Falten lassen dich alt aussehen«, sagte er sich.

Doch so einfach war das nicht. Wäre er bereit, auf ihre Kosten zu leben? Und das müsste er ja, denn mit dem, was er verdiente, konnte er sich nicht an den Ausgaben für ihren Lebensstil beteiligen. Würde er sich dann wie ein Schmarotzer fühlen, formulierte er es bewusst negativ. Könnte er es mit seinem Ego als Mann vereinbaren, die Frau alles, und in ihrem Fall wirklich alles bezahlen zu lassen? Es war doch nur Geld, welches sie, wie sie selbst betont hatte, geerbt hatte. Geld, das sich quasi von alleine vermehrte. Und was war mit *seinem* materiellen Besitz, der Wohnung, den Möbeln, dem Auto? Wollte er das behalten? Nur zur Sicherheit, falls sie ihn beim ersten Streit über Bord warf? Immerhin wüsste er dann, wohin er zurückkehren könnte. Eigenes Geld hätte er auch. Aus dem Verkauf seiner Bücher, das regelmäßig auf seinem Bankkonto einging. Selbst wenn laufende Kosten wie Versicherungen, Wohngeld et cetera weiterhin davon abgingen, würde der Rest bestimmt ausreichen, um ein angenehmes Leben zu führen, zumindest eines, wie er es bisher kannte.

Gerne hätte er Mariana vorgeschlagen, irgendetwas zusammen in seiner Welt zu unternehmen, aber ihm fiel nichts ein. Es war ihr Reichtum, dieser immense Luxus, der ihnen im Wege stand. Konnte man mit einer Frau wie Mariana überhaupt ein normales Leben führen oder musste er sich bei dem Gedanken an eine gemeinsame Zukunft daran gewöhnen, auf Schritt und Tritt von Leibwächtern begleitet zu werden?

»Wenn du Probleme hast, trink von unserem Rotwein. Sollte es nach zwei Flaschen nicht besser werden, komm uns besuchen. Du bist immer willkommen«, fielen ihm die fürsorglichen Worte von Paul Marineaux ein.

Vielleicht war das keine schlechte Idee. Den Koffer packen, Notebook rein und ab nach Südfrankreich. Ein Gespräch mit Paul und Jacqueline würde sicher guttun. Von dort auf die Yacht dürfte es nicht allzu weit sein. Er ging hinüber ins Wohnzimmer, kramte das Navi fürs Auto raus und programmierte: Cassis – Antibes. Das Ergebnis: 175 Kilometer, rund zwei Stunden Fahrt.

Die Idee gefiel ihm. Er lief ins Schlafzimmer und fing an, den Koffer zu packen. Die Sachen von der Yacht legte er mit hinein. Heute Abend würde er Paul und Jacqueline anrufen, um zu fragen, ob ihnen sein spontaner Besuch recht wäre. Morgen würde er Martin über seine Pläne informieren und übermorgen zeitig aufbrechen. Mariana müsste er natürlich auch Bescheid geben. Vielleicht konnten sie sich in ein paar Tagen ja wieder auf der Yacht treffen.

Nachdem er mit dem Packen fertig war, öffnete er eine Flasche von Pauls Wein, setzte sich aufs Sofa und goss sich ordentlich ein. Als er das Glas hochhielt, fiel sein Blick auf Claudines Bild in der Regalwand. Augenblicklich wurde ihm schwummerig. Tränen rollten so rasch seine Wangen hinunter, dass er selbst nicht wusste, wie ihm geschah. Es war eine plötzliche Woge der Gefühle, die ihn übermannte. Bevor er den ersten Schluck trank, stand er auf, um zum Regal hinüberzugehen. Mit der freien Hand nahm er das Bild herunter und betrachte es durch den Schleier seiner feuchten Augen.

Morgen würde er Mariana anrufen. Heute konnte er es nicht mehr.

KAPITEL 44

Paul und Jacqueline freuten sich über seinen Anruf. Sie konnten es kaum erwarten, ihn wiederzusehen. Martin war nicht ganz so glücklich, denn so musste er weiter auf die Neuigkeiten über Marcels Lovestory warten. Mit einer Ermahnung, das Schreiben nicht zu vergessen, fügte er sich in sein Schicksal und wünschte ihm eine gute Fahrt.

Um Pauls und Jacquelines Gastfreundschaft nicht über Gebühr zu strapazieren, nahm er sich fest vor, höchstens eine Woche zu bleiben.

Etwas nervös wählte er die Nummer auf Marianas Visitenkarte. Es dauerte einen Moment, bis sie abnahm.

»Marcel«, reagierte sie freudig, »darf ich dich in einer Minute zurückrufen?«

»Natürlich, ich warte.«

Keine dreißig Sekunden später klingelte das Telefon.

»Entschuldige bitte, ich musste nur schnell den Sitzungsraum verlassen. Wie geht es dir?«, fragte sie mit ihrer unvergleichlich sanften Stimme.

»Ich vermisse dich.«

»Ich dich auch.«

»Ich hoffe, ich störe dich nicht bei einer wichtigen Konferenz«, entschuldigte er sich.

»Du störst niemals. Du kannst mich jederzeit anrufen.«

Marcel war aufs Neue verblüfft. Mariana schien tatsächlich über die Maßen in ihn verliebt zu sein. Amors Pfeil musste sehr tief in ihrem Herzen stecken.

»Ich werde für ein paar Tage nach Südfrankreich fahren zu Paul und Jacqueline Marineaux. Sie sind Freunde von mir. Ich wollte dir nur Bescheid geben.«

»Das ist lieb von dir. Sag, wo wohnen die beiden?«

»In Cassis, einem kleinen Ort an der Côte d'Azur.«

»Oh, ich kenne Cassis, ein entzückendes Örtchen. Nicht allzu weit von Antibes entfernt.«

»Zwei Stunden mit dem Auto. Habe ich schon nachgesehen.«

»Schau an. Weißt du, wie lange du bleiben wirst?«, fragte sie gespannt nach.

»Höchstens eine Woche. Hast du nicht Zeit und Lust, mich dort zu besuchen?«, sprach er den Gedanken, der ihm spontan in den Sinn kam, aus.

»Wenn es deinen Freunden recht ist, sehr gerne. Aber willst du sie nicht lieber erst fragen?«

»Da bin ich mir ganz sicher. Platz haben sie auch genug. Wobei ein zusätzliches Zimmer ja nicht nötig sein wird, oder?«

»Gewiss nicht«, entgegnete sie honigsüß.

»Dann am Wochenende in Cassis«, bestätigte er.

»Ich freue mich darauf.«

»Ich mich auch«, erwiderte er glücklich.

Er hörte, wie Mariana ihm durchs Telefon einen Kuss gab, bevor sie auflegte.

Das war die erste Einladung in seine Welt. Hoffentlich war es Jacqueline und Paul wirklich recht. Er bekam plötzlich ein schlechtes Gewissen. Ach was, sie würden sich freuen, seine neue Freundin kennenzulernen. Mariana hatte keinen Augenblick gezögert, als er sie so direkt auf sein Zimmer eingeladen hatte. Das war ein weiterer Grund, warum er sich nun diebisch auf das kommende Wochenende freute.

KAPITEL 45

Am Mittwochmorgen fuhr er kurz nach dem Aufstehen los. Er war so aufgeregt, dass Mariana ihn bei den Marineaux' besuchen würde, dass er einfach drauflosfuhr, ohne einen Gedanken an eine Zwischenübernachtung zu verschwenden. Auf halber Strecke machte er eine Mittagspause, döste nach dem Essen in einem Fernfahrerbistro noch ein wenig im Auto, bevor er gut gelaunt weiterfuhr. Kurz vor acht Uhr parkte er den Wagen vor Pauls Garage.

»Na, das passt ja wie die Faust aufs Auge«, begrüßte ihn Paul mit einer herzlichen Umarmung. »Pünktlich zum Aperitif.«

Freudestrahlend führte er Marcel in den Innenhof, wo Jacqueline mit umgebundener Küchenschürze bereits auf ihn wartete.

»Ich freue mich so sehr, dass du da bist.«

Sie drückte ihn an sich, um ihm gleich zweimal Bisous auf die linke und die rechte Wange zu geben.

Obwohl sie nur seine Freunde waren, fühlte er sich jedes Mal, als ob er in sein zweites Zuhause zurückkehren würde. Der Abend war warm genug, um draußen an dem großen Holztisch essen zu können.

Mit einem Glas Pastis in der Hand prostete Paul ihm zu: »Santé, mon Ami. Was gibt es Neues an der Schriftstellerfront?«, fragte er heiter. »Oder müssen wir aufs Meer rausfahren, um ein paar Fische für deinen Lebensunterhalt zu fangen?«

»Oh, ich habe tolle Neuigkeiten, nicht nur die Bücher betreffend.«

Übermütig nippte Marcel an seinem Pastis.

Paul war gespannt wie ein Flitzebogen.

»Warten wir lieber, bis Jacqueline mit dem Essen kommt«, ließ Marcel ihn noch ein bisschen zappeln.

»Nun rede schon«, drängelte Paul.

Wie auf Stichwort erschien seine Frau im Innenhof und tischte eine sehr lecker aussehende Fischterrine auf. Gleichzeitig kippten beide den Rest Pastis hinunter.

Paul schenkte großzügig Weißwein ein.

»Um dir ein wenig die Zunge zu lockern.«

Jacqueline sah ihren Mann fragend an.

»Unser Freund hat tolle Nachrichten für uns«, klärte er sie auf. Marcel strahlte.

»Die sehr gute oder die noch bessere zuerst?«

Sie schauten ihn an, als ob er übergeschnappt sei.

»Dann fange ich mit der guten an, um mich danach zu steigern«, feixte er vor Vorfreude auf ihre Reaktion.

»Nun mach schon«, drängte Paul. »Mein Mund wird sonst ganz trocken.«

»Beide Bücher werden in die wichtigsten europäischen Sprachen übersetzt.« Er machte eine kleine Pause. »Auch ins Französische.«

Jacqueline lief um den Tisch herum, um Marcel zu drücken.

»Das ist ja wunderbar, mon Petit«, seufzte sie.

»Können wir darauf jetzt endlich mal was trinken?«, räusperte sich Paul.

Dann stießen sie miteinander an, dass die Gläser klirrten.

»Santé!«

Nach einem ordentlichen Schluck stellten sie die Gläser wieder auf den Tisch. Mit einer Unschuldsmiene fing Marcel an, sich über die Fischterrine auf seinem Teller herzumachen.

Doch Paul ließ nicht locker.

»Das war ja wohl nur die erste Hälfte, und was ist mit der *meilleure nouvelle*?«, fragte er hartnäckig nach.

»Ach so, die. Ich habe eine Freundin«, gab er ganz beiläufig von sich.

Paul schaute verblüfft drein, während Jacqueline anfing, wie ein Honigkuchenpferd zu strahlen.

»Das ist eine wirklich gute Nachricht«, rief sie begeistert aus.

Sie stupste ihren Mann an.

»Aber ja«, bestätigte Paul mit der maximalen Begeisterung, zu der ein Mann auf so eine Nachricht fähig war. »Für einen gesunden jungen Mann gehört sich das auch so«, fügte er dann doch noch hinzu.

»Wer ist sie? Wie ist sie? Was macht sie?«, sprudelten die Fragen aus Jacqueline heraus.

Nach einem anständigen Schluck Wein zwinkerte Paul ihm zu.

»Ist sie hübsch? Ist sie jung? Hat sie reiche Eltern?«, äffte er seine Frau gekonnt nach.

Jacqueline stieß ihm so ordentlich in die Rippen, dass er japste.

»Nun erzähl doch mal«, drängte plötzlich Paul mehr als Jacqueline.

Zum Glück war die Fischterrine eine kalte Vorspeise, sonst wäre sie spätestens jetzt eine geworden. Paul goss Marcel reichlich Wein nach.

»Sie heißt Mariana«, rückte er endlich mit der Sprache raus.

»Was für ein schöner Name«, begeisterte Jacqueline sich sofort.

»Mariana Luisa Dariovesa«, vervollständigte Marcel pathetisch.

Zu Paul gewandt ergänzte er: »Sie ist bildhübsch.«

»Mariana Dariovesa?«

Während Jacquline den Namen langsam wiederholte, veränderte sich ihr Gesicht. Marcel konnte nicht sagen, ob zum Positiven oder Negativen.

»Doch nicht etwa *die* Mariana Dariovesa?«, platzte es aus ihr heraus.

Marcel und Paul schauten sie verwirrt an. Jacqueline schien plötzlich wie verwandelt. Beide hatten keine Ahnung, warum.

»Chéri«, rief sie aufgeregt ihrem Mann zu, »ich brauche dringend einen Cognac.«

»Jetzt?«, entgegnete Paul entgeistert. »Wir sind gerade erst bei der Vorspeise.«

»Jetzt sofort!«

Paul lief ins Haus. Mit einem gut gefüllten Cognacschwenker in der einen und der ganzen Flasche in der anderen kam er zurück. Zwei weitere Gläser holte er aus den Hosentaschen.

»Was ist denn, ma Chère?«

Er reichte ihr das Glas. Jacqueline trank es halb aus. Mit schmatzenden Lippen setzte sie das Glas ab.

»Paul, Mariana Dariovesa ist eine der reichsten Frauen der Welt«, rief sie völlig fassungslos.

»Woher willst du das wissen?«, reagierte er ein wenig ungehalten über das Theater seiner Frau.

»Im Gegensatz zu dir, mein Schatz, gehe ich häufiger zum Friseur, lese dort Zeitschriften und erfahre auf diese Weise, was die High Society so treibt.«

Paul verdrehte die Augen. Dann starrte er Marcel an.

»Ist das wahr?«

»Dass sie bildhübsch ist?«, erwiderte Marcel ein wenig vorwitzig.

»Quatsch, das mit der reichsten Frau der Welt.«

Marcel fand es an der Zeit, dass kleine Katz- und Mausspiel zu beenden.

»Ich glaube, ja.«

Jacqueline war nahe dran, ohnmächtig zu werden.

Paul schaute ihn verwirrt an. Eilig entkorkte er die Cognacflasche, um in die beiden noch leeren Gläser einzuschenken. Jacqueline hielt ihm ihr Glas zum Nachfüllen hin. Für einen Moment herrschte Stille am Tisch. Diese Nachricht musste erst einmal verdaut werden.

»Würdet ihr sie gerne kennenlernen?«, fragte Marcel beiläufig, nachdem sie alle ausgiebig vom Cognac getrunken hatten.

Keiner der beiden antwortete darauf.

»Oh je«, dachte Marcel, »da war ich mit meiner Einladung von Mariana wohl etwas voreilig.«

»Natürlich würden wir deine Freundin gerne kennenlernen.«

Erstaunlicherweise machte Paul zuerst den Mund wieder auf. Jacqueline hatte es im Augenblick die Sprache verschlagen.

»Euer Einverständnis vorausgesetzt, habe ich sie am Wochenende hierher eingeladen, um sie euch vorzustellen. Sie freut sich sehr, euch kennenzulernen.«

Kaum dass er ausgeredet hatte, verdrehte Jacqueline die Augen und fiel tatsächlich in Ohnmacht. Paul konnte sie gerade noch auffangen.
»Da hast du ja was Schönes angerichtet. Frauen sind sensible Geschöpfe«, grinste er ihn an.
Vorsichtig hielt er sein Cognacglas Jacqueline unter die Nase. Mit einem Schniefen kam sie wieder zu sich.
»Ist das okay für euch? Pardon, dass ich nicht vorher gefragt habe.«
»Blödsinn, natürlich ist deine Freundin bei uns herzlich willkommen, und Platz ist genug da«, erwiderte Paul.
»Oh, bitte keine Umstände. Sie wird in meinem Zimmer schlafen«, beeilte sich Marcel zu sagen.
Jacqueline war nahe dran, ein zweites Mal in Ohnmacht zu fallen.

KAPITEL 46

Marcel konnte die nächsten Tage mit Engelszungen auf Jacqueline einreden, dass sie sich keine Umstände zu machen brauchte, weil Mariana eine ganz natürliche, sympathische Frau in seinem Alter sei. Sie hatte einige Magazine organisiert, in denen über Marianas Milliardenerbschaft berichtet wurde. Es gab nicht viele Artikel. Zu Marcels Erleichterung schien sie keine Anhängerin des Jetsets zu sein. Auf den Fotos sah sie elegant, aber, wie er fand, nicht so hübsch aus, wie er sie kannte. Paul unterstützte Marcel nach Kräften, Jacqueline wieder auf den Boden der Tatsachen zurückzuholen.
»Wir werden sie ganz normal behandeln, wie jeden anderen Menschen.« Paul korrigierte sich schnell: »Will damit sagen, wie deine Freundin. So machen wir es, nicht wahr, Jacqueline? Wir sind einfache Leute und werden Marcels Freundin ordentlich willkommen heißen, so wie ihn. Nicht mehr, aber auch nicht weniger.«
Jacqueline nickte ergeben. So langsam schien sie sich mit dem bevorstehenden Besuch zu arrangieren. Trotzdem blieb sie nervös.

Marcel überlegte, ob er Mariana anrufen sollte, um sie zu bitten, mit einem kleineren Wagen vorzufahren. Er hatte sich mit seinem teuren Outfit ja auch auf ihre Abendgesellschaft eingestellt. Allerdings hatte sie ihn nicht darum gebeten. Warum also sollte er es tun?

Nicht nur Jacqueline wurde aufgeregter, je näher der Samstag kam. Auch Paul und Marcel waren gespannt, wie Mariana auftreten würde. Als gegen Mittag die kleine Bronzeglocke an der Eingangstür bimmelte, zuckten sie heftig zusammen. Sie gingen zu dritt hin, um gemeinsam aufzumachen. Marcel drängelte sich an den beiden vorbei, um die Tür zu öffnen. Mariana stand ganz alleine davor, keine Limousine, keine Leibwächter. Nichts und niemand außer ihr war zu sehen. Eine bildhübsche junge Frau in einem Sommerkleid mit bunten Blumen strahlte sie an. Besonders einen. Sie umarmte und küsste ihn fest auf den Mund. Dann machte sie einen Schritt zurück, damit Marcel sie vorstellen konnte.

»Jacqueline, Paul, darf ich euch Mariana vorstellen?«

Niemand, wirklich niemand, hätte den Eindruck gewinnen können, eine Multimilliardärin vor sich zu haben. Vielmehr eine ganz normale junge Frau, die frisch verliebt in einen jungen Mann war.

»Enchanté, Mademoiselle«, empfing sie Paul.

Mariana ging auf ihn zu und gab ihm Bisous auf die Wangen. Zu Marcels Vergnügen errötete Paul ein wenig.

Dann begrüßte Mariana Jacqueline ebenso herzlich. Jacqueline schien erleichtert aufzuatmen. Marcel und Paul mit Blick auf Jacqueline ebenfalls.

Es wurde ein langer, wundervoller Abend. Mariana lobte den von Paul gefangenen und von Jacqueline hervorragend zubereiteten Fisch. Der Wein floss reichlich, und es wurde viel gelacht. Nachdem Marcel und Mariana sich aufs Zimmer zurückgezogen hatten, blieben Paul und Jacqueline noch einen Moment im Innenhof sitzen.

»Sie scheint ja echt verknallt in unseren Marcel zu sein.«

»Sieht so aus«, stimmte Jacqueline ihm zu. »Sie ist so nett, so offen, sympathisch. Kein Wunder, dass der Junge sich in sie verliebt hat.«

»Und ihre Milliarden merkt man ihr auch nicht an«, bemerkte Paul zufrieden.

»Ein schönes Paar, die beiden«, träumte Jacqueline vor sich hin.

»Meinst du, es ist was Ernstes?«

»Ist sie denn wirklich so unglaublich reich?«, wollte Paul wissen.

»Wenn es stimmt, was in den Zeitschriften steht, dann ja.«

»Ob das letztendlich zusammenpasst? Kannst du dir unseren Marcel, der mit mir zum Fischen rausfährt, in so einer Gesellschaft vorstellen?«

Paul schaute seine Frau skeptisch an.

»Keine leichte Frage, mon Amour. Ich hoffe, ihre Liebe ist stark genug. Ich wünsche es ihnen jedenfalls von Herzen. Es ist so schön, zu sehen, dass Marcel wieder glücklich ist.«

KAPITEL 47

»Die beiden sind ja so herzlich, so natürlich«, begeisterte sich Mariana, »einfach zum Liebhaben.«

»Freut mich, dass du sie magst«, erwiderte Marcel erleichtert.

»Sie müssen dich wirklich sehr in ihr Herz geschlossen haben. So wie ich«, fügte sie mit einem Augenzwinkern hinzu.

Sie drehte sich zu ihm um, um ihm einen Kuss auf die Stirn zu geben.

»Ich habe das Gefühl, dass sie dich auch mögen.«

»Das würde mich freuen. Sollen wir sie am Wochenende auf die Yacht einladen?«, schlug sie spontan vor. »Ich lasse sie abholen, damit sie nicht selber fahren müssen.«

»Das ist wirklich nett von dir, nur glaube ich, dass das die beiden ein wenig aus der Fassung bringen würde.«

»Aber sie wissen doch bestimmt, dass ich sehr reich bin.«

»Ja. Jacqueline hat in den Magazinen beim Friseur von dir gelesen. Kurz nachdem ich deinen Namen genannt hatte, ist sie ohnmächtig geworden. Danach hat sie Pauls halben Cognacvorrat weggetrunken«, lachte er.

»Oh Gott.«

»Sie sind wie ich einfache Leute, was das Geld angeht. Was die Herzensgüte und all die Dinge betrifft, die man mit Geld nicht kaufen kann, sind sie geradezu phänomenal. Und die Küche von Jacqueline war doch nicht schlechter als die von deinem Koch, oder?«

»Auf gar keinen Fall«, betätigte Mariana. »Ich hab das vollkommen ernst gemeint, als ich gesagt habe, dass das Essen total lecker war.«

»Ich fand es übrigens toll, wie du gestern hier angekommen bist. Du sahst in deinem Sommerkleid so hübsch aus und hast die beiden so herzlich begrüßt.«

»So wie sie mich. Ich habe das Gefühl, dass es für dich immer noch ungewöhnlich ist, dass ich trotz meines Reichtums ganz normal bin und keine überkandidelte, hochnäsige Milliardärin«, bemerkte sie gekränkt.

»Du hast recht. Tut mir leid. Als Reiche hat man mit so vielen Vorurteilen zu kämpfen. Ich entschuldige mich hiermit.«

»Willst du mich jetzt veräppeln?«

»Nein, aber es ist doch wahr. Obwohl ich dich nun schon ein paar Wochen kenne, bin ich anscheinend immer noch erstaunt. Das muss ich mir abgewöhnen. Es ist interessant, wie stark man von diesen Klischees beeinflusst wird. Wie ist es denn andersherum?«, fragte er unerwartet. »Welche Klischees hast du von jemandem wie mir, von Leuten wie den Marineaux'?«

Mariana schaute ihn verwundert an.

»Ich weiß nicht. Darüber habe ich mir, ehrlich gesagt, noch nie richtig Gedanken gemacht. Man lebt in seiner Welt und mit denen, die ebenfalls darin zu Hause sind. Das Ergebnis hast du ja letztes Wochenende auf der Yacht erlebt. Mit den Menschen in deiner beziehungsweise den vielen anderen Welten auf diesem Planeten hat man nur insofern Kontakt, wie es manche Dinge erfordern. Was du sagst, macht mich schon nachdenklich. Eine ehrliche Antwort auf die Frage, wie kompatibel diese Welten miteinander sind, ist nicht leicht«, gab sie zu.

»Vielleicht ist es am besten, mit Paul und Jacqueline zu reden und ihnen die Entscheidung zu überlassen. Das ist besser, als fälschlicherweise zu glauben, man wüsste, wie die anderen denken und was sie tun würden«, erwiderte er.

»Du bist ja ein Philosoph«, reagierte sie mit gespieltem Stolz in der Stimme.

»Lass uns zum Frühstück gehen und die beiden einfach fragen, anstatt hier über ihre Köpfe hinweg zu spekulieren, was und wie es ihnen recht sein könnte.«

»So machen wir es, aber erst gibt's noch eine Kuscheleinheit oder zwei.«

KAPITEL 48

Zu Marcels Erstaunen waren Paul und Jacqueline damit einverstanden, von einem Chauffeur abgeholt zu werden. Pauls Argument »Dann kann ich wenigstens was trinken« war Jacqueline peinlich, aber sie sagte nichts. Die Aussicht in einer Luxuslimousine nach Antibes und wieder zurückgefahren zu werden, erschien ihr reizvoll.

Am Sonntagnachmittag verabschiedeten sie sich genauso herzlich voneinander, wie sie sich am Vortag begrüßt hatten. Marcel wunderte sich, dass auch diesmal weder eine Limousine noch ein Leibwächter zu sehen war. Sie mussten in unmittelbarer Nähe auf sie warten, vermutete er.

»Mein lieber Junge, da scheinst du ja das große Los gezogen zu haben«, bemerkte Paul warmherzig, als sie wieder allein im Innenhof saßen. »Eine sehr hübsche, sympathische Frau, die ja richtig verliebt in dich zu sein scheint. So wie sie dich anschaut. Meine Herren.«

»Wann fahren wir raus zum Fischen?«, versuchte Marcel, ein wenig verlegen vom Thema abzulenken.

»Morgen, wenn du möchtest.«

Am nächsten Tag fuhren sie zeitig zum Hafen. Die harte Arbeit auf dem Boot tat Marcel gut. Da er sich voll konzentrieren musste, blieb für andere Gedanken kein Platz. Eine kleine Unaufmerksamkeit, und schon konnte man über Bord gehen. Bereits am frühen Nachmittag kehrten sie wieder heim. Der Fang war nicht spektakulär, aber ordentlich. Paul war zufrieden. Rasch verkaufte er alles an ein paar umliegende Restaurants, bevor sie in einer Bar einen Pastis bestellten.

»Bist du dir sicher, dass sie die Richtige ist?«, fragte Paul sehr direkt.

Marcel zuckte mit den Achseln.

»Was soll ich darauf antworten?«, entgegnete er ein wenig ratlos. »Nach dem Tod von Claudine hatte ich vor einiger Zeit beschlossen, keine Fragen mehr zu stellen, wie es weitergehen soll, sondern einfach das Leben bestimmen zu lassen. Eine richtige oder falsche Antwort, ob man dieses oder jenes, so oder anders machen soll, gibt es doch eh nicht, wenn man ehrlich ist.«

Paul verdrehte die Augen.

»Sehr philosophisch.«

»Eher Entscheidungsfaulheit, keine Verantwortung übernehmen wollen. Ist aber 'ne Mogelpackung.«

»Ausgesprochen weise, junger Mann.«

»Mal ernsthaft. Was soll ich denn deiner Meinung nach tun? Am nächsten Wochenende wirst du ja ihren Luxus erleben. Soll ich sie deswegen ignorieren, sozusagen aus Prinzip, obwohl ich sie liebe?«

Paul rieb sich nachdenklich das Kinn.

»Das ist wahr, das kann man nicht. Schon gar nicht bei so einer süßen Maus.«

»Also werde ich es darauf ankommen lassen, einfach mal ausprobieren. Ich denke, wir beide haben zumindest eine Chance.«

»Ich wünsche es euch«, erwiderte Paul mit ehrlichem Gesicht. »Komm, wir gehen nach Hause. Jacqueline wartet sicher schon mit dem Abendessen auf uns.«

Paul ließ anschreiben. Kaum dass sie die Bar verlassen hatten, lief ein Junge auffallend dicht hinter Marcel her. Als Marcel sich umdrehte, blieb er abrupt stehen und schlenderte in eine andere Richtung weiter. Wenige Schritte später spürte Marcel ihn wieder in seinem Schatten. Plötzlich trat ihm der Junge in die Ferse.

»Autsch«, schrie Marcel auf und drehte sich um. »Pass gefälligst auf, wo du hinläufst.«

Kaum hatte er den Satz beendet, da legte ein kräftiger Kerl seine Hand um den Nacken des Jungen und packte ordentlich zu.

»Moment, so schlimm war es nun auch nicht«, beeilte sich Marcel zu versichern, als der Junge schmerzhaft das Gesicht verzog.

»So, mein Kleiner«, richtete sich der Hüne an den Jungen, »da hast du dir leider den Falschen ausgesucht. Du wirst dem Mann schön sein Portemonnaie zurückgeben und dich brav entschuldigen«, funkelte er ihn unmissverständlich an.

Marcel und Paul standen wie versteinert da. Marcel griff erst in die leere Hosentasche und dann nach dem Portemonnaie, das der Junge ihm hinhielt. Fassungslos sah er ihn an.

»Pardon, Monsieur«, stammelte er verängstigt.

»So ist's fein. Und jetzt hau ab und lass dich hier nie wieder blicken. Ist das klar?«

Wie ein geölter Blitz schoss der Junge davon.

»Entschuldigen Sie die Unannehmlichkeiten. Hat keinen Zweck, so einen Bengel zur Polizei zu bringen, sind noch strafunmündig. Wird nicht mehr vorkommen. Noch einen schönen Abend«, erklärte der Mann und verschwand fast so schnell wie der Junge.

Paul sah, wie Marcel ungläubig seine Geldbörse betrachtete, bevor er sie einsteckte.

»Was war das denn?«, fragten sie beide.

Zu Hause erzählten sie Jacqueline von dem Vorfall.

»Der Mann, der den Jungen erwischt hat, hat sich tatsächlich bei euch für die Unannehmlichkeiten entschuldigt?«

Paul hatte mit einem Mal einen merkwürdigen Ausdruck im Gesicht.

»Man könnte meinen, du hättest einen Aufpasser«, sagte er vorsichtig. »So schnell, wie der den kleinen Kerl am Schlafittchen packte.«

»Vielleicht liegst du mit deiner Vermutung gar nicht falsch«, bemerkte Marcel nachdenklich, »und Mariana hat mir einen Schutzengel verpasst.«

Allerdings wusste er nicht so recht, ob er sich darüber freuen sollte. Natürlich war er dankbar, seine Geldbörse mit der Kreditkarte wiederzuhaben, doch das Gefühl, ständig unter Beobachtung zu stehen, löste keine spontane Begeisterung aus. Wenn dem so war, dann war es gewiss gut gemeint von ihr, dennoch hätte sie ihn vorher fragen können.

»Vielleicht war es aber auch nur Zufall, dass der Mann den Jungen gesehen und beherzt eingegriffen hat«, versuchte Jacqueline den aufkommenden Argwohn zu zerstreuen.

»Vermutlich hast du recht, und sie hat gar nichts damit zu tun«, sagte Marcel, ohne das flaue Gefühl im Magen loszuwerden. »Ich sollte lieber froh sein, dass mein Portemonnaie noch da ist. Mann, bin ich hungrig, du nicht auch, Paul?«, lachte er.

Er sah Paul an, dass der ihm seine Ungezwungenheit nicht ganz abnahm. Jacqueline merkte es ebenfalls, machte aber keine weitere Bemerkung. Stattdessen lief sie in die Küche, um das Abendessen zu holen.

KAPITEL 49

Am Samstag mussten sie erst zur nächsten Hauptstraße laufen, da der riesige Maybach nicht durch die engen Gassen bis zu ihrer Haustür vorfahren konnte. Als Jacqueline die Limousine sah, wäre sie beinahe wieder in Ohnmacht gefallen. Vorsichtshalber hielt Paul seinen mit Cognac gefüllten Flachmann griffbereit. Nur für den Fall der Fälle selbstverständlich. Ihn schien das alles eher zu amüsieren als zu beeindrucken, was Marcel sehr imponierte. Aus diesem Grund freute er sich auch auf das gemeinsame Wochenende. Insbesondere darauf, zusammen mit Paul endlich die riesige Yacht von oben bis unten zu erkunden.

Der Chauffeur begrüßte jeden beim Namen, bevor er sich für die Unannehmlichkeiten entschuldigte, dass sie so weit zu Fuß laufen mussten. Jacqueline war ein wenig irritiert, Paul hingegen erwiderte die freundliche Begrüßung mit einem ganz normalen »Bonjour, Monsieur.«

Jacqueline sah todschick aus. Sie hatte sich extra ein Kostüm gekauft und war am Vortag zum Friseur gegangen. Paul hatte es sich gefallen lassen müssen, zumindest ein neues Jackett verpasst zu bekommen. Die Krawatte, die Jacqueline im zurechtgelegt hatte, hatte er jedoch geflissentlich ignoriert. Er wollte es nicht übertreiben, zumal Marcel ihnen beiden geraten hatte, sich leger für ein ungezwungenes Wochenende anzuziehen.

Marcel und Paul konnten nicht sagen, ob Jacqueline die Fahrt wirklich genoss. Sie nippte nur am Champagner und wurde nervös, als die Passanten am Straßenrand von Cassis ihre Köpfe nach der Limousine reckten. Paul hielt vorsichtshalber den Flachmann parat, aber Jacquelines entsetzter Blick ließ die kleine Flasche wieder in die Jackentasche wandern.

Als der Chauffeur den Wagen im Hafen exakt vor der Gangway der Yacht zum Stehen brachte, war es mit Jacquelines Selbstbeherrschung dann doch für einen Moment vorbei. Sie vergrub ihr Gesicht in Pauls Brust, fingerte den Flachmann aus seinem Jackett und nahm verstohlen einen ordentlichen Schluck, während der Chauffeur um den Wagen herumlief, um ihr die Tür aufzuhalten. Bevor sie ausstieg, schob Paul ihr einen Pfefferminzbonbon in den Mund. Dankbar drückte sie seine Hand.

Mariana erwartete sie bereits und begrüßte sie wie alte Freunde. Großzügig verteilte sie Bisous an Jacqueline und Paul. Marcel gab sie einen dicken Kuss.

Paul warf einen leicht skeptischen Blick auf die riesige Yacht. Dann entspannten sich seine Gesichtszüge. Ein Lächeln umspielte seine Mundwinkel.

»Ein bisschen größer als mein Fischerboot ist der Pott schon. Ob wir da je wieder runterfinden?«, bemerkte er leise zu Marcel.

Mariana lud sie herzlich ein, an Bord zu kommen. Die Bodyguards neben der Gangway nickten freundlich.

Oben an Deck erwartete sie Giovanni mit einem »Willkommen an Bord, Madame, Monsieur Marineaux. Guten Tag, Marcel.«

Jacqueline und Paul sahen sich verdutzt an ob Marcels vertrauter Begrüßung durch den Butler.

»Guten Tag, Giovanni. Lange nicht gesehen«, entgegnete der lässig.

»Darf ich Sie auf das Sonnendeck führen?«, fragte Giovanni zuvorkommend.

Jacqueline errötete ein wenig. Mit einem Mal befand sie sich in einem der Hochglanzmagazine ihres Friseurs. Man konnte nicht einfach das Heft zuklappen, um wieder in der gewohnten Welt zu sein. Marcel merkte ihr an, dass sie unsicher war, ob sie sich wohl oder unwohl fühlen sollte. Im Augenblick schien jedoch die Neugierde zu überwiegen. Paul hingegen nahm das Ganze mit einer stoischen Gelassenheit, wobei Marcel überzeugt war, dass seine Neugier der von Jacqueline in nichts nachstand. Während Giovanni sie aufs Sonnendeck führte, wussten sie beide jedenfalls nicht, wohin sie den Kopf zuerst drehen sollten.

»Wenn wir dass nächste Mal vom Fischen zurückkommen, möchte ich, dass du meinen Kahn genauso auf Hochglanz polierst wie den hier«, raunte er Marcel flapsig zu.

»Wenn ich die Crew mitbringen darf«, konterte Marcel schlagfertig.

Auf dem Sonnendeck erwartete sie der Sommelier mit einer Auswahl an kühlen Getränken.

»Setz dich auf eines der weißen Ledersofas, die haben Sitzheizung«, flüsterte Marcel Jacqueline zu.

Sie sah ihn ungläubig an.

»Ehrlich, das ist ganz toll«, beharrte er.

Nach den Willkommendrinks führte Giovanni Paul und Jacqueline zu ihrer Kabine.

»Bitte läuten Sie jederzeit nach mir, wenn ich Ihnen helfen kann«, bot er ihnen fürsorglich an und wies auf verschiedene Knöpfe im Raum, auf denen ein kleines Butlersymbol eingraviert war.

»Danke, Herr Giovanni«, entgegnete Paul und streckte dem Butler die Hand entgegen.

»Giovanni genügt völlig«, bemerkte der Butler freundlich, während er wie selbstverständlich Pauls Hand schüttelte.

»Könnten Sie uns dann bitte Paul und Jacqueline nennen. Madame und Monsieur Marineaux klingt so formell. Wir sind doch hier unter uns.«

»Wie Sie möchten, Paul, Jacqueline.«

Jacqueline atmete erleichtert auf. Die vornehmen Leute waren anscheinend gar nicht so steif, dachte sie dankbar, wenn der Butler einen mit dem Vornamen anreden durfte.

»Wie gesagt, falls Sie etwas benötigen, zögern Sie nicht, einen der Knöpfe zu drücken. Ansonsten darf ich Sie in einer halben Stunde zum Aperitif auf das Oberdeck führen.«

Mit einem Schmunzeln ließ Giovanni die beiden allein.

»Mein Gott, Paul, diese Suite ist größer als unser Haus. Und das riesige Schiff. Marcel hat mir erzählt, dass es sogar einen Hubschrauber an Bord gibt.«

»Würde mich nicht wundern«, erwiderte Paul trocken.

»All der Luxus. Das mit dem beheiztem Sofa hab ich erst für einen Witz gehalten, bis ich mich draufgesetzt habe. Wie in unserem Auto. Kannst du dir das vorstellen?«

»Wenn man's braucht.«

Er konnte Jacquelines Aufregung verstehen, aber er teilte sie nicht. Eine solche Megayacht nur für eine Person fand er ziemlich übertrieben. Dieser ganze vornehme, auf Hochglanz polierte Luxus war nicht seins. Hier hatte man doch das Gefühl, dass einem eine Putzfrau hinterherlief, sobald man die Reling berührt hatte, um sofort die Fingerabdrücke wegzuwischen. Auf seinem Kahn konnte man anfassen, was man wollte, ohne darauf achten zu müssen, einen Fleck zu machen. Natürlich hielt er sein Boot sauber. Wer sein Handwerkszeug nicht sorgsam behandelte, war kein ordentlicher Fischer. Aber alles in vernünftigen Maßen. Vielleicht machte es einen Unterschied, wenn man nicht selber putzen musste und dafür Personal hatte. Nur das wäre erst recht nichts für ihn. Er packte lieber selber an, und war es noch so unbequem. Man musste wohl in einer anderen Umgebung aufgewachsen sein, wo man solche Dinge von Kindesbeinen an gewohnt war, so wie Mariana. Doch nicht jeder, der reich war, wurde auch reich geboren, kam ihm in den Sinn.

»Sag mal, Chérie, waren die Eltern von Mariana schon so reich wie sie jetzt?«, fragte er neugierig.

»Nein, waren sie nicht. Am Anfang jedenfalls nicht. Ihr Vater kommt aus einer bitterarmen sizilianischen Familie. Ist als Gastarbeiter nach Deutschland gegangen. Tagsüber hat er geschuftet und nachts gelernt, bis er es zum Ingenieur gebracht hat. Hat dann mit seiner Frau irgendeine wichtige Erfindung gemacht, durch die sie steinreich geworden sind.«

»Mariana ist also gar nicht mit dem goldenen Löffel aufgewachsen?«, hakte Paul interessiert nach.

»Soweit ich weiß, nicht. Die Zeit in Deutschland war für die junge Familie ziemlich hart. Ist ja gut nachvollziehbar, wenn du tagsüber deinen Lebensunterhalt verdienen musst und abends fürs Studium büffelst, bleibt das Familienleben auf der Strecke.«

»Mariana wurde in Deutschland geboren?«

»Ja, aber zur Hälfte ist sie Italienerin, weil ihr Vater Italiener ist«, gab Jacqueline kompetent Auskunft.

»Dann ist ihre Mutter eine Deutsche?«

»Du scheinst dich ja sehr für ihre Familie zu interessieren, Schatz.«

»Man muss ja wissen, wem Marcel gerade mit Haut und Haaren verfällt«, rechtfertigte er seine Neugier.

»Ja, ihre Mutter ist eine Deutsche. Deswegen hat Mariana beide Staatsbürgerschaften. Ihr Vater hat ihre Mutter während des Studiums kennengelernt und geheiratet. Die Erfindung haben sie dann gemeinsam als Ingenieursehepaar gemacht. Praktisch, nicht?«

»Muss 'ne tolle Erfindung gewesen sein. Bei dem Reichtum.«

»Eine Erfindung, die wohl in jedem Motor steckt. Da ist es leicht vorstellbar, was so zusammenkommt.«

»In jedem Motor, Donnerwetter.« Paul schien sichtlich beeindruckt. »Da kann man sich locker so eine Yacht leisten.«

In diesem Augenblick klingelte es an der Eingangstür der Suite. Paul öffnete.

Giovanni lächelte ihn freundlich an.

»Paul, darf ich Sie und Jacqueline zum Aperitif auf das Oberdeck führen?«

Paul drehte sich um.

»Bist du fertig, Chérie? Giovanni ist da, um uns abzuholen«, rief er in die Suite hinein.

»Nur eine Sekunde«, kam es nervös aus dem Bad.

»Kommen Sie rein, Giovanni«, forderte er den Butler auf. »Es kann sich nur um Stunden handeln.«

Giovanni trat ein.

»Möchten Sie einen kleinen Vorab-Aperitif, solange wir auf Ihre Frau warten?«

Der Butler gefiel Paul. Das war ein Mann nach seinem Geschmack, mit Humor, der das Leben nicht zu ernst nahm.

»Nur wenn Sie einen mittrinken.«

»Aber nur einen Tropfen«, erwiderte Giovanni zu Pauls Überraschung. »Ich bin im Dienst.«

Rasch holte er eine Flasche Cognac sowie zwei Gläser aus der Zimmerbar und schenkte ihnen ein wenig ein. Sie prosteten sich still zu, bevor der kleine Schluck in Sekundenschnelle in ihren Kehlen verschwand. Just in diesem Augenblick kam Jacqueline aus dem Badezimmer. Sofort fiel ihr Blick auf die beiden Cognacgläser, die Giovanni bereits im Begriff war wegzuräumen. Sie verkniff sich eine Bemerkung.

Während Giovanni ihnen die Tür der Suite aufhielt, steckte Paul ihm einen Pfefferminzbonbon zu.

»Merci«, flüsterte Giovanni dankbar und ließ es unauffällig im Mund verschwinden.

KAPITEL 50

Auf dem Oberdeck warteten Mariana und Marcel auf sie. Auf der einen Seite des Decks stand eine Grillstation, daneben ein beeindruckendes Buffet mit frischem Fisch und Meeresfrüchten dekorativ auf Eis drapiert, verschiedenen Fleischsorten nebst einer Riesenauswahl an Gemüse und anderen Beilagen.

Paul war hocherfreut, als er den Grill und das Buffet erblickte. Ungeniert ging er hinüber, um den Fisch mit sachkundigen Blick in Augenschein zu nehmen. Mariana und Marcel sahen ihm gespannt hinterher. Sogleich stand der Küchenchef neben ihm.

»Monsieur Marineaux, man hat mir berichtet, dass Sie ein erfahrener Fischer sind. Ich kann Ihnen versichern, dass jeder dieser Meeresbewohner erst vor wenigen Stunden, manche erst vor Minuten, ihren Lebensraum verlassen haben.«

Unbeeindruckt beäugte Paul mit fachkundigem Blick den Fang, lupfte die eine und andere Kieme an, strich mit dem Finger über die Haut einiger Fische und hielt die Nase dicht darüber. Dann wandte er sich dem Küchenchef zu. Jacqueline verdrehte genervt die Augen. Mariana und Marcel platzten vor Neugier auf Pauls fachmännisches Urteil.

»Bon, Monsieur le Chef, eine ganz vorzügliche Ware. Ich freue mich jetzt schon auf ihre perfekte Zubereitung«, lachte er. Freundschaftlich schlug er ihm mit der Hand auf die Schulter. »Nichts für ungut, und ich habe einen Bärenhunger.«

Der Küchenchef strahlte, als hätte er ihm kein schöneres Kompliment machen können.

»Ich werde mein Bestes geben, Monsieur Marineaux. Ich verspreche Ihnen, Sie werden zufrieden sein.«

»Pardon, ich wollte Ihrem Koch nicht auf die Füße treten, aber als Profi kann man nicht anders«, entschuldigte er sich bei Mariana, nachdem er sich wieder zu ihnen gesellt hatte.

»Im Gegenteil, ich glaube, mein Koch fand die kurze Fachsimpelei sehr inspirierend. Hat er doch selten einen so fachkundigen Gast an Bord«, bemerkte Mariana schmunzelnd.

Hinter seinem Rücken hörte Paul, wie Jacqueline erleichtert aufseufzte.

»Kannst du dich vielleicht einmal nicht in die Fische anderer Leute einmischen?«, raunzte sie ihn an.

Er drehte sich zu ihr um und gab ihr einen Kuss.

»Wieso? Hab nur den Chef de Cuisine ein bisschen motiviert, wie du gehört hast.«

»Eine tolle Idee mit dem Grill und dem Buffet«, wandte sich Paul Mariana zu. »Wann kommen denn die anderen Gäste? Das ist doch wohl nicht alles für uns vier?«

»Natürlich«, entgegnete Mariana amüsiert. »Sie haben doch einen Bärenhunger, wie ich gerade gehört habe.«

Jacqueline gab auf. Eigentlich wusste sie ja längst, dass sie ihren Mann in diesem Leben nicht mehr großkriegen würde. Gott sei Dank schien seine unkonventionelle Art Mariana zu gefallen.

»Ein schönes Schiff haben Sie da. Und einen netten Butler«, ergänzte er, als Giovanni neben Mariana auftauchte, um ihr zu sagen, dass der Küchenchef bereit sei.

Mariana nickte. Sofort erschienen aus dem Nichts vier livrierte Bedienstete, die ihnen behilflich waren, ihre Plätze einzunehmen. Als Nächstes schob der Sommelier einen Wagen mit ausgewählten Weinen an ihren Tisch. Fachkundig offerierte er ihnen eine exklusive Auswahl für das Abendessen. Jacqueline und Paul hörten staunend zu. Einige der Namen kannten sie, Weine, die für Normalsterbliche unerschwinglich waren. In diesem Augenblick wurde es sogar Paul ein wenig mulmig. Für mehr als tausend Euro Wein zu einem Essen zu trinken, war schon sehr außergewöhnlich. Am liebsten hätte er gesagt: »Ich nehme den Hauswein«, wie er es immer im Restaurant tat. Da er nicht unhöflich sein wollte, folgte er zurückhaltend den Empfehlungen des Sommeliers. Die anderen schlossen sich ihm an. Nun verstand er Jacqueline viel besser.

Der Küchenchef offerierte ihnen zwei Möglichkeiten: Dass sie selbst eine Auswahl trafen oder es ihm überließen, ihnen nacheinander ein Potpourri an Leckereien servieren zu lassen.

Sie entschieden sich für den zweiten Vorschlag in Erwartung einer mehrstündigen Schlemmerei. Sie wurden nicht enttäuscht. Paul war begeistert, was der Mann alles aus dem frischen Fisch zaubern konnte. Sie unterhielten sich über Gott und die Welt, lachten viel und amüsierten sich köstlich. Schnell kamen sie überein, vom *Sie* zum *Du* zu wechseln.

Jacqueline wusste hinterher selber nicht mehr, warum ihr die Frage in den Sinn kam. Vielleicht war die Unterhaltung thematisch nahe dran gewesen.

»Könntest du auf all das verzichten?«, wandte sie sich im Plauderton an Mariana.

Kaum dass Jacqueline die Frage gestellt hatte, wurde es mucksmäuschenstill am Tisch. Man hätte eine Stecknadel fallen hören können, so gespannt waren alle, insbesondere Marcel, auf Marianas Reaktion.

Zu ihrer Überraschung zögerte Mariana keine Sekunde.

»Ja, das könnte ich. Für die große Liebe meines Lebens. Für Marcel würde ich auf all das sofort verzichten.«

Dabei sah sie Marcel so tief in die Augen, dass ihm ganz flau wurde von ihrem Blick und ihren Worten.

Auf Jacqueline und Paul hatte Marianas prompte Reaktion eine ähnlich Wirkung. Auch sie waren von der unmissverständlichen Antwort sprachlos.

Paul berappelte sich als Erster. Er griff nach dem Champagnerkelch und hielt ihn in die Höhe.

»Auf die große Liebe des Lebens«, sagte er feierlich.

Zielsicher steuerte er auf das Glas seiner Frau zu. Gerührt erwiderte Jacqueline den Trinkspruch. Mariana und Marcel wiederholten gemeinsam Pauls Worte, bevor sie miteinander anstießen.

Als der Champagner Marcels Zunge benetzte, schoss unvermittelt Claudines Bild in seinen Kopf, das Bild von ihrer Hochzeit. Wie sie Sektgläser in der Hand hielten, um nach der Trauung mit ihren Gästen anzustoßen und die Feier in dem festlich dekorierten Saal zu eröffnen. Wie sie mit ineinander verschränkten Armen aus ihren Gläsern tranken und sich hinterher so leidenschaftlich küssten, dass er es sein Leben lang nicht vergessen würde. Ohne dass er es verhindern konnte, wurden seine Augen feucht, und er hoffte, dass Mariana es als Ausdruck der Freude auf ihre Antwort interpretieren würde.

Der Kuss, den Mariana ihm gab, nachdem sie miteinander angestoßen hatten, ließ das Bild in seinem Kopf wie eine Seifenblase zerplatzen. In diesem Moment fiel sein Blick auf Paul, der ihn auf eine seltsame Art ansah. Marcel versuchte, in seinem Gesicht zu lesen. Und mit einem Mal begriff er die Botschaft des Mannes, in dessen Beisein er Claudines Asche ins Meer gestreut hatte. *»Behalte sie immer in Erinnerung, mein Junge, aber freue dich auf ein neues Leben mit einer Frau, die dich genauso liebt.«*

Marcel lächelte ihn dankbar an, zum Zeichen, dass er ihn verstanden hatte, bevor er Marianas Kuss erwiderte.

KAPITEL 51

Das Wochenende verging viel zu schnell. Man versprach, sich bald wiederzusehen.

Paul schüttelte Giovanni die Hand zum Abschied.

»Wenn Sie Urlaub haben, schauen Sie doch mal bei uns vorbei. Ich würde mich über Ihren Besuch freuen. Dann können wir mal zusammen zum Fischen rausfahren.«

Giovanni schien nicht so recht zu wissen, was er von dem zweiten Teil der Einladung halten sollte, trotzdem bedankte er sich herzlich, bevor er ihnen eine gute Heimfahrt wünschte.

»Du kannst doch nicht einfach den Butler zu uns einladen«, reagierte Jacqueline ein wenig ungehalten, als sie alleine in der Limousine saßen.

»Warum nicht? Giovanni ist ein netter Kerl«, erwiderte er unbeeindruckt. »Der freut sich bestimmt, mal unter normale Leuten zu kommen, wo er sich die Hände schmutzig machen darf.«

Marcel war an Bord geblieben. Mariana und er winkten den beiden an der Reling stehend nach.

»Jacqueline und Paul sind wirklich lieb.«

»Ja, das sind sie«, bestätigte Marcel.

»Ich bin gespannt, ob Giovanni Pauls Einladung annehmen wird«, lachte Mariana vergnügt.

Händchenhaltend gingen sie zurück aufs Sonnendeck.

Marcel setzte sich auf eines der Ledersofas. Mariana kuschelte sich bei ihm ein.

»Hast du das wirklich ernst gemeint, was du gestern Abend gesagt hast?«

»Jedes Wort«, bestätigte sie mit fester Stimme.

»Weil du weißt, dass ich es nie von dir verlangen würde«, bohrte er nach.

»Weil ich dich mehr liebe als alles andere auf dieser Welt.«

Sie schmiegte sich noch enger an ihn.

»Ich bin nicht reich geboren worden. Meine Eltern mussten sehr hart arbeiten. Bevor sie durch ihre Erfindung so viel Geld verdienten, waren wir eine ganz normale Familie, die genauso ums Überleben kämpfen musste wie manch andere auch. Ich weiß also, wovon ich rede.«

Ihre Worte klangen so eindringlich und überzeugend, dass er ihre Aufrichtigkeit nicht anzweifelte.

»Wir haben in einer kleinen Wohnung in Wolfsburg gewohnt. Einen Teil seines Lohns, den er als Gastarbeiter am Fließband einer Automobilfabrik verdiente, schickte mein Vater nach Sizilien, um seine Eltern zu unterstützen. Trotzdem hat er das Studium durchgezogen, bei dem er übrigens meine Mutter kennengelernt hat. Sie haben noch als Studenten geheiratet, weil ich plötzlich unterwegs war. Da wurde das Geld erst recht knapp. Kaum dass ich auf der Welt war, haben meine Eltern diese Wahnsinnserfindung gemacht. Doch es dauerte einige Zeit, bis sie davon profitieren konnten. Dann allerdings verdienten sie so richtig viel Geld damit. Drei Jahre später hat ein internationaler Autokonzern versucht, ihre Erfindung zu stehlen. Hätten wir nicht die besseren Anwälte gehabt, wäre es auf einen Schlag wieder vorbei gewesen mit dem Reichtum. Vielleicht müsste ich sonst heute noch die Honorare der Anwälte abbezahlen. Du siehst, ich sehe mein Vermögen nicht als gottgegeben an.« Sie nahm seine Hand und küsste sie. »Du kannst mich also ruhig zu dir nach Hause einladen, mein Schatz.«

Marcel wusste nicht, was er sagen sollte. Mariana war so entwaffnend. Er legte seinen Arm um sie, um sie fest an sich zu drücken.

»Ich liebe dich«, erwiderte er nur.

»Soll ich dir einen Heiratsantrag machen oder brauchst du mehr Zeit? Als emanzipierte Frau hätte ich kein Problem damit.«

Marcel sah ihr in die Augen.

»Du bist eine Frau, die weiß, was sie will.«

»Ja, die bin ich, und ich hoffe, dass du mich genauso willst.«

»Ja, ich will dich«, antwortete er geradewegs, als stünden sie bereits vor dem Standesbeamten.

»Heißt das, ich kann das Aufgebot bestellen?«, fragte sie vorsichtig nach, um sicher zu gehen, dass er ihren Antrag nicht als Scherz verstanden hatte.

»Ja, das kannst du«, erwiderte er mit fester Stimme.

Die Szene entsprach zwar nicht so ganz seinen Vorstellungen von einem romantischen Heiratsantrag, aber er konnte ihrer kecken Art, ihn um seine Hand anzuhalten, statt umgekehrt, nicht widerstehen.

Mariana und er würden also heiraten. Mit einem breiten Grinsen stellte er sich das nächste Telefonat mit Martin vor.

KAPITEL 52

Bereits vier Wochen später fand die Hochzeit auf der Yacht statt. Mariana hatte sich um alles gekümmert. Marcel hatte ihr nur die erforderlichen Papiere für eine Heirat auf französischem Boden geben müssen, damit diese problemlos in Deutschland anerkannt wurde. Der Bürgermeister von Antibes kam anstelle des Standesbeamten an Bord. Der Kapitän steuerte das Schiff in eine romantische Bucht nahe der Küste, wo die Trauung in einer feierlichen Zeremonie vollzogen wurde.

Was Marcels Seite anbetraf, war die Hochzeitsgesellschaft relativ klein. Da er keine Eltern mehr hatte und Einzelkind war, bestand seine *Familie* aus Jacqueline, Paul und seinem Freund Martin.

Mariana hatte nicht einen einzigen ihrer ehemaligen Freunde eingeladen, nur ihre Familie. Verwandte besaß sie reichlich, wie Marcel am Tag der Hochzeit feststellen konnte. Väterlicherseits war gefühlt halb Sizilien angereist. Tatsächlich waren es knapp hundert Personen, Onkel, Tanten, Cousins, Cousinen et cetera. Giovanni schien sie alle und alle schienen ihn gut zu kennen. Jedenfalls sprach er jeden, ohne zu zögern, mit Namen an. Er musste ein fantastisches Gedächtnis haben. Mütterlicherseits war die Zahl sehr viel überschaubarer. Der einzige Bruder von Marianas Mutter, der sein Leben erfolgreich als Junggeselle fristete, war kinderlos geblieben. Die Italiener nannten ihn nur ein wenig mitleidig den *Solotedesco*, was einsamer Deutscher bedeuten sollte. Aus Spaß schienen sie, ihn unablässig mit einer verwitweten Tante Marianas verkuppeln zu wollen. Wenigstens hatte der *Solotedesco* Humor und machte die Späßchen mit. Hinterher stießen alle laut lachend mit reichlich Grappa an.

Mariana hatte Jacqueline darum gebeten, ihre Trauzeugin zu sein. Marcel hatte Martin die entsprechende Rolle angeboten. Zunächst hatte Martin scherzhaft gefragt, ob damit eine Beteiligung an dem Vermögen verbunden sei, dann aber klargestellt, er stünde auch gratis zur Verfügung.

Die Hochzeit war eine reine Familienfeier. Für die Prominenz aus der High Society sowie ihre Geschäftsfreunde plante Mariana, später eine Party zu geben. Sie versprach Marcel hoch und heilig, die Gästeliste auf den engsten Kreis zu beschränken.

Die Flitterwochen verbrachten sie ganz privat auf ihrer eigenen Südseeinsel, wie er hinterher von ihr erfuhr.

Marcel hatte erwartet, vor der Trauung eine Menge Papiere unterschreiben zu müssen. Zumindest hatte er sich auf einen detaillierten Ehevertrag gefasst gemacht, in dem so wichtige Angelegenheiten wie Gütertrennung, Versorgungsansprüche im Scheidungsfall und andere spannende Dinge bis aufs Haarkleinste geregelt wurden. Doch nichts dergleichen. Lediglich auf der Heiratsurkunde musste er, so wie sie, die einzige Unterschrift leisten.

Erst als sie ihm eine Auswahl von Hauptwohnsitzen präsentierte, an denen sie von nun an zusammenleben könnten, erfuhr Marcel, welch kleinen Ausschnitt er bisher von Marianas tatsächlichem Reichtum mitbekommen hatte. In einer schier endlosen Aufzählung nannte sie ihm Penthäuser in Monaco und Paris, Anwesen in der Provence, nahe London, Appartements in New York und Singapur, Strandhäuser in Sidney und Kapstadt, selbst Villen in China und Japan. Mariana schien nicht aufhören zu wollen. Bei Südamerika konnte er ihr schon nicht mehr folgen.

»Sie werden dir alle gefallen«, versicherte sie ihm voller Vorfreude.

»Wie wär's, wenn wir diesen Sommer in Kronberg bleiben, im Winter auf die Yacht gehen und du mir die anderen Domizile erst mal nach und nach zeigst«, schlug er ein wenig überfordert vor.

KAPITEL 53

Jetzt war er also verheiratet. Mit einer der reichsten Frauen der Welt obendrein. Zum Glück hatte sich Mariana nach der Hochzeit kein bisschen verändert. Seine größte Befürchtung war gewesen, dass sie automatisch zum Alphatier mutieren könnte, sozusagen aus der Gewohnheit einer vermögenden Frau heraus. Doch nichts dergleichen geschah. Immer fragte sie ihn nach seiner Meinung. Sie bestand darauf, gemeinsam zu entscheiden, oder überließ ihm die Wahl.

Seinen Nachnamen hatte er behalten. Vor allem, um seine Leserschaft nicht zu verwirren. Außerdem wollte er vermeiden, als *Herr Dariovesa* fortan als einer der reichsten Männer der Welt behandelt zu werden, denn für ihn war es nach wie vor ihr Vermögen, zu dem er nichts beigetragen hatte. Mariana hatte kein Problem damit, wenn er sich so wohler fühlte.

Während sie ihren Geschäften und sozialen Projekten nachging, schrieb er an seinen Büchern. So hockten sie nicht ständig zusammen und liefen daher keine Gefahr, in eine Eheroutine zu verfallen. Abends und ausnahmslos an den Wochenenden trafen sie sich, um ihre freie Zeit miteinander zu verbringen. Gesellschaftliche Verpflichtungen, die Marianas Stellung nun einmal mit sich brachte, stutzte sie selbst auf ein notwendiges Maß zurecht, da sie lieber mit ihrem frisch angetrauten Mann zusammensein wollte. Mariana liebte ihn auch nach der Hochzeit abgöttisch, was gemeinhin nicht die Regel war, sobald der Ehealltag Einzug gehalten hatte. Vielleicht war das ein weiterer Vorteil des Reichtums, wenn man sich nicht um die schnöden Dinge des Alltags kümmern musste wie Hausarbeit, Einkaufen, Kochen und so manches andere mehr.

Manchmal allerdings überkam ihn das Gefühl, dass das alles ein bisschen zu viel des Guten war. Wie in einem nicht enden wollenden Dauerurlaub kam er sich oft vor. Morgens zum Briefkasten gehen, Wäsche waschen, ab und zu die Wohnung putzen, den Kühlschrank auffüllen, damit Bier da war, falls Martin unangemeldet bei ihm auftauchte, war von einem zum anderen Augenblick weggefallen. Plötzlich hatte er alle Zeit der Welt zum Schreiben. Er musste nicht mal mehr aufstehen, um sich ein Glas Orangensaft zu holen.

»Nur noch zum Pinkeln aufs Klo gehen muss ich selber«, dachte er selbstironisch.

Mit den Leibwächtern hatte er weniger Probleme als gedacht. An dem Wochenende, an dem Jacqueline und Paul das erste Mal auf der Yacht gewesen waren, hatte er Mariana den Vorfall mit dem Portemonnaie in Cassis erzählt. Ohne irgendwelche Ausflüchte hatte sie seine Vermutung bestätigt.

»Es tut mir leid, Marcel, ehrlich. Ich hätte dich natürlich vorher fragen sollen, aber ich fand keine Gelegenheit. Ich wollte doch nur das Liebste, was ich habe, beschützen.«

Dabei hatte sie ihn mit ihren Rehaugen so unschuldig angesehen, dass er ihr nicht böse sein konnte.

»Das ist nun mal die Kehrseite des Reichtums. Ich beschäftige mehr Sicherheitskräfte, die uns und überall auf der Welt unseren Besitz schützen, als ich Anwälte habe, die über unser Vermögen wachen. Wir können in der Öffentlichkeit leider keinen Schritt ohne sie machen, das ist nun mal der Preis, den wir für all das hier zahlen. Ich hoffe, dass ich ihn dir wert bin.«

Als Schriftsteller war er von Berufs wegen wortgewandt, aber gegen Marianas Charme und Offenheit hatte er keine Chance.

In der darauffolgenden Woche stellte ihm Mariana Roberto, den Chef des Sicherheitspersonals vor. Sein Gesicht kam Marcel bekannt vor. War das nicht der Ältere von den beiden Männern gewesen, der damals in Süditalien, in Trani und Bari, neben Mariana gesessen hatte? Bisher hatte er sie nie danach gefragt, ob sie es tatsächlich gewesen war. Aus irgendeinem Grund war es ihm nicht wichtig, darüber Gewissheit zu bekommen.

Roberto erklärte ihm ausführlich, wie der Personenschutz funktionierte. Marcel müsse sich um nichts kümmern, seine Leute seien immer in der Nähe, sobald er das Schiff oder das Haus verlasse. Da sie stets Zivil trugen, würde er sie gar nicht bemerken. Letzten Endes mache es ja keinen Sinn, die Aufmerksamkeit potenzieller Angreifer durch schwarze Anzüge auf die Anzahl und Position der Leibwächter zu lenken.

Das Argument leuchtete Marcel ein. Er hatte den Eindruck, dass Roberto ein echter Profi war, der sein Handwerk verstand. Wie gut seine Truppe funktionierte, davon hatte er sich ja bereits in Cassis überzeugen können. Marcel bedankte sich noch nachträglich für den Einsatz.

Am Ende des Gesprächs gab Roberto ihm eine Armbanduhr und erklärte die Funktion des kleinen Notfallknopfes in der Krone. Die Uhr sendete ein ständiges GPS-Signal, mit dem man überall auf diesem Planeten seine aktuelle Position auf den Meter genau orten konnte. Das erinnerte Marcel an Marianas Uhr.

Mariana bestand darauf, dass Giovanni Marcel zur Seite stand, wenn sie unterwegs war. Giovanni war seit so vielen Jahren Butler der Dariovesas, dass er ihm am besten dabei helfen konnte, sich in dem ganzen Luxus zurechtzufinden. Er wusste besser als jeder andere über die Details in Marianas Leben Bescheid, das Personal, die unüberschaubare Anzahl an Wohnorten, die komplexe Infrastruktur von der Limousine bis zum Privatjet. Nach einiger Zeit fand Marcel es anstrengender, sich das alles merken zu müssen, als früher seine eigene Wäsche zu waschen. Er hatte den Eindruck, dass reich sein nicht wirklich besser, sondern nur anders war.

Mariana war eine wundervolle Ehefrau. Sie sah jeden Tag hinreißend aus, umgarnte ihn nach wie vor wie ein frisch verliebter Teenager und verführte ihn mit seidigen Dessous und Nylonstrümpfen, dass er sich vorkam wie im Paradies auf Erden. Marcel konnte nicht umhin, sich als einen rundum glücklichen Mann zu bezeichnen. Trotz alledem machte ihm das ein wenig Angst. Irgendwann musste doch der Zeitpunkt kommen, wo der Himmel nicht mehr voller Geigen hing. Bisher hatten sie nicht eine einzige Meinungsverschiedenheit gehabt. Diese perfekte Harmonie war ihm etwas unheimlich. Mit Claudine hatte er sich, wenn auch selten, schon mal gestritten. Nicht dass er das vermissen würde, aber war so viel Eintracht denn normal?

»Genieße es, solange es so bleibt«, beschwor ihn eine innere Stimme. Es blieb so. Eine Steigerung dieses andauernden Glücks war unmöglich, glaubte er, bis – ja bis Mariana ihn acht Wochen nach den Flitterwochen unerwartet in die gemeinsame Suite zog. Sobald die Tür hinter ihnen ins Schloss gefallen war, umarmte sie ihn, während sie langsam seine Hand zu ihrem Bauch führte. Dabei strahlte sie ihn überglücklich an. Marcel begriff sofort, und er strahlte zurück. Mit geschlossenen Augen konzentrierte er sich auf die Hand, die Mariana leicht auf ihren Bauch presste. Natürlich konnte er nichts spüren, dafür war es viel zu früh, aber das Gefühl, dass genau dort in diesem Augenblick die Summe ihrer Liebe in Form eines Kindes heranwuchs, war unbeschreiblich. Marcel hob Mariana vor lauter Freude in die Höhe, um sich mit ihr einige Male im Kreis zu drehen.

»Hör auf, mir und dem Kind wird ja ganz schwindelig«, lachte sie.

»Oh mein Gott«, seufzte Marcel glücklich. »Wir werden Vater.«

»Ich für meinen Teil von dem *wir* werde Mutter, dein Teil wird tatsächlich Vater. In etwa siebeneinhalb Monaten«, präzisierte sie stolz.

»Du weißt es schon länger?«, fragte er ein wenig irritiert.

»Sagen wir besser, ich habe es vermutet und wollte ein bisschen warten, um nicht voreilig zu sein. Seit heute Mittag ist es vom Arzt bestätigt«, freute sie sich.

»Werde ich Vater oder Mutter?«, scherzte Marcel. »Ich meine, wird's ein Mädchen oder ein Junge, oder vielleicht sogar von jedem eins?«

»Oh, Marcel«, lachte Mariana, »dafür ist es doch noch viel zu früh.«

»Dass ich Vater werde?«, verdrehte er die Augen.

»Du Kindskopf«, schimpfte sie lachend und schmiegte sich wieder an ihn. »Ist es nicht egal, was es wird? Hauptsache es ist unser Kind.«

»Ja, das ist es«, bestätigte er leise zwischen sanften Küssen auf ihren Hals.

»Du weißt, dass schwangere Frauen besonders sexy aussehen«, küsste er sie den Hals hinunter in Richtung Dekolleté.

»Ja, das weiß ich«, hauchte sie ihm ins Ohr, sodass es ein wenig feucht wurde.

Mariana zog den Reißverschluss ihres Rocks herunter und ließ ihn fallen. Marcel wurde es trotz der Klimaanlage heiß. Sekunden später knöpfte sie ihre Bluse auf. In seidenen Dessous und leicht schimmernden Strümpfen stand sie vor ihm. Dann begann sie Marcels Hose zu öffnen. Ein wenig erschrocken wich er zurück. Mariana sah ihn lächelnd an.

»Keine Angst, Liebling. Unserem Nachwuchs schadet das nicht. Ich habe den Arzt ausdrücklich danach gefragt. Und ich habe solche Lust auf dich, weil ich so glücklich bin.«

Marcels Zurückhaltung brach schneller zusammen als die Mauern von Jericho. Er hob Mariana hoch und trug sie ins Schlafzimmer, wo er sie aufs Bett legte. Geschickt öffnete er ihren Büstenhalter, der durch einen raffinierten Verschluss zwischen den beiden Körbchen zusammengehalten wurde. Mit zarten Küssen bedeckte er ihren wohlgeformten Busen, bis er mit den Lippen eine ihrer erregten Brustwarzen berührte.

»Verhungern wird unser Baby jedenfalls nicht«, bemerkte er frech.

KAPITEL 54

Sowohl auf der Yacht als auch in der Villa in Kronberg ließ Mariana einen Geburtsraum einrichten. Sie sahen aus wie die Luxusausgabe einer Hightechpraxis. Dazu engagierte sie einen der führenden Frauenärzte Deutschlands. Beides fand Marcel ziemlich übertrieben, da die Schwangerschaft reibungslos verlief. Das Kind sollte zu Hause zur Welt kommen, egal ob auf der Yacht in Frankreich oder in Kronberg. Sie wollte auf keinen Fall ein Risiko eingehen, indem sie sich in einem Krankenhaus eine Infektion einhandelte, die ihr oder gar dem Kind zum Verhängnis werden könnte. Jeden Morgen bestand sie darauf, vom Arzt untersucht zu werden.

Ihre geschäftlichen und gesellschaftlichen Aktivitäten reduzierte sie auf das absolut Notwendigste, um sich ausschließlich auf die Schwangerschaft und ihren Mann zu konzentrieren.

Ansonsten verlief das Leben normal, so normal, wie es eben verlaufen konnte, wenn man das erste Kind erwartete. Marcel kümmerte sich rührend um Mariana. Er hatte ein Auge darauf, dass sie den Arzt nicht verrückt machte, wann immer ihr zu Beginn der Schwangerschaft übel wurde oder sie sich ein wenig wackelig fühlte. In den späteren Wochen kam dann fast so etwas wie eine Routine auf, die sehr beruhigend auf alle wirkte. Kurz nachdem Giovanni von dem freudigen Ereignis unterrichtet worden war, beauftragte er eine der Hausangestellten, eine dreifache Mutter, ständig in Marianas Nähe zu bleiben. Marcel dankte ihm ausdrücklich dafür, denn der gesunde Menschenverstand einer Frau, die bereits mehrere Schwangerschaften und Geburten durchgemacht hatte, war unbezahlbar. Sie war es auch, die Mariana überreden konnte, wieder öfter aus dem Haus zu gehen. Allerdings bestand Mariana darauf, dass der Arzt stets in ihrer Nähe blieb und die Anzahl der Leibwächter verdoppelt wurde.

Ab und an flogen sie nach Paris und London, um für den Nachwuchs eine gebührende Ausstattung zusammenzukaufen. Mit dem Kauf der passenden Kleidung warteten sie, bis der Arzt ihnen definitiv das Geschlecht mitteilen konnte. Die Vorbereitungen für das beziehungsweise die Kinderzimmer nahmen sie voll in Anspruch. Marcel ließ Mariana freie Hand. Er mischte sich nur ein, wenn er das Gefühl hatte, dass sie arg übertrieb, Begeisterung hin oder her. Es war eine schöne Zeit. Er genoss vor allem die Momente, in denen sie ihm strahlend vor Glück ihren nackten, immer runder werdenden Bauch präsentierte, er die Hände, später das Ohr sanft darauf presste, um die ersten Bewegungen, dann den leisen Herzschlag zu hören.

Wenn sie Verlangen nach ihm hatte, musste sie die Initiative ergreifen, da er sich aus Rücksichtnahme sehr zurückhielt. Um seine Lust zu wecken, kokettierte sie mit ihrem Busen, der mit fortschreitender Schwangerschaft größer wurde. Mit ihr vereinigt zu sein, war ein unbeschreibliches Gefühl, als ob sie und das Ungeborene zu einer Einheit verschmelzen würden. Diese unmittelbare Nähe der liebsten Menschen in seinem Leben war einzigartig. Für Stunden hätte er so daliegen können.

Oft luden sie die beiden Marineaux' ein. So, wie Paul ein väterlicher Freund für Marcel war, wurde Jacqueline zur mütterlichen Ratgeberin für Mariana. Sie half ihr bei der Einrichtung des Kinderzimmers, beriet sie bei der Auswahl der Babykleidung. Marcel war sehr glücklich darüber, weil so alles trotz des ganzen Luxus irgendwie normal anmutete.

Paul und Giovanni freundeten sich ein wenig an, sodass er einmal sogar das Angebot annahm, mit Paul zum Fischen rauszufahren. Hinterher konnte Marcel mit ihm wunderbar Erfahrungen austauschen.

Er vermochte nicht zu sagen, wann er das letzte Mal derart glücklich gewesen war, zusammen mit den Menschen, die ihn umgaben, seiner neuen Familie.

KAPITEL 55

Die Geburt verlief genauso reibungslos wie die gesamte Schwangerschaft. Marcel hielt Marianas Hand, während ihre süße kleine Tochter in Port d'Antibes das Licht der Welt erblickte. Das sanfte Schaukeln der Yacht hatte beruhigend auf Mariana gewirkt und ihr die Entbindung sogar ein wenig erleichtert.

Luisa Jacqueline war kerngesund, die frisch gebackenen Eltern überglücklich. Für Paul war sonnenklar, dass sie, an Bord eines Schiffes obendrein in Frankreich geboren, ein prächtiges Mädchen werden würde.

Zur Taufe rückte wieder die gesamte sizilianische Verwandtschaft an. Sie überhäuften die kleine Familie mit Glückwünschen und begrüßten Marcel nun als vollwertigen Mann in ihrer Mitte. Komische Sitte, fand er, machte aber eine gute Miene zum nett gemeinten Spiel.

Jacqueline und Paul waren die Taufpaten. Gemeinsam wollten Mariana und Marcel damit ihre tiefe Verbundenheit mit den beiden ausdrücken.

»Ich hab's zwar nicht so mit der Kirche, aber für den goldigen Fratz will ich mal eine Ausnahme machen, zumal sie ja mit einer Handbreit Wasser unter dem Kiel geboren wurde«, erklärte Paul sich mit stolzgeschwellter Brust einverstanden.

Mit Luisa veränderte sich ihrer beider Leben rigoros. Marcel musste aufpassen, dass Mariana nicht zur Glucke wurde und Luisa genug Luft zum Atmen ließ. Sobald Luisa laufen konnte, hielt sie das gesamte Personal auf Trab. Sie lebten abwechselnd auf der Yacht und in der Kronberger Villa.

Marcel genoss diese Zeit sehr. Jetzt hatte er zwei traumhafte weibliche Geschöpfe um sich herum. Er war so glücklich, dass seine Bücher sich wie von selbst schrieben. Seine Geschichten und sein Stil waren von einer Leichtigkeit, die bei seinen Lesern erstaunlich gut ankam. Drei seiner Romane wurden nationale, einer sogar ein internationaler Bestseller.

Als Luisa ein Jahr alt war, beschloss Mariana sich wieder intensiver um ihre geschäftlichen und gesellschaftlichen Verpflichtungen zu kümmern. Da sie Privates streng von der Arbeit trennte, ließ sie Luisa in der Obhut von Marcel. Selbstverständlich hätten sie sich eine ganze Armee von Kindermädchen leisten können, aber sie wollten keins haben. Da waren sie sich zu Marcels Verwunderung ohne Absprache einig. Niemand außer ihnen sollte sich um ihre Tochter kümmern. Das war keine Frage des Geldes, sondern ihrer Einstellung als Eltern. Außerdem waren ja stets Leibwächter in Sichtweite.

Nicht nur sie beide liebten die Kleine über alles, auch Giovanni hatte Luisa vom ersten Augenblick an in sein Herz geschlossen. Vom gesamten Personal wurde sie geradezu vergöttert. Die meiste Zeit musste Marcel damit zubringen, gebetsmühlenartig zu betonen, dass man Luisa nicht zu sehr verwöhnen solle, wobei er stets das Gefühl hatte, gegen eine Wand zu reden, an der seine Ermahnungen abprallten wie ein Gummiball.

Als Luisa dann das Alter erreichte, um einen Kindergarten zu besuchen, kam es zur ersten Diskussion mit Mariana, die ihr Mädchen nicht aus dem Haus lassen wollte. Für einen Moment überlegte sie tatsächlich, einen eigenen Hort zu gründen. Zum Glück verwarf sie die Idee zwei Sätze später, sodass Marcel keine Gegenargumente zu finden brauchte. In einen elitären internationalen Kinderhort wollte Mariana sie genauso wenig geben wie er, obwohl Internationalität ihnen beiden durchaus zugesagt hätte. Auch die Frage, wo, ob in Frankreich in der Nähe der Yacht oder in Deutschland unweit der Villa, bedurfte einer Klärung. Und welcher herkömmliche Kindergarten würde eine Milliardärsstochter aufnehmen, die ständig auf Sichtweite von mehreren Leibwächtern umgeben war? Aber allein schon wegen des Erwerbs von sozialen Fähigkeiten musste Luisa unter Kinder kommen, und zwar unter möglichst *normale*. Das sah natürlich auch Mariana ein. Sie sollte Freundschaften schließen, damit klarkommen, nicht automatisch die erste Geige zu spielen, und lernen, zurückzustecken, wenn ein anderes Kind das begehrte Spielzeug zuerst in die Hand bekam. Dabei waren die Kinder weniger das Problem. Es waren die Betreuerinnen, die wussten, was für ein Mini-VIP ihren Hort besuchte. Last but not least stellte Luisa aufgrund des erforderlichen Aufgebots an Schutzpersonal ein Sicherheitsrisiko für die übrigen Kinder dar, weil sie potenzielle Täter eher anzog, als abschreckte. Eine vertrackte Situation.

Armes reiches Kind, schoss es Marcel durch den Kopf.

»Vielleicht sollten wir ihr eine zweite Identität verpassen und *undercover* anmelden«, schlug er halb witzig, halb ernst gemeint vor. »Sie hat doch zwei Vornamen. Zusammen mit meinem Nachnamen ergibt das *Jacqueline Grünwald*. Das mit einem zweiten Pass kriegst du mit deinen Beziehungen locker hin.«

»Wie bitte?«, reagierte Mariana entsetzt. »Willst du, dass unsere Tochter bereits im frühesten Kindesalter die Basis für eine solide Persönlichkeitsspaltung erhält? Außerdem verdienen wir unser Geld nicht im Gangstermilieu. Mit einem kleinen Kind ist es ja schon nicht leicht, aber wenn man noch so ein großes wie dich hat, oh je.«

Sie seufzte laut auf.

Zu guter Letzt beauftragte Mariana eine Spezialagentur damit, einen geeigneten Kindergartenplatz zu finden. Im Nachhinein fand sie Marcels Idee gar nicht mehr so abwegig. Luisa quasi halbanonym unter seinem Namen anzumelden war vielleicht die beste Methode, um unerkannt zu bleiben und Luisa zumindest ein wenig Normalität zu verschaffen. Einen Leibwächter konnten sie ja als Mitarbeiter in den Hort einschleusen. Zwei weitere oder so viele wie halt erforderlich, würden das Gebäude und den Spielplatz absichern. Jeden Morgen würde sie das Kind zusammen mit einem Leibwächter in einem ganz gewöhnlichen Auto hinfahren und später wieder abholen.

»Wenn ich daran denke, wie einfach das alles bei mir damals war. Meine Eltern mussten nicht so ein Gedöns machen«, kommentierte Marcel diesen Lösungsvorschlag, hielt ihn unter den gegebenen Umständen aber auch für den besten Weg.

Und so kam Luisa Jacqueline Dariovesa unter dem Namen Luisa Grünwald in den internationalen Kindergarten *Les petits soleils* von Antibes.

KAPITEL 56

Am ersten Tag gab es natürlich das übliche Gezetere beim Abschiednehmen von der Mama. Schon am zweiten Tag verlief dasselbe Prozedere weniger dramatisch ab. Eine Woche später wollte sie beinahe nicht mehr mit nach Hause kommen, so spannend waren die zahlreichen Spielkameraden und die netten Kindergärtnerinnen. Luisa fühlte sich in der neuen Umgebung offensichtlich sehr wohl. Allmählich wurde der Besuch des Kindergartens zur Routine. Luisa war glücklich. Vormittags mit ihren Freunden und nachmittags mit Mama und Papa.

Bis zu dem Tag, an dem Mariana wie jeden Tag Luisa aus dem *Les petits soleils* abholte, und kaum zurück an Bord nach Marcel rief.

Marcel sah sofort, was los war. Luisas rechte Wange war deutlich sichtbar angeschwollen. Der Schlag, den sie offensichtlich verpasst bekommen hatte, musste ziemlich heftig gewesen sein. Mitleidsvoll nahm Marcel sie auf den Arm und gab ihr vorsichtig einen Kuss auf den Bluterguss.

»So, jetzt heilt es gleich viel schneller«, versprach er. »Wie ist das denn passiert?«, fragte er Luisa direkt.

»Bruno wollte das Feuerwehrauto, mit dem ich gespielt habe«, antwortete sie tapfer, ohne nachträglich eine Träne zu vergießen. »Als ich ihm gesagt habe, dass ich damit spiele und es ihm später gebe, wollte er es mir wegnehmen. Aber ich hab es ganz doll festgehalten. Da hat er dann ein Bauklötzchen nach mir geworfen und mich hier getroffen.« Sie zeigte sie mit dem Finger auf die Stelle. »Das hat ganz doll wehgetan. Als ich angefangen habe zu weinen, hat Bruno sich bei mir entschuldigt. Kannst du bitte noch mal Aua wegmachen, Papa?«, bat sie ihn mit großen Kulleraugen.

»Ja klar.« Sanft gab er ihr ein weiteres Küsschen. »Na, schon besser?«

»Viel besser«, lächelte Luisa ihn an.

Das Ganze sah also schlimmer aus, als es war. Allerdings nicht für Mariana. Sie bat Giovanni, Luisa in ihre Kabine zu bringen. Dann ließ sie ihren Emotionen freien Lauf.

»Das wird diesem Bengel noch leidtun«, rief sie aufgeregt.

Marcel umarmte sie.

»Mariana, der Bengel ist ein dreieinhalbjähriges Kind und er hat sich bei Luisa entschuldigt«, versuchte er, sie zu beschwichtigen.

»Na und?«, zischte sie.

»Zwischen Kindern passiert so etwas nun mal. Wir haben sie doch in den Kindergarten geschickt, damit sie lernt, auch mit so etwas umzugehen, und ihre eigenen Erfahrungen macht.«

»Aber nicht, damit man mir mein Kind beschädigt zurückgibt.«

Marcel verkniff sich ein Grinsen über diese Formulierung.

»Natürlich nicht. Sie ist ja Gott sei Dank nicht schlimmer verletzt. In ein paar Tagen ist der blaue Fleck weg, und alles ist wieder in Ordnung. Aus solchen Situationen lernt sie den Umgang mit anderen. Auch mit denen, die mal nicht so nett sind«, erklärte er.

»Aber nicht auf diese brutale Weise. Und wenn er auf unser Mädchen eingeprügelt hätte? Was würdest du dann sagen?«

»So weit wäre es schon nicht gekommen. Das hätte der Leibwächter verhindert«, konterte er.

Wenn seine Mutter so ein Theater gemacht hätte, als er das erste Mal mit einem blauen Auge zu Hause aufgekreuzt war, dachte er, ohne es laut auszusprechen, um kein Öl ins Feuer zu gießen.

In diesem Augenblick rastete Mariana das erste Mal, seit er sie kannte, aus.

»Der war zu der Zeit auf dem Klo«, schrie sie.

»Giovanni, lassen Sie sofort Roberto bei mir antreten«, brüllte sie in ihre Armbanduhr.

Kaum zwei Minuten später stand der Sicherheitschef mit gesenktem Kopf vor ihnen.

»Ein unverzeihlicher Fehler, Signora Dariovesa, unverzeihlich. Ich habe den Mann bereits entlassen. Die Verantwortung liegt dennoch ganz bei mir.«

»Nun übertreiben Sie nicht, Roberto. Schließlich muss der Mann auch mal pinkeln. Aus Gründen, die Sie kennen, konnte er keinen Kollegen für die Zeit herbeirufen. Wir können ja nicht den kompletten Kindergarten infiltrieren. Es war eine Verkettung unglücklicher Umstände. Wir sollten daraus lernen, aber eine Entlassung halte ich für ziemlich übertrieben«, meinte Marcel ganz offen.

»Ich will den Mann nicht mehr sehen. Er kann froh sein, dass er mit einem Rausschmiss davonkommt«, echauffierte sich Mariana von Neuem. »Sollte Luisa ein weiteres Mal etwas Ähnliches zustoßen, werden auch Sie die Konsequenzen zu spüren bekommen, Roberto«, funkelte sie ihn böse an.

»Es wird nicht mehr vorkommen. Signora, Signore.«

Mit einer kurzen Verbeugung zog sich der Sicherheitschef zurück.

Für einen Moment herrschte eine unheimliche Stille zwischen Mariana und Marcel.

»Es tut mir leid, Marcel.« Sie umarmte ihn. »Du und Luisa, ihr seid nun einmal das Wichtigste, das Liebste, was ich auf der Welt habe. Wenn Euch etwas passieren sollte, würde ich verrückt werden.«

»Wirf den Mann nicht raus. Ich denke, nach diesem Vorfall wird er besonders gut auf unser Mädchen aufpassen.«

»Nein«, entgegnete sie hart. »Der Rauswurf wird den anderen eine Warnung sein.«

Dann gab sie ihm einen Kuss, der ihm das erste Mal nicht so recht schmecken wollte.

KAPITEL 57

Wenige Tage später lief ihm Roberto zufällig bei einer seiner Inspektionsrunden über den Weg.

»Ich glaube, meine Frau hat es nicht so ernst gemeint«, wandte er ein paar freundliche Worte an ihn.

»Danke, Signor Grünwald. Seien sie versichert, sie hat es so gemeint. Ich kenne sie schon sehr viel länger. Aber machen Sie sich um mich keine Sorgen, so einfach kann mich die Signora nicht hinauswerfen. Einen schönen Tag noch.«

Mit einem hintergründigen Lächeln ließ er ihn stehen, um seinen Rundgang fortzusetzen.

Am darauffolgenden Tag versuchte er, Mariana noch einmal umzustimmen. Doch sie blieb ungewohnt stur. Natürlich verstand er ihre Sorge um Luisa, aber das war eine neue Seite an ihr. Nun gut, was hatte er denn geglaubt, dass sie ein reiner Unschuldsengel war? Niemand war perfekt, selbst wenn er bisher von Mariana diesen Eindruck gehabt hatte. Selbstverständlich hatte auch er die eine und andere Marotte. Normale Menschen hatten nun mal Ecken und Kanten. Bei ihm hatte Mariana die negativen ohne Aufhebens unter Charakter, die positiven unter Charme eingeordnet und ihn so akzeptiert, wie er war, hatte ihn vielleicht gerade deswegen so lieb. Sie hatte ihm nie eine Veranlassung gegeben, sie auf ein Podest zustellen, wie die Venus von Milo. So schön, so perfekt. Mariana war auch nur ein Mensch, und als Mensch durfte sie Fehler haben. Was hatte sie denn Schlimmes getan? Sie hatte sich ein einziges Mal furchtbar aufgeregt, weil sie einen Mordsschreck bekommen hatte, als sie die Schwellung auf Luisas Wange entdeckt hatte. Sie war eine Geschäftsfrau, die sich schon mal genötigt sah, hart durchzugreifen, um sich den Respekt ihrer Mitarbeiter zu erhalten. Als Schriftsteller musste er sich ja nicht mit solchen Problemen herumschlagen. Er saß bei Sonnenschein auf der Terrasse, dachte sich hübsche Geschichten aus, um sie dann in sein Notebook einzutippen. Das war um einiges bequemer, als ein riesiges Vermögen zu verwalten. Außerdem hatte sich Mariana, auch wenn sie wegen des Leibwächters hart blieb, bei ihm entschuldigt, so wie der kleine Bruno bei Luisa. Also verzieh er ihr genauso wie Luisa ihrem Kindergartenfreund.

Etwas Wundsalbe und unzählige Küsschen von Mama und Papa hatten nicht nur Luisa die Sache bald vergessen lassen. Selbst Mariana war wieder ganz die souveräne Frau, wie er sie bisher kannte. Auf dem nächsten Kindergeburtstag, den sie aus Anonymitätsgründen in einem Café ausrichteten, entpuppte sich der böse Bruno als lieber Kerl. Die Welt der *kleinen Sonnen* war also wieder in bester Ordnung.

Und so blieb es auch die folgenden Jahre. Unter der Obhut von Mama und Papa, Jacqueline, Paul und Giovanni sowie einer Unzahl von Bodyguards wuchs Luisa, so wie Paul es vorausgesagt hatte, zu einem prächtigen Mädchen heran.

Da die Kindergartenzeit, bis auf den Zwischenfall mit Bruno, für Luisa eine tolle Erfahrung gewesen war, hatten er und Mariana nicht vor, die Kleine von Privatlehrern unterrichten zu lassen oder sie gar in ein Eliteinternat zu stecken. So begann die Suche nach einer geeigneten Schule. Diesmal sollte es eine deutsche sein. Im Umland der Bankenmetropole Frankfurt am Main gab es reichlich international ausgerichtete Lehranstalten, einige nicht allzu weit von Kronberg entfernt. Grundsätzlich wollten sie genauso vorgehen wie beim Kindergarten. Unter dem Namen Luisa Grünwald würde sie ihre Schullaufbahn beginnen. Verzwickt war wieder mal die Frage des Personenschutzes. So wie Mariana und Marcel sollte auch Luisa nichts von der Anwesenheit ihrer Leibwächter mitbekommen. Einen davon als Lehrer in eine Grundschule einzuschleusen, würde diesmal nicht viel nutzen, schließlich wurde Luisa in mehreren Fächern unterrichtet. Mariana musste sich also mit dem Gedanken anfreunden, dass ihr kleines Mädchen ganz alleine, ohne einen Aufpasser, mit etwa zwanzig anderen Kindern zusammen in einem Klassenzimmer wäre. Jeden Tag, fünf Tage in der Woche. Die Leibwächter konnten zwar an den Ein- und Ausgängen und rund um das Schulgelände patrouillieren, doch was nutzte das, wenn ein Mitschüler auf Luisa losging? Bei diesem Szenario sträubten sich Mariana die Nackenhaare. Normal aufwachsen, gut und schön, aber ohne Risiko.

Nachdem sie alles ausdiskutiert hatten, beauftragten sie erneut eine Spezialagentur. Tage später erhielten sie eine Empfehlung für eine renommierte Schule, die ihren hohen Anforderungen gerecht wurde.

Jacqueline und Paul wurden extra zum ersten Schultag eingeflogen, was ein wenig Erstaunen bei den beiden auslöste, da in Frankreich die Einschulung keinen so feierlichen Anlass darstellte wie in Deutschland. Stolz präsentierte Luisa ihre riesige Schultüte.

»Mein Gott«, dachte Marcel. »Jetzt ist unsere Kleine schon sechs Jahre alt. Wie doch die Zeit vergangen ist.«

Mit einem Brüderchen oder einem Schwesterchen hatte es leider nicht geklappt, obwohl sie sich beide redlich Mühe gegeben hatten. Aber wichtiger war, dass ihr Sonnenschein gesund und munter aufwuchs.

Die Lehrer, der Unterricht, die Klassenkameraden, Luisa gefiel die Schule. Sie machte ihr richtig Spaß. Es war jeden Tag das gleiche Prozedere wie beim Kindergarten. Mariana oder gelegentlich auch er fuhren Luisa gemeinsam mit einem Leibwächter in einem gewöhnlichen Auto zur Schule. Anschließend wurde sie genauso wieder nach Hause gebracht. Während des Unterrichts wurde die Schule unauffällig von einem Trupp Sicherheitsleute überwacht, um jede Bedrohung von außen zu verhindern. Amokläufer waren mittlerweile ja keine Einzelphänomene mehr. Vom Sicherheitschef Roberto hatte Luisa eine lustige Mickey-Mouse-Armbanduhr zur Einschulung geschenkt bekommen. Geduldig hatte er ihr erklärt, dass sie unbedingt auf die Krone drücken müsse, wenn ihr irgendetwas Angst machen sollte. Er übte es solange mit ihr, bis er davon überzeugt war, dass sie es verinnerlicht hatte. Das beruhigte Mariana. Vorsichtshalber ließ sie an einem Samstag die maximale Zugriffszeit von den außerhalb patrouillierenden Sicherheitsleuten auf die Räume, in denen Luisa Unterrichtsstunden hatte, feststellen, um einen raschen Ablauf zu trainieren.

Marcel hielt das für mächtig übertrieben. Weder Lehrer noch Mitschüler kannten Luisas wahre Identität, und Mariana hatte ihr eingeschärft, keinem von ihrem Reichtum und ihrer Adresse zu erzählen. Luisa verstand zwar nicht warum, aber versprach artig zu gehorchen. Marcel schwieg. Sobald der Schulbesuch zur Routine geworden wäre, würde sich hoffentlich alles rasch normalisieren.

Die ersten zwei Jahre verliefen reibungslos. Bis zu dem schicksalhaften Tag, an dem Mariana in New York an einer UNESCO-Konferenz teilnahm und Marcel Luisa zur Schule gebracht hatte.

Er saß im Wintergarten mit dem beeindruckenden Panoramablick auf die Skyline von Frankfurt, als sein Handy klingelte.

»Signor Grünwald, hier ist Roberto. Es ist etwas Furchtbares geschehen.«

KAPITEL 58

Marcel bat Giovanni, ihn ins Krankenhaus zu begleiten. Kaum eine halbe Stunde später betrat er die Unfallstation der Frankfurter Klinik, die nur ein paar Kilometer von der Schule entfernt lag.

Noch bevor er ein Wort sagen konnte, kam eine sympathisch aussehende Ärztin auf ihn zu.

»Es ist nichts Lebensbedrohliches. Der Arm ist angebrochen und sie hat kleinere Schürfwunden, sonst ist ihr zum Glück nichts passiert. In wenigen Wochen ist alles verheilt. Es ist vielmehr der Schrecken, der Ihrer Tochter in den Gliedern steckt. Verständlicherweise hat sie einen ziemlichen Schock erlitten.

»Gott sei Dank«, erwiderte er erleichtert. »Kann ich zu ihr?«

»Natürlich. Ich habe ihr eine Spritze mit einem Beruhigungsmittel gegeben. Sie schläft im Augenblick. Aber Sie können selbstverständlich zu ihr. Ich begleite Sie, falls Sie noch Fragen haben.«

»Vielen Dank.«

Er versuchte ein Lächeln, doch es wollte ihm nicht so recht gelingen. Ohne weitere Worte folgten er und Giovanni der Ärztin in den Trakt für Privatpatienten.

Das Zimmer seiner Tochter war leicht auszumachen. Zwei Leibwächter standen vor der Tür. Sobald sie ihn erkannten, begrüßten sie ihn mit einem ausdruckslosen Kopfnicken. Als er gemeinsam mit der Ärztin eintrat, sah er den Sicherheitschef persönlich neben dem Bett von Luisa sitzen. Sofort erhob er sich, um auf Marcel zuzugehen.

»Bitte später, Roberto. Ich möchte erst zu meiner Tochter.«

Schweigend zog sich Roberto in die Sitzecke des geräumigen Zimmers zurück.

Marcel beugte sich über das Bett. Zärtlich streichelte er den Kopf seiner friedlich schlafenden Tochter. Der linke Arm lag eingegipst auf der Bettdecke.

»Wir sollten sie schlafen lassen, das ist die beste Therapie im Augenblick«, bemerkte die Ärztin leise. »Sie können gerne bei ihr bleiben. Falls Sie mich brauchen, drücken Sie bitte nur den Rufknopf neben dem Bett.«

Marcel brachte wieder ein Lächeln zustande.

»Danke.«

Kaum dass die Ärztin den Raum verlassen hatte, erhob sich Roberto aus dem Sessel.

Marcel eilte auf ihn zu.

»Haben Sie meine Frau benachrichtigt?«, flüsterte er.

»Ja, Signore. Gleich nach dem Unfall«, antwortete er ebenso leise. »Sie ist bereits auf dem Weg hierher.«

»Oh Gott«, entfuhr es Marcel. »Bleiben Sie hier, ich werde draußen mit ihr telefonieren.«

Mit raschen Schritten ging Marcel auf die Besucherterrasse und drückte die Kurzwahltaste für die Verbindung mit Mariana.

»Ich war soeben bei ihr. Es geht ihr gut. Sie schläft«, kam er ihren Fragen zuvor. »Wo bist du gerade?«, fuhr er fort, bevor sie zu Wort kommen konnte.

»Kurz vor dem JFK Privatjetterminal«, antwortete sie aufgeregt. »In sechs Stunden bin ich bei euch.«

»Beruhige Dich, Liebling. Es geht ihr gut. Ich habe mit der Ärztin gesprochen. Der linke Arm ist Gott sei Dank nur etwas angeknackst und bereits perfekt eingegipst. In ein paar Wochen ist Luisa wieder ganz die Alte. Sie hat natürlich einen Schock. Die Ärztin hat ihr ein Beruhigungsmittel gegeben, und sie schläft im Augenblick tief und fest. Giovanni ist jetzt bei ihr. Falls Deine Konferenz also wichtig ist, reicht es, wenn du sobald wie möglich zurückkommst. Ich lasse unsere Kleine in der Zwischenzeit keine Sekunde aus den Augen.«

»Das hättest du mal vorher tun sollen«, reagierte Mariana gereizt.

»Wie bitte? Was soll das denn heißen?«

Auf der Gegenseite blieb es für einen Augenblick still.

»Tut mir leid. Ich bin ziemlich durcheinander. Und was die Konferenz betrifft, nichts ist so wichtig wie unsere Tochter.«

»Okay. Ich schicke den Chauffeur zum Flughafen, damit er dich sofort in die Klinik fahren kann.«

»Ist alles schon arrangiert. Das Hospital hat einen zweiten Heliport, denn ich ausnahmsweise benutzen darf.«

»Mariana, übertreib es bitte nicht. Solche Landeplätze sind für Lebensrettungshubschrauber reserviert, für Notfälle, nicht für Patientenbesuche.«

»Wir sehen uns in ein paar Stunden. Richte Roberto aus, dass ich ihn sprechen will, und weiche unserer Tochter nicht von der Seite, bis ich da bin, hörst du?«

Ohne ein weiteres Wort legte sie auf.

Das erste Mal, seit sie zusammen waren, fühlte er sich wie ein geprügelter Hund.

KAPITEL 59

Am späten Abend traf Mariana ein. In Begleitung ihrer Leibwächter und des Chefarztes eilte sie durch die Klinik. Als sie Luisas Zimmer erreichten, hörten sie von drinnen Lachen. Der Chefarzt öffnete ihr die Tür. Als sie eintrat, sah sie Marcel auf Luisas Bett sitzen. Beide schienen sich prächtig zu amüsieren. Sie waren so miteinander beschäftigt, dass sie ihr Eintreten überhaupt nicht bemerkt hatten. Abrupt blieb sie stehen, um die beiden für einen Moment zu beobachten. Marcel malte mit einem Stift irgendetwas auf Luisas Gips. Dann nahm sie ihm den Stift mit dem gesunden Arm aus der Hand, um ebenfalls etwas darauf zu kritzeln. Plötzlich richtete sie den Blick auf die Tür.

»Mama«, rief sie freudestrahlend.

Marcel drehte den Kopf zur Tür. Mariana reagierte für einen Moment nicht.

»Ihr scheint euch ja prächtig zu amüsieren, während ich vor Sorge fast sterbe«, rief sie aus.

Marcel konnte nicht heraushören, ob sie es ernst oder scherzhaft meinte.

Mariana blickte sie wie durch einen Schleier an. Marcel hatte keine Ahnung, was in diesem Augenblick in ihr vorging. Langsam erhob er sich, um auf sie zuzugehen. Genau in diesem Moment erwachte sie zum Leben, schoss auf die beiden zu, umarmte mit dem rechten Arm Marcel, der durch den Schwung zurück auf die Bettkante plumpste, schlang den linken Arm um Luisa und drückte sie so fest an sich, wie sie nur konnte. Plötzlich rannen dicke Tränen aus ihren Augen.

»Ihr seid das Liebste, das Wertvollste, was ich auf der Welt habe. Ich habe euch so lieb«, schluchzte sie, während sie abwechselnd ihre Gesichter mit Küssen bedeckte.

»Mama, mein Gipsarm!«, rief Luisa ängstlich.

Sofort ließ sie beide los.

»Entschuldige, mein Schatz«.

Marcel nutzte die Gelegenheit, um ein Taschentuch aus der Hosentasche herauszuziehen.

»Wir haben dich doch genauso lieb«, sagte er zärtlich und begann, ihr Gesicht abzutupfen.

Dankbar lächelte sie ihn an.

»Was macht ihr denn da?«, fragte sie neugierig nach einem ersten Blick auf den Gipsarm.

»Papa hat mir ein neues Spiel beigebracht: Tic-Tac-Toe. Und das spielen wir auf meinem Gips. Er ist schon ganz vollgemalt. Es ist kinderleicht, aber ich glaube, Papa schummelt und lässt mich immer gewinnen.«

Sie hielt ihrer Mutter den vollgekrakelten Gipsarm hin.

Marcel sah Mariana schmunzelnd an, worauf sie ihm einen weiteren Kuss direkt auf den Mund gab. Das war die Mariana, die er kannte.

»Ich bin übrigens mit dem Chauffeur in die Klinik gefahren«, bemerkte sie.

Daraufhin revanchierte er sich mit einem zärtlichen Kuss. Die Welt war wieder in Ordnung. Gott sei Dank.

Der Chefarzt und Giovanni hatten sich diskret in die Sitzecke zurückgezogen, in der auch Roberto mit unbeweglicher Miene saß. Als Marianas Blick die Sitzgruppe streifte, stand sie auf und ging mit zügigen Schritten hinüber. Gleichzeitig erhoben sich die drei. Mit eisernem Blick fixierte sie Roberto.

»Sie können gehen. Sie sind gefeuert, fristlos!«, zischte sie ihm in einer Lautstärke zu, dass Luisa und Marcel es nicht hören konnten.

»Wie Sie meinen«, reagierte er erstaunlich gefasst. »Wobei ich kaum glaube, dass das Ihr letztes Wort sein dürfte.«

»Worauf Sie Gift nehmen können«, bestätigte sie bissig.

»Was Ihnen wohl sehr passen würde«, erwiderte er selbstbewusst. »Aber damit warten wir besser, Signora Dariovesa.«

Kurz bevor er den Raum verließ, blickte er sich noch einmal zum Krankenbett um.

»Auf Wiedersehen, Luisa, und gute Besserung«, verabschiedete er sich von dem Mädchen.

»Signore«, nickte er Marcel freundlich zu. Dann schloss er leise die Tür hinter sich.

»Wann kann ich Luisa mit nach Hause nehmen?«, wandte sich Mariana dem Chefarzt zu.

»Je eher, desto besser«, rutschte es ihm raus.

Die beiden Leibwächter vor der Tür hatten bereits die Runde im Krankenhaus gemacht und für Unruhe gesorgt.

»Ich meine, medizinisch haben wir sie optimal versorgt und in der vertrauten Atmosphäre zu Hause wird Luisa den Schock am schnellsten überwinden. Allerdings, wenn Sie darauf bestehen, behalten wir sie gerne noch in unserer Obhut«, betonte er ein wenig verlegen.

»Danke. Dann kann ich sie also gleich mitnehmen?«

»Ich werde die Entlassungspapiere sofort vorbereiten lassen.«

»Giovanni, Sie nehmen sich bitte der Formalitäten an.«

»Selbstverständlich, Signora«, bestätigte er und begleitete den Chefarzt hinaus.

Mariana ging zurück ans Krankenbett.

»So. Und wir drei Hübschen machen uns jetzt auf den Heimweg. Der Doktor hat mir versichert, dass du zu Hause am schnellsten gesund wirst. Also hopp, aufstehen. Ich helfe dir beim Anziehen. Zu Hause spiele *ich* dann Tic-Tac-Toe mit dir, und da hast du keine Chance«, lachte sie fröhlich.

Kaum dass Luisa angezogen war, kam Giovanni zurück.

»Geh bitte schon mal mit Giovanni zum Wagen, Liebling. Mama und ich kommen sofort nach.«

Sobald die beiden außer Hörweite waren, fasste er Mariana an die Hand und hielt sie für einen Moment fest.

»Was ist mit Roberto?«, kam er ohne Umschweife zur Sache.

Obwohl Mariana sich Mühe gegeben hatte, leise zu sprechen, hatte er die Situation mit halbem Ohr mitbekommen.

»Ich habe ihn fristlos gefeuert«, entgegnete sie kurz angebunden.

»Du weißt, dass es ihre Schuld war. Sie hat ihr Smartphone mitten auf der Strasse verloren und ist zurückgerannt, um es zu holen. Dabei hat sie den Leibwächter umgestoßen, der es für sie aufheben wollte. Genau in dem Augenblick sind beide von dem Auto erfasst worden. Die Jungs haben also ihren Job gemacht. Zum Glück war es nur eine dreißiger Zone vor der Schule, und das meiste hat der Leibwächter abgekriegt. Er liegt übrigens mit einem Schlüsselbeinbruch hier in der Klinik.

»Sie hätten trotzdem besser aufpassen müssen. Meinem Mädchen und dir darf nichts passieren. Nichts, verstehst du? Nicht ein Kratzer. Wir zahlen nicht Millionen für Sicherheitspersonal, damit der Zufall oder unglückliche Umstände einen von uns umbringen.«

»Du weißt, dass es keine absolute Sicherheit geben kann. Die Leute sind keine himmlischen Schutzengel, Mariana. Sie sind Fachleute, aber Menschen aus Fleisch und Blut, die ihr Bestes tun.«

»Dann ist das nicht gut genug«, erwiderte sie unbeirrbar.

»Komm wieder runter, Schatz. Das letzte Mal hat Luisa ein Bauklötzchen im Kindergarten abbekommen. Ansonsten haben sie uns und Luisa perfekt beschützt.«

»Leibwächter dürfen keine Fehler machen, genauso wenig wie Ärzte. Ihre Fehler können nämlich tödlich sein«, beharrte sie auf ihrem Standpunkt.

Marcel musste einsehen, dass er nicht weiterkam. Bei dem Thema schaltete sie einfach auf stur.

»Denk noch einmal darüber nach, bevor du Roberto rausschmeißt. Er gehört doch praktisch zur Familie.«

»Jetzt nicht mehr.«

Plötzlich gab sie ihm einen Kuss, nahm ihn an die Hand und zog ihn lachend mit sich.

»Los komm, Luisa und Giovanni warten im Wagen auf uns. Lass uns endlich nach Hause fahren.«

KAPITEL 60

Zur vollständigen Genesung von Luisa flogen sie nach Antibes auf die Yacht. Mariana ließ genügend Lehrer engagieren, damit Luisa den Anschluss in der Schule nicht verpasste. Marcel verzog sich zum Schreiben auf sein Lieblingsplätzchen auf einem der Oberdecks. Mariana gönnte sich nach all der Aufregung eine Pause auf dem Sonnendeck.

»Sie glauben doch nicht wirklich, dass Sie damit durchkommen?« Erschrocken schlug sie die Augen auf. Roberto saß auf einem Hocker neben ihr.

»Wie kommen Sie hierher?«, giftete sie in an. »Hatte ich mich nicht deutlich genug ausgedrückt? Sie sind gefeuert. Schon vergessen? Sie haben hier nichts mehr zu suchen.«

»Nun mal nicht so hastig mit den jungen Pferdchen, Signora. Ich habe bereits für ihre Eltern gearbeitet, da haben Sie noch in die Windeln geschissen. Sie wissen doch genau, dass Sie mich nicht so einfach rausschmeißen können, schließlich habe ich mir gerade für Sie die Hände besonders schmutzig gemacht.«

Ein selbstgefälliges Grinsen machte sich auf seinem Gesicht breit.

Mariana konterte mit einem arroganten Lächeln.

»Vergessen Sie ihre kläglichen Erpressungsversuche, falls Ihnen so was in den Sinn kommen sollte. Die Anzahl meiner Anwälte dürfte die Ihrer bei Weitem übersteigen. Meine sonstigen Möglichkeiten will ich gar nicht erst erwähnen.«

»Überschätzen Sie sich nicht, Signora. Vielleicht sollte ich Ihr Gedächtnis ein wenig auffrischen. Unser Aufenthalt in Trani.«

Aus Marianas Gesicht wich alle Farbe.

»Ohne mich gäbe es Ihre kleine glückliche Familie doch gar nicht.«

»Wagen Sie es ja nicht, meine …«

Marianas Gesichtsfarbe wechselte von einer Sekunde auf die nächste auf Zornesrot.

Roberto blieb unbeeindruckt.

»Was dann? Wollen Sie jetzt etwa mir drohen? Vergessen Sie's. Ich war immer loyal zu den Dariovesas, aber Sie scheinen ja keinen Wert mehr darauf zu legen. Fast habe ich das Gefühl, Sie haben nur auf diese Gelegenheit gewartet, um mich und Ihr schlechtes Gewissen loszuwerden.«

Sie wurde erneut leichenblass.

»Sie können nichts beweisen. Sie haben nichts gegen mich in der Hand«, entgegnete sie wie ein ungezogenes Kind.

»Wirklich?«, fragte er herablassend.

»Wenn, dann geht es Ihnen an den Kragen. Mir werden sie nichts nachweisen können. Gar nichts. Meine Anwälte werden Sie wegen übler Nachrede fertigmachen«, zischte sie ihn an.

»Und wen wollen Sie überhaupt mit meinem Job betrauen? Keiner kennt Sie und ihren Besitz so gut wie ich. Seien Sie vernünftig, ohne mich kommen Sie sowieso nicht aus.«

»Denken Sie? Mario …«

»Er war in Trani dabei«, fiel er ihr ins Wort. »Wenn ich gehe, geht Mario mit mir.«

»Ach ja? Er hat bereits Ihre Nachfolge angetreten. Er weiß gar nichts von Trani. Sie sind draußen, Roberto. Hauen Sie ab. Ich will sie hier nie wieder sehen. Ich hoffe, ich muss Sie nicht von Ihren Ex-Mitarbeitern von Bord werfen lassen. Sie kennen ja den Weg.«

Demonstrativ hielt sie ihre Armbanduhr vor den Mund.

»Ja ich kenne den Weg, aber glauben Sie mir, das letzte Wort ist noch nicht gesprochen, Signora. Sie können Geld haben, so viel Sie wollen, auch ich habe, ebenso wie Sie, andere Möglichkeiten.«

Er erhob sich vom Hocker und ging zielstrebig davon. Dann drehte er sich plötzlich um.

»Ihre Selbstgefälligkeit hat mich übrigens schon immer angewidert«, rief er zu ihr hinüber, bevor er aufs perfekt polierte Teakholzdeck spuckte.

Aus Marianas Gesicht wich die Selbstsicherheit. Ihre Stimme zitterte leicht, als sie in die diamantenbesetzte Armbanduhr sprach: »Giovanni, würden Sie bitte ein Putzteam aufs Sonnendeck schicken und das Teakholzdeck polieren lassen? Ja, sofort.«

KAPITEL 61

Beim Abendessen bemerkte Marcel, dass Mariana irgendetwas beschäftigte. Normalerweise ließ sie ihre geschäftlichen Angelegenheiten im Büro. Er hatte diese Fähigkeit seiner Frau, Job und Familie so strikt trennen zu können, immer bewundert. Aber heute Abend schien ihr das ausnahmsweise einmal nicht zu gelingen. Es musste etwas Außergewöhnliches vorgefallen sein. Nur im Beisein von Luisa wollte er sie nicht danach fragen.

Nachdem sie Luisa ins Bett gebracht hatte, sprach er sie darauf an.

»Das Wetter. Ich glaube, ich bekomme eine Migräne«, wich sie ihm aus. »Sei nicht böse, Liebling, aber ich möchte gleich schlafen gehen. Komm später nach, wenn du müde bist.«

Sie gab ihm einen innigen Kuss, dann hob sie die Armbanduhr etwas an.

»Giovanni, würden Sie mir bitte eine starke Kopfwehtablette und ein Glas Wasser auf die Kabine bringen?«

Danach verschwand sie.

Er hatte ebenfalls nicht vor, lange aufzubleiben. Nach einem kurzen Spaziergang am Hafen, um die nötige Bettschwere zu bekommen, wollte er Mariana folgen.

Wie gewohnt, verließ er die Yacht über die Gangway, ohne auf die Leibwächter zu achten, die ihm unauffällig folgten. Gemütlich schlenderte er an den anderen Megayachten vorbei, die wie ausgestorben die ihre flankierten. Am Ende des Kais bog er in eine Gasse der Hafenpromenade ab, in die sich nur selten ein Tourist verirrte. Hier war es wesentlich ruhiger. Die Einheimischen saßen vor den Bars, schwatzten und tranken. Er überlegte, ob er sich auch einen Schlummertrunk gönnen sollte, als jemand seinen Namen rief.

»Signor Grünwald.«

Rasch drehte er sich in die Richtung, aus der die Stimme kam. In der Bar gegenüber winkte ihn ein Mann zu sich. Langsam ging er auf die Bar zu. Selbst im schummerigen Licht der Außenbeleuchtung erkannte er ihn sofort: Roberto.

»Kommen Sie, Signore. Setzen Sie sich zu mir«, forderte er ihn freundlich auf. »Ich gebe Ihnen einen Pastis aus oder was immer Sie mögen.«

»Guten Abend, Roberto«

»Setzen Sie sich«, wiederholte er und gestikulierte mit der linken Hand in Richtung des freien Platzes neben ihm.

Marcel hatte den Eindruck, dass das Glas vor ihm nicht sein erstes war. Roberto wirkte auf ihn locker, jedoch keineswegs betrunken. Also setzte er sich zu ihm. Außerdem war das eine unerwartete, aber willkommene Gelegenheit, sich bei ihm für den selbstlosen Einsatz von Luisas Bodyguard zu bedanken.

»Wenn Sie erlauben, würde ich gerne Ihnen einen Drink ausgeben. Ich möchte Ihnen und vor allem Ihrem Mitarbeiter für die Rettung meiner Tochter danken.«

Roberto starrte ihn verdutzt an.

»Sie sind ganz anders als Ihre Frau«, sagte er plötzlich viel leiser.

Ohne darauf einzugehen, drehte Marcel sich Richtung Tresen, um den Mann dahinter auf sich aufmerksam zu machen.

»Was möchten Sie trinken?«

»Einen schönen großen uralten Cognac.«

Wie auf Stichwort erschien in dem Augenblick der Kellner.

»Sie haben den Mann gehört, einen dreifachen bitte«, sagte Marcel mit einem Lächeln. »Und mir bringen sie dasselbe, aber einen einfachen.«

Als die Getränke vor ihnen standen, prostete Marcel Roberto zu.

»Darauf, dass Luisa mit einem blauen Auge davongekommen ist. Ich will mir gar nicht vorstellen, was ohne den mutigen Einsatz Ihres Mitarbeiters hätte passieren können. Santé, Roberto.«

Roberto schaute ihn verwundert an, bevor er einen ordentlichen Schluck von dem Cognac nahm.

»Sie sind so ganz anders als Ihre Frau«, wiederholte er seinen Satz von vorhin. »Ein feiner Kerl.«

»Nun übertreiben Sie aber«, erwiderte Marcel ein wenig verlegen. »Meine Frau war halt mächtig aufgeregt. Das müssen Sie einer fürsorglichen Mutter nachsehen. Sie hat die Sache längst vergessen.«

Roberto nahm einen weiteren Schluck. Nachdenklich sah er Marcel eine Weile an.

»Sie haben keine Ahnung, oder?«

Jetzt war es Marcel, der ihn nachdenklich ansah.

»Sie denken, alles wäre wieder in der gewohnten besten Ordnung.«

»Wovon reden Sie? Sie hat das mit dem Rauswurf doch nicht ernst gemeint. Sie sind, wie Giovanni, der Chauffeur und so viele andere quasi ein Mitglied der Familie.«

»Sie haben keine Ahnung, wie Ihre Frau wirklich ist, nicht wahr?

»Reden Sie Klartext, Roberto. Was meinen Sie?«

Roberto setzte sein Glas an die Lippen. Als er merkte, dass es leer war, winkte er den Mann hinter dem Tresen zu sich.

»Noch mal dasselbe, bitte.«

Er deutete mit dem Finger auf die beiden Gläser.

»Für mich nicht. Ich habe genug. Danke«, beeilte sich Marcel zu sagen und bedeckte den Cognacschwenker mit der Hand.

Während sie auf den Nachschub warteten, sprach keiner ein Wort. Kaum dass sein neues Glas serviert worden war, trank Roberto es in einem Zug fast aus. Gerade so, als ob er sich Mut antrinken wollte.

»Sie hat mich rausgeschmissen, Ihre fürsorgliche Mutter. Nach über fünfunddreißig Jahren treuer Dienste für die Familie Dariovesa. Ab sofort gehöre ich nicht mehr dazu. Sang- und klanglos entsorgt. Im Gegensatz zu Ihnen war sie nicht der Überzeugung, dass wir ihr kleines Töchterchen vor Schlimmerem bewahrt haben. Nein, in ihren Augen waren wir nicht gut genug. Haben versagt.« Der zu rasch getrunkene Alkohol entfaltete seine Wirkung. »Niemand hat Ihnen je auch nur ein Haar gekrümmt, weil ich und meine Truppe auf Sie aufgepasst haben.«

Marcel wusste nicht, was er sagen sollte. Bei der Sache im Kindergarten war Mariana hart geblieben und hatte den Bodyguard von Luisa tatsächlich rausgeworfen. Aber Roberto, der ihre Eltern und sie so viele Jahre beschützt hatte? Das hätte er nicht erwartet. Man konnte doch ein Kind nicht in einen eisernen Schutzanzug stecken. Der Leibwächter hatte ihrer Tochter das Leben gerettet. Dafür Roberto rauszuschmeißen wie einen Angestellten, den man beim Diebstahl erwischt hat, das war … Marcel war zutiefst entsetzt.

»Ich werde noch einmal mit ihr reden. Das verspreche ich.«

»Das glaube ich Ihnen gern. Aber es wird nichts nützen. Sie kennen anscheinend die dunkle Seite Ihrer Frau nicht.«

Roberto leerte den Rest des Glases aus.

»Sie sind ein feiner, ehrlicher Kerl, Signor Grünwald, und deswegen werde ich sie nicht länger im Ungewissen lassen, was ich meine. Diese Frau hat so einen anständigen Mann nicht verdient, und es tut mir im Nachhinein unendlich leid, dass ich ihr geholfen habe, Sie einzufangen.«

So langsam bekam Marcel ein flaues Gefühl in der Magengegend. Er war unschlüssig, ob jetzt nicht besser der Zeitpunkt wäre, zur Yacht zurückzukehren.

»Es ist spät geworden. Gehen Sie schlafen, Roberto. Ich werde gleich morgen früh mit meiner Frau sprechen.«

Als er sich erheben wollte, legte Roberto die Hand auf seinen Arm.

»Bleiben Sie bitte noch ein paar Minuten. Lassen sie mich Ihnen beichten, was ich Ihnen im Namen, korrekter, im Auftrag Ihrer jetzigen Frau Ihrer ersten Frau angetan habe.«

Mit vom Alkohol glasigen Augen fixierte er Marcel.

»Sie sind betrunken. Es ist besser, wenn wir das Gespräch beenden, damit Sie nicht Dinge sagen, die Ihnen hinterher leidtun.«

Roberto verstärkte ein wenig den Druck auf Marcels Arm.

»Oh, es tut mir jetzt schon leid. Können Sie sich noch daran erinnern, wann wir uns das erste Mal sahen?«

Am liebsten wäre Marcel aufgestanden, aber die Neugier gewann die Oberhand. Er blieb sitzen.

»Damals in Trani. Sie saßen in der kleinen Eisdiele gegenüber. Ich kann Ihnen sogar noch sagen, was Sie bestellt hatten. Einen Campari Orange. Sie nuckelten am Strohhalm und starrten Ihrer zukünftigen Frau auf die Beine.«

Marcel errötete.

»Nichts für ungut. Die sind ja auch sehenswert«, zwinkerte Roberto ihm zu. »Sie fand Ihre unbeholfene Art, Ihr neugieriges Gesicht, wie Sie versuchten, harmlos auszusehen, als Sie sie von oben bis unten musterten, total süß. Das hat sie tatsächlich so gesagt.«

In der Zwischenzeit hatte der Barmann das leere Glas vor Roberto gegen ein volles ausgetauscht. Er nahm sofort einen ausgiebigen Schluck.

»Sie wollte auf der Stelle wissen, wer Sie waren.«

Sie war es also wirklich gewesen, dachte Marcel, während sein Gegenüber erneut dem Cognac zusprach. Seine Frage, die er immer vor sich hergeschoben hatte, war damit heute Abend beantwortet.

»Erinnern Sie sich vielleicht an den jungen Mann, der Ihnen an dem Kassenhäuschen am Castel del Monte in die Arme gelaufen ist? Das war niemand anderes als Mario, mein damaliger Assistent und jetziger Nachfolger.«

Vor Marcels innerem Auge lief die Szene nach so vielen Jahren noch einmal ab.

»Er hat Ihnen die Brieftasche geklaut. Die einfachste und schnellste Methode, um an Ihre Personalien zu kommen. Beim zweiten Rempler hat er sie Ihnen wieder zurückgesteckt.«

Marcel starrte ihn an. Genau so war es gewesen.

»Hatten Sie es bemerkt?«

»Nein«, gab Marcel, ohne zu zögern, zu.

»Und dann in Bari. Sie hat sich hinterher vor Lachen kaum eingekriegt, als Ihnen die Amarenakirsche vom Eisbecher auf die Hose gekullert ist, nachdem sie ihre Sonnenbrille abgesetzt und Sie direkt angeblickt hatte.«

Marcel wurde erneut ein wenig rot. Selbst nach so langer Zeit war ihm die Szene noch peinlich.

»Zugegeben, war ja auch wirklich urkomisch. Wie die Kirsche von dem Eisbecher schnurstracks auf Ihre ... Und Ihr Gesicht erst. Wie ein ertappter Teenager.«

»Ist ja gut.«

Es war also tatsächlich beide Male Mariana gewesen, der er damals auf die nylonbestrumpften Beine gestarrt hatte. Und sie hatte ihn offensichtlich schon in Trani bemerkt. Aber dass er gleich so einen Eindruck auf sie gemacht hatte, fand er höchst erstaunlich, und jemanden auf ihn anzusetzen, der seine Brieftasche klauen sollte, um herauszufinden, wer er sei, war geradezu grotesk. Selbst im Nachhinein.

Roberto fuhr mit loser Zunge fort: »Sie war vom ersten Augenblick an in Sie verknallt. Ein junger Schriftsteller, ein wenig tapsig, einfach süß, sympathisch, zum Knuddeln«, schien er Mariana von damals zu imitieren.

»Ist ja gut«, wiederholte Marcel.

Er war gespannt, worauf das Ganze hinauslaufen würde, oder hatte Roberto endlich fertig gebeichtet?

Als der dem Barmann erneut zuwinkte, wusste Marcel, dass die Geschichte noch nicht zu Ende war. Nachdem er einen weiteren Schluck genommen hatte, setzte Roberto unerwartet eine ernste Miene auf.

Marcel fragte sich, ob er plötzlich nüchtern geworden sei.

»Wenn ich jetzt meine Beichte ablege, werden Sie mich hinterher hassen, mein Junge. So sicher wie das Amen in der Kirche.«

»Vielleicht ist dann der richtige Zeitpunkt, um ins Bett zu gehen«, schlug Marcel vorsichtig vor. »Sie haben ein halbes Fässchen alten Cognac intus, mein Guter. Schlafen Sie sich besser aus. Wie ich Ihnen versprochen habe, spreche ich gleich morgen früh mit meiner Frau.«

»Ihre Frau«, murmelte Roberto mit schwerer Zunge. »Wenn ich fertig bin, wollen Sie nie wieder mit ihr reden, das verspreche ich Ihnen.«

»Roberto, bei aller Sympathie, ich glaube, Sie haben wirklich genug für heute Abend. Und ich möchte nun ins Bett.«

»Schenken Sie mir nur noch fünf Minuten Ihrer Zeit, damit ich Ihnen die Wahrheit über Ihre Frau erzählen kann. Ihre jetzige«, Roberto machte eine Pause, um einen Schluck zu nehmen, »und Ihre erste Frau«, ergänzte er in verschwörerischem Ton.

Marcel war unschlüssig, ob er das, was Roberto jetzt zu sagen hatte, wirklich hören wollte. Doch die Neugier war stärker.

»Was hat das mit meiner ersten Frau zu tun?«, fragte er argwöhnisch.

»Claudine hieß sie, nicht wahr? Eine sehr hübsche Frau. Sie sind ein Glückspilz, Signore. Sie bekommen immer die besonders hübschen Frauen.«

»Was soll das Roberto? Kommen Sie auf den Punkt oder lassen Sie mich schlafen gehen.«

»Ihnen ist doch bestimmt aufgefallen, wie sehr die Signora hinter Ihnen her war? Das Wiedersehen im Literaturcafé in Berlin musste ich extra so arrangieren, dass wir zu spät kamen, um Ihre Aufmerksamkeit zu erregen. Dann der erste Abend in der Villa. Erinnern Sie sich noch, wie müde Sie nach dem Espresso wurden, obwohl er Sie munter machen sollte? Ich habe ihr das Schlafpulver besorgen müssen, damit Sie die Nacht in der Villa verbringen.«

Roberto grinste ihn anzüglich an.

»Aber es ist nichts passiert.«

»Oh, sie ist schlau, Signore. Die Signora ist sehr schlau. Sie wollte nichts überstürzen. Schließlich hatten Sie einen großen Verlust zu verarbeiten.«

Marcel begann sich immer unwohler zu fühlen. War Mariana tatsächlich so strategisch vorgegangen? War sie so scharf auf ihn gewesen?

»Das ist doch Blödsinn. So etwas hat eine Frau wie Mariana gar nicht nötig.«

»Meinen Sie? Sie haben um Ihre Frau getrauert, und sie war total verschossen in Sie, unsterblich verliebt. Sie hat sogar den Verlag gekauft, um dafür zu sorgen, dass Sie ein erfolgreicher Schriftsteller werden. Nur, um Sie glücklich zu machen.«

Marcel wurde es warm. Er winkte zur Bar nach einem Cognac. Mit einem raschen Zug stürzte er ihn hinunter.

»Das kann nicht wahr sein«, stöhnte er.

»Oh doch, das ist es. Als erfolgreicher Schriftsteller wären Sie ein glücklicher Mann. Nur so würden Sie Ihre Frau vergessen, und die Signora hätte eine Chance, ihre Nachfolgerin zu werden. Und das«, betonte Roberto abfällig, »wollte sie um jeden Preis. Um jeden Preis«, wiederholte er.

»Martin«, stammelte Marcel betroffen. »Hat sie ihn auch gekauft, um mich …?«

»Ihren Verlagsagenten? Nein, der hat damit nichts zu tun.«

»Gott sei Dank«, atmete Marcel erleichtert auf.

Er brauchte einen Moment, um seine Gedanken zu ordnen. Das, was Roberto da erzählte, war ziemlich starker Tobak und kam so unerwartet. Er musste erst mal tief Luft holen.

Was er bisher gehört hatte, dass Mariana seine Brieftasche hatte klauen lassen, um zu erfahren, wer er war, Schlafpulver in den Espresso getan hatte, damit er auf ihrem Schoß einschlief, sogar den Verlag aufgekauft hatte, um für seinen Erfolg zu sorgen, das war ein bisschen viel auf einmal.

Aber wenn man sich unsterblich verliebt hatte und so reich wie Mariana war, dann ließ man vielleicht nichts unversucht. Hatte sie wirklich solche manipulativen Tricks angewandt? Ihm drehte sich der Kopf. War das denn so verwerflich? Schließlich hatte sie ihn glücklich gemacht, sehr glücklich sogar.

Womöglich wollte Roberto als kleine persönliche Rache nur ein wenig Sand ins Getriebe streuen. Aber das würde ihm nicht gelingen. Er war glücklich mit Mariana. Er war verliebt in sie und ihre gemeinsame Tochter. Nichts würde daran etwas ändern können.

Robertos lallende Stimme holte ihn abrupt wieder in die Gegenwart zurück.

»Und wenn ich um jeden Preis sage, dann meine ich auch um jeden Preis.«

Marcel hatte genug. Von dem Gespräch, von Roberto. Vielleicht hatte Mariana doch recht, ihn rauszuschmeißen. Mit jedem seiner letzten Sätze war er ihm unsympathischer geworden. Ein alter frustrierter Mann, der ihn benutzen wollte, um seiner ehemaligen Chefin eins auszuwischen.

»Sagen Sie, Signore, wenn Ihre Frau nicht gestorben wäre, hätten Sie sie dann für Signora Dariovesa verlassen?«, fragte Roberto hinterhältig.

Jetzt ging er entschieden zu weit.

»Lassen Sie meine Frau aus dem Spiel. Wagen Sie es nicht, Claudine in Ihre jämmerlichen Rachegelüste einzubeziehen. Ihr Tod hat nichts damit zu tun«, schrie er ihn an.

Er war überrascht, wie schnell der Zorn in ihm hochstieg, als Roberto auch nur den Namen von Claudine in den Mund nahm.

»Da habe ich ja eine äußerst sensible Stelle erwischt«, stellte Roberto mit Befriedigung fest.

»Hätten Sie Ihre Frau verlassen? Ja oder nein?«, hakte er unverfroren nach.

»Natürlich nicht«, reagierte Marcel automatisch.

Sogleich ärgerte er sich darüber, dass er sich überhaupt zu einer Antwort hatte hinreißen lassen.

»So hat Sie die Signora auch eingeschätzt. Sie verfügt über außergewöhnliche Menschenkenntnis, nicht wahr?«

Er war nahe dran, Roberto eine reinzuhauen.

Roberto schien seine zunehmend sichtbare Verärgerung Ansporn zu sein fortzufahren: »Wenn Ihre Frau nicht gestorben wäre, hätte die Signora wohl kaum eine Chance bei Ihnen gehabt«, stellte er eine Spur zu sachlich fest.

Marcel beschlich ein ungutes Gefühl.

Roberto leerte den Rest seines Cognacs und wischte sich die Lippen mit dem Handrücken ab.

»Eine Frau, die unsterblich in einen Mann verliebt ist, der seine Frau niemals verlassen würde. Eine Frau, die das weiß und die über alle Mittel der Welt verfügt. Wie hat es irgendein Dichter so trefflich formuliert: Im Krieg und in der Liebe sind alle Mittel erlaubt.«

Marcel drehte sich der Kopf. Worauf wollte Roberto mit diesen Anspielungen hinaus?

»Was wollen Sie damit andeuten?«, fragte er ihn direkt, um der Sache endlich ein Ende zu bereiten.

»Na was wohl? Sie sind nicht nur ein feiner Kerl, Sie sind auch ein intelligenter Mann. Zählen Sie einfach eins und eins zusammen.«

Mit aller Willenskraft versuchte Marcel, den Gedanken, der in seinem Hirn aufkeimen wollte, zu unterdrücken.

»Keine schöne Vorstellung, nicht wahr?«

»Werden Sie deutlicher, Mann, oder halten Sie Ihren unverschämten Mund«, schrie Marcel.

Roberto zögerte, als legte er es darauf an, es unbedingt auf die Spitze zu treiben.

Marcel verlor die Geduld.

»Nun spucken Sie's schon aus, bevor Sie dran ersticken«, brüllte er Roberto an und wollte ihn mit den Händen am Kragen packen, um es aus ihm rauszuschütteln.

Doch soweit kam er nicht. Reflexartig ergriff Roberto Marcels linkes Handgelenk und drehte seinen Arm schmerzhaft auf den Rücken.

»So nicht, Signore«, grinste er ihn verächtlich an.

Aber das Grinsen hielt nicht lange an. Vier muskulöse Arme lösten keine Sekunde später seinen Stellgriff und drückten ihn zu Boden. Wie aus dem Nichts hatten die Leibwächter genau zum richtigen Zeitpunkt eingegriffen.

»Wenn Sie auch nur ein weiteres Wort von mir hören wollen, dann pfeifen Sie Ihre Schoßhündchen zurück«, rief er mit schmerzverzerrtem Gesicht.

»Lassen Sie ihn los«, befahl Marcel den beiden. »Aber lassen Sie ihn nicht aus den Augen.«

Mühsam rappelte Roberto sich auf und ordnete seine Kleidung. Mit einer überheblichen Miene versuchte er, die Situation wieder in den Griff zu bekommen.

»Tja, jetzt werde ich wohl Ihre heile Welt zerstören, Signore. Leider muss ich Sie für meine Rache opfern. Was mir eben noch leidgetan hätte, aber nun …«

Mit Blick auf die beiden Leibwächter hob er vorsichtig den Arm, um sich einen weiteren Cognac zu bestellen. Da sich die Bar ziemlich geleert hatte, stand das Glas zügig vor ihm. Schmatzend leerte er es in einem Zug.

»Die Signora hat mich beauftragt, Ihre Frau zu beseitigen, damit sie freie Bahn hatte. Wie ein Unfall musste es aussehen, darauf hat sie ausdrücklich bestanden.«

Marcel war zutiefst schockiert. Ihm war, als ob Roberto ihm gerade eins mit dem Vorschlaghammer über den Schädel gezogen hätte.

»Das sind alles Hirngespinste, um sich für Ihren Rausschmiss zu rächen«, keuchte er, weiß wie eine Wand. »Sie haben keine Beweise.«

»Brauche ich die denn?«, fragte Roberto diabolisch, stand auf und verschwand rasch in der Dunkelheit.

»Sollen wir ihn verfolgen?«, rief einer der Leibwächter.

Marcel winkte ab.

»Nein, lassen Sie ihn gehen. Wir werden ihn nie wiedersehen.«

Benommen fuhr er mit der Hand über die Augen. Was sollte er nun tun? Einfach ignorieren, sagte ihm eine innere Stimme. Ignorieren und so weiterleben, wie bisher. Glücklich und zufrieden mit seiner kleinen Familie. Doch sein Verstand schien sich damit nicht zufriedengeben zu wollen. Zu schwerwiegend waren die Anschuldigungen, die er soeben gehört hatte. Der Zweifel war gesät.

Hatte Roberto die Büchse der Pandora geöffnet?

KAPITEL 62

Seine Schritte lenkten ihn automatisch zurück zur Yacht. Wild schossen ihm Gedanken durch den Kopf.

»Ignorieren ist die einfachste und die beste Lösung«, hämmerte die innere Stimme unentwegt in seinen Verstand. »Lass dir dein wunderbares Leben nicht durch die Verleumdungen eines rachsüchtigen alten Mannes zerstören.«

Nur weil sich die ersten Vorfälle genauso zugetragen hatten, mussten die furchtbaren Anschuldigungen dieses Irren nicht zwangsläufig stimmen. Aber was, wenn sie wahr waren?

Als er die Gangway erreicht hatte, begrüßten ihn die wachhabenden Securityleute mit einem freundlichen Kopfnicken. Sofort traten sie zur Seite, um ihm den Weg zurück an Bord freizugeben. Marcel blieb einen Augenblick stehen.

Bin ich vielleicht wie ein Bär in die Honigfalle getappt und habe mich in diesem goldenen Käfig fangen lassen, fragte er sich plötzlich auf das gewaltige Luxusschiff vor ihm blickend.

Zur Verwunderung der beiden Wächter schüttelte er heftig mit dem Kopf. Nein, nein, nein. Sie hat mich zu keinem Zeitpunkt überreden müssen, meldete sich erneut sein Verstand. Ich bin freiwillig und aus eigenem Antrieb, aus eigenem Verlangen in ihre offenen Arme gelaufen. Sie hat mich nie gezwungen.

Gezwungen nicht, aber verführt. Das jedoch war erlaubt. Er hatte es ja auch bei ihr versucht, mit seinen bescheidenen Mitteln, die ihm zur Verfügung standen. Sie halt mit den ihren.

»Hätte sie überhaupt eine Chance gehabt, wenn Claudine nicht gestorben wäre?« Dieser eine Satz von Roberto hämmerte in seinem Kopf.

Nein, nicht die geringste, antwortete er vehement.

Genau das war der wunde Punkt, der den Zweifeln die Tür zu seinem Verstand öffnete.

Ohne einen Fuß auf die Gangway zu setzen, starrte er weiter regungslos auf die Yacht. Wie sollte, wie konnte er morgen früh Mariana in die

Augen sehen? Sollte er ihr beim Frühstück ganz offen von dem Gespräch mit Roberto erzählen und abwarten, wie sie besonders auf die letzte Anschuldigung reagierte? Unmöglich. Auch wenn sie bisher über alles reden konnten, weil sie sich gegenseitig absolut vertrauten, war das hier etwas anderes. Dass er einem böswilligen Ex-Angestellten überhaupt zugehört hatte, der seine jetzige Frau des Mordes an seiner ersten Frau bezichtigte. Diese Unterstellung war so abwegig, so ungeheuerlich. Und die Frage *»Weißt du, Liebling, was Roberto gestern Abend von dir behauptet hat?«* war selbst als Scherz geschmacklos.

Verdammt! Warum konnte er diese Grübelei nicht abschalten, dieses Gespräch einfach vergessen und ungestört ein glückliches Leben führen?

»Signore, ist alles in Ordnung?«, erkundigte sich einer der beiden Wächter besorgt.

»Nein«, erwiderte er ehrlich. »Nein, ich meine ja. Es ist alles in Ordnung«, log er höflich.

Warum log er eigentlich? Wieso blieb er nicht ehrlicherweise beim Nein und ergänzte: »Aber bedauerlicherweise können Sie mir bei meinem Problem nicht helfen. Danke der Nachfrage.«

Um die beiden Sicherheitsleute nicht weiter zu beunruhigen, ging er die Gangway langsam hinauf.

KAPITEL 63

Leise betrat er die Kabine, kleidete sich aus und legte sich neben Mariana ins Bett. Durch die Bullaugen fiel schummeriges Licht vom Hafen herein. Intensiv betrachtete er ihr Gesicht. Nein. Die Saat, die Roberto in seinem Gehirn ausgesät hat, würde er nicht aufgehen lassen. Er liebte diese Frau von ganzem Herzen, und sie liebte ihn. Davon war er fest überzeugt, und daran würden selbst alle rachsüchtigen alten Männer der Welt nichts ändern.

Er gab Mariana einen zarten Kuss auf den Mund. Wie auf Knopfdruck kuschelte sie sich bei ihm ein und schlief weiter.

KAPITEL 64

Obwohl er nur zwei kleine Cognacs getrunken hatte, fühlte er sich am nächsten Morgen wie verkatert. Er hatte schlecht geschlafen. Kein Wunder. Sein Unterbewusstsein hatte versucht, die Anschuldigungen von Roberto im Traum zu verarbeiten. Während er auf der Strandliege gedöst hatte, war Claudine in ihr nasses Grab hinabgezogen worden und jämmerlich ertrunken. Warum konnte man dem Gehirn nicht befehlen, derartige Gedanken ein für alle Mal zu vergessen?

Nachdem er geduscht hatte, zog sich Marcel an. Mariana war bereits aufgestanden, um nach Luisa zu sehen. Gemeinsam warteten die beiden auf dem Oberdeck mit dem Frühstück auf ihn.

»Guten Morgen, mein Schatz Nummer eins.«

Er beugte sich zu Mariana herunter, um ihr einen Gutenmorgenkuss zu geben.

»Guten Morgen, mein Schatz Nummer zwei«, zwinkerte er Luisa zu und gab ihr ebenfalls einen Kuss.

Mariana wirkte etwas blass im Gesicht. Sie schien nicht so locker zu sein wie sonst beim gemeinsamen Frühstück.

»Wie geht es deiner Migräne?«, fragte er besorgt, nachdem er sich gesetzt hatte.

»Besser, aber der Wetterumschwung scheint mir diesmal stärker zuzusetzen als gewöhnlich.«

Sie schaute ihn an, als ob sie in seinem Gesicht etwas zu suchen schien.

»Hattest du noch einen netten Abend, nachdem ich mich schon so früh zurückgezogen habe?«, erkundigte sie sich nebenbei.

Er spürte förmlich, wie ihre hochsensiblen Antennen für sein Befinden arbeiteten.

»Ich habe einen Spaziergang am Hafen gemacht«, erwiderte er ganz offen.

Er schaute auf seine Uhr.

»So, mein Schatz Nummer eins, ich glaube, für dich ist jetzt Zeit für den Unterricht.«

»Gerade war ich aber noch Schatz Nummer zwei«, korrigierte Luisa ihn mit einem süßen Lächeln.

»Dass ich mir das nie merken kann, wer von euch beiden Schatz Nummer eins und Schatz Nummer zwei ist«, schmunzelte er. »Muss wohl daran liegen, dass ich euch gleich lieb habe.«

Luisa stand auf, gab Mama und Papa einen Kuss, um sich dann auf den Weg ins Klassenzimmer zu machen, in das sie eine der zahllosen Kabinen verwandelt hatten.

Für eine Weile herrschte Schweigen am Frühstückstisch. Jeder von ihnen schien eigenen Gedanken nachzugehen.

Plötzlich hob Mariana den Kopf.

»Hast du noch jemanden getroffen?«

»Was?«, reagierte er überrascht, als ob sie ihn aus seinen Überlegungen gerissen hätte.

»Ich wollte nur wissen, ob du noch jemanden getroffen hast auf deinem Spaziergang im Hafen? Du bist erst spät zurückgekommen. Ich bin zwischendurch wach geworden und hab auf die Nachttischuhr gesehen. Es war schon nach Mitternacht. Nur aus Interesse.«

Er überlegte kurz. Sie hatten sich nie angelogen. Warum sollte er jetzt damit anfangen?

»Roberto ist mir über den Weg gelaufen. Korrekter gesagt, er saß in einer Bar, an der ich vorbeigekommen bin, und hat mich zu einem Drink eingeladen.«

»Und worüber habt ihr gesprochen?«, fragte sie neugierig nach.

»Das kannst du dir ja denken«, antwortete er nur knapp.

Er war gespannt auf ihre Reaktion.

Ihre Augenlider zuckten ein wenig. Sie schien sich mächtig zu bemühen, ihre Nervosität zu verbergen. Es war ungewöhnlich, dass sie so verunsichert wirkte.

Er beschloss, sie nicht auf die Folter zu spannen und fuhr fort: »Das Erste, was er mir mitteilte, war, dass es bei deiner Kündigung geblieben ist.«

»Und was noch?«

»Nun, er war nicht besonders gut auf dich zu sprechen, wie du dir vielleicht denken kannst. Ich muss sagen, er war sogar ziemlich sauer, nach so vielen Jahren fristlos auf die Straße gesetzt zu werden.«

Ihr Gesicht wurde zusehends fahler. Ein schlechtes Gewissen wegen des Rausschmisses war es wohl kaum.

»Er hatte es verdient«, zischte sie zur Bestätigung.

»Nach zwei weiteren Cognacs wurde es allerdings unschön«, fuhr er ungerührt fort. »Mit einem Mal nahm sein Unmut hässliche Züge an.«

Nun hing Mariana förmlich an seinen Lippen, als ob sie vor Aufregung das Finale nicht erwarten könnte.

»Was hat dieses Schwein über mich gesagt?«, entfuhr es ihr plötzlich mit solcher Heftigkeit, dass sie selbst erschrak.

Ihn schockierte nicht nur der emotionale Ausbruch, sondern auch die Wortwahl. So hatte er sie bisher nie reden hören.

Etwas verstört sprach er weiter: »Er hat ziemlich unschöne Dinge über dich gesagt, die ich lieber nicht wiederholen möchte. Betrunken wie er war, fing er an, Sachen zu behaupten, dass es mir wie mit deinem damaligen Freund Pierre ging. Du kannst dich sicher noch an die Willkommensparty für mich hier auf der Yacht erinnern.«

Mariana nickte. Mit angstgeweiteten Augen starrte sie ihn an.

»Nur diesmal wollte ich ihm für seine Unverschämtheiten tatsächlich eine reinhauen. Obwohl er so betrunken war, hat er meine Faust geschickt abgefangen und den Arm ziemlich schmerzhaft auf den Rücken gedreht.«

»Dieses Schwein«, entfuhr es ihr nun zum zweiten Mal. »Dafür bezahlt er. Ich werde ihn fertigmachen lassen«, schrie sie, sodass er zusammenzuckte.

War das noch die feminine, charmante, sympathische Frau, die er kannte?

Mariana merkte, wie er erschrak.

Bevor sie etwas sagen konnte, fuhr er fort: »Das haben die Leibwächter schon erledigt. Sie haben mich sofort aus Robertos Griff befreit und ihn zu Boden gedrückt. Als sie ihn losließen, ist er abgehauen. Wir werden ihn bestimmt nicht mehr wiedersehen.«

Marianas Gesicht verriet mit keiner Miene, ob sie darüber erleichtert war oder nicht.

Er griff nach ihren Händen und umfasste sie.

»Ich glaube jetzt auch, dass du recht hattest, ihn rauszuschmeißen.« Er lächelte sie an.

Doch ihre Anspannung wollte nicht weichen. Sie versuchte, ihn zärtlich anzuschauen, was ihr unter den Umständen allerdings nicht so recht gelingen wollte.

»Es tut mir so leid. Ich kann es einfach nicht ertragen, wenn dir oder Luisa etwas geschieht. Dann bin ich nicht ich selbst«, bemerkte sie plötzlich selbstkritisch.

Nach einem Moment der Stille kehrte in Marianas Gesicht eine kaum wahrnehmbare Unsicherheit zurück.

»Was hat er über mich gesagt oder von mir behauptet?«

Marcel war für einen Augenblick versucht, sie mit Robertos Anschuldigungen zu konfrontieren.

»Ich möchte es nicht wiederholen. Es war wenig schmeichelhaft«, wich er ihr aus. »Obendrein war er stockbetrunken.«

»Komm schon«, beharrte sie.

»Wie du willst. Er hat sich über deine Illoyalität zu einem, ja Mitglied der Familie, wie er sich bezeichnete, ausgelassen. Dass du ihn respektlos, wie einen räudigen Hund, vor die Tür gesetzt hast. Mehr als fünfunddreißig Jahre hätte er den Dariovesas, und im Besonderen dir, treu und selbstlos gedient. Seit du ein kleines Mädchen warst, hätte er schon auf dich aufgepasst und keiner würde all deine Geheimnisse besser kennen als er, selbst die dunklen.«

Bei den letzten Worten wurde Mariana totenbleich. Er konnte sehen, wie sie mühsam um Selbstbeherrschung rang.

»Und hat er dir meine Geheimnisse verraten?«, wollte sie in einem aufgesetzt wirkenden Plauderton wissen.

Statt eine Antwort zu geben, stellte er eine Gegenfrage: »Hast du denn welche?«

Mit einer gespielten Unschuldsmiene schlug sie die Augen nieder, um seinem Blick auszuweichen.

KAPITEL 65

Nach dem Frühstück hatte er Mariana, trotz ihrer merkwürdigen Reaktion, wie immer einen Kuss gegeben und sich anschließend auf seinen Lieblingsplatz an Bord zum Schreiben zurückgezogen.

Wie angewurzelt saß er vor dem aufgeklappten Notebook. Statt mit der Arbeit zu beginnen, starrte er regungslos über die Reling aufs Meer hinaus. Das soeben geführte Gespräch und Marianas Reaktion beschäftigten ihn zu sehr. Konnte er ihr Verhalten als indirektes Schuldeingeständnis werten? Reichten die Indizien aus?

Im Zweifel für den Angeklagten, mahnte ihn sein Verstand. Aber die Unsicherheit, die Angst in ihren Augen lieferten seinen Gedanken neue Nahrung.

Zum x-ten Mal spulte er die Erinnerung an das Gespräch vom Vorabend ab. Wie in Trance nahm er nach einer Weile sein Smartphone aus der Hosentasche, um eine Frankfurter Nummer zu wählen.

»Ja bitte«, meldete sich die Gegenseite.

»Martin, ich bin's, Marcel. Hast du einen Moment Zeit für mich?«

»Für dich immer. Worum geht's, mein Freund?«

»Ich habe nur eine kurze Frage: Wem gehört der Verlag, für den wir beide arbeiten?«

»Wir gehören zur European Publishing Group. Wieso?«

»Das weiß ich. Ich meine, wem gehört die European Publishing Group?«

»Warum interessiert dich das so plötzlich?«, fragte Martin neugierig geworden.
»Nur so«, wich Marcel aus.
»Nur so«, wiederholte Martin misstrauisch. »Sie ist eine Aktiengesellschaft, so viel weiß ich.«
»Und wem gehören die Aktien?«, hakte Marcel ungeduldig nach.
»Keine Ahnung. Irgendwelchen Leuten mit zu viel Geld, Investoren vermutlich.«
»Pass auf, Martin. Die Information wäre mir wichtig. Kannst du für mich herausfinden, wer die sind? Aber bitte sei diskret. Niemand soll mitbekommen, dass ich beziehungsweise du das wissen willst.«
»Um was geht es?«, fragte Martin jetzt ganz direkt.
»Martin, kannst du ein Geheimnis bewahren?«
»Verstehe. Sobald ich was weiß, rufe ich dich zurück. Und keine Angst, meine Lippen sind versiegelt. Und für die Recherche gehe ich ins Internetcafé.«
»Du bist ein echter Freund.«
»Danke für die Blumen. Ich melde mich. Tschau.«

KAPITEL 66

Er versuchte, sich auf das neue Buch zu konzentrieren, doch seine Gedanken schweiften ständig ab. Die Worte und Sätze verschwammen binnen Sekunden vor seinen Augen, und seine Finger hörten auf zu tippen. Immer wieder wurde er von der einen Frage abgelenkt: Was würde es für ihn bedeuten, wenn Mariana den Verlag aufgekauft hätte, nur um ihn glücklich zu machen? Was, wenn er ihr seinen schriftstellerischen Aufstieg zu verdanken hätte?

Bei dem Gedanken wurde ihm schlecht. Für sein Selbstbewusstsein als Autor wäre diese Nachricht niederschmetternd. Nicht seine Geschichten, nicht seine Figuren, die er mit viel Fantasie und Hingabe erschaffen hatte, sondern ihr Geld und Einfluss wären ausschlaggebend für den Erfolg der Bücher. Wie sollte er dann noch wissen, ob er ein guter oder gar ein schlechter Autor war?

Unfähig auch nur ein weiteres Wort zu schreiben, saß er da und starrte aufs azurfarbene Meer hinaus, auf das gleichmäßige Schaukeln der Wellen.

Die glitzernden Sternchen, die durch die Reflexion der Sonnenstrahlen auf der Wasseroberfläche tanzten, blendeten ihn. Für einen Moment schloss er die Augen.

Das alles klang so zielgerichtet, so systematisch geplant. Aber Liebe war keine mathematische Aufgabe, in der eins plus eins ohne Ausnahme immer zwei ergab. Nur wenn der andere die Liebe erwiderte, summierte sich auch im Leben eins und eins zu einem Paar. Wie viele Anläufe, wie viele Zufälle, wie viel Glück waren erforderlich, um den richtigen, einzigartigen Partner fürs Leben zu finden! Eine Liebesheirat, ja sich nur zu verlieben, konnte niemand auf der Welt planen. Das war von so vielen Faktoren abhängig. Das war schlicht und ergreifend unmöglich. Nicht einmal Mariana mit ihrem Vermögen war dazu in der Lage. Die echte, wahre Liebe konnte man mit allem Geld der Welt nicht kaufen. Das wusste auch Mariana. Sie hatte es selbst zu ihm gesagt.

Hatte sie es trotzdem versucht? Ihm schwirrte der Kopf, dass er bereits anfing wehzutun. Nein, man konnte Liebe nicht kaufen, und man konnte niemanden dazu zwingen zu lieben. Aber vielleicht überlisten?

Er liebte Mariana. All die Jahre, die sie mittlerweile zusammenlebten, liebte er sie. Von ganzem Herzen und so sehr, wie man einen anderen Menschen nur lieben konnte. Das stand außer Zweifel. Er hatte genauso um sie geworben, wie sie um ihn. Er hatte keine Tricks angewendet. Und sie?

Unwillkürlich kam ihm die Sache mit dem Schlafpulver in den Sinn. Damals, in der ersten Nacht in der Villa. Hätte er ihr den Biedermeierstrauß und die Grußkarte auch geschickt, wenn er sich an diesem Abend ganz normal von ihr verabschiedet hätte, anstatt auf ihrem Schoß einzuschlafen? War das zulässig, dem Glück auf diese Weise nachzuhelfen, oder war das schon eine eindeutige Manipulation? So wie man jemanden betrunken machte, um ihn gefügig zu machen.

Die Situation war ihm damals zwar höchst unangenehm gewesen, aber im Nachhinein hatten ihm das Einkuscheln und der Kuss sehr gefallen, sonst hätte er ja keine Blumen geschickt. *Danke für den Gutenachtkuss*, hatte er auf die Karte geschrieben und nicht: *Entschuldige meinen peinlichen Auftritt.*

Oh Gott, plötzlich war er innerlich so zerrissen. Was sollte er so viele Jahre später noch von ihrer wundervollen Romanze halten? Zerplatzten gerade all die schönen und erotischen Momente wie Seifenblasen, weil Roberto ihm diese Laus in den Pelz gesetzt hatte?

Gerüchte waren die abscheulichste Form der Verleumdung. Eine perfide Saat, die zu fast hundert Prozent aufging. Böse und hinterhältig. Vortrefflich geeignet, um jemanden ohne Beweise zu verurteilen. Und niemand war davor gefeit.

Im Zweifel für den Angeklagten, erinnerte ihn sein Verstand erneut. Warum hielt er sich denn nicht daran?

KAPITEL 67

Plötzlich tauchte Luisa neben ihm auf.

»Papa, es ist viel zu heiß zum Arbeiten. Komm doch mit an den Pool.«

Er zog sie an sich und setzte sie auf seinen Oberschenkel. Dann blickte er ihr streng in die Augen.

»Bist du denn schon mit der Schule fertig?«

»Hitzefrei!«, strahlte sie ihn an.

Was für ein Sonnenschein, dachte er. Er drückte sie an sich und gab ihr einen Kuss auf die Stirn.

»Na gut. Du hast recht. Es ist viel zu warm zum Arbeiten.«

»Los, wir holen Mama, dann können wir mit den Schwimmnudeln plantschen. Das ist ganz toll.«

Marcel klappte das Notebook zu. Er hatte keine einzige Zeile zustande gebracht. Plötzlich hatte er große Lust, Zeit mit seiner Familie zu verbringen.

Luisa nahm ihn an der Hand. Auf dem Weg zum Pooldeck machten sie einen Umweg über Marianas Büro. Sie brauchten nicht lange, um sie zu überreden. Rasch zogen sie sich um. Mit einer Anzahl bunter Kunststoffschlangen sprangen sie in den Pool, spritzten sich gegenseitig mit dem angenehm kühlen Wasser nass. Es war wundervoll, zusammen zu toben und zu lachen. Als Mariana auf ihn zuschwamm, um ihn unter Wasser zu ziehen, hielt er sie fest. Für einen Moment blickte er tief in ihre Augen. Dann küsste er sie so leidenschaftlich, wie seit Tagen nicht mehr. Nach einem winzigen Zögern erwiderte sie den Kuss. Für Minuten standen sie eng umschlungen und küssten sich.

»Papa, hör auf«, rief Luisa entsetzt. »Mama kriegt ja keine Luft.«

Sie verlebten einen wunderbaren Tag zusammen. Der Küchenchef zauberte ihnen leckere Eisbecher und Milchshakes. Weil sie davon pappsatt wurden, ließen sie das Mittagessen einfach ausfallen. Um sieben Uhr gab Mariana Luisa einen Kuss. Marcel brachte sie ins Bett, denn heute war er dran, ihr eine Geschichte vorzulesen. Aber sie brauchte keine, um einzuschlafen. Kaum dass er ihr einen Gutenachtkuss gegeben hatte, wandelte sie bereits im Reich der Träume.

Marcel ging aufs Oberdeck, wo Mariana auf ihn wartete. Sie hatte sich umgezogen. Ihr Seidenkleid war gerade so transparent, dass es die Fantasie anregte. Es unterstrich ihre nach wie vor perfekte Figur. Der seitliche Schlitz im Kleid gab den Blick auf ihre langen, schlanken Beine frei. Sie trug hauchdünne Strümpfe. Ihre Füße steckten in filigranen Sandalen mit hohen Absätzen. Sie sah umwerfend aus. Mit einem Lächeln, das ihm die Sinne raubte, kam sie auf ihn zu und legte die Arme um seinen Hals. Sanft berührte sie mit ihren Lippen die seinen. Dann zog sie ihn auf eines der weißen Ledersofas.

Auf einem Servierwagen standen zwei Gläser sowie ein Weinkühler mit einer Magnumflasche Champagner. Daneben eine Platte mit köstlich aussehenden Kanapees.

Mariana schaute ihn verführerisch an.

»Nur wir zwei. Ganz allein«, hauchte sie ihm ins Ohr, dass ihm ganz warm wurde.

Marcel hatte Mühe, aus der großen Flasche in die Gläser einzuschenken, ohne daneben zu gießen. Mariana schlug langsam die Beine übereinander. Das zarte Geräusch der aneinanderreibenden Seidenstrümpfe, raubte ihm die Konzentration und ließ ihn beinahe die Flasche aus der Hand gleiten. Champagner kleckerte auf die blütenweise Decke.

Mariana lachte. Sie freute sich, dass ihre Verführungskünste nach so vielen Ehejahren immer noch den gewünschten Effekt hatten.

Bevor der Alkohol seine Wirkung zu rasch entfalten würde, nahm er ein Kanapee und hielt es ihr an den Mund. Genüsslich biss sie ab. Die andere Hälfte verspeiste er. Zwischendurch spülten sie mit Champagner nach. Es war das feinste Abendessen, dass er sich vorstellen konnte.

Als es kühler wurde, schaltete sich automatisch die Sitzheizung ein und spendete angenehme Wärme von unten. Mariana kuschelte sich bei ihm ein. Der Schlitz in ihrem Kleid gab den Blick auf ihre hübschen Beine frei. Sie merkte sofort, wie sich seine Augen darauf fokussierten, nahm seine Hand und legte sie auf ihren Oberschenkel.

»Aus feinster japanischer Seide, fünf Denier, nur ein Hauch von einem Strumpf. Ich habe sie extra anfertigen lassen. Ich hoffe, sie gefallen dir.«

Marcel streichelte zärtlich über das Bein. Die glatte kühle Seide auf ihrer makellosen Haut war eine haptische Sensation und wahnsinnig erotisierend.

»Du bist die verführerischste Frau der Welt«, flüsterte er ihr ins Ohr, wobei er mit seiner Hand ihren Oberschenkel hochfuhr, bis er ihre Dessous berührte.

Mariana stieß einen Seufzer aus.

»Es ist kalt geworden. Lass uns hineingehen.«

Marcel hob sie auf die Arme. Dieses Mal musste Giovanni ihm nicht den Weg weisen.

KAPITEL 68

Es war, als ob die Zeit zurückgedreht worden wäre. Kaum dass er sie in der Kabine abgesetzt hatte, drehte sie ihm den Rücken zu. Er zog den Reißverschluss auf, und das Kleid glitt in sanften Wellen zu Boden. Nur mit transparenten Dessous und den Seidenstrümpfen bekleidet, machte sie einen Schritt auf ihn zu, knöpfte in einer unglaublichen Geschwindigkeit sein Hemd auf. Als sie den Hosenbund erreichte, öffnete sie mit der einen Hand geschickt Gürtel und Reißverschluss, um die andere zwischen seine Schenkel zu schieben. Marcels Körper erbebte. Zärtlich folgte ihr halbgeöffneter Mund ihren Fingern. Seine Erregung wurde übermächtig. Mit starken Armen packte er sie, warf sich mit ihr aufs Bett. Seine rechte Hand streichelte ihren Oberschenkel, fuhr sanft den Seidenstrumpf entlang, während er mit dem Unterleib ihre Schenkel behutsam auseinanderdrückte. Mit einem leichten Aufbäumen verschmolzen ihre Körper miteinander. Ein überwältigendes Gefühl der Liebe durchströmte ihn mit einer solchen Heftigkeit, dass er sich plötzlich schämte. Abgrundtief dafür schämte, Robertos Verleumdungen auch nur einen einzigen Gedanken gewidmet zu haben.

KAPITEL 69

In derselben Nacht nahm er sich fest vor, Martin anzurufen, um ihm mitzuteilen, dass die Sache sich erledigt hatte. Dass er nicht mehr nach dem Besitzer des Verlages zu suchen brauchte, weil es ihm egal war.

Doch seine Hochstimmung und das Frühstück mit Mariana und Luisa lenkten ihn so sehr ab, dass er es vergaß. Er genoss jeden Moment mit den beiden. Seit der letzten Nacht war sein Leben wieder in Ordnung. Und so sollte es auch bleiben. Das alles war nur eine absurde Episode gewesen, der Versuch Robertos, seine Existenz zu vergiften. Die bösen Gedanken hatte er erfolgreich aus seinem Kopf verbannt.

Als es ihm zwei Tage später erneut einfiel, klingelte im selben Augenblick sein Smartphone.

»Du wirst es nicht glauben, Mann, aber der Verlag gehört dir«, platzte es aus Martin heraus. »Ich meine, seit du mit ihr verheiratet bist.«

»Wie bitte?«, reagierte Marcel verstört.

»War nicht ganz einfach, das rauszukriegen. Hat mich ein paar Tage kniffliger Recherchen im Internetcafé gekostet, um keine Spuren zu hinterlassen. Deine Frau hat sich damals allerdings ebenso reichlich Mühe gegeben, anonym zu bleiben. Vielleicht aus steuerlichen Gründen. Aber davon habe ich keine Ahnung.«

Marcel stand wie vom Donner gerührt da.

»Bist du noch dran?«, fragte Martin.

»Das heißt also, als du mich damals angerufen hast, um mir zu erzählen, dass der Verlag verkauft wurde, war es Mariana, die ihn gekauft hatte?«

»Nun ja, genau genommen war es eine Investmentgruppe, die von Anwälten des Dariovesa-Fonds verwaltet wird. Ist alles mächtig verschachtelt. Musste mich durch ein endloses Beteiligungsgewirr durcharbeiten. Letztendlich hat sie ihn übernommen, und somit gehört er jetzt ja wohl genauso dir. Du bist also dein eigener Chef. Und auch meiner. Upps!«, schien ihm gerade ein Licht aufzugehen.

»Oh mein Gott«, entfuhr es Marcel.

Am anderen Ende der Leitung wurde Martin die wahre Bedeutung seiner Information bewusst.

»Hör zu, zieh nun bloß keine voreiligen Schlüsse. Das ist bestimmt reiner Zufall. Damals kannte sie dich doch noch gar nicht. Und selbst wenn, deine Bücher sind gut, verdammt gut sogar. Schließlich habe ich dich betreut und bis jetzt auch keine Ahnung gehabt.«

»Danke, Martin, aber so einfach ist die Sache leider nicht«, bemerkte er tonlos.

»Was ist los?«, wollte Martin wissen.

»Das kann ich dir im Augenblick nicht sagen. Behalte bitte alles für dich. Zu keinem Menschen ein Wort. Versprich es mir.«

»Okay. Wenn du reden willst, du kennst meine Nummer. Jederzeit.«
»Danke, Martin, auch für deine Mühe.«
Wie in Trance legte er auf.
Unwillkürlich schoss ihm Trani, der Strand, die Trage mit Claudines aufgedunsenen Leichnam in den Kopf. Er musste sich setzen. Sofort. Er wusste nicht, wie der Vergleich in diesem Moment in seinem Kopf entstand: der Vesuv, Pompeji. Als die Bewohner die ersten Eruptionen des Vulkans spürten, hatten sie keine Ahnung, dass die glühenden Lavamassen in nur wenigen Augenblicken ihr Dasein komplett auslöschen würden. Ihn überfiel eine schreckliche Angst. Wenn Martins Neuigkeiten ein ebensolcher Vorbote wären, würde es ihm dann wie den Menschen in Pompeji ergehen? Würde er als Schatten seiner selbst enden?

KAPITEL 70

Robertos Saat hatte durch Martins Mitteilung genau in dem Moment neue Nahrung erhalten, als er alles für erledigt geglaubt hatte. Martin wollte an einen Zufall glauben, Marcel hatte Zweifel.

Aber war es nicht eigentlich ein Liebesdienst, dass Mariana ihn in seiner schriftstellerischen Karriere ein wenig unterstützt hatte, selbst wenn sie sich große Mühe gegeben hatte, ihr Engagement zu verbergen? Er musste unbedingt mit ihr darüber reden, erfahren, inwieweit ihre Hilfestellung den Erfolg seiner Bücher beeinflusst hatte. Wäre er überhaupt erfolgreich geworden ohne sie? Für ihn war das existenziell, für sein Ego, für seine Daseinsberechtigung als Autor. Noch entscheidender war allerdings: Wenn Roberto diesbezüglich die Wahrheit gesagt hatte, traf das dann ebenso auf die anderen Punkte zu?

Mariana spürte sofort, dass ihn etwas beschäftigte. Ihre Antennen schienen, seitdem er ihr von seiner Begegnung mit Roberto in der Bar erzählt hatte, besonders sensibel zu sein.

»Was ist?«, fragte sie ihn nach dem Mittagessen.

»Nichts«, wich er ihr aus.

»Du grübelst über irgendetwas nach. Das sehe ich doch«, ließ sie nicht locker.

»Die Story. Ich hab im Moment einen Hänger. Die Beschreibungen der Handlungsorte wirken fade. So erfunden, künstlich kreiert. Als ob man einen Stadtplan vor sich hätte und danach den Weg beschreibt. Ich hab's schon mit den 3D-Maps im Internet versucht. Aber es kommt einfach keine Atmosphäre auf. Da lebt, da passiert nichts«, ließ er sich ein wenig aus.

»Nimm dein Notebook, fahr hin und setz dich in ein Straßencafé. Natürlich nur, solange du die Umgebung anguckst und nicht die Beine anderer Frauen«, lächelte sie ihn mit erhobenem Zeigefinger an.

»Na, das ist doch das eigentliche Vergnügen«, grinste er.

»Lass dich nur nicht erwischen«, ermahnte sie ihn augenzwinkernd. »Du weißt, gegessen wird zu Hause. Und Appetit brauchst du dir woanders ja wohl auch keinen zu holen.«

Sie zog den Saum ihres Sommerkleides hoch, um ihre schlanken Beine zu entblößen.

»Wo willst du hinfahren?«

»Nach Neapel. Ich habe da so eine ausgefallene Idee für den neuen Roman. Dafür würde ich gerne zum Vesuv fahren und mir anschließend Pompeji genau ansehen. Die berühmten Schatten der Leute vom letzten großen Ausbruch zur Zeit der alten Römer interessieren mich besonders. Du weißt schon, die armen Menschen, die damals so schnell zu Asche wurden, dass ihre Schatten sich als Abbilder an den Wänden eingebrannt haben.«

»Wie lange wirst du brauchen?«

»Zwei, drei Tage. Ich will nicht hetzen. Sonst kann ich gleich hierbleiben. Schließlich will ich mich nicht nur informieren, sondern vor allem die Atmosphäre aufnehmen. Mir am Ort des Geschehens vorstellen, wie das wohl in jenem Augenblick gewesen sein muss.«

»Mir läuft es kalt den Rücken herunter allein bei dem bloßen Gedanken daran. Wann fährst du?«

»Wenn es dir recht ist, sobald wie möglich. Morgen nach dem Frühstück?«

»Kein Problem. Ich passe solange auf unsere Tochter auf, während du dich ohne uns amüsierst.«

»Das ist harte Arbeit. Die Schriftstellerei ist ein verdammt anstrengender Job. Der Ruhm kommt schließlich nicht von alleine.«

Der letzte Satz hatte mit einem Mal einen faden Nachgeschmack, doch er ließ sich nichts anmerken.

Die ganze Reise war eine Ausrede. Oder sollte er präziser sagen: Notlüge. Natürlich würde er nach Neapel fahren, aber sein Hauptziel war die Questura von Bari.

Martins Antwort hatte die Zweifel wieder aufleben lassen. Jetzt gab es keinen anderen Weg, als auch den schwersten von Robertos Vorwürfen zu überprüfen, ansonsten würde er keine ruhige Minute mehr haben.

KAPITEL 71

Der Chauffeur brachte ihn zum Flughafen Nizza, wo der Privatjet bereits auf ihn wartete. Vierzig Minuten später stieg er in Neapel aus und ließ sich in die Innenstadt fahren. Ein Maybach flog stets im Frachtraum des Jets mit. Auf solchen Kurzreisen war stets ein Leibwächter mit speziellem Fahrertraining der Chauffeur. Zwei weitere folgten in einem separaten Wagen, der im Voraus am Zielflughafen angemietet worden war. Da Marcel für seinen Aufenthalt kein Aufsehen gebrauchen konnte, hatte er darauf bestanden, dass man ihm einen unauffälligen Mietwagen besorgte. Der Maybach würde im Jet bleiben. Neapel war zwar ein gefährliches Pflaster, doch wer sollte hier schon die Absicht haben, mit Panzerfäusten auf ihn zu schießen, zumal niemand von dieser ganz spontanen Reise wusste.

In der Innenstadt angekommen, zog er sich zunächst in die Suite seines Luxushotels zurück. Er wollte erst ungestört ein Telefonat führen.

Kurz darauf ließ er sich zum Vesuv fahren, wo ein Fachmann bereits auf ihn wartete. Natürlich hatte Mariana es sich nicht nehmen lassen, Experten zu organisieren, die ihm sowohl am Vulkan als auch an der Ausgrabungsstätte in Pompeji höchst kompetent zur Seite stünden. Er hörte sich einen eigens für ihn gehaltenen Vortrag über seismische Aktivitäten zur Römerzeit und den Ausbruch, der die Stadt zerstört hatte, an. Interessiert machte er sich Notizen. Hinterher wurde er mit einem Gastgeschenk und den besten Grüßen an seine Gattin verabschiedet, ohne deren Spenden die Forschungen kaum weitergeführt werden könnten.

Den Abend verbrachte er in der Innenstadt. Er schlenderte wahllos herum, setzte sich hier in eine Bar, dort in ein Café, sog die Atmosphäre ein und lauschte dem Trubel der Stadt. Ab und zu ließ er seinen Blick natürlich über ein paar hübsche Beine streifen, die auch bei diesen sommerlichen Temperaturen Strümpfe trugen.

Er fragte sich, warum Nylonstrümpfe eine so unwiderstehliche Anziehungskraft auf ihn ausübten. Nein, es war nicht bloß eine Marotte, wie sie jeder normale Mensch hatte. Es war vielmehr der ästhetische Aspekt. Frauenbeine wurden durch Nylonstrümpfe veredelt. Er konnte sofort sehen, ob eine Frau sie stilsicher auswählte oder einfach nur ins nächste Supermarktregal griff. Beine und Strümpfe verschmolzen im ersten Fall zu einem Gesamtkunstwerk, das durch weitere Accessoires, wie passende Schuhe, Kleider et cetera ergänzt wurde. Ein zusätzlicher Aspekt war das haptische Erlebnis, wenn man solche Beine berühren durfte. Die glatte, kühle Oberfläche fühlte sich unvergleichlich auf der Haut an. Durch seine Materialeigenschaften ging jeder Strumpf mit den Beinen der Trägerin eine ganz individuelle, einzigartige Symbiose ein, ob Nylon, Perlon oder echte Seide, ob eine Fadenstärke von blickdichten sechzig Denier bis hin zu hauchdünnen, hochtransparenten fünf Denier. Hinzu kamen verschiedene Farben, Muster, Strumpfbänder aus feinster Spitze. Damenstrümpfe waren ein sehr komplexes modisches Thema für sich.

Er hatte Mariana erstaunt, indem er einzelne Strumpfmarken nur durch ein Streicheln über ihre Beine bestimmen konnte. Mit Claudines tatkräftiger Unterstützung war er zum Experten geworden, und durch Marianas unbegrenzte Mittel hatte er es mittlerweile zur wahren Meisterschaft gebracht. Was der hochempfindsame Gaumen für den Sommelier, war für einen Fan von Damenstrümpfen sein äußerst sensibler Tastsinn. Er hatte schon überlegt, ob er sich bei einer dieser Wettshows im Fernsehen bewerben sollte, in denen ein Amateur mit außergewöhnlichen Fähigkeiten gegen einen Prominenten wettete, dass er zum Beispiel eintausend verschiedene Bonbonsorten am Geschmack erkennen könne. Für ihn würde man zehn oder fünfzehn langbeinige Damen auf ein Sofa setzen. Lediglich anhand der Optik und einem sanften Streicheln über ihre Beine würde er sofort die richtigen Strumpfmarken herausfinden und die Wette gewinnen. Vielleicht nicht alle, korrigierte er ein wenig bescheidener, aber sicherlich die Mehrzahl.

In einem kleinen Restaurant aß er spät zu Abend. Er trank ein Glas mehr als gewöhnlich, weil es ihm gut schmeckte. Der Trubel auf dem belebten Platz half ihm die Gedanken an seinen Termin am nächsten Morgen zu verdrängen. Mit einem Espresso und einem Grappa beendete er das Mahl, bevor er sich auf den Weg zurück ins Hotel machte.

Die Nacht verbrachte er unruhig. Er träumte, wie sein Körper zerbarst, zu Asche zerbröselte. Das Einzige, was von ihm übrig blieb, war sein Schatten, der sich in die Hotelzimmerwand eingebrannt hatte.

Schweißgebadet wachte er durch das Klingeln des Weckers auf. Er riss die Fenster seiner Suite auf, um den Lärm der Straße und die Stimmen der Menschen, die lautstark dagegen ankämpften, hereinzulassen. Nach diesem Albtraum musste er Leben spüren, fühlen, dass er noch lebte. Im Handumdrehen erledigte er die Morgentoilette, um sich auf dem großen Platz vor dem Hotel in eine Bar zu setzen. Der doppelte Espresso brachte dann rasch die erhoffte Wirkung.

Sein Blick blieb für einen Moment an der kleinen Tasse haften. Der Espresso in Marianas Villa hätte genauso belebend wirken sollen. Hatte er aber nicht. Ganz im Gegenteil, er war davon noch müder geworden und eingeschlafen, weil Mariana vermutlich mit Schlafpulver nachgeholfen hatte.

Mit einem frisch getoasteten Panino beruhigte er seinen Magen, der die hoch konzentrierte Ladung Koffein am Morgen nicht gewohnt war.

Ein Blick auf die Armbanduhr bestätigte ihm, dass er sich langsam auf den Weg machen sollte. Mit dem Arm machte er eine vereinbarte Geste. Kaum zwei Sekunden später setzte sich ein sehr sportlich aussehender Mann mittleren Alters neben ihn.

»Buongiorno, Signore«, wurde er freundlich gegrüßt.

»Buongiorno. Ich werde heute einen Ausflug nach Bari machen. Bitte checken Sie, ob der Jet auf dem Flughafen in Bari landen kann. Falls nicht, chartern Sie eine entsprechende Maschine. Es reicht vollkommen, wenn Sie und ein Kollege mich begleiten. Wir werden am frühen Abend wieder zurück in Neapel sein.«

»Wann soll es losgehen, Signore?«

»Sofort. Ich will um zehn Uhr in Bari sein. Jetzt ist es kurz vor acht. Ich hoffe, das ist kein Problem für Sie.«

»Etwas unerwartet, Signore, aber wir sind gnadenlos flexibel, wie Sie wissen«, betonte der Mann. »Dreißig Minuten zum Aeroporto Neapel, dreißig Minuten Flug, zwanzig Minuten in die Innenstadt von Bari. Sie werden rechtzeitig dort sein. Gehen Sie noch einmal auf Ihre Suite oder sollen wir Sie hier vor der Bar abholen?«

»Ich steige hier zu. Entschuldigen Sie die Umstände und vielen Dank, Signor …?«

»Es ist besser, wenn wir anonym bleiben. Gehört zum Geschäft. Aber immer gerne«, erwiderte der Mann, während er bereits im Aufstehen sein Handy aus der Tasche zog.

Sympathischer Bursche, dachte Marcel.

Wenige Minuten später hielt der Wagen vor der Bar.

Um Punkt halb zehn war er in der Innenstand von Bari. Alles war wie am Schnürchen abgelaufen.

Vielleicht sollte er seinen Leibwächtern mal einen ausgeben. Aber wahrscheinlich würden sie das ablehnen, weil Einladungen abzulehnen genauso zum Geschäft gehörte, wie anonym zu bleiben.

Die Questura lag nur wenige Gehminuten entfernt. Um zehn Uhr war er verabredet. Er hatte also noch ausreichend Zeit für einen weiteren Espresso an diesem Morgen. In dem kleinen Café, das in seiner Richtung lag, änderte er doch seine Meinung und bestellte einen Cappuccino. Zu viel Koffein würde ihn nur hippelig machen. Nervös war er eh schon genug. Eine Viertelstunde ließ er sich von dem geschäftigen Treiben um sich herum ablenken, bevor er in Gedanken versunken seinen Weg fortsetzte.

Ein wenig fühlte er sich wie damals auf dem Weg vom Hotelzimmer zum Strand: Erst möchte man am liebsten loslaufen, um so rasch wie möglich Gewissheit zu bekommen, und dann, mittendrin, werden die Beine immer schwerer aus Angst vor der unabänderlichen Wahrheit, die einen erwartet. Eine Wahrheit, die man mehr fürchtet als der Teufel das Weihwasser.

Als er die Questura erreichte, zögerte er hineinzugehen.

In welcher Verfassung würde er wohl wieder aus diesem Gebäude herauskommen? Warum nur, machte der Mensch sich immer so viele Gedanken? Was wäre, wenn? Lag es an der reinen Lust am Spekulieren? Alle Möglichkeiten durchzuspielen? Und wieso hatte der Mensch den Hang, eher über die negativen als die positiven Folgen zu mutmaßen?

Da er einer Antwort keinen Schritt näherkam, solange er vor dem Gebäude stehenblieb, setzte er schließlich ein Bein vor das andere und stieg die Stufen zum Eingang empor. Es würde kommen, wie es kommen musste. In so einer Situation fragte er sich immer, ob vielleicht alles vorherbestimmt sei.

»Buongiorno. Mein Name ist Marcel Grünwald. Ich bin mit dem Vize-Questore verabredet«, meldete er sich beim diensthabenden Revierpolizisten an.

Ohne den Gruß zu erwidern, griff sein Gegenüber zum Telefonhörer, um eine kurze Nummer zu wählen. Plötzlich nahm der Mann Haltung an.

»Ein Signor Grünwald für den Vize-Questore.«
Nachdem er aufgelegt hatte, behielt er seltsamerweise die Habachtstellung bei.

»Scusi, Signor Grünwald. In wenigen Augenblicken wird man Sie abholen und zum Vize-Questore bringen. Wenn Sie solange bitte dort drüben Platz nehmen möchten. Ich wünsche noch einen guten Tag.«

Man schien dem Beamten gesteckt zu haben, wer da vor ihm stand. Kaum zwei Minuten später erschien eine hübsche junge Beamtin in Uniform. Sie führte Marcel zum Fahrstuhl, der sie ins oberste Stockwerk beförderte. Die Polizistin begleitete ihn bis vor eine hohe Doppeltür, die sie für ihn öffnete. Mit einer Geste forderte sie ihn auf einzutreten.

»Sie werden erwartet. Noch einen schönen Tag, Signore«, verabschiedete sie sich mit der Hand an der Mütze zackig salutierend.

Eine weitere attraktive junge Dame, augenscheinlich die Sekretärin des Vize-Questore, erhob sich von ihrem Schreibtisch und eilte auf ihn zu.

»Buongiorno, Signor Grünwald. Ich freue mich, Sie persönlich kennenzulernen. Ich habe alle ihre Bücher gelesen. Sie sind ja sooo romantisch. So einfühlsam geschrieben«, sprudelte es aus ihr heraus.

Marcel wurde aufgrund dieser kleinen verbalen Fanattacke ein wenig verlegen.

»Das ist sehr freundlich von Ihnen, Signorina«, murmelte er.

Unerwartet drehte sich die junge Frau um, tippelte auf ihren hohen Absätzen rasch zu ihrem Schreibtisch zurück und zog aus einer voluminösen Handtasche ein Buch heraus.

»Darf ich sie um ein Autogramm und …«, sie zögerte schüchtern einen Augenblick, »vielleicht um eine Widmung bitten?« Wobei ihre Wangen rot wurden.

Marcel war überrascht, gerade hier auf eine so glühende Verehrerin zu treffen.

»Natürlich. Wie ist Ihr Name? Haben Sie einen besonderen Wunsch?«, fragte er freundlich.

»Für Sofia Maddalena ...«

Weiter kam sie nicht. Ihr schien es endgültig die Stimme zu versagen, vor einem so berühmten Schriftsteller zu stehen.

Charmant überspielte Marcel die Situation.

»Für Sofia Maddalena, einer treuen Leserin in Dankbarkeit. Marcel Grünwald«, las er laut vor, während er schrieb.

Nachdem er das Buch zugeklappt hatte, reichte er es ihr zurück.

Als ob er damit das Buch vergoldet hätte, nahm sie es vorsichtig, hielt es mit beiden Händen fest umschlossen und schaute ihn mit ihren großen Augen glücklich an. Sie rührte sich nicht.

Er wartete ein wenig, bevor er leise hüstelte.

»Der Vize-Questore?«

In diesem Augenblick öffnete sich die zweite Doppeltür.

Sofia erwachte schlagartig aus ihrer Trance und versteckte blitzartig das Buch hinter dem Rücken. Hastig ging sie auf die dritte attraktive Frau an diesem Vormittag zu.

»Scusi, Vize-Questore. Signor Grünwald ist soeben eingetroffen«, stammelte sie.

»Danke, Sofia. Bringen Sie uns bitte Kaffee und Wasser. Danach möchte ich nicht gestört werden.«

»Natürlich, Vize-Questore«, bestätigte Sofia respektvoll und machte sich schleunigst in Richtung Kaffeeautomat auf.

»Ich freue mich, Sie wiederzusehen«, wurde er mit einem angedeuteten Küsschen auf die rechte und die linke Wange herzlich begrüßt.

»Ich freue mich ebenso.«, erwiderte er aufrichtig, während er sie umarmte.

Als er hörte, wie die Türe geöffnet wurde, ließ er sie rasch los. Ein riesiges Tablett mit einer Kaffeekanne, Geschirr, einer vollen Wasserkaraffe und einer unglaublichen Auswahl an Keksen balancierend, kam Sofia zurück.

»Lassen Sie uns in mein Büro gehen«, forderte sie ihn auf.

Nachdem Sofia ihnen Kaffee eingeschenkt hatte, verließ sie, ohne den Blick von Marcel abwenden zu können, langsam den Raum.

»Sie sind ein berühmter Mann geworden, Herr Grünwald«, bemerkte der Vize-Questore schmunzelnd in Richtung Sofia.

»Und Sie haben Karriere gemacht und sind dabei keinen Tag älter geworden«, schwindelte er charmant.

»Danke für die Blumen, aber ich sehe morgens in den Spiegel«, erwiderte sie mit einem Lächeln. »Und Sie haben ein neues Lebensglück gefunden, worüber ich mich aufrichtig freue.«

»Anderthalb Jahre nach dem Tod von Claudine hatte ich tatsächlich das große Glück, ganz unverhofft wieder eine fantastische Frau kennenzulernen.«

»Ich habe von ihrer Heirat gelesen. Es stand unübersehbar in den Zeitungen. Sie wurden zu einem der reichsten Männer der Welt. Da ist es schön, dass Mariana Dariovesa Sie nicht nur zu einem reichen, sondern vor allem zu einem glücklichen Mann gemacht hat. Und sie hat ihnen eine reizende Tochter geschenkt.«

»Oh ja, sie ist eine tolle Frau, und ich bin ein glücklicher Mann.«

Emilia Brendani entging nicht der feine Unterton, der die Begeisterung Marcels relativierte.

»Was hat Sie in unsere Gegend geführt? Recherchen für einen neuen Roman?«

»Sie«, erwiderte er unverblümt. »Ich werde Ihnen nie vergessen, was Sie damals alles für mich getan haben. Ohne Sie hätte ich das nicht durchgestanden.«

»Nun übertreiben Sie aber. Ich habe nur meine Pflicht erfüllt«, winkte sie bescheiden ab.

»Oh nein, das haben Sie nicht. Sie haben weit mehr getan, und das wissen Sie auch. Ohne Ihre Hilfe, ohne Ihr Mitgefühl, Ihre Anteilnahme wäre ich hilflos und verloren gewesen. In dem Augenblick, in dem ich die Leiche meiner Frau sah, wurden mir das Herz herausgerissen und der Sinn meines Lebens genommen.« Die Erinnerung ließ seine Augen feucht werden. »Und es besteht die Gefahr, dass mir das Gleiche noch einmal passieren könnte.«

Emilia Brendani sah ihn erstaunt an.

»Wovon reden Sie?«

Marcel beugte sich zu Emilia vor. Automatisch kam ihr Gesicht auf ihn zu.

»Kann ich in diesem Raum ganz offen reden?«, flüsterte er in ihr Ohr.

Emilia schüttelte kaum wahrnehmbar mit dem Kopf.

»Was halten Sie davon, wenn ich Ihnen unseren wunderschönen Innenhof zeige. Bei dem heißen Wetter ist er eine wahre Oase der Abkühlung und Ruhe.«

Auf dem Weg nach draußen informierte sie kurz Sofia über ihre Abwesenheit. Mit schmachtenden Augen verfolgte Sofia Marcel, bis er zur Tür hinaus war.

»Sie haben ja einen bleibenden Eindruck bei Sofia hinterlassen«, bemerkte Emilia mit einem Augenzwinkern.

»Ein Autor freut sich über jede begeisterte Leserin.«

Im Erdgeschoss angelangt, ignorierte Emilia den Eingang zum Innenhof. Ohne sich zu wundern oder nachzufragen, folgte Marcel ihr einfach. Sie führte ihn die Treppen hinunter in die Tiefgarage, von dort die Ausfahrt hinaus ins Freie.

»Ich kenne in der Nähe einen kleinen Park, da können wir uns ungestört unterhalten.«

Da sie keine Uniform, sondern ein schickes Kostüm anhatte, würden sie niemandem auffallen. Sie suchten und fanden eine abgelegene Bank. Marcel nahm ein Taschentuch, um es Emilia als Sitzunterlage zurechtzulegen, damit ihr Rock nicht schmutzig wurde.

»Wie galant«, bedankte sie sich.

Sie setzte sich, wobei sie automatisch die Beine übereinanderschlug.

Marcel konnte sich nicht beherrschen, einen Blick zu riskieren. Alle italienischen Frauen, die im Büro arbeiteten, schienen ausnahmslos Strümpfe zu tragen. Selbst die hübsche Polizistin in Uniform, die ihn vom Empfang abgeholt hatte. Sie trug zwar nicht so elegante wie Sofia, die Sekretärin, oder Emilia, auf deren wohlgeformte Beine er gerade schielte, aber immerhin.

Als geschulte Beobachterin bemerkte Emilia seinen Blick und lächelte ihn an.

»Danke für das Kompliment«, sagte sie, indem sie ihren Blick auf ihre Beine lenkte.

Marcel errötete.

Das Lächeln auf Emilias Gesicht verschwand, um einer ernsten Miene zu weichen.

»Hier können wir ungestört miteinander reden.«

Marcel erschrak ein wenig, so abrupt an den Grund seines Besuches erinnert zu werden.

»Was meinten Sie damit, dass die Gefahr besteht, dass Ihnen das Gleiche noch einmal passieren könnte?«, fragte sie neugierig nach, um nun endlich zu erfahren, warum sie hier überhaupt so vertraut zusammensaßen.

»Vor wenigen Tagen hat ein Ex-Angestellter meiner Frau mir offenbart, dass Claudine keines natürlichen Todes gestorben sei.«

Emilia brauchte einen Moment, um die Worte zu verdauen. Sie war damals hautnah dabei gewesen. Hatte die Ermittlungen geleitet. Wobei der Begriff *Ermittlungen* übertrieben war. Es war mehr eine Feststellung der Todesursache als echte polizeiliche Ermittlungsarbeit gewesen. Schließlich hatte es sich um den Badeunfall einer Touristin und kein Gewaltverbrechen gehandelt. Es hatte weder Verdächtige noch ein Motiv gegeben. Die obligatorische Autopsie hatte keine Anhaltspunkte geliefert, die weitere Untersuchungen gerechtfertigt hätten.

»Ein Ex-Angestellter Ihrer jetzigen Frau, Mariana Dariovesa, hat das behauptet? Welchen Grund sollte er für eine so schwerwiegende Unterstellung haben?«

»Er war seit fünfunddreißig Jahren unser, ihr Sicherheitschef, bevor sie ihn letzte Woche fristlos gefeuert hat.«

»Also aus Rache?«

»Ja. Es ist wahrscheinlich nur der Versuch eines rachsüchtigen alten Mannes, meine Ehe und unser harmonisches Familienleben zu zerstören. Aber es gab noch andere Vorwürfe, die sich zumindest in einem Fall bewahrheitet haben. Dieser Mann, Roberto, hat es geschafft, das Gift der Verleumdung in meinen Kopf zu injizieren. Und in dem entscheidenden Punkt brauche ich Gewissheit, um diese Gedanken wieder zu verscheuchen.«

»Dann erzählen Sie mir die ganze Geschichte. Von Anfang an, der Reihe nach. Lassen Sie kein Detail aus. Reden Sie sich alles von der Seele. Wir werden sehen, wie ich Ihnen helfen kann.«

Er schilderte ihr den Unfall seiner Tochter, Robertos Rauswurf, ihre Begegnung in der Bar und seine ungeheuerlichen Anschuldigungen.

»Mamma mia, das ist eine ganze Menge übelster Dreck, den Roberto da nach Ihrer Frau wirft. Selbst wenn davon nur ein Teil zutreffen sollte, abgesehen von der schrecklichsten Unterstellung, kann ich Ihre Besorgnis sehr gut nachvollziehen. Allerdings möchte ich grundsätzlich davor warnen, ihm vorschnell Glauben zu schenken.«

»Die Sache mit dem Verlag hat sich bereits als wahr herausgestellt«, bemerkte er niedergeschlagen.

»Das mag sein, kann aber auch als ein übertriebener Liebesdienst gewertet werden, der aus Ihrer Sicht weder besonders geschickt noch erwünscht war, der jedoch nicht strafbar ist. Das ist eher eine Angelegenheit, die Sie offen mit Ihrer Frau besprechen sollten. Das dadurch ein weiteres Misstrauen genährt wird, ist verständlich. Lassen Sie sich trotzdem nicht zu sehr davon vereinnahmen. Ihre Frau des Mordes an Ihrer ersten Frau zu bezichtigen, ist allerdings ein ziemliches Kaliber. Wenngleich …« Emilia Brendani zögerte einen Moment, bevor sie kaum hörbar weitersprach: »Wenngleich die meisten Morde nachweislich aus Liebe, Eifersucht und Habgier begangen werden.« Lauter fügte sie hinzu: »Wie sollen wir nach so langer Zeit noch die Wahrheit herausfinden? Das ist schier unmöglich. Belassen Sie es dabei, dass ein frustrierter Angestellter sich auf eine so infame Art rächen will und führen Sie weiter ein zufriedenes Leben. Und glauben Sie mir, manchmal ist es nicht ratsam, alles wissen zu wollen. Die Unwissenden sind meist wesentlich glücklicher als die Allwissenden.«

Sie nahm seine Hand und drückte sie voller Mitgefühl.

»Das war sehr philosophisch gesprochen. Aber wenn auch nur ein Fünkchen daran wahr ist, wie könnte ich dann mit dieser Frau weiter zusammenleben? Wie könnte ich sie unsere Tochter weiterhin aufziehen lassen? Das ist nicht ein Seitensprung, den man übersehen und notfalls verzeihen kann.«

»Sie haben recht. Vermutlich taugen meine Ratschläge in Ihrem Fall wenig. Wie kann ich Ihnen also nach mehr als zehn Jahren helfen?«, fragte Emilia Brendani entgegenkommend.

»Indem wir uns die alten Akten noch einmal vornehmen, um nachzusehen, ob damals irgendetwas übersehen wurde«, schlug er vor.

»Nun gut. Dazu müssen wir zurück in die Questura. Im Archiv können wir unser Glück versuchen. Sollte die Suche ergebnislos sein, möchte ich Ihnen einen persönlichen Rat geben. Einen Rat, der mir als Polizistin manchmal schwergefallen ist: Im Zweifel für den Angeklagten.«

KAPITEL 72

Das Archiv befand sich zwei Etagen unter der Tiefgarage.

»Intern *Abteilung UG 2* genannt«, schmunzelte Emilia. »Böse Zungen übersetzen UG mit *UnterGetaucht,* statt Untergeschoss. Wobei das gar nicht so falsch ist. Wen man auf der Oberfläche nicht mehr sehen will, landet hier.«

»Interessant«, bemerkte Marcel trocken.

An einer Stahltür blieb Emilia stehen und drückte einen einsamen Klingelknopf an der Wand. Ein Schild oder irgendeinen Hinweis, dass sich an diesem Ort das Polizeiarchiv von Bari und Trani befand, suchte er vergebens. Wer hier herunterkam, wusste, wo er hinwollte.

Nach einem weiteren Klingeln streckte ein griesgrämig dreinblickender älterer Mann den Kopf zur Tür heraus, um nachzusehen, wer da die Frechheit besaß, im Zeitalter von Computerrecherche zu stören. Als er jedoch den Vize-Questore erkannte, öffnete er die Tür ganz und nahm Haltung an.

»Vize-Questore. Welch überraschender Besuch. Die inoffiziellen Katakomben erstrahlen durch Ihr Erscheinen.«

»Schon recht, Giorgio. Ich hab Ihnen etwas mitgebracht«, erwiderte Emilia lakonisch.

Mit gespielter Gier riss er ihr den Schokoriegel, den sie ihm hinhielt, aus der Hand.

»Ah, Sie haben die Raubtierfütterung nicht vergessen, wie schön.«

»Genug, Giorgio. Ich habe einen Besucher bei mir.«

Jetzt erst schien er auch Marcel wahrzunehmen.

»Buongiorno, Signor Grünwald«, begrüßte er ihn zuvorkommend.

Marcels Gesicht machte aus seiner Verblüffung keinen Hehl.

»Wenn so ein berühmter Mann unser Haus besucht, spricht sich das schnell herum. Derart außergewöhnliche Nachrichten erreichen dann selbst mich hier unten«, freute er sich sichtlich.

»Sofia«, bemerkte Emilia. »Wer solche Verehrerinnen hat, braucht keine Werbung mehr.«

»Offensichtlich.«

Nach diesem Geplänkel bat Giorgio sie endlich herein. Allerdings endete ihr Weg vor einer weiteren Stahltür. Im Gegensatz zur ersten besaß sie ein Fenster, an der Wand daneben eine Sprechanlage sowie ein Zahlenfeld.

»Nur wer die richtige Kombination kennt, kommt hier herein«, erklärte der Archivar, während er eine lange Zahlenreihe eintippte. Mit einem Summen öffnete sich die Tür, um den Blick auf endlose Regalreihen freizugeben, in denen alte Akten und abgegriffene Dossiers wild durcheinandergewürfelt zu lagern schienen.

Giorgio bemerkte Marcels kritischen Blick.

»Lassen Sie sich nicht irritieren, Signor Grünwald. Hier herrscht perfekte Ordnung im Chaos. Ich finde Ihnen jeden Fall, jeden Vorgang schneller als ein Computer. Giorgio lebt, ich meine selbstverständlich, arbeitet hier seit zweiunddreißig Jahren. Keiner kennt seine Schätze so gut wie ich. Nicht wahr, Vize-Questore?«

Emilia schenkte ihm ein strahlendes Lächeln, das dieser kauzige Typ dankbar entgegennahm.

»Womit kann ich Ihnen dienen? Welche Akte suchen Sie?«

Endlich, dachte Marcel, kamen sie zur Sache.

»Trani. Vor etwa zehn Jahren. Ein Badeunfall. Claudine Grünwald.«

»Oh ja, ich erinnere mich. Sie waren zuständig. Sie waren damals noch Commissaria«, sprudelte es aus Giorgio heraus.

Marcel schaute auf das offensichtliche Chaos von Regalen und Akten, dann wieder zu Giorgio. Wie konnte sich der Mann wie aus der Pistole geschossen bei so vielen Fällen an den von Claudine in Trani vor zehn Jahren erinnern? Wahnsinn!

Um die Verblüffung komplett zu machen, bemerkte Giorgio: »Ich werde sie Ihnen sofort holen. Dauert nur einen Moment.«

Mit einer Behändigkeit, die man seinem Alter nie zugetraut hätte, verschwand er zwischen den Regalen, um Augenblicke später wieder aufzutauchen.

»Hier ist sie«, reichte er dem Vize-Questore eine dünne Kladde.

Emilia ging zum nächsten Schreibtisch, knipste die darauf stehende Lampe an und überflog die wenigen Dokumente, die sich darin befanden.

Marcel schaute ihr über die Schulter: Ein Bericht des Leichenbeschauers, bei der eine überschaubare Anzahl an Standardfragen mit Kästchen für *Sì* oder *No* angekreuzt waren, einige Schriftstücke mit Zeugenaussagen von Hotelangestellten und Gästen, plus ein paar weitere Seiten mit einer von der deutschen Botschaft beglaubigten Übersetzung. Die Blätter waren kaum noch lesbar. Ferner lagen zwei großformatige Fotoabzüge von der Vorder- und Rückseite der Leiche bei, beide ziemlich verblasst und vom Zahn der Zeit reichlich mitgenommen.

»Tja, das wird uns nicht gerade weiterhelfen«, stellte Emilia enttäuscht fest. »Die Fotos wären wichtig gewesen.«

Sie drehte sich zu Marcel um.

»Lassen Sie die Sache auf sich beruhen. Lassen Sie sich nicht Ihr Leben durch einen rachsüchtigen alten Mann verderben.«

»Sie haben gewiss recht. Das sollte ich wirklich. Ich danke Ihnen sehr. Würden Sie mir die Freude machen und mit mir zu Abend essen?«

»Mit Vergnügen, aber ich habe noch berufliche Verpflichtungen. Ein anderes Mal sehr gerne.«

Ihr Bedauern klang aufrichtig.

Sorgfältig legte sie die Unterlagen zurück in die Kladde und reichte sie dem Archivar.

»Danke. Die sind bedauerlicherweise unbrauchbar geworden. Bei nächster Gelegenheit können Sie die in den Reißwolf geben.«

»Oh, dort sollten sie schon längst sein. Ich bin nur noch nicht dazu gekommen. Deswegen konnte ich mich ja so gut daran erinnern und habe sie so schnell gefunden. Ich habe sie erst vor ein paar Tagen aussortiert, als die Anweisung vom Ministerium kam, alle Akten zu vernichten, die älter als zehn Jahre sind und keine Mordfälle betreffen.«

Doch kein Genie, dachte Marcel ein wenig enttäuscht.

»Allerdings nur die, die im Rahmen eines Versuchsprojektes zur vollautomatischen Analyse von Daten bereits gescannt worden sind«, fuhr er fort.

»Die Akte ist digitalisiert worden?«, fragte Emilia nach.

»Sì. Als Teil dieses Projektes musste ich zweitrangige Akten für einen Testlauf heraussuchen. Akten, die, wenn etwas schiefgehen sollte, niemand vermissen würde, sogenannte Archivleichen. Deswegen fehlen auch die Negative zu den Fotos. Die wurden separat gescannt.«

»Giorgio, wie komme ich an die Daten heran?«

»Sie liegen auf dem Server. Ich schicke Ihnen gerne den Link. Das Passwort gebe ich Ihnen jetzt gleich mit.«

Mühsam versuchte er, die erforderliche Buchstaben-Zahlenkombination gut lesbar aufzuschreiben.

»Hier bitte.«

Er reichte ihr den Zettel.

»Danke, Giorgio. Zur Sicherheit leihe ich mir die Akte doch kurz aus. Sofia wird sie Ihnen persönlich zurückbringen.«

Bei der Erwähnung des Namens leuchteten die Augen des Archivars auf.

»Es wird mir ein Vergnügen sein, Sofia hier unten begrüßen zu dürfen«, freute er sich sichtlich und begleitete seine Besucher hinaus.

»Er ist ein wenig verknallt in sie«, erklärte Emilia, als der Fahrstuhl sie wieder ins oberste Stockwerk brachte. »Nur die platonische Liebe eines alten Mannes, der die Blüte der Jugend verehrt.«

In ihrem Büro setzte sie sich direkt vor den Computer. Giorgio hatte den Link bereits übermittelt. Nach der Passworteingabe öffnete sich die Suchmaske problemlos.

Gruenwald, Claudine, tippte sie mit flinken Fingern auf der Tastatur.

Wenige Sekunden später erschien die Akte auf dem Display. Alles war gestochen scharf und perfekt lesbar. Kein Vergleich mit den Originalpapieren. Emilia wechselte zu den beiden Fotos. Hochauflösend und farblich optimiert konnten sie keinen größeren Kontrast zu den Abzügen in der Kladde darstellen.

Als sie die Vorderansicht von Claudines Leiche bildfüllend öffnete, musste Marcel sich spontan abwenden. Das vom Wasser aufgedunsene Gesicht und der Körper, das war nicht seine Claudine, wie er sie in seiner Erinnerung bewahrte.

Emilia zoomte in das Bild hinein, um einzelne Bereiche zu vergrößern. Mit professionellem Auge suchte sie nach Auffälligkeiten.

»Wenn Sie durch Fremdverschulden unter Wasser gezogen wurde, müssten wir an den Fesseln ringförmige Blutergüsse finden. Die Hände des Täters mussten schon ordentlich zupacken, um eine gesunde, kräftige Frau wie Claudine unter Wasser zu ziehen. Das hinterlässt deutlich sichtbare Spuren.«

Sie bewegte den Cursor über die Menüleiste. Als sie fand, wonach sie suchte, markierte sie den Bereich zwischen Fuß und Unterschenkel und wählte in dem Menü die Option *Automatische Bildanalyse* aus. In Bruchteilen von Sekunden erhöhte sich die Auflösung, veränderten sich Farben und Struktur.

Ungläubig schüttelte sie mit dem Kopf. Sie speicherte das Ergebnis ab, bevor sie dieselbe Prozedur am anderen Fuß und den beiden Handgelenken wiederholte. Anschließend ließ sie die bearbeiteten Bildausschnitte sowie die restlichen Seiten der Akte farbig ausdrucken. Wenige Sekunden später nahm sie das Papier aus dem Drucker.

Mit besorgter Miene wandte sie sich Marcel zu.

»Es tut mir aufrichtig leid.«

Bevor sie weitersprach, warf sie erneut einen Blick auf die vergrößerten Bildbereiche.

»Ihre Frau, Claudine, scheint tatsächlich einem Verbrechen zum Opfer gefallen zu sein.«

Mit ausdruckslosem Gesicht reichte sie ihm die Ausdrucke über den Schreibtisch.

»Sehen Sie die blauroten Verfärbungen an den Hand- und Fußgelenken? Das sind eindeutig Blutergüsse. Der Größe nach zu urteilen von Männerhänden. Es waren ganz offensichtlich zwei Täter. Der eine, der Ihrer Frau die Hände, und der andere, der ihr die Füße festhielt. Gemeinsam zogen sie sie unter Wasser. Ihre Frau hatte keine Chance. Nicht gegen zwei kräftige Männer.«

Marcel wurde schwindelig. Obwohl er saß, wollte sich der Boden unter ihm auflösen.

»Sind Sie sicher?«, fragte er mit fahler Stimme nach.

»Die Male sind eindeutig.«

»Aber warum hat man das damals nicht schon gesehen? Solche Blutergüsse müssen dem Leichenbeschauer doch aufgefallen sein.«

»Routine. Damals waren die Blutergüsse nicht so auffällig sichtbar, wie durch diese Hightechbildanalyse. Zudem war das für unseren Rechtsmediziner ein Routinefall. Es gab keinen Hinweis auf eine

Straftat. Alles wies auf einen gewöhnlichen Badeunfall hin, so wie er in den Sommermonaten leider allzu oft vorkommt. Da hätte der Mann schon sehr aufmerksam hinschauen müssen. Aber dazu fehlt bei der permanenten Arbeitsüberlastung einfach die Zeit. Vorwiegend in der Ferienzeit ist die Gerichtsmedizin chronisch unterbesetzt, weil es an qualifizierten Urlaubsvertretungen mangelt. Vielleicht war es ja so eine Vertretung, die den Fall Ihrer Frau auf dem Tisch hatte. Ich kann nur Vermutungen anstellen, besonders jetzt nach zehn Jahren.«

»Aber Mord verjährt nicht, soweit ich weiß?«

»Nein, das tut er nicht. Bloß, wie sollen wir nach zehn Jahren noch einen, geschweige denn zwei Täter finden und überführen? Wie soll ich nach zehn Jahren sinnvolle Ermittlungen aufnehmen und Beweise beibringen?«

»Es werden doch oft viel ältere Fälle wieder aufgerollt, wenn sich neue Beweise ergeben«, insistierte Marcel.

»Wenn neue Beweise vorliegen. Im Fall Ihrer Frau haben wir anhand dieser modernen Hightechbildanalyse eindeutige Indizien ermitteln können, aber Indizien sind keine Beweise. Wir haben keine Fingerabdrücke, keine DNA oder andere verwertbare Spuren, die als Beweise vor Gericht standhalten würden. Und nach so langer Zeit werden wir die an einem Tatort wie dem Meer und einem Urlaubshotel auch nicht mehr entdecken«, seufzte sie resigniert. »Ich würde Ihnen so gerne helfen, die Mörder Ihrer Frau zu finden.«

Es war unschwer in seinem Gesicht abzulesen, wie enttäuschend Emilias Erläuterungen für ihn waren.

»Marcel, lassen Sie mich Ihnen einen Rat geben. Seien Sie sehr vorsichtig, wem Sie eine Schuld am Tod Ihrer Frau zuweisen wollen. Sie haben jetzt die Bestätigung, dass Claudine getötet wurde, doch Sie werden nicht beweisen können, wer es getan hat. Als Polizistin musste ich berufsbedingt lernen, mit so einer unbefriedigenden Situation umzugehen, und ich schaffe es heute noch nicht, sie zu akzeptieren.«

»Aber Roberto hat mir die Täterin genannt.« Marcel war nicht bereit, Emilias Standpunkt zu seinem zu machen. »Ich werde sie zu einem Geständnis zwingen.«

»Marcel, tun Sie das nicht. Ein erzwungenes Geständnis wäre sowieso vor Gericht wertlos. Warum sollte sie gestehen, sich selbst lebenslang ins Gefängnis bringen, wo sie doch eine Tochter und einen Mann hat, den sie liebt? Und vergessen Sie eins nicht: Was ist, wenn sie unschuldig ist? Wenn Roberto gelogen hat? Er die Situation einfach nur ausnutzt? Vielleicht haben seine Anschuldigungen überhaupt nichts mit Claudines Tod zu tun. Vielleicht gibt es ganz andere, profanere Gründe, warum Ihre Frau sterben musste. Zwei Machos, die Ihre Frau im Wasser anbaggern, abgewiesen werden, sich rächen, indem sie ihr einen Schrecken verpassen, es übertreiben und in Panik abhauen, als sie merken, welch schweren Fehler sie begangen haben. Auch das wäre eine plausible Erklärung für die Blutergüsse. Infolgedessen wäre es Totschlag. Ein Unfug, der aus dem Ruder gelaufen ist. Viele Morde können nicht aufgeklärt werden. Wenn auf den Friedhöfen der Welt für jeden Toten, der ein unentdeckter Mord ist, eine Kerze angezündet würde, dann wären sie nachts hell erleuchtet, sagt man. Als Polizistin muss auch ich mich damit abfinden. Das ist kein Trost für den eigenen Verlust, aber so ist das Leben. Sie sind bedauerlicherweise kein Einzelfall.«

Marcel hatte genug gehört. Ihm schwirrte der Kopf. Das war einfach alles zu viel auf einmal.

»Kann ich die Ausdrucke bekommen?«

»Normalerweise nicht, aber ich weiß, dass Sie über ausreichend Anwälte verfügen, die dafür sorgen, dass Sie sie erhalten.«

Emilia reichte ihm die Papiere hinüber.

Gedankenverloren blätterte Marcel sie durch. Unvermittelt blieben seine Augen auf der beglaubigten Übersetzung des Berichtes der Gerichtsmedizin hängen. Er überflog die Diagnose, um eventuell doch noch einen Hinweis zu entdecken, der nicht die entsprechende Beachtung gefunden hatte. Unerwartet fixierte sein Blick eine Frage mit einem Ja/Nein-Kästchen als Option für eine Antwort: *Konnte eine Schwan-*

gerschaft nachgewiesen werden? Sekundenlang blickte er auf die Stelle, an der der Gerichtsmediziner sein Kreuz gesetzt hatte: Das Kästchen für *Ja*. Sein Mund wurde trocken. Ein schmerzhafter Blitz durchzuckte sein Gehirn.

»Kann ich noch einmal das Original der beglaubigten Übersetzung sehen?«, fragte er mit zittriger Stimme.

Emilia zog die Blätter aus der vergilbten Archivkladde.

Rasch fuhr er mit dem Finger den Text entlang, bis er abrupt stoppte. Die Tinte war verblichen, aber zweifelsfrei war das Ja-Kästchen angekreuzt. Er gab Emilia die Blätter zurück und zeigte starr auf die Stelle.

»Sie war schwanger«, flüsterte er verzweifelt.

Emilia las den Text.

»Mein Gott!«, rief sie. »Das habe ich nicht gewusst. Das habe ich nicht gewusst«, stammelte sie.

Sie stand auf, ging um den Schreibtisch, hockte sich vor ihm nieder und ergriff seine Hände. »Das habe ich nicht gewusst. Das müssen Sie mir glauben.«

»Es ist eh zu spät. Alles zu spät.«

Sein Gesicht war totenbleich, seine Stimme ein Hauch ihrer selbst.

Das war es gewesen, womit Claudine ihn hatte überraschen wollen, dass er Vater werden würde, sie beide Eltern. Und er hatte geglaubt, es handelte sich nur um ein weiteres Set raffinierter italienischer Dessous, welche sie ihm am nächsten Abend präsentieren wollte.

Tränen bahnten sich ihren Weg und tropften auf Emilias Hände herab.

»Es tut mir so leid«, beteuerte sie.

Sein Herz zerbarst in diesem Augenblick, und er wusste, dass es nur einen Schatten seiner selbst an der Wand hinterlassen würde.

KAPITEL 73

Emilia rief einen Kollegen. Gemeinsam hievten sie Marcel auf die Couch in der Besprechungsecke ihres Büros.

»Holen Sie einen Grappa, Sergente Marinetti«, befahl sie dem kräftig gebauten Polizisten.

»Hier in der Questura?«

»Dort drüben im Schrank.«

»Nein danke. Es geht wieder. Der Schock«, stammelte Marcel, bevor er erneut bewusstlos wurde.

»Der Grappa«, wiederholte Emilia. »Avanti!«

Der stechende Geruch des Alkohols holte Marcel zurück in die Wirklichkeit. Mit zittrigen Fingern griff er nach dem Glas und nippte daran.

Emilia winkte den Polizisten hinaus.

»Danke. Sie können gehen.«

Sie setzte sich auf die Kante des Sofas. Erneut umfasste sie seine Hände.

»Auch wenn es noch so hart klingen mag, selbst diese schreckliche Nachricht ändert nichts an den Fakten«, versuchte sie, so rücksichtsvoll wie möglich zu erklären.

»Oh doch, das tut es. Nun ist es ja wohl ein Doppelmord, oder nicht?«, reagierte er bissig.

»Das ist es. Aber nur Claudine wusste davon. Sie hatte es keinem erzählt, auch Ihnen noch nicht. Also hatte niemand die Absicht, das Kind zu töten, sondern nur Ihre Frau. Eine Verkettung unglücklichster Umstände.«

Sie hasste sich für die Art und Weise, mit der sie über seinen tragischen Verlust sprach. Sie war jahrelang Polizistin, Kriminalbeamtin gewesen, und nun Vize-Questore des Polizeipräsidiums von Bari. So musste sie in ihrem Job reden. Jeden Tag.

»Der Fall ist noch nicht erledigt, das schwöre ich Ihnen«, brach es zornig aus ihm heraus.

»Ich weiß«, sagte sie mitfühlend. »Sie können nicht anders. Das verstehe ich. An Ihrer Stelle würde ich genauso reagieren. Sie müssen mir bitte nur eines versprechen, überlegen Sie vorher gründlich, was Sie tun. Handeln Sie niemals übereilt. In dieser Sache können Sie die Menschen, die Sie lieben, so schwer verletzen, dass die Wunden, die Sie ihnen unter Umständen beibringen, nie mehr heilen werden. Denken Sie immer daran, bevor Sie etwas unternehmen.«

Diese Worte Emilias waren die ersten, die eine beruhigende Wirkung auf ihn hatten.

»Sie haben recht. Es wäre schön, wenn Sie mir helfen würden, indem Sie mich daran erinnern.«

Er hob ihre Hände an seinen Mund und küsste sie.

KAPITEL 74

Emilia Brendani ließ alle Termine für den Nachmittag und Abend absagen, um mit Marcel essen zu gehen. In der Verfassung konnte sie ihn unmöglich allein lassen.

»Danke.«

»Wofür?«

»Das Sie mir wieder wie ein Schutzengel zur Seite stehen.«

»Ihr Schicksal lässt mich nicht unberührt. Tief im Innern der Polizistin steckt ein Mensch, dem Ihre Geschichte, damals wie heute, zu Herzen geht.« Sie lächelte ihn an. »Das Leben kann brutal sein. In meiner Laufbahn habe ich einen Eindruck davon bekommen, wie sehr sogar. Bei all dem Schmerz, bei all der Grausamkeit, darf man niemals die schönen Dinge des Lebens vergessen, die Menschen, die man liebt, Verwandte, Freunde. Sie alle sind Teil der guten Seite. An ihr muss man sich orientieren, nicht an der bösen.«

»Sie sind nicht nur eine tüchtige Polizistin, sondern obendrein eine Philosophin«, lächelte Marcel das erste Mal zurück.

»Lediglich Menschenkenntnis, gepaart mit ein wenig Lebensweisheit. Aber nur so ein bisschen.«

»Ihre Gegenwart tut mir so gut. Wie damals. Ich stehe tief in Ihrer Schuld. Wie kann ich das je wiedergutmachen?«, fragte er verlegen.

»*Indem Sie mich heiraten. Das Leben, das Sie bisher geführt haben, liegt in Schutt und Asche. Warum fangen Sie nicht ein neues an? Mit mir. Ein ganz normales, ohne Milliarden, nur Sie und ich und Ihre kleine Tochter. Ihre Frau können Sie jetzt doch unmöglich weiterhin lieben. Nicht nach dem heutigen Tag. Überführen können wir sie nicht, also gibt es nur eine Möglichkeit: Sie bringen sie um und verpfuschen sich damit den Rest Ihres Lebens, indem Sie im Knast landen und Ihre Tochter im Stich lassen. Da bin ich doch die wesentlich bessere Alternative. Ich werde alles tun, um Ihnen eine treue Frau und Ihrer Tochter eine gute Ersatzmutter zu sein. Und meine Beine …*«, demonstrativ zog sie ihren Rock hoch, bis die Spitze eines Strumpfbandes sichtbar wurde, »*… sind auch nicht zu verachten.*«

»Sie brauchen mir nicht zu danken«, erwiderte Emilia stattdessen. »Es ist einfach schön, einem anderen Menschen zu helfen. Sie erinnern sich bestimmt, nicht wahr?«

»Würden Sie mir den Gefallen tun, meine Frau kennenzulernen? Sie als erfahrene Kriminalkommissarin mit Ihrem geschulten Auge, der Erfahrung aus zahllosen Verhören könnten gewiss feststellen, ob an der Behauptung Robertos etwas dran ist. Sie können am Angstschweiß riechen, ob jemand schuldig ist oder nicht.«

Emilia lachte bei der letzten Formulierung laut auf.

»Ich bin doch kein Spürhund. Nein, nein. Das halte ich für gar keine gute Idee. Der einzig sinnvolle Ansatz wäre, diesen Roberto zu finden, um Details aus ihm herauszuquetschen. Aber so, wie Sie ihn mir geschildert haben, ist er bereits über alle Berge und ward nicht mehr gesehen. Er hat erfolgreich Ihre Gedanken verseucht. Beim Rest musste er nicht einmal selber nachhelfen. Er war sich sicher, dass Sie das ganz von alleine tun würden. Und er hat recht behalten. Psychologische Kriegsführung nennt man so was.«

»Das ist wahr. Nur, ich kann nicht anders. Diese Ungewissheit, ob Mariana den Auftrag für die Ermordung meiner Frau und unseres ungeborenen Kindes erteilt hat, ist unerträglich. Ich brauche einfach Klarheit.«

»Ja, aber nur ein Geständnis von ihr könnte Ihnen die Gewissheit geben. Falls Mariana nicht gesteht, sondern Ihnen hoch und heilig auf das Grab ihrer Eltern schwört, dass sie nichts, aber auch gar nichts mit dem Tod von Claudine und ihrem Kind zu tun hat, würden Sie ihr dann glauben? Vorbehaltlos?«

Marcel schwieg betreten.

»So eine Scheißsituation«, brach es plötzlich aus ihm heraus.

»So ist recht. Kotzen Sie sich nur aus«, kommentierte Emilia den vulgären Ausbruch. »Das hilft zwar nicht wirklich, erleichtert jedoch ungemein. Immer raus damit. Nehmen Sie keine Rücksicht auf Damen, die an Ihrem Tisch sitzen.«

»Entschuldigung. Ich entschuldige mich sehr. Aber warum muss mir das passieren?«

»Warum, warum, warum? Haben Sie eine Ahnung, wie viele Leute sich das genau in diesem Augenblick auf der ganzen Welt fragen? Warum diagnostiziert der Arzt ausgerechnet bei mir unheilbaren Krebs? Das ist Schicksal. Niemand bittet darum. Die große Herausforderung unseres Daseins ist es, gerade mit solch schweren Schicksalsschlägen angemessen umzugehen. Die Flinte nicht gleich ins Korn zu werfen. Sich an den guten, den schönen Dingen des Lebens solange zu erfreuen wie möglich. Auch wenn es brutal klingt: Sie werden an Ihrem Unglück nicht sterben. Zwar leiden, aber weiterleben.«

»Ist es dann nicht besser zu sterben?«, fragte er trotzig.

»Der Mensch weiß die Gesundheit und das Leben immer erst zu schätzen, wenn ihm eines von beiden genommen werden soll. Seien sie also nicht überheblich und gehen Sie nicht leichtfertig damit um. Das passt nicht zu Ihnen als vernünftiger Mensch, mit dem es das Schicksal bisher so gut gemeint hat.«

»Sie haben recht. Es tut mir leid. Ich bin halt sehr durcheinander«, entschuldigte er sich kleinlaut.

»Ist ja kein Wunder. Nehmen Sie sich die Zeit und denken Sie mit Besonnenheit über alles nach. Sie müssen wichtige Entscheidungen treffen, und das sollten Sie keinesfalls vorschnell tun. Auch wenn Ihr Herz jetzt brennt. In der Ruhe liegt die Kraft. Reden Sie mit Ihrem besten Freund über das Ganze. Holen Sie sich seinen Rat ein, bevor Sie in der Hitze des Gefechts handeln. Ich bin jederzeit da, wenn Sie Hilfe brauchen.« Sie zwinkerte ihn zu. »Sie sehen, so schlecht meint es das Leben gar nicht mit Ihnen.«

KAPITEL 75

Direkt nach dem Abendessen mit Emilia kehrte er nach Neapel zurück. Ihr Ratschlag, mit seinem besten Freund darüber zu reden, hatte den stärksten Eindruck hinterlassen. Sie war eine tolle Frau. Warmherzig, einfühlsam, und hübsche Beine hatte sie auch. Er schmunzelte über die Szene auf der Parkbank, wie er ungeniert auf ihre Beine geschielt hatte und vor Scham errötet war, weil sie es sogleich bemerkt hatte. Obwohl zehn Jahre dazwischen lagen, war sie genauso fürsorglich gewesen wie damals.

Doch zunächst wollte er Abstand gewinnen, um einen klaren Kopf zu bekommen. Die Besichtigung der Ausgrabungsstelle von Pompeji war eine willkommene Ablenkung. Ein weiterer Tag in der quirligen Innenstadt von Neapel würde ihm ebenfalls guttun. Anschließend hatte er vor, über Marseille nach Hause zu fliegen, um Paul und Jacqueline einen Besuch abzustatten. Was danach geschehen sollte, blieb abzuwarten.

Eine knappe Stunde, nachdem der Jet in Marseille gelandet war, klingelte er an der Tür der Marineaux'.

»Was machst *du* denn hier?«, wurde er von Jaqueline empfangen.

Mit den üblichen Bisous auf die linke und rechte Wange umarmte sie ihn.

»Komme ich ungelegen?«, fragte er unsicher.

»Du kannst kommen, wann immer du willst. Schließlich bist du hier zu Hause.«

»Ich war in Süditalien und dachte, ich schau auf dem Rückweg mal kurz vorbei.«

»Weil es auf dem Weg liegt«, bemerkte Jacqueline ein wenig skeptisch, denn es war nicht Marcels Art, so unangemeldet vor ihrer Tür zu stehen.

Marcel wusste, dass es keinen Sinn hatte, sich in Ausreden zu flüchten.

»Ich muss mit Paul sprechen. Ist er da?«, fiel er mit der Tür ins Haus.

»Er ist unterwegs. Aber er kommt gleich wieder. Holt nur ein Ersatzteil für den Bootsmotor.«

Mit der Hand fasste sie an sein Kinn und drehte seinen Kopf so, dass er ihr direkt in die Augen sehen musste.

»Was ist los?«, fragte sie fürsorglich. »Ich spür doch zwanzig Seemeilen gegen den Wind, dass was nicht in Ordnung ist.«

Marcel wusste, dass es keinen Zweck hatte, weiter um den heißen Brei herumzureden.

»Ich habe ein großes Problem.«

»Das kann man unschwer an deinem Gesicht ablesen. Komm rein. Wir setzen uns in den Innenhof, und dann erzählst du mir alles.«

»Tut mir sehr leid, Jacqueline, aber darüber kann ich nur mit Paul reden.«

»Ein Männerproblem also«, folgerte sie mit einem bedächtigen Kopfnicken. »Er muss jeden Augenblick wieder da sein. Ich koch uns einen starken Kaffee. Das hilft, einen wachen Kopf zu bekommen.«

Mit Sorgenfalten auf der Stirn machte sie sich auf den Weg in die Küche.

Marcel setzte sich an den langen Holztisch im Innenhof. Das Wasser des Brunnens verbreitete eine angenehme kühle Luft. Die Wände waren überzogen mit blühenden Sommerblumen. Er atmete den feinen Duft der Blüten ein. Der Wohlgeruch entspannte ihn für den Moment.

Gerade als Jacqueline aus der Küche kam, betrat Paul den Innenhof. Sein Blick fiel erst auf seine Frau, die ein schwer beladenes Tablett balancierte, und dann auf den Gast, der mit dem Rücken zu ihm am Holztisch saß.

»Wir haben Besuch bekommen«, begrüßte sie ihren Mann.

»Das sehe ich«, entgegnete Paul trocken.

Eigentlich war er nur kurz nach Hause gekommen, um Werkzeug zu holen. Danach wollte er gleich zum Hafen, um das Ersatzteil einzubauen. Neugierig, wer da seinen Vormittag durcheinanderbrachte, ging er um den Holztisch herum. Sobald er Marcel erkannte, hellte sich sein Gesicht auf. Mit kräftiger Hand schlug er ihm auf die Schulter.

»Mon Ami, was treibt dich denn hierher? Wo ist deine Frau? Wo ist meine süße kleine Luisa?«

Marcels Gesichtsausdruck dämpfte seine Freude über das unerwartete Wiedersehen. Er sah zu Jacqueline hinüber. Ihre Miene bestätigte ihm, dass etwas nicht in Ordnung war.

»Was ist los, mein Junge?«, fragte er ernst.

»Kann ich mit dir reden?«, erwiderte Marcel ungewohnt schüchtern.

»Was für eine Frage. Natürlich. Schieß los.«

»Allein. Ich muss allein mit dir sprechen.«

Entschuldigend blickte er zu Jacqueline.

»Männerprobleme«, flüsterte sie ihrem Mann kaum hörbar zu.

»Verstehe. Lass uns einen Kaffee trinken. Danach kommst du mit zum Hafen. Wir bauen kurz das Ersatzteil in den Motor ein und fahren dann raus. Da sind wir ungestört«, schlug er, ohne weitere Fragen zu stellen, vor.

»Danke«, antwortete Marcel.

Er nahm die Tasse, die Jacqueline ihm hingestellt hatte, und trank schweigend.

Dass er nichts sagte, nichts von zu Hause erzählte, machte Paul unruhig. Was konnte passiert sein, dass es dem Jungen derart die Laune verhagelt hatte? Jacqueline und er wechselten besorgte Blicke.

»Möchtest du noch eine Tasse?«, hielt sie ihm die Kanne entgegen.

»Nein danke.«

»Du, Paul?«

»Non merci, Chérie.«

»Lass uns losgehen«, wandte er sich an Marcel, »umso eher können wir miteinander reden.«

KAPITEL 76

»Die Drosselklappe hat sich verbogen. Als ich sie mit der Zange richten wollte, ist sie abgebrochen. Jetzt muss ich 'ne neue einbauen. Dauert fünf Minuten. Ist nicht kompliziert.«

Marcel schaute ihm schweigend zu.

Die Stille des Jungen machte Paul zunehmend nervös. Kein Scherz, keine flapsige Bemerkung. Es schien ihm wirklich etwas schwer auf der Seele zu liegen.

Er beeilte sich, damit sie so schnell wie möglich wegkamen. Wenige Minuten später drückte er auf den Anlasser. Gott sei Dank sprang der Motor gleich beim ersten Versuch mit einem lauten Blubbern an. Wie in Trance machte Marcel die Leinen los. Paul gab Gas und steuerte aufs offene Meer zu, bevor er das Boot in eine der Buchten der Calanques manövrierte, wo er Anker warf. Aus einer Kiste holte er eine Flasche Pastis, zwei Gläser sowie eine Plastikflasche Wasser.

Marcel stand eigentlich gar nicht der Sinn nach Alkohol, zumal es erst kurz vor Mittag war. Aber er wollte kein Spielverderber sein. Mit ausdruckslosem Gesicht nahm er das Glas mit dem trüben Inhalt entgegen und stieß mit Paul an.

»Santé«, prostete er ihm tonlos zu.

Paul schaute Marcel eine Weile schweigend an.

»Können wir in die andere Bucht fahren«, bat Marcel plötzlich. »Du weißt schon welche.«

»Wie du möchtest. Kein Problem. Sie ist ganz in der Nähe.«

Paul lichtete den Anker. Ohne dass sie auch nur ein weiteres Wort sprachen, steuerte er das Boot in dieselbe Bucht wie vor zehn Jahren. Erneut fiel der Anker über Bord.

Marcel starrte wie hypnotisiert auf die Sternchen im Wasser, die durch Sonnenreflexionen auf den Wellen erzeugt wurden.

Paul wartete geduldig. Der Junge schien offensichtlich in einer Krise zu stecken. Und so wie es aussah, in einer ganz ordentlichen.

Plötzlich begann Marcel zu weinen. Zu weinen wie ein Schlosshund. Tränen rannen ihm übers Gesicht, ohne dass er sich die Mühe machte, sie abzuwischen. Sie versanken im Meer so wie vor zehn Jahren die Asche von Claudine.

Paul ließ ihn ungestört trauern. Was hätte er auch sagen sollen? Er war damals dabei gewesen. Die Erinnerung daran war bei ihm genauso wach wie bei Marcel.

Nach einer Weile setzte er sich neben ihn. Marcel kramte umständlich ein Taschentuch aus der Hosentasche, um sich die Nase zu schneuzen. Den feuchten Spuren der Tränen schenkte er keine Beachtung.

»Sie ist nicht ertrunken. Sie wurde ermordet. Zwei Männer haben sie unter Wasser gezogen und jämmerlich ertrinken lassen.«

Eine heftige Tränenattacke ließ ihn aufschluchzen.

Pauls Gesicht wurde aschfahl. Alles, aber nicht das, hatte er erwartet. Er umarmte Marcel. Still und voll Trauer. Was hätte er in diesem Augenblick dafür gegeben, den Jungen ein wenig zu trösten. Ihm fielen keine Worte ein, mit denen er sein Mitgefühl hätte angemessen ausdrücken können. So schwieg er, drückte ihn nur fest an sich.

Nachdem er sich etwas beruhigt hatte, löste Marcel sich aus der Umarmung.

»Kann ich noch einen Pastis haben?«, bat er leise.

»Natürlich, mein Junge, so viel du von dem Zeug vertragen kannst. Ich habe genug davon an Bord. Und als alter Seebär habe ich selbstverständlich noch eine Flasche Rum in der Kombüse, wenn du was Stärkeres brauchst.«

Bei der Miene, die Paul dabei verzog, musste Marcel unwillkürlich lächeln.

Nachdem Paul großzügig vom Rum eingeschenkt hatte, blickte er Marcel ernst an.

»Und nun, mein Junge, ist es Zeit, dass du mir alles erzählst.

Nach einem langen Zug aus dem Glas fing Marcel an, von Roberto und den Anschuldigungen zu berichten, von Martin und dem Verlag, von Emilia und den Bildern mit den Blutergüssen – und dass Claudine schwanger war.

Im Verlauf von Marcels Schilderung hatte Paul fleißig nachgeschenkt, sodass die Flasche leer war, als Marcel zum Schluss das Gesicht in die Hände legte, um erneut zu weinen.

»Weine nur, mein Junge. Weine, bis du keine Tränen mehr hast.«

Mehr wusste er nicht zu sagen.

Damals, der Unfall seines Sohnes beim Motocross-Rennen. Das einzige Kind durch so einen Leichtsinn zu verlieren, das war ein verdammt harter Schicksalsschlag für ihn gewesen. Doch was Marcel ihm da erzählte, das sprengte seine Vorstellungskraft, das ging über seinen Verstand. Die schwangere Ehefrau im Urlaub ermordet, und die zweite Frau und Mutter seiner Tochter als Tatverdächtige.

»Irgendwo muss ich noch eine Flasche haben«, murmelte er.

»Nein, genug, die halbe, die wir leer gemacht haben, reicht. Der Alkohol hilft eh nur für den Moment.«

»Du hast recht. Der Suff tröstet nicht wirklich.«

»Was soll ich nur tun? Wie soll ich damit umgehen, Paul? Hilf mir! Gib mir bitte einen Rat!«, flehte Marcel ihn an.

»Oh Gott, mein Junge. Was soll ich dir da raten? Sicher, ich bin ein gutes Stück älter als du. Ja, ich könnte sogar dein Vater sein. Aber wer hat so viel Lebensweisheit, um in einer so fürchterlichen, absurden Situation einen vernünftigen Rat geben zu können?«

Verzweifelt legte er den Kopf in die Hände.

»Ich weiß nicht, was ich überhaupt sagen soll. Ein Irrtum ist ausgeschlossen?«, fragte er vorsichtig nach.

»Emilia sagt, dass die Spuren auf den Bildern keinen anderen Schluss zulassen. Aber das ist nicht das Schlimmste. Am schlimmsten ist die Anschuldigung Robertos, eines Mannes, der Mariana von Kindesbeinen an kennt, der in Trani und Bari dabei war. Ich habe sie damals ja selbst dort gesehen. Sie beide und unseren neuen Sicherheitschef Mario. Er war es angeblich, der mir die Brieftasche im Castel del Monte gestohlen und später zurückgesteckt hat.«

»Merde. Wenn dieser Mann euer neuer Sicherheitschef ist, dann sollten wir ihn ausquetschen. Als damaliger Assistent von Roberto müsste er am ehesten die Wahrheit kennen. Und wenn das Arbeitgeberverhältnis deiner Frau zu diesem Mario genau so herzlich ist wie zu Roberto, dürfte es nur eine Frage der finanziellen Motivation sein, um ihn zum Reden zu bringen. Falls das nichts hilft, prügeln wir es aus ihm raus.«

Marcel sah Paul erstaunt an.

»Du und Emilia, ihr zwei würdet ein prima Kriminalistenteam abgeben. Nur das mit dem Herausprügeln kannst du vergessen. Diese Leute sind durchtrainierte Kampfmaschinen, gegen die wir keine Chance haben. Geld ist da das wirkungsvollere Mittel.«

»Kein Problem. Davon hast du ja genug. Und sollte Mariana tatsächlich dahinterstecken, musst du nicht mal ein schlechtes Gewissen haben, wenn du es dafür ausgibst«, meinte er böse.

»Lass uns nach Hause fahren. Jacqueline macht sich bestimmt schon Sorgen, dass wir so lange draußen bleiben.«

»Was sollen wir ihr erzählen? Sie spürt doch, dass es was Ernstes ist.«

»Erzähl ihr die Sache mit dem Mord und der Schwangerschaft. Das wird sie genug aufwühlen. Das mit Mariana behalten wir erst mal für uns. Solange wir keine Beweise haben, ist das besser so.«

»Paul?«

»Ja, mein Junge?«

»Würdest du mich begleiten, um mit Mario zu reden?«

»Natürlich. In der Sache lass ich dich so lange nicht mehr allein, bis alles geklärt ist. So oder so.«

»Danke, Paul«, erwiderte Marcel aus tiefstem Herzen.

KAPITEL 77

Unterwegs hatte Paul seine Meinung geändert. Es wäre besser, Jacqueline in dem Glauben zu lassen, dass es sich bei Marcels Kummer tatsächlich nur um Männerprobleme handele. Die Wahrheit, selbst die Hälfte davon, wäre zu starker Tobak für die feinfühlige Seele seiner Frau.

»Wo wollen wir mit diesem Mario reden?«

Marcel und Paul saßen im Innenhof des Hauses, während Jacqueline sich um das Abendessen kümmerte. Nach dem Kuss ihres Mannes war ihr klar, dass die beiden einen Schluck getrunken hatten.

»Auf der Yacht auf keinen Fall. Zu viele Leute«, erwiderte Marcel. »Besser an einem anderen Ort, den wir bestimmen, wo wir zu dritt sind.«

»Dann auf meinem Boot, draußen auf dem Meer. Selbst wenn er zickig werden sollte, zu zweit dürften wir ihm auf einem wackligen Boot zumindest eine ordentliche Gegenwehr bieten können.«

»Denk dran. Es sind immer Leibwächter in meiner Nähe, die zur Not eingreifen, so wie bei Roberto. Ich bin nie allein.«

»Auch wenn wir mit meinem Boot draußen sind?«

»Selbst dann. Im Hafen von Cassis liegt ein Boot, das unserem Sicherheitsdienst gehört. Sie haben es extra für meine Besuche bei Euch angeschafft, damit sie nicht jedes mal erst eins chartern müssen, falls wir beide spontan rausfahren«, klärte Marcel ihn auf.

»Aber ich habe nie jemanden uns folgen sehen. Kein einziges Mal. Ich hätte geschworen, wir wären allein.«

»Das ist ja auch der Zweck der Übung. Sie wurden bestimmt ein wenig nervös, als du mich heute Mittag umarmt hast.«

»Na, dann ruf diesen Mario an und bestell ihn für morgen Vormittag hierher. Nein, besser direkt zum Hafen. Jacqueline muss ihn gar nicht erst zu Gesicht kriegen.«

»Du hast recht. So machen wir es.«

Marcel zückte sein Smartphone und drückte auf die Taste mit der Direktverbindung zum Leiter des Sicherheitsdienstes. Mario nahm sofort ab.

»Signor Grünwald, ist etwas vorgefallen?«, fragte er diensteifrig, ohne irgendwelche Zeit mit Floskeln zu verschwenden.

»Nein, alles in Ordnung. Ich habe einen anderen Grund, warum ich anrufe«, erklärte Marcel rasch. »Ich muss mit Ihnen etwas besprechen. Könnten wir uns morgen früh um zehn Uhr am Hafen von Cassis treffen? Da wo das Boot für die Sicherheitsleute liegt.«

»Oh, Sie wissen darüber Bescheid, Signore«, wunderte sich Mario. »Ich werde pünktlich da sein.«

»Danke, Mario. Bis morgen.«

»Mario?«

»Ja, Signore.«

»Bitte zu niemandem ein Wort. Ich möchte etwas Persönliches mit Ihnen besprechen.«

»Selbstverständlich, Signore. Noch einen schönen Abend.«

»Bis morgen«, wiederholte Marcel ein wenig aufgeregt und legte auf.

»Morgen um zehn. Dann werden wir weitersehen«, flüsterte er Paul zu.

»Dann sollten wir nicht allzu spät ins Bett gehen, damit wir topfit sind. Schließlich wird das ein wichtiger Tag für uns.«

KAPITEL 78

»Buongiorno, Signore«, begrüßte ihn der Sicherheitschef freundlich.

»Buongiorno, Mario. Darf ich Ihnen meinen Freund Paul Marineaux vorstellen?«

»Oh, ich weiß natürlich, wer Monsieur Marineaux ist. Sehr erfreut, Sie persönlich kennenzulernen«, begrüßte er ihn mit einem kräftigen Händedruck, den Paul als Fischer ordentlich zu erwidern wusste. In dem Moment wurde ihm aber auch klar, was Marcel mit *durchtrainiert* gemeint hatte.

»Ebenfalls«, erwiderte er nur.

»Lassen Sie uns auf Pauls Boot gehen und in eine der Buchten der Calanques fahren. Da sind wir ungestört«, schlug Marcel vor.

»Wie Sie möchten, Signore«, willigte Mario, ohne zu zögern, ein. »Soll ich meinen Männern sagen, dass wir auf sie verzichten können, da ich bei ihnen bin?«

»Belassen Sie es bitte wie gewohnt. Oder hören sie mit?«, fragte er plötzlich verunsichert.

»Nein, Signore. Wir sehen alles, aber hören nichts. Das ist uns ausdrücklich untersagt«, beteuerte Mario ernsthaft.

»Gut«, erwiderte Marcel erleichtert.

Mario folgte ihnen zur Anlegestelle von Pauls Fischerboot. Er schien sich bestens auszukennen. Ein echter Profi, dachte Marcel. Sie legten ab und nahmen schweigend Kurs auf die Calanque vom Vortag. Wenige Minuten später warf Paul den Anker aus.

Marcel wusste nicht, wie er das Gespräch anfangen sollte. Unschlüssig starrte er aufs Wasser, während Mario geduldig darauf wartete, zu erfahren, warum sein Chef ihn gerade hier sprechen wollte.

»Genau an dieser Stelle habe ich von diesem Boot aus die Asche meiner ersten Frau ins Meer gestreut«, begann Marcel leise.

»Dann ist das ein trauriger Ort für Sie«, bemerkte Mario einfühlsam. »Es tut mir sehr leid, dass Sie damals Ihre Frau unter so tragischen Umständen verloren haben. Es war ein Badeunfall, nicht wahr?«

Mario wusste über seine Vergangenheit Bescheid.

»Wie ich vorgestern in Bari erfahren habe, war es kein Unfall.«

Aus einer Messengertasche zog er die Fotos von Claudines Hand- und Fußgelenken heraus und hielt sie Mario hin. Mit überraschtem Gesichtsausdruck sah er sich die Bilder an.

Währenddessen sprach Marcel weiter: »Sie wurde ermordet. Von zwei kräftigen Männern unter Wasser gezogen. Die Blutergüsse lassen keinen anderen Schluss zu.«

»Das ist ja furchtbar. Aber Sie haben recht. Die Spuren an den Hand- und Fußgelenken sind eindeutig.« Er sah Marcel offen ins Gesicht. »Es muss grausam sein, so etwas nach vielen Jahren, so etwas überhaupt zu erfahren«, erwiderte er sichtlich betroffen.

»Ja, das ist es. Und es tut heute genauso weh wie damals.«

Dazu sagte Mario nichts. Er deutete mit der Hand auf die Fotos.

»Wieso hat man das erst jetzt herausgefunden und nicht bereits vor zehn Jahren?«

»Schlamperei bei den Ermittlungen. Keine Hinweise auf ein Verbrechen, kein erkennbares Motiv«, erklärte Marcel mit matter Stimme.

»Aber warum ausgerechnet jetzt?«

»Weil vor Kurzem ein Motiv aufgetaucht ist, Anschuldigungen erhoben wurden.«

»Von wem?«, wollte Mario nach einem kritischen Blick in Marcels Augen wissen.

»Von Ihrem ehemaligen Chef, von Roberto. Er hat meine Frau beschuldigt, den Auftrag für die Ermordung meiner damaligen Frau erteilt zu haben.«

»Das ist ja ein dicker Hund.«

Mario sah erneut auf die Fotos, dann zu Marcel.

»Aber das war nicht alles. Roberto war nach seinem Rausschmiss sehr redselig zu mir.«

Paul und Marcel entging nicht, wie Mario für einen Moment bleich wurde.

»Was hat Ihnen der verbitterte alte Mann noch erzählt?«, fragte er nur einen Augenblick später wieder selbstsicher nach.

»Dass Sie mir im Castel del Monte mein Portemonnaie entwendet und hinterher zurückgesteckt haben. Dass man mir beim ersten Besuch in der Villa in Kronberg Schlafpulver verabreicht hat. Dass meine Frau meinen Verlag aufgekauft hat, um meine Karriere zu fördern, und als Höhepunkt seiner Ausführungen, dass sie den Auftrag erteilt hat, meine erste Frau umbringen zu lassen. Eine perfide Inszenierung mit dem Ziel, mich zu heiraten.«

Marcel blickte Mario todernst an, der zunehmend bleicher wurde, dann aber ein breites Grinsen aufsetzte.

»Sie haben doch hoffentlich kein Wort davon geglaubt?«, erwiderte er lachend. »Entschuldigen Sie, Signore. Ich kann mir vorstellen, wie sehr diese Anschuldigungen Sie getroffen haben müssen. Schwere, widerliche, und wie ich Ihnen versichere, völlig haltlose Vorwürfe gegen die Signora.«

»Ich habe einige überprüft«, stellte Marcel klar. »Meine Frau hat den Verlag tatsächlich gekauft.«

»Das weiß ich nicht«, antwortete Mario für seinen Geschmack ein wenig zu schnell. »Die Geschäfte der Signora gehören nicht zu meinem Aufgabenbereich.«

»Sie waren doch immer dabei, damals in Trani und Bari und später in Berlin«, fuhr Marcel ungerührt fort.

»Natürlich. Schließlich war ich der Assistent von Roberto, aber …«

»Als Assistent müssen Sie Bescheid gewusst haben, zumindest etwas mitbekommen haben. Ihr Chef wird wohl Aufgaben an Sie delegiert haben«, redete er weiter auf ihn ein.

Mario machte eine abwehrende Geste.

»Hören Sie, Signore. Das mit dem Portemonnaie will ich zugeben. Die Signora war von Ihnen beeindruckt. Sie fand Sie auf Anhieb sympathisch und wollte unbedingt wissen, wer Sie sind. Deswegen hat mein Chef mich beauftragt, in dem Portemonnaie nach Ihren Personalien zu suchen. Das war alles. Ich habe es Ihnen ja auch gleich wiedergegeben.«

»Und das Schlafpulver in der Villa?«, fuhr Marcel rasch fort.

»Okay, Signore. Das habe ich besorgt. Roberto meinte, die Signora hätte sich in den Kopf gesetzt, Sie unbedingt über Nacht dazubehalten. Das war doch nur ein bisschen harmloses Schlafpulver. Und in Berlin bestand die Signora darauf, dass wir absichtlich zu spät zu Ihrer Lesung kommen, weil sie Ihrer vollen Aufmerksamkeit sicher sein wollte.«

Er sah Marcel mit festem Blick an.

»Signore, darf ich offen sprechen«, fragte er unvermittelt.

»Genau zu dem Zweck sind wir hier.«

»Ihre Frau, die Signora, hat sich in Bari Hals über Kopf in Sie verknallt. Ich habe so etwas noch nie erlebt. Sie hat bemerkt, wie Sie sie angeschaut haben, und war hin und weg, wie man so sagt. Als wir dann hörten, dass Ihre damalige Frau diesen schrecklichen Badeunfall hatte, sind wir sofort abgereist.«

»Und Berlin und das Schlafpulver?«, hakte Marcel energisch nach.

Mario seufzte ergeben.

»Sie hatte das Interesse an Ihnen nicht verloren. Im Gegenteil, sie hatte sich fest vorgenommen, Sie in Ihrer Trauer nicht allein zu lassen. Wir hatten die Anweisung, Sie seit dem Tod Ihrer Frau rund um die Uhr zu beschützen, weil Ihnen auf keinen Fall etwas zustoßen sollte.«

»Wie bitte?«, rief Marcel fassungslos aus. »Ich werde seit dem Tod meiner Frau von Ihnen beschattet?«

»Nicht beschattet«, korrigierte Mario ihn sofort, »beschützt, Signore.«

»Ich habe nichts davon gemerkt. Absolut nichts.«

»Danke, Signore.«

»Wofür?«, fragte Marcel misstrauisch.

»Na, dass wir einen so guten Job gemacht haben. Sie durften ja auch unter keinen Umständen etwas davon mitbekommen. Die Signora war besorgt um Sie und gab uns die Anweisung, auf Sie aufzupassen. Erst als sie das Gefühl hatte, dass Sie über Ihren schweren Verlust einigermaßen hinweggekommen waren, beschloss sie, Sie auf der Lesung in dem Berliner Literaturcafé wiederzusehen. Anderthalb Jahre nach dem Tod Ihrer Frau. Sie war nach wie vor verliebt in Sie. Nehmen Sie ihr die Sache mit dem Schlafpulver nicht übel. Sie wollte Amor nur ein wenig auf die Sprünge helfen, Signore.«

Marcel wusste nicht, was er sagen sollte. Fragend schaute er zu Paul, der die ganze Zeit aufmerksam zugehört hatte. Paul sah ihn ratlos an.

»Welchen Grund hätte Roberto also, meine Frau des Mordes zu beschuldigen?«

»Er war verbittert. Nachdem er so viele Jahre für die Familie Dariovesa tätig gewesen war, hatte er auf einen geruhsamen Lebensabend gehofft. Die Signora hatte ihm einen ordentlichen Bonus versprochen, sobald er in den Ruhestand ginge. Dann passierte die Sache mit Luisa. Erst der kleinere Vorfall im Kindergarten und jetzt der Unfall vor der Schule. Sie haben es ja selbst erlebt, wie sehr die Signora außer sich war.«

Marcel nickte zustimmend.

»Fristlose Kündigung, natürlich ohne den versprochenen Bonus, nach so vielen Jahren treuer Dienste. Da muss man kein Hellseher sein, um nachvollziehen zu können, dass Roberto so eine Abfuhr nicht tatenlos hinnehmen würde.«

Marcel nickte erneut.

»Da Ihre Frau sehr reich ist, mächtige Freunde und eine Unzahl von Anwälten hat, konnte er sich schlecht mit der Signora anlegen. Aus dem Grunde sah er nur eine Möglichkeit: Durch Sie Rache an ihr zu nehmen, indem er sie bei Ihnen in Misskredit bringt. Sie haben Ihre erste Frau auf grausame Weise verloren. Roberto hat sich diesen Schmerz für eine nicht minder grausame Anschuldigung zunutze gemacht. Mit Kleinigkeiten garniert, durch die seine Verleumdungen glaubhaft klingen sollten. Tatsächlich sind Sie den Dingen ja auch nachgegangen, wie Sie soeben erzählt haben. Und ist eins wahr, scheint alles wahr zu sein. So wollte er einen Keil zwischen Sie und Ihre Frau treiben, um Ihre Familie zu zerstören und sich so an der Signora zu rächen. Da die Menschen von Natur aus leichtgläubig sind, geht diese Strategie leider allzu oft auf. Man nennt so etwas psychologische Kriegsführung.«

»Den Begriff höre ich in diesem Zusammenhang schon zum zweiten Mal«, bestätigte Marcel zähneknirschend.

»Wenn ich noch einmal ganz offen sein darf, Signore?«, fragte Mario vorsichtig.

»Bitte.«

»Seien Sie froh, dass ich diese Zweifel zerstreuen konnte. Sie führen ein so harmonisches Familienleben, sind glücklich verheiratet und haben eine süße kleine Tochter. Sie können sich kaum vorstellen, welch eine Motivation das für Ihr Sicherheitsteam ist. Selten habe ich Leibwächter erlebt, die die ihnen anvertrauten Personen mit solcher Hingabe beschützen. Darauf können Sie wirklich stolz sein.«

»Danke, Mario. Ich danke Ihnen sehr.«

Marcel schaute zu Paul hinüber. Dessen entspanntes Gesicht signalisierte ihm, dass die Sache damit wohl Gott sei Dank überstanden sei.

»Ich glaube, du kannst den Anker lichten. Lass uns nach Hause fahren.«

Am Hafen schüttelte Marcel Mario zum Abschied die Hand.

»Ich danke Ihnen sehr für Ihre Offenheit.«

»Das war doch selbstverständlich, Signor Grünwald.

»Nur noch eine Bitte. Kein Wort über unser Gespräch zu meiner Frau.«

»Keine Sorge, meine Lippen sind versiegelt.«

Kaum dass sie sich getrennt hatten, holte Mario sein Smartphone aus der Tasche und telefonierte. Er war schon einige Schritte gegangen, als er sich plötzlich umdrehte.

»Signore«, rief er Marcel zu. »Ich möchte Sie nicht beunruhigen, aber nach unserem Gespräch sollte ich Ihnen vielleicht doch mitteilen, was ich soeben erfahren habe, auch wenn es eine scheußliche Nachricht ist.«

»Was?«, fragte Marcel neugierig.

»Man hat die Leiche von Roberto auf Sizilien gefunden. Man hat ihn erschossen und ihm die Zunge herausgeschnitten. Die traditionelle Methode der Hinrichtung für Verräter. Ich sage das nur, damit Sie sich seinetwegen keine Sorgen mehr zu machen brauchen. Er kann Ihrer Familie jetzt keinen Schaden mehr zufügen.«

KAPITEL 79

Sie fuhren ohne Umweg nach Hause. Jacqueline war nicht da.

»Wahrscheinlich fürs Abendessen einkaufen«, meinte Paul.

Er holte zwei Gläser, eine Flasche Pastis sowie einen Krug Wasser, die er der Reihe nach auf den Holztisch im Innenhof stellte.

»Was für ein grauenvoller Tod«, schüttelte Marcel den Kopf.

»Er möge in Frieden ruhen, auch wenn er vermutlich ein Saukerl war«, erwiderte Paul auf seine gewohnt stoische Art.

Marcel nippte am Pastis.

»Auf der einen Seite bin ich erleichtert, dass Robertos Gespenst seinen Schrecken endgültig verloren hat. Auf der anderen Seite setzt mir der Mord an Claudine und unserem ungeborenen Kind selbst nach zehn Jahren derart zu, dass ich nicht weiß, wo mir der Kopf steht.«

»Ich glaube, es ist an der Zeit loszulassen, mein Junge. Emilia hat dir glaubhaft versichert, dass es unmöglich ist, die Täter jetzt noch zu erwischen. Das müssen die mit ihrem Gewissen und dem lieben Gott ausmachen. Irdische Gerechtigkeit wird ihnen leider wohl nicht widerfahren. Sieh es als einen Schicksalsschlag, den der liebe Gott dir auferlegt hat. Mir hat er auch den meinen gegeben, wie du weißt. Mein Sohn war selber schuld, deine Frau nicht, aber im Endergebnis kommt es aufs Gleiche raus. Sie sind beide tot. Wir zwei haben einen geliebten Menschen durch tragische Umstände verloren. Doch das Leben geht weiter, und wir sollten an die angenehmen Dinge denken. Ich habe meine Jacqueline, und weil das Schicksal es noch mal gut mit mir gemeint hat, habe ich dich kennengelernt und so, wenn auch auf einem kleinen Umweg, eine neue Familie und obendrein eine süße Enkeltochter bekommen.«

»Du hast recht. Konzentrieren wir uns wieder auf die schönen Seiten des Lebens. Mariana, Luisa, Jacqueline und meinen besten Freund, Paul Marineaux, den Fischer.«

»Wirst du mit Mariana über die Sache reden? Ich meine das Schlafpulver, den Verlag, die Leibwächter.«

»Ich weiß nicht. Würde das etwas ändern? Sie hat das alles doch nur getan, weil sie meine Liebe gewinnen wollte. Ihre Maßnahmen waren sicherlich übertrieben. Aber wer so sehr liebt und so reich ist, der schießt vielleicht ungewollt über das Ziel hinaus. Die Leibwächter habe ich nicht ein einziges Mal wahrgenommen, für die Wirkung des Schlafpulvers habe ich mich am nächsten Tag mit Blumen bedankt, und Martin sagt, dass meine Bücher wirklich gut sind. Außerdem hat sie mich zu nichts überredet oder gar gezwungen.« Marcel nahm einen Schluck vom Pastis. »Sie war wohl eher ein goldener Schutzengel, der seine Hand über mich gehalten hat.«

Bei diesen Worten erfüllte ihn ein tiefes Gefühl der Verbundenheit mit Mariana. Er liebte diese Frau, und er war froh, dass die Büchse der Pandora, die Roberto geöffnet hatte, wieder geschlossen war.

KAPITEL 80

Nach einem späten Mittagessen verabschiedete sich Marcel.

»Gib Luisa einen dicken Kuss von mir«, sagte Paul, bevor er die Tür des Maybachs zuschlug, der in einer Nebenstraße auf Marcel gewartet hatte.

»Zurück zum Flughafen, Signore?«, fragte der Chauffeur.

»Ja bitte. Ich möchte so schnell wie möglich nach Hause zu meiner Familie.«

Der Chauffeur gab Gas.

Zurück nach Hause. Auf die Yacht. Zu seiner Familie. Zu Mariana und Luisa, den Menschen, die er über alles auf der Welt liebte. Er war unendlich froh, den Schatten vertrieben zu haben, und freute sich diebisch, die beiden wiederzusehen. Anderthalb Stunden später, stieg er vor der Gangway aus dem Wagen.

Bestens gelaunt betrat er die Yacht. Während er weiterlief, hielt er seine Uhr vor den Mund: »Buongiorno, Giovanni. Wo finde ich meine Frau und meine Tochter?«

Ein Augenzwinkern später erschien auf dem kleinen Display: *Beide auf dem Pooldeck.*

Mariana und Luisa schienen sich im Pool köstlich zu amüsieren. Auf dem Wasser schwammen Schwimmnudeln in kunterbunten Farben, aufblasbare Plastiktiere und Schwimmreifen. Luisa jauchzte vor Vergnügen. Sie war eine richtige Wasserratte. Allein vom Zuschauen bekam er gute Laune. Da sie ihn nicht gleich bemerkten, huschte er in die Umkleidekabine. Zwei Minuten später sprang er zusammengekauert als Wasserbombe ins Becken. Mariana und Luisa kreischten auf. Doch als sie ihn erkannten, konnten sie nicht schnell genug auf ihn zuschwimmen, um ihm gleichzeitig um den Hals zu fallen.

»Papa, Papa«, rief Luisa begeistert.

Mariana küsste ihn.

»Schön, dass du wieder da bist. Wir haben dich beide schrecklich vermisst.«

Beim Abendessen auf dem Oberdeck erzählte er ihnen von seiner Reise. Vom quirligen Stadtleben in Neapel, dem Besuch des Vulkans und dem versunkenen Pompeji.

Luisa lauschte gespannt jedem seiner Worte.

»Darf ich nächstes Mal mitkommen?«, bettelte sie, nachdem er geendet hatte.

»Natürlich. Dann fahren wir alle zusammen. Versprochen. So, jetzt ist es aber Zeit fürs Bett.«

Mit einem geübten Griff hob er Luisa auf den Arm, um sie in ihre Kabine zu tragen.

»Ich warte auf dem Sonnendeck auf dich«, flüsterte Mariana ihm zu.

»Nur eine Gutenachtgeschichte, und ich bin bei dir.«

Eine Viertelstunde später war Marcel zurück.

Mariana hatte die Zeit genutzt, um sich rasch umzuziehen. In einem engen Sommerkleid, das einen aufregend langen Schlitz an der rechten Seite hatte, erwartete sie ihn mit seinem Lieblingscocktail in der Hand: einer frisch zubereiteten Piña colada, dekoriert mit einem bunten Papierschirmchen.

»Noch vor dem Ende der ersten Seite ist sie eingeschlafen.«
Er nahm ihr den Cocktail aus der Hand und sog die eiskalte sahnige Flüssigkeit genussvoll durch den dicken Strohhalm ein.
»Lecker, ausgesprochen lecker.«
Sie setzten sich auf eines der weißen Ledersofas. Während Mariana die Beine übereinanderschlug, beobachtete sie seine Augen, die ihren Beinen von den Sandaletten aufwärts bis zum Ende der Nylonstrümpfe folgten, um an einem breiten Strumpfband aus feiner Spitze haften zu bleiben.
Sie musste lächeln. Es funktionierte wie auf Knopfdruck. Wollte sie seine ganze Aufmerksamkeit haben, brauchte sie nur die Beine übereinanderschlagen, der Rest passierte quasi vollautomatisch. Sie hatte nichts dagegen. Im Gegenteil. Sie fühlte sich stets aufs Neue geschmeichelt. In den mittlerweile neun Jahren ihrer Ehe schien sie kein bisschen an Attraktivität für ihren Mann verloren zu haben, was bestimmt nicht viele von sich behaupten konnten, resümierte sie stolz in Gedanken.
»Es ist schön, dass meine Beine und ich dir immer noch so gut gefallen«, bemerkte sie leise.
»Mit jedem Tag, den wir zusammen sind, finde ich sie schöner. Ich wüsste keine Frau, die so ein umwerfendes Fahrgestell besitzt«, flachste er.
»Chauvi, Macho.«
Sie kuschelte sich an ihn an.
»Ich habe dich vermisst«, flüsterte sie ihm ins Ohr.
Wie auf Stichwort begannen die Schmetterlinge in seinem Bauch zu tanzen. Es war unglaublich. Zärtlich liebkoste er ihren Nacken, den Hals, die Wangen und den Mund. Mariana machte ihn einfach verrückt. Sie schaffte es mit kleinen Gesten, wenigen ins Ohr gehauchten Worten, ihn fast um den Verstand zu bringen. In vollen Zügen genoss er ihre erotische Anziehung, streichelte ihre Beine, ihre Arme und küsste sie, als ob es das erste Mal wäre.
»Ich habe dich auch vermisst. Mehr als ich dir sagen kann«, erwiderte er, ohne seine Liebkosungen zu unterbrechen.

KAPITEL 81

»Wo ist eigentlich Giovanni?«, fragte Marcel, als sie am nächsten Morgen beim Frühstück saßen. »Ich habe ihn vor meiner Abreise das letzte Mal gesehen. Hat er doch tatsächlich einmal Urlaub genommen?« Mariana schaute ihn seltsam an.

»Nein, keinen Urlaub. Er scheint krank zu sein. Jedenfalls fühlt er sich nicht wohl. Es ist das erste Mal, seit ich ihn kenne. Ich mache mir Sorgen, ernsthafte Sorgen, aber er wollte keinen Arzt sehen.«

»Liegt er im Bett?«

»Ich weiß es nicht. Er ist in seiner Kabine und möchte allein sein, um wieder zu Kräften zu kommen. Ich habe den Koch angewiesen, ein Auge darauf zu haben, dass er genug trinkt und ordentlich isst.«

»Ich werde ihm nach dem Frühstück einen kurzen Besuch abstatten und sehen, wie es ihm geht.«

»Versuche es bitte. Mich hat er gestern jedenfalls nicht hineingelassen. Er hat ausrichten lassen, dass er nicht gestört werden möchte.«

»Seltsam. Wirklich seltsam. Meinst du, er hat die Midlife-Crisis gekriegt? Fragt sich, warum er kein eigenes Leben geführt hat. Mit einer Frau, einer Familie, mit Kindern, Enkelkindern und so?«

»Vor zehn Jahren vielleicht. Jetzt müsste er doch altermäßig längst darüber hinaus sein«, wandte Mariana ein.

»Bei manchen kommt sie früher, bei anderen später, und einige wenige kriegen sie überhaupt nicht«, bemerkte er stirnrunzelnd. »Egal. Sollte er eine Auszeit benötigen, bekommt er sie selbstverständlich.«

»So lange er will«, bestätigte sie. »Wir müssen nur aufpassen, dass er uns keine Krankheit verschweigt.«

»Ich werde mit ihm reden. Jetzt gleich. Wenn er nur Ruhe braucht, lassen wir es dabei bewenden. Ansonsten werde ich ihn zum Doktor schleifen, falls nötig. Du entschuldigst mich?«, fragte er höflich und stand auf.

Mariana nickte.

Giovannis Kabine war als einzige des Personals unweit der ihren, damit er im Bedarfsfall unmittelbar zur Verfügung stehen konnte. Zugleich sollte es die besondere Stellung Giovannis im Haushalt der Dariovesas hervorheben.

Marcel klopfte leise an die Tür. Nichts regte sich. Er spitzte die Ohren, aber von innen war kein Geräusch zu hören. Beherzt hämmerte er etwas energischer gegen das Holz.

»Giovanni, ich bin es, Marcel. Bitte öffnen Sie mir. Ich will Sie nicht stören, nur wissen, wie es Ihnen geht«, rief er.

Sekunden später glaubte er, schlurfende Schritte in seine Richtung zu hören. Kurz danach bewegte sich der Türknauf. Giovanni lugte mit müdem Gesicht heraus. Als er Marcel erkannte, öffnete er die Tür einen Spaltbreit.

»Entschuldigen Sie, Signore. Ich kann Sie leider nicht hereinbitten, denn ich bin auf Besuch nicht eingerichtet«, begrüßte er ihn mit matter Stimme. »Mir geht es gut. Ich bin nicht krank, Signore, das versichere ich Ihnen. Ich brauche nur etwas Zeit zum Nachdenken. Nur etwas Zeit zum Nachdenken«, wiederholte er wie ein alter Mann.

Marcel strengte sich an, seine Besorgnis nicht zu sehr zu zeigen.

»Wenn ich Ihnen irgendwie helfen kann, Giovanni, dann lassen Sie mich das doch wissen, nicht wahr?«

Plötzlich fixierte ihn Giovanni mit traurigen Augen.

»Sie können mir nicht helfen, Signore. Leider. Keiner kann mir dabei helfen. Damit muss ich alleine zurechtkommen. Dafür benötige ich ein wenig Ruhe, um nachdenken zu können. Für die dadurch entstehenden Unannehmlichkeiten möchte ich um Verzeihung bitten. Ich bin vielleicht doch nicht so stark, wie ich geglaubt habe«, murmelte er den letzten Satz in sich hinein.

»Versprechen Sie mir, mir Bescheid zu geben, wenn Sie etwas brauchen?«, beharrte Marcel. »Auch wenn es nur jemand zum Reden ist. Ich bin immer für Sie da. Tag und Nacht. Zu jeder Zeit«, betonte er. »Und wir haben den Koch gebeten, Sie mit allem zu verwöhnen, worauf Sie Appetit haben. Bitte, Giovanni.«

»Danke, Marcel«, sprach er ihn zumindest wieder mit dem Vornamen an. »Ihre Frau …«, er zuckte bei dem Wort plötzlich zusammen, »… hat sich diesbezüglich bereits bemüht.«

»Sie gefallen mir gar nicht«, gab Marcel ganz offen zu.

»Ich mir im Augenblick auch nicht«, bestätigte Giovanni mit dem vergeblichen Bemühen, ein Lächeln auf sein Gesicht zu zaubern. »Machen Sie sich bitte keine Sorgen, ich stehe Ihnen sehr bald wieder zur Verfügung.«

»Sie haben alle Zeit der Welt«, erwiderte Marcel mitfühlend.

»Sie sind ein feiner Mensch, Marcel. Ein feiner und guter Mensch.« Mit dem letzten Satz schloss er den Spalt.

KAPITEL 82

Am nächsten Morgen stand Giovanni wieder wie gewohnt neben dem Frühstückstisch. Er schien ein wenig verändert. Vielleicht hatte er familiäre Sorgen. Doch noch nicht einmal Mariana wusste etwas von einer Familie. Nie hatte er Verwandte, Geschwister oder gar die Eltern erwähnt. Sie mussten zugeben, dass sie beide vom Leben ihres treuen Butlers überhaupt keine Ahnung hatten, außer dass er ihnen mit großer Hingabe und Sympathie stets zur Verfügung stand. Irgendwie schämten sie sich auf einmal dafür. Vielleicht hätten sie schon viel eher Interesse zeigen sollen, um jetzt ihm helfen zu können, so wie er ihnen stets half.

Nur Luisa gelang es, ihm sein gewohntes Lächeln zu entlocken. Jeden Morgen stellte sie sich zur Begrüßung vor ihn, damit er sich zu ihr herunterbeugte und sie ihm ein Küsschen auf die Wange geben konnte. Das schien etwas zu sein, über das er sich sichtlich freute und als großen Sympathiebeweis Luisas empfand, weil sie dieses kleine Ritual nie vergaß.

Da er seinem Dienst wie gewohnt nachging, fiel es nur dem aufmerksamen Beobachter auf, dass er immer noch tief in Gedanken versunken war. An seinem Blick merkte Marcel, dass es nicht ratsam wäre, ihn erneut darauf anzusprechen. Wenn Giovanni zum ersten Mal auf seiner Privatsphäre bestand, dann wollte er das respektieren.

Sie versuchten lediglich, ihm die tägliche Arbeit so angenehm wie möglich zu machen. Keine Extrawünsche, überraschenden Reisen oder Gäste, für die aufwendige Vorbereitungen notwendig wären. Zusätzlich baten sie den Rest des Personals, Giovanni weitestgehend zu entlasten, was er selbstverständlich bemerkte und dankbar akzeptierte.

Nach dem Frühstück begab sich Marcel routinemäßig an einen seiner Arbeitsplätze auf dem Oberdeck. Da er zum Schreiben nur sein Notebook benötigte, hatte er sich mehrere nette Ecken ausgesucht, die alle einen Panoramablick aufs Meer oder den Hafen boten und zwischen denen er je nach Tageslaune wechselte. Nur Giovanni wusste immer, wo er zu finden war.

In den Unterrichtspausen besuchte ihn manchmal Luisa. Mariana war zu beschäftigt mit ihren sozialen Projekten oder Geschäftlichem.

Es war der erste Tag seit Langem, an dem er sich mit freiem Kopf ganz und gar auf sein neues Buch konzentrieren konnte. Und den wollte er nutzen, denn bald ging es zurück nach Kronberg. Luisas Arm war ausgeheilt, was bedeutete, dass es Zeit für sie wurde, in den normalen Schulalltag zurückzukehren. Die nächsten paar Tage würden also für eine Weile die letzten am Meer sein.

Rasch versank er in der Geschichte des Romans. Das Schreiben machte ihm nicht nur Spaß, es entspannte ihn auch. Immer wieder aufs Neue war er überrascht, wie die Zeit dahinflog, sobald er intensiv an einer Story feilte, Personen erschuf und sie mit Leben erfüllte. Giovanni musste ihn dann oft ans Mittagessen erinnern. So gerne er lieber weitergearbeitet hätte, aber die gemeinsamen Mahlzeiten waren heilig. Nur wenn Luisa in der Schule aß oder einer von ihnen beiden auf Reisen war, gab es Ausnahmen.

Der Piepton seiner Armbanduhr riss ihn unsanft aus seiner Romanwelt, um ihn daran zu ermahnen, dass es bereits wieder Zeit fürs Mittagessen sei.

Gewohnheitsgemäß nahm er eine kleine Speicherkarte aus seiner Hosentasche, um sie, wie am Ende jeder Arbeitssitzung, in den dafür vorgesehenen Steckplatz des Notebooks einzuschieben. Doch die Karte wollte partout nicht hineingehen. Marcel drehte das Notebook herum, sodass er den Einschub direkt einsehen konnte. Kein Wunder, er war bereits belegt. Aber wo kam diese Speicherkarte her? Er benutzte immer die gleiche, um nicht mit den unterschiedlichen Versionen seines Romans durcheinanderzukommen.

Mit einem Mausklick wechselte er auf die Standardoberfläche des Notebooks. Neben dem Icon für die interne Festplatte sah er sofort das für den externen Datenträger. Er rief die Inhaltsübersicht auf: nur eine einzige Sounddatei. Genau in dem Augenblick, als er die Wiedergabe starten wollte, piepste seine Armbanduhr erneut, um ihn ein zweites Mal ans Mittagessen zu erinnern. Er warf die fremde Speicherkarte aus, schob die eigene hinein, erledigte die obligatorische Sicherheitskopie seiner Arbeitssitzung und klappte das Notebook zu. Er sputete sich, um rechtzeitig zu Tisch zu kommen. Die Sounddatei konnte er sich später anhören.

KAPITEL 83

Auf dem Weg zum Essen umspielte plötzlich ein Lächeln sein Gesicht. Natürlich! Luisa hatte ihm die Speicherkarte ins Notebook gesteckt. Mit einer Kostprobe ihrer Gesangskünste. Wer sonst sollte auf so eine Idee kommen? Bei Tisch nahm er sich fest vor, so zu tun, als ob er sie noch nicht entdeckt hätte, um ihr die Überraschung nicht zu verderben. Erst danach würde er ihr sagen, wie sehr er sich über ihr Ständchen gefreut hätte. Vielleicht revanchierte sie sich ja auch mit einer kleinen Geschichte für die vielen Märchen, die er ihr abends immer vorlas. Es war großartig, so eine Tochter, so eine Familie zu haben.

Während des Mittagessens beobachtete er so unauffällig wie möglich Luisas Gesicht. Sie schien sich nichts anmerken zu lassen. Jedenfalls verzog sie keine Miene, wenn sie ihn anguckte. Wohingegen er den Eindruck hatte, dass Giovanni Mariana manchmal merkwürdig ansah und so weit es ging, ihren Blicken auszuweichen versuchte. Da sie, wie immer beim Essen, viel scherzten und lachten, hatte er bis zum Dessert bereits alles wieder vergessen.

Nach dem Espresso begab er sich gut gelaunt zurück aufs Oberdeck. Mit einem kurzen Blick auf den Stand der Sonne entschied er sich für einen Ortswechsel an einen schattigeren Platz. Er klappte das Notebook auf, um die Wiedergabe der Sounddatei zu starten. Kaum dass er die erste Sequenz gehört hatte, brach er abrupt ab. Diese Datei war definitiv nicht von Luisa. Es war ein Gespräch. Der Aufnahmequalität und Atmosphäre nach ein heimlicher Mitschnitt. In der Inhaltsübersicht überprüfte er das Erstellungsdatum der Datei: Vor drei Tagen, also einen Tag, bevor er und Paul mit Mario auf dem Boot gesprochen hatten.

Mit der Playtaste setzte er die Wiedergabe fort. Zwei Leute schienen miteinander zu reden. Die erste Stimme gehörte zweifelsfrei Mario. Da er sich erst vor Kurzem ausführlich mit ihm unterhalten hatte, war eine Verwechslung ausgeschlossen. Als er die zweite Stimme erkannte, stoppte er die Aufzeichnung. Mario redete eindeutig mit Mariana. Was hatte das zu bedeuten? Natürlich traf seine Frau gelegentlich mit dem Sicherheitschef zusammen, um anstehende Reisen, Ereignisse oder die Einstellung neuer Mitarbeiter zu besprechen. Sie besaßen in der ganzen Welt Objekte, die vom Sicherheitspersonal bewacht wurden. Da gab es immer einen Grund für eine Unterredung. Aber warum ließ man ihm diese Aufzeichnung anonym zukommen? Anstatt über die Lautsprecher des Notebooks weiterzuhören, hielt er es für ratsam, ein Paar Ohrhörer zu holen.

Wenige Minuten später begann er noch einmal von vorne. Der Geräuschkulisse nach fand das Gespräch wohl in Marianas Büro statt. Dort konnten die beiden sicher sein, dass niemand mithörte.

Er konzentrierte sich auf die Aufnahme:

»*Ich glaube, er ahnt etwas. Jedenfalls hatte er gestern um zehn Uhr einen Termin in der Questura von Bari mit dem Vize-Questore persönlich, einer*

Emilia Brendani. Es war nicht schwer herauszubekommen, dass sie die leitende Beamtin im Todesfall seiner ersten Frau war. Damals war sie noch Commissaria. Wir konnten sie mit einem Richtmikrofon abhören. Ich kann Ihnen die Aufnahme gerne vorspielen«, bot Mario eifrig an.

»*Es reicht, wenn Sie es mir erzählen*«, erwiderte Marianas Stimme.

»*Wie Sie möchten. Kurz, er weiß, dass seine Frau ermordet wurde. Auf den Bildern des Leichnams haben sie Blutergüsse an den Hand- und Fußgelenken sichtbar gemacht, die keinen anderen Schluss zulassen.*«

»*Dass Roberto auch nicht sein Maul halten konnte. Er hat meinem Mann erst diesen Floh ins Ohr gesetzt*«, rief sie wütend. »*Irgendwelche Spuren, die zu uns führen könnten?*«

Marcel stoppte für einen Moment die Aufnahme. Mit zittrigen Fingern spulte er die letzten beiden Sätze Marianas zurück, um sie sich nochmals anzuhören.

Leichenblass legte er den Kopf in seine Hände. Der letzte Satz war eindeutig ein Geständnis. Sie hatte Claudine umbringen lassen. Die Erkenntnis weigerte sich, in seinen Verstand vorzudringen. Dieses Schuldbekenntnis aus ihrem eigenen Mund war zu schockierend. Roberto hatte also doch recht gehabt. Ein heftiger Schmerz durchströmte seinen Körper. Völlig benommen tippte er auf die Playtaste:

»*Nein, keine, soweit ich bisher weiß. Ihr Mann hat mich morgen früh im Hafen von Cassis zu einem Gespräch gebeten. Dort werde ich vermutlich mehr erfahren. So oder so dürfte es kein Problem sein, seine Bedenken zu zerstreuen und Robertos Anschuldigungen als plumpen Versuch der Rache hinzustellen. Ich werde die kleineren Vergehen wie den Diebstahl seines Portemonnaies und die Sache mit dem Schlafpulver zugeben und mit der Torheit einer Verliebten erklären. Dann wird er mir abkaufen, dass der Rest einfach zu unglaubwürdig ist. Somit wird wieder Ruhe einkehren. Davon können Sie jetzt schon ausgehen, Signora.*«

»*Ich hoffe für Sie, dass Sie recht behalten. Und kümmern Sie sich um Roberto. Ich möchte auf keinen Fall, dass er meinem Mann noch einmal begegnet. Er hat genug Schaden angerichtet.*«

Damit schien die Unterredung beendet. Allerdings stand der Marker für die Verlaufsanzeige erst bei der Hälfte der Gesamtlänge der Datei. Einige Sekunden war nur ein technisches Rauschen zu hören, bevor er erneut Stimmen hörte. Anscheinend ein weiteres Gespräch:

»*Wie ich vermutet habe, er hat keine Beweise gegen uns in der Hand. Die Fotos, die er mir gezeigt hat, belegen zwar, dass seine Frau umgebracht wurde, aber es gibt weder Spuren noch Hinweise, die im Entferntesten zu uns führen könnten. Sie können also wieder ganz beruhigt schlafen.*«

»*Sie sind vollkommen sicher, dass er Ihre Märchenstunde geschluckt hat?*«

»*Ich habe eine perfekte Vorstellung geliefert. Sie hätten dabei sein sollen. Wahrscheinlich wollte er mir sowieso jedes Wort glauben. Die Alternative wäre auch ein bisschen viel gewesen, nicht wahr?*«

»*Mäßigen Sie sich, Mario. Hätten Sie besser auf Roberto aufgepasst, wäre das alles erst gar nicht passiert.*«

»*Habe ich ihn rausgeschmissen oder Sie?*«

»*Und Roberto?*«

»*Erledigt. Ich habe meine Verbindungen nach Sizilien spielen lassen. Die haben sich fachmännisch darum gekümmert. Zufälligerweise habe ich die Vollzugsmeldung kurz nach dem Gespräch mit Ihrem Mann und diesem Paul erhalten und habe es ihm quasi als Abschiedsgeschenk mit auf den Weg gegeben.*«

»*Sind Sie verrückt?*«

»*Na, ich dachte mir, es ist vielleicht besser, wenn er es gezielt von mir erfährt als von jemand anderem. So konnte ich ihm klar machen, dass mit den Verleumdungen von Roberto ein für alle Mal Schluss ist. Und nebenbei weiß er dadurch, dass seine einzige Quelle für weitere Informationen für immer versiegt ist*«, lachte Mario leise auf.

»*Das ist allerdings gut so. Ich habe noch einen letzten Job in dieser Angelegenheit für Sie.*«

»*Jederzeit, Signora.*«

»*Besorgen Sie sich die Fotos sowie alle anderen Unterlagen aus der Questura und vernichten Sie sie. Ich will, dass das ganze Material unwiederbringlich zerstört wird. Haben Sie mich verstanden? Jedes Stück Papier, jede Datei* auf irgendeinem italienischen Polizeicomputer, restlos, tutto completo. Falls erforderlich, brennen Sie die gesamte Questura nieder. Die Ermordung seiner Frau hat niemals stattgefunden. Ich bin die einzige Frau, die in seinem Leben existieren darf. Habe ich mich klar genug ausgedrückt?«

»Unmissverständlich«, bestätigte Mario.

Damit war das Gespräch zu Ende.

Minutenlang starrte Marcel auf das Notebook. Fassungslos, keiner Regung fähig. Wie in Trance entfernte er die Ohrhörer, schaltete den Computer aus, zog die Speicherkarte heraus und steckte sie in die Hosentasche. In seinem Gehirn kreisen die soeben gehörten Worte. Roberto hatte nicht gelogen. Alles entsprach der Wahrheit. Seine Welt, seine heile, glückliche, so harmonische Welt war gerade unwiederbringlich zerstört worden. Die Frau, die er so sehr liebte, war als Mörderin überführt. Die Mutter seiner Tochter. Sie hatte Claudine mit ihrem ungeborenen Kind heimtückisch ertränken lassen.

Als ihn etwas an der Schulter berührte, erschrak er heftig. Er riss die Augen auf und blickte in Giovannis trauriges Gesicht.

»Trinken Sie«, sagte er leise und reichte ihm einen gut gefüllten Cognacschwenker.

Marcel nippte an dem Glas. Der Alkohol brannte auf der Zunge.

»Ich muss sofort nach Bari«, stammelte er.

»Ich weiß, ich habe bereits alles arrangiert. Soll ich Sie begleiten?«

Marcel sah den Butler mit tränenfeuchten Augen an.

»Ja bitte«, erwiderte er nur.

Giovanni half ihm auf.

»Der Chauffeur wartet an der Gangway. Der Jet ist startklar.«

Als Giovanni sich neben den Fahrer setzen wollte, hielt Marcel ihn am Arm fest.

»Zu mir in den Fond«, bat er eindringlich und zog ihn förmlich in den hinteren Teil des Wagens.

Das erste Mal betätigte Marcel den Schalter für die Trennscheibe. Kaum dass sie losgefahren waren, schaute er Giovanni ernst an.

»Das war also das Problem, über das Sie nachdenken mussten«, stellte er fest.

Der Butler nickte bekümmert.

»Ich hoffe nur, dass ich das Richtige getan habe.«

»Wie haben Sie davon erfahren?«

»Wie Sie sich vorstellen können, entgeht mir im Hause Dariovesa schwerlich etwas. Ich habe mitbekommen, dass Sie ein Gespräch mit Roberto hatten. Danach bemerkte ich bei Ihrer Frau eine ungewohnte Nervosität. Selbstverständlich habe ich mich gefragt, was die Ursache dafür sein könnte und habe ein fürsorgliches Auge auf die Signora gehabt. Dadurch ist mir nicht entgangen, wie sie häufiger aufgeregt mit Mario sprach.«

»Aber wie sind Sie an die Aufzeichnung gekommen? Die Speicherkarte haben Sie mir doch in das Notebook gesteckt, nicht wahr?«

»Ja, Marcel«, seufzte er schwer. »Die Signora ist leider allzu oft nachlässig, wenn sie über ihre Armbanduhr mit mir kommuniziert. Am Ende vergisst sie manchmal, die Verbindung wieder zu trennen. Da habe ich mir die Freiheit genommen, alles mitzuschneiden, was sie in den letzten Tagen gesagt hat, weil ich unbedingt die Wahrheit herausfinden wollte.« Er blickte Marcel sichtlich erschüttert an.

»Wie Sie in den Jahren, in denen Sie nun bei uns sind, sicherlich bemerkt haben, ist Ihre Familie auch meine Familie, wenn ich das sagen darf.«

Marcel nahm seine Hand und drückte sie fest.

KAPITEL 84

Anderthalb Stunden später betraten sie im obersten Stockwerk der Questura von Bari das Büro des Vize-Questore Emilia Brendani.

»Es gibt neue, dramatische Entwicklungen in unserem Fall«, rief Marcel ihr bereits von der Tür entgegen. Mit ausgestrecktem Arm hielt er die Speicherkarte in die Höhe.

»Wir haben Beweise. Sie hat es tatsächlich getan. Hier, stecken Sie die in Ihren Computer«, forderte er sie eindringlich auf, ohne Zeit darauf zu verschwenden, sie wie gewohnt herzlich zu begrüßen.

Dermaßen von Marcel überrumpelt, sah Emilia seinen Begleiter fragend an.

»Tun Sie bitte, was er sagt, dann werden Sie sofort verstehen. Es ist nur eine Datei darauf. Entschuldigen Sie bitte unseren stürmischen Auftritt, Vize-Questore. Mein Name ist Giovanni. Ich bin der Butler der Dariovesas«, stellte er sich ein wenig verlegen vor.

»Emilia Brendani«, erwiderte sie automatisch.

Währenddessen legte Marcel die Speicherkarte direkt vor ihr auf den Schreibtisch.

»Spielen Sie die Datei darauf ab. Hören Sie genau zu, wie die Täter ein Geständnis ablegen«, rief er aufgeregt.

»Beruhigen Sie sich, Marcel. Setzen Sie sich und lassen Sie mich machen.«

Sie drückte eine Taste auf der Gegensprechanlage.

»Für die nächste Stunde bin ich für niemanden erreichbar. Ja, für die ganze nächste Stunde keine Besucher, keine Telefonate, ohne Ausnahme«, befahl sie.

Dann steckte sie die Karte ein wenig umständlich in den Computer. Als sie die Datei öffnen wollte, hielt Marcel sie plötzlich zurück.

»Besser nicht laut. Nehmen Sie die hier«, reichte er ihr die winzigen Ohrhörer über den Schreibtisch, die er noch in der Hosentasche hatte. »Wir kennen den Inhalt.«

Nachdem sie die Wiedergabe gestartet hatte, konzentrierte sie sich auf die Aufnahme.

Marcel kam es wie eine Ewigkeit vor, bis sie die Ohrhörer endlich wieder herausnahm. Erwartungsvoll blickten die Männer sie an.

»Das sind eindeutige Aussagen«, fasste sie das Gehörte zusammen.

Marcel und Giovanni machten ein zufriedenes Gesicht.

»Aber sie nützen uns nichts.« Emilia tat es unendlich leid, sie enttäuschen zu müssen. »Einmal abgesehen davon, dass wir drei nun Gewissheit haben, wer Ihre erste Frau und Ihr ungeborenes Kind getötet hat beziehungsweise töten ließ, sind diese Beweise vor Gericht unbrauchbar, weil nicht zulässig.«

Die beiden schauten sie entsetzt an.

Ungeachtet ihrer Reaktion fuhr sie in möglichst ruhigem Ton fort: »Die Aufnahme erfolgte ohne eine richterliche Genehmigung und ist damit per se nicht gerichtsverwertbar. Des Weiteren wäre die Verhaftung Ihrer Frau in Frankreich, um sie nach Italien ausliefern zu lassen aufgrund illegal erbrachter Beweise, schlicht und ergreifend unvorstellbar. Es tut mir leid, dass ich Sie, Marcel, erneut enttäuschen muss. Wir können die beiden moralisch verurteilen, aber nicht vor Gericht. Kein Staatsanwalt mit gesundem Menschenverstand würde bei der Beweislage auch nur einen Gedanken daran verschwenden, zumal, wenn er sich einer unüberschaubaren Anzahl von Mariana Dariovesas Anwälten gegenübersieht.«

»Das war's also?«, fragte Marcel niedergeschlagen.

»Das war's, leider«, stellte Emilia fest. »Sie können lediglich persönliche Konsequenzen ziehen.«

»Aber ich kann Luisa doch nicht bei einer Mörderin aufwachsen lassen!«, rief er außer sich.

»Die Anwälte Ihrer Frau werden selbst bei einem Vormundschaftsprozess dafür Sorge tragen, dass diese Aufnahme nie ein Richter zu hören bekommt. Das ist so sicher wie das Amen in der Kirche.«

»Haben Sie nicht wenigstens einen guten Rat für mich?«, flehte Marcel resigniert.

»Ich bedaure zutiefst, nein. Das müssen Sie mit sich und Ihrer Frau ausmachen. Die Justiz wird Ihnen nicht helfen.«

Betreten senkte sie den Blick.

»Darf ich mir eine Kopie machen?«, bat sie unerwartet.

»Tun Sie, was Sie nicht lassen können«, reagierte er barsch.

Dabei war sie die Einzige, die ihm, wenn überhaupt, behilflich sein konnte.

»Tut mir leid, ich habe es nicht so gemeint.«

»Ich werde es sicherheitshalber einem befreundeten Richter vorspielen, aber ich kann Ihnen keinerlei Hoffnung machen.«

Marcel drehte den Kopf zu Giovanni.

»Lassen Sie uns wieder nach Hause fahren.«

KAPITEL 85

Auf dem Weg zum Flughafen sprach keiner von ihnen ein Wort. Zu sehr hing ihnen Emilia Brendanis schonungslose Analyse nach.

Erst kurz vor dem Start brach Giovanni das Schweigen.

»Was werden Sie jetzt tun?«

»Haben Sie denn damals von all dem nichts mitbekommen?«

Giovanni schüttelte bedächtig den Kopf.

»Nur dass sie plötzlich verliebt war wie ein Teenager, nachdem sie Sie das erste Mal gesehen hat. Sie fand Sie einfach so süß, wie Sie auf Ihre Beine starrten. Das sei so unauffällig auffällig gewesen.« Die Erinnerung ließ ihn lächeln. »Sie war wie verzaubert von Ihnen. Und als Ihnen dann die Kirsche vom Eisbecher auf die Hose fiel, weil sie Ihnen direkt in die Augen geschaut hatte, da war es ganz vorbei. Sie hat es mir immer wieder erzählt. Sie war wie ausgewechselt, überglücklich. Ja, das war sie. So hatte ich sie noch nie erlebt. Natürlich wollte sie unbedingt herausfinden, wer Sie waren. Deswegen sollte Mario Ihnen wohl das Portemonnaie entwenden.«

»Ich weiß. Und die Sache mit dem Schlafpulver?«

»Sie hatte es nicht von mir, aber ich habe es mitbekommen«, gab er ohne zu zögern zu. »Sie war so ungeduldig. Immer wieder habe ich sie daran erinnert, was für einen Verlust Sie erlitten hatten, dass Sie in Trauer sind, dass sie Ihnen Zeit geben muss, Geduld haben soll. Ich musste Sie ständig ermahnen, nicht mit der Tür ins Haus zu fallen. Besonders nachdem es ihr in dem Berliner Literaturcafé erfolgreich gelungen war, Ihre Aufmerksamkeit zu erregen, war sie kaum noch zu bändigen. Als Sie nach der Matinee ihre Einladung in die Villa annahmen, empfand sie das als ersten Durchbruch. Sie beauftragte mich, all die Dinge zu kaufen, die sie am folgenden Morgen im Badezimmer vorgefunden haben. Kurz bevor Sie ins Kaminzimmer gegangen sind, habe ich sie dann dabei erwischt, wie sie Ihre Espressotasse mit dem Schlafpulver präparierte. *Ich möchte nur, dass er hier übernachtet und ein schlechtes Gewissen bekommt, weil er in meiner Gesellschaft einschläft*, hat sie mir mit einem schalkhaften Lachen versichert, und dass sie keine unmoralischen Absichten habe. So erfuhr ich den Grund für meine Einkaufstour. Ich habe ein Auge zugedrückt und aufgepasst, dass sie auch wirklich keinen Unfug mit Ihnen anstellt.«

»Danke, Giovanni, nachträglich.«

»Gerne.« Er seufzte tief. »Das waren doch nur Torheiten einer verliebten jungen Frau. Die letzten Tage habe ich mir das Gehirn zermartert, wie sie bloß auf diese absurde Idee gekommen war, Ihre Frau umbringen zu lassen. Mariana ist in meiner Obhut aufgewachsen. Ich habe keine Erklärung dafür, dass ich nichts bemerkt habe, und mache mir deswegen die schwersten Vorwürfe, Marcel. Seit ihre Eltern tot sind, ist sie wie eine Tochter für mich.«

Es war das erste Mal, dass Marcel Giovanni weinen sah. Mariana hatte nicht nur sein Leben zerstört.

KAPITEL 86

Zurück auf der Yacht begab sich Giovanni direkt in seine Kabine. Er musste sich erst einmal beruhigen, bevor er seinen Dienst aufnahm. Niemand konnte solche Ereignisse einfach wegstecken.

Nachdem Marcel die Unterlagen aus Bari hervorgeholt hatte, legte er die Speicherkarte in das Notebook ein. Dann ging er Mariana suchen. Doch sie war nirgendwo zu sehen. Genervt drückte er auf die Krone seiner Armbanduhr, um das Notsignal zu aktivieren. Sekunden später war er von Leibwächtern umringt.

»Alles in Ordnung«, rief er ihnen zu, als die Männer auf ihn zustürmten. »Ich will nur wissen, wo meine Frau ist. Ich kann sie nicht finden.«

Einer der Leibwächter wandte sich an Marcel.

»Ihre Frau ist in ihrem Büro, Signore.«

»Danke. Und entschuldigen Sie den Fehlalarm.«

So schnell wie die Männer erschienen waren, verschwanden sie auch wieder. Mit pochendem Herzen machte er sich auf den Weg zu ihr.

Mariana saß vor ihrem Schreibtisch, neben ihr Luisa.

»Was treibt ihr da?«, fragte er überrascht.

Luisa drehte sich erschrocken um.

»Papa.«

Freudestrahlend lief sie auf ihn zu, um ihn zu umarmen.

»Wo warst du denn? Mama hat dich gesucht. Wir reden über meine Geburtstagsparty und wen ich einladen möchte – darf«, korrigierte sie das letzte Wort zurückhaltend.

»Oh«, fiel ihm nichts Besseres ein.

Er hatte Luisas Anwesenheit nicht erwartet.

»Schatz, ich muss mit der Mama sprechen. Allein. Außerdem sucht dich Giovanni«, log er. »Er ist auf dem Pooldeck.«

Luisa sah zu ihrer Mutter.

»Lass Giovanni nicht warten, Liebes. Wir reden nachher weiter.«

»Okay«, erwiderte sie und rannte los.

Mariana schaute Marcel neugierig an.

Ruhig führte er die Armbanduhr vor den Mund: »Giovanni, würden Sie sich bitte um Luisa kümmern. Sie ist auf dem Weg zum Pooldeck.« Auf dem Display erschien zur Bestätigung: *Okay*. Mit einem Fingertipp beendete er die Verbindung. Giovanni musste nicht mithören.

Marcel musterte Mariana, ohne ein Wort zu sagen. Doch das schien ihr ganz und gar nicht zu gefallen. Ihre zunehmende Anspannung war deutlich zu spüren. Mario hatte ihr glaubhaft versichert, dass Marcel nichts gegen sie in der Hand hatte. Und nun? Was hatte er vor, dass er deswegen sogar Luisa wegschickte?

Marcel sah Mariana weiterhin stumm an. Er wusste nicht, wie er beginnen sollte. Erst hatte er sie anschreien wollen, ihr wütend die Fakten ins Gesicht schleudern. Doch während er sie so betrachtete, sah sie nicht anders aus als in den Stunden, in denen er sie über alles geliebt hatte. Wie sollte er je die richtigen Worte finden zu diesen abscheulichen Taten, die dieselbe Frau, die hier vor ihm saß, in Auftrag gegeben hatte?

Mariana las in seinem Gesicht, und was sie darin las, machte ihr Angst, so sehr Angst, dass sie zunehmend blasser wurde.

»Wie konntest du so etwas tun?«, fragte er kaum hörbar.

Mariana blickte ihm lange in die Augen, während die ihren feucht wurden und Tränen ihre Selbsicherheit hinwegspülten.

»Ich hatte keine Wahl«, erwiderte sie ebenso leise. »Was hätte ich tun sollen? Dich zu bitten, dich von ihr scheiden zu lassen? Ich hatte mich unsterblich in dich verliebt. Was blieb mir denn anderes übrig, wenn ich je eine Chance haben wollte?«

Mit der Hand wischte sie sich Tränen aus dem Gesicht.

Marcel dachte nicht daran, ihr ein Taschentuch zu reichen.

»Ich bin doch nicht böse. Habe ich dir oder unserer Tochter jemals in all den Jahren ein Leid zugefügt?«

»Uns nicht. Aber meiner Frau. Du hast ihr das Leben genommen. Das Schlimmste, was ein Mensch einem anderen Menschen antun kann.«

»Was hättest du denn an meiner Stelle getan?«

Für einen Moment war er fast versucht, auf diesen rhetorischen Trick hereinzufallen. Er schüttelte heftig mit dem Kopf.

»Wie kann man die Liebe zweier Menschen auf einem Mord aufbauen? Wie soll eine Beziehung, eine Ehe auf solch einem Fundament halten? Du bist eine intelligente Frau. Dir musste doch klar sein, dass irgendwann …«

»Wenn Roberto den Mund gehalten hätte, wären wir glücklich geblieben, bis das der Tod uns scheidet«, zitierte sie unpassenderweise.

»Hättest du ihn nicht auf diese schäbige Art gefeuert, hätte er bestimmt geschwiegen. Aber so hast du dir dein eigenes Grab geschaufelt.«

»Es tut mir leid. Ich wollte dich nicht verletzen«, schluchzte sie Mitleid heischend. »Es war alles ein großes Missverständnis. Roberto hatte damals überreagiert. Als ich ihm erzählt hatte, dass deine Frau meinem Glück im Wege stand, hatte er das als einen Auftrag verstanden. Sobald ich begriffen hatte, was ich damit ausgelöst hatte, war es bereits zu spät. Ich habe mir selbst die größten Vorwürfe gemacht. Seitdem habe ich keine ruhige Nacht mehr verbracht, habe mit der ständigen Angst gelebt, dass du es eines Tages erfahren würdest.«

»Du hast zwei Menschen ermordet, Mariana«, sagte er eindringlich.

»Roberto wollte dich für seine Rache an mir missbrauchen. Mario wollte mich, uns nur beschützen, damit er nicht weiter Unfrieden zwischen uns stiften kann.«

Mit großer Selbstbeherrschung zog er den Befund des Leichenbeschauers aus der Polizeiakte und hielt ihn ihr unter die Nase.

»Ich rede nicht von Roberto. Claudine war mit unserem ersten Kind schwanger, als man sie brutal umgebracht hat.«

Mit dem Zeigefinger pochte er auf die Stelle.

Mariana musterte den Befund. Sekunden später wurde ihr die Bedeutung klar. Sie sackte in sich zusammen.

»Das, das«, begann sie zu stottern, »das habe ich nicht gewusst. Das musst du mir glauben. Ich würde doch niemals ein Kind, ein Baby, eine Schwangere …«

»Du hast meine Frau und mein Kind umgebracht, nur weil du dich ausgerechnet in mich verlieben musstest, mich, einen verheirateten Mann, einen werdenden Vater. Auf diesem Planeten gibt es Milliarden von Männern. Warum ich? Nur weil es dir gefallen hat, wie ich deine Beine angestarrt habe.«

»Ich habe mich so sehr nach einer richtigen Familie gesehnt. Einem Mann, der mich liebt, von dem ich mir ein Kind wünschte. Meine Eltern hatten nie wirklich Zeit für mich. Als sie arm waren, mussten sie Geld verdienen, und als sie mehr als genug davon hatten, nahm es ihre ganze Aufmerksamkeit in Anspruch. Für mich blieb da keine Zeit übrig. Jedenfalls zu wenig.«

Marcel empfand kein Mitleid für sie.

»Mein Gott, mit diesem Problem bist du nicht alleine auf der Welt. Das ist doch kein Grund …«

»Unsere Begegnung in Trani, das war vielleicht noch Zufall. Aber das zweite Mal in Bari, das war kein Zufall mehr, das konnte nur Schicksal sein.«

Sie schaute ihn verliebt an.

»Marcel, die Liebe kann man nicht steuern, man wird von ihr gesteuert.«

Sie wollte ihn umarmen, doch er wich zurück.

»Es ist ungeheuerlich, wie du mit diesen sentimentalen Floskeln den Mord an meiner schwangeren Frau und Roberto zu rechtfertigen versuchst.«

»Sie ist nicht deine Frau. Ich bin deine Frau«, erwiderte sie unerwartet. »Es war eine Verkettung unglücklicher Umstände. Ich hatte ein Problem und bin reich, da sind die Leute zuvorkommend und lösen es für dich, selbst wenn du es nicht direkt von ihnen verlangst. Das ist ein Vorteil des Wohlstands, in diesem Fall allerdings eher ein bedauerlicher Nachteil«.

Er konnte ihre Schuldzuweisungen und Ausflüchte nicht länger ertragen. Mit einem Handgriff öffnete er das Notebook, um die Wiedergabe der Sounddatei zu starten.

Als Mariana die Stimmen erkannte, wurde sie kreidebleich.
Nach wenigen Sekunden brach er die Wiedergabe ab.
»Ja, du hast recht. Wenn man reich ist, dann machen die Leute nicht immer das, was sie sollen. Mario war so freundlich – gegen eine entsprechende Summe selbstverständlich – mir diese Aufzeichnung zu überlassen. Wahrscheinlich eine Rückversicherung, falls du auf die Idee kommen solltest, ihn so loyal zu behandeln wie Roberto«, log er absichtlich, um Giovanni zu schützen.

Für einen Moment zog sie angewidert eine Grimasse.
»Ist dir bewusst, dass du unsere Familie zerstört hast?«
Sie tat überrascht.
»Aber wieso?«, erwiderte sie mit leiser Stimme. »Ich habe dir doch gesagt, dass es mir leidtut, dass ich es aufrichtig bedaure. Ich habe einen Fehler gemacht. Einen schweren Fehler, den ich zutiefst bereue. Wenn du mich wirklich liebst, wirst du mir vergeben. So viele Jahre leben wir nun glücklich zusammen. Du und ich, und Luisa. Und …« Langsam schlug sie die Beine übereinander, sodass der Schlitz ihres Rockes sich weitete, bis das Strumpfband sichtbar wurde. »Und wenn du mir vergibst, werden es viele weitere, sehr erfüllte Jahre sein.«

Er war sprachlos. War das die Frau, die er geliebt hatte? Die unzählige Male Schmetterlinge in seinem Bauch tanzen ließ? Sie schien die Realität völlig auszublenden.

Mit einem Mal begriff er. Er könnte mit ihr reden so lange, wie er wollte, sie würde niemals verstehen, wofür sie verantwortlich war. Ihr Wunsch nach einer glücklichen Familie war eine fixe Idee, die von einer Mauer der Glückseligkeit geschützt wurde, durch die kein moralisches Schuldempfinden dringen konnte.

»Du musst mir verzeihen, hörst du? Du *musst*!«
»Muss?«, wiederholte er. »Das ist nicht die Frage, sondern ob ich kann!«

Erschüttert wandte er sich von ihr ab und verließ ohne ein weiteres Wort das Büro. Mit jedem Schritt, den er sich von der Kabine entfernte wurde ihre Stimme leiser.

»Marcel, du musst mir vergeben, bitte. Ich flehe dich an! Um Luisas willen.«

Der letzte Satz traf ihn mitten ins Herz.

KAPITEL 87

Der Signalton seiner Uhr verlangte seine Aufmerksamkeit. Er sah aufs Display: *Ich habe Luisa zu Bett gebracht. Giovanni.*

Obwohl ihm nach dem Gespräch mit Mariana überhaupt nicht nach einer Gutenachtgeschichte war, ging er zu Luisas Kabine und klopfte an die Tür.

Von innen ertönte ihre piepsige Stimme: »Herein.«

Marcel öffnete die Tür. Luisa lag auf dem Bett und blätterte in einem Kinderbuch. Er setzte sich zu ihr auf die Bettkante.

»Würdest du deinen Papa bitte einmal ganz lieb drücken?«, fragte er sie mit trauriger Stimme.

Luisa schaute vom Buch hoch.

»Na klar.«

Sie stieg vom Bett, stellte sich vor Marcel und umklammerte mit ihren kurzen Ärmchen seine Taille. Marcel drückte sie fest an sich.

»Autschie, Papa, nicht so doll, ich krieg keine Luft mehr«, rief sie erschrocken.

»Oh entschuldige.«

Er lockerte seine Umarmung und schaute in ihre großen Kulleraugen. Ohne, dass er es verhindern konnte, rannen ihm Tränen übers Gesicht.

»Was ist denn, Papa? Warum weinst du?«, fragte sie mitfühlend.

»Papa hat dich nur ganz doll lieb, meine Kleine.«

»Aber das ist doch kein Grund, traurig zu sein. Ich habe dich auch ganz doll lieb«, beeilte sie sich, mit einem süßen Lächeln zu versichern.

»Das weiß ich, mein Schatz. Das weiß ich«, seufzte er.

»Und die Mama, die hat dich genauso doll lieb«, fügte sie rasch hinzu.

KAPITEL 88

Die Nacht verbrachte er in einer Gästekabine, die Giovanni vorausschauend für ihn zurechtgemacht hatte. Der Weg zum Frühstück fiel ihm unendlich schwer, aber er riss sich zusammen, weil Luisa nichts merken sollte. Unterwegs traf er Giovanni.

»Guten Morgen, Marcel«, begrüßte Giovanni ihn mit unbewegtem Gesicht.

»Guten Morgen. Danke, dass Sie Luisa zu Bett gebracht haben.«

»Gerne. Soweit ich Ihnen irgendwie helfen kann.«

In kurzen Worten gab er ihm eine Zusammenfassung seines Gespräches mit Mariana.

»Ich habe den Mitschnitt Mario in die Schuhe geschoben, dass er ihn als eine Art Rückversicherung gemacht hat. Haben Sie ihn zufällig gesehen?«

»Danke, dass Sie das getan haben«, erwiderte Giovanni. »Mario hat die Yacht bereits verlassen. Ich vermute, ein strategischer Rückzug.«

Marcel sah ihn fragend an.

Ein kurzes Grinsen huschte über Giovannis Gesicht.

»Ich hatte ihm eine Kopie der Speicherkarte zukommen lassen. Da hat er wohl kalte Füße gekriegt und sich sehr rasch auf und davon gemacht. Mit ihm dürfte Mariana kaum mehr rechnen.«

»Danke, Giovanni.«

Gemeinsam gingen sie aufs Sonnendeck, wo die Familie im Sommer immer frühstückte. Zu ihrer Verwunderung saß Luisa alleine am Tisch und unterhielt sich mit dem Chefkoch.

»Wo ist die Mama?«, fragte er, bevor er ihr einen Kuss gab.

»Weiß nicht. Ich dachte, ihr schlaft noch.«

»Wieso?«, reagierte er verblüfft.

»Ich bin zu eurer Kabine, um euch zum Frühstück abzuholen. Da habe ich geklopft, aber ihr habt nicht aufgemacht. Als ich trotzdem reingehen wollte, war die Tür abgeschlossen. Da bin ich halt alleine hergekommen, um hier auf euch zu warten.«

Marcel sah zu Giovanni. Doch der hatte sich schon auf den Weg gemacht. Wenige Augenblicke später piepste seine Armbanduhr.

»Du fängst bitte mit dem Frühstück an. Lass dir etwas Leckeres zubereiten. Und mir bestellst du bitte ein paar Spiegeleier mit ganz viel gebuttertem Toast, ja?«

Dann rannte er los, kaum dass Luisa »Okay, Papa« sagen konnte.

Während er hastig die Treppen zwischen den Decks hinuntereilte, nahmen in seinem Kopf die wildesten Spekulationen Gestalt an: Was, wenn Mariana sich etwas angetan hatte? Wie würde Luisa das verkraften?

Als er die Kabinentür erreichte, war sie bereits von Giovanni aufgebrochen worden. Die Feuerwehraxt für den Brandfall lag auf dem Boden, das Schloss war von kräftigen Hieben zersplittert. Mit einem einzigen Blick in den Raum erfasste er die Situation. Giovanni beugte sich über Mariana, die zugedeckt mit gefalteten Händen auf dem Bett lag, um ihr den Puls zu fühlen. Ihr Gesicht war zur kreideweißen Maske erstarrt. Mit einem Ruck hob er ihren Oberkörper hoch und schüttelte sie. Auf dem Nachttisch sah er zwei leere Blisterpackungen, daneben einen Champagnerkübel mit einer umgedrehten Flasche darin.

»Ihr Puls ist kaum noch spürbar«, sagte Giovanni leise.

Mit einem sehr ernsten Blick schaute er zu Marcel, der sich aufs Bett setzte und Marianas Hände hielt.

»Wollen Sie dem Schicksal seinen Lauf lassen?«, fragte er mit einer melancholischen Stimme.

Marcel verstand sofort, was Giovanni ihm damit sagen wollte: »*Lassen wir sie in Frieden sterben. Sie ist die Mörderin Ihrer Frau und Ihres Kindes und von Roberto. Sie selbst hat den Freitod gewählt. Wenn Sie nicht wollen, dass Luisa von so einer Mutter weiterhin aufgezogen wird, wäre es da nicht besser, sie einfach schlafen zu lassen?*«

Marcel erwiderte Giovannis Blick mit Tränen in den Augen.

»Ich kann nicht, Giovanni. Ich kann nicht. Sie ist die Mutter meines Kindes. Das kann ich Luisa nicht antun. Ich kann und ich darf nicht ihr Richter sein.«

Anstelle einer Antwort drückte Giovanni auf einen Schalter der Gegensprechanlage.

»Doktor Bartoux soll dringendst in die Kabine der Signora kommen. Sofort!«

Er schob Marcel zur Seite, fühlte erneut den Puls.

»Dann ist es allerhöchste Zeit«, murmelte er, bevor er Mariana mit der Hand kräftig auf die Wangen schlug. »Aufwachen! Wachen Sie auf, Signora!«

Und zu Marcel gewandt: »Und Sie holen mir bitte ein mit eiskaltem Wasser getränktes Handtuch aus dem Bad, schnell.«

Als Marcel mit dem nassen Handtuch zurückkam, war Giovanni gerade dabei, Marianas Oberkörper aufzurichten.

Ein schwaches Stöhnen ließ Hoffnung aufkeimen, dass es noch nicht zu spät war. Giovanni packte Marianas Schultern mit beiden Händen, um sie kräftig durchzuschütteln.

»Aufwachen! Wachen Sie auf!«, wiederholte er unablässig.

Als ihr Stöhnen endlich lauter wurde, hielt er Marianas Kopf über die Bettkante. Mit der linken Hand öffnete er den Mund, um ihr den rechten Zeigefinger tief in den Schlund zu stecken. In diesem Moment traf der Arzt ein.

Sobald er die Situation begriffen hatte, eilte er auf Giovanni zu.

»Gehen Sie bitte zur Seite und lassen Sie mich das machen.«

Mit einem routinierten Handgriff holte er ein Stethoskop aus seiner Arzttasche, um ihren Herzschlag zu überprüfen. Unverzüglich injizierte er eine Spritze in die Armvene.

»Zur Stabilisierung des Kreislaufs«, erklärte er einsilbig.

Dann zog er einen fingerdicken Schlauch aus der Tasche.

»Helfen Sie mir, sie vornüberzubeugen, so wie Sie es eben getan haben. Und Sie«, wandte er sich an Marcel, »reichen mir den Champagnerkübel rüber. Rasch, jede Sekunde zählt.«

Marcel riss den Kübel vom Nachttisch, leerte den Inhalt auf den Boden aus und reichte ihn über das Bett.

Der Arzt öffnete Marianas Mund und schob ihr vorsichtig den Anfang des Schlauchs hinein. Das Ende hielt er über den Kübel. Als der Schlauch die Speiseröhre erreichte, zuckte ihr Körper zusammen. Reflexartig begann sie zu würgen. Doktor Bartoux schob ihr den Schlauch immer tiefer in den Schlund, bis der Mageninhalt explosionsartig herausschoss und sich in den Champagnerkübel ergoss.

»Raus damit. Das ganze verdammte Zeug muss raus. Alles!«, trieb er sie mit autoritärer Stimme an.

»Lassen Sie den Helikopter startklar machen. Sie muss schnellstens in ein Krankenhaus. Die Schlaftabletten waren sehr stark. Sie braucht so rasch wie möglich medizinische Betreuung, die ich hier an Bord nicht leisten kann.«

Marcel starrte den Arzt verwundert an. Ihm war aufgefallen, dass der Mann die leeren Packungen auf dem Nachttisch bisher ignoriert hatte. Woraus konnte er also schließen, dass es sich um besonders starke Schlaftabletten handelte? Bis jetzt hatte Mariana nie welche gebraucht. Sie musste sie sich extra zu diesem Zweck besorgt haben. In ihm stieg ein Verdacht hoch.

»Woher wissen sie, dass meine Frau Schlaftabletten und zudem so starke eingenommen hat?«, fragte er frei heraus. »Und wo hat sie die überhaupt so schnell herbekommen? So starke sind doch bestimmt verschreibungspflichtig.«

»Ich habe sie ihr gegeben, Monsieur«, gab der Arzt, ohne zu zögern, zu. »Sie wollte unbedingt ein besonders wirksames Präparat haben. Ich musste extra jemanden losschicken, um es aus einer Apotheke holen zu lassen. An Bord haben wir solche nicht vorrätig.«

»Hat sie Sie schon öfter danach gefragt?«, erkundigte sich Marcel.

»Nein, Monsieur. Es war das erste Mal«, erwiderte der Arzt plötzlich kleinlaut.

»Ach«, entfuhr es Marcel, »da kommt meine Frau zu Ihnen, bittet mal eben um die stärksten Schlaftabletten, die Sie besorgen können, und Sie denken sich nichts dabei?«, resümierte er sarkastisch.

»Ich musste sie ihr geben. Sie hat darauf bestanden«, versuchte er, sich zu verteidigen.

»Und als Arzt sind Sie dieser Forderung einfach nachgekommen?«, fuhr Marcel in ironischem Ton fort.

»Was hätte ich tun sollen, Signore?«

»Sie ihr vielleicht verweigern? Ihr harmlosere geben?«, schlug Marcel vor.

»Das hatte ich auch vor. Ich habe sie extra auf die Gefahren bei Einnahme von Schlaftabletten während der Schwangerschaft hingewiesen und ihr stattdessen die üblichen Hausmittel empfohlen. Aber von denen wollte sie nichts wissen. Sie hat sehr vehement darauf bestanden.«

Marcel starrte den Arzt an.

»Meine Frau ist schwanger?«, stammelte er.

»Sie kam gestern zu mir, um einen Bluttest durchführen zu lassen. Nachdem sie einen dieser Schnelltests aus der Apotheke gemacht hatte, bat sie mich darum, ihr das positive Ergebnis zu bestätigen, bevor sie es Ihnen mitteilen wollte.«

Marcel wurde schwindelig. Welches Ausmaß sollte diese Tragödie eigentlich noch annehmen?

Giovanni legte ihm mitfühlend die Hand auf die Schulter.

»Und nun?«, fragte Marcel sichtlich erschüttert. »Was wird aus der werdenden Mutter, aus dem Kind …?« Die Stimme versagte ihm den Dienst.

»Das werden die nächsten Stunden in der Klinik zeigen. Ihre Frau wird dort die erdenklich beste medizinische Behandlung erfahren. Das Kind allerdings …« Verunsichert machte er eine Pause. »Wie ich bereits Ihrer Frau gesagt habe, derart starke Schlafmittel sind, besonders in solchen Mengen, also bei einer extremen Überdosierung, ausgesprochen toxisch. Und zusammen mit Alkohol«, demonstrativ richtete er den Blick auf die Champagnerflasche am Boden »einem weiteren Gift, gibt das eine sehr unheilvolle, in der Regel tödliche Mischung. Ich kann Ihnen da leider wenig Hoffnung machen«, druckste er herum.

»Bringen Sie's auf den Punkt, Doktor«, verlor Marcel die Geduld.

»Aufgrund der hohen Giftkonzentration ist es sehr wahrscheinlich, dass es zu einer Fehl- oder Totgeburt kommen wird. Anderenfalls wird das Kind schwerste Behinderungen haben.«

Betreten senkte er den Blick zu Boden.

»Dennoch haben Sie ihr die Tabletten gegeben?«

»Sie hat ausdrücklich darauf bestanden. Ich konnte sie ihr nicht verweigern, sonst hätte sie mich entlassen. Das kann ich mir nicht leisten. Ich habe drei Kinder, die zur Universität gehen. Außerdem konnte ich doch nicht ahnen, dass sie als Schwangere …«

»Dieses verfluchte Geld«, schimpfte Marcel unverhohlen. »Zeigt denn niemand mehr auch nur ein bisschen Rückgrat, wenn es um dieses verfluchte Geld geht?«

Zum Arzt gewandt rief er zornig: »Und was glauben Sie, was nun mit Ihnen geschehen wird? Sie sind gefeuert, fristlos!«

KAPITEL 89

Der kleine Helikopter bot gerade eben Platz für vier Personen. Da Mariana auf der Rückbank liegend transportiert werden musste, blieb nur noch der Sitz neben dem Piloten für den Arzt.

Giovanni sollte auf Luisa aufpassen. Marcel überließ ihm die unerfreuliche Aufgabe, ihr eine passende Erklärung für die Einlieferung ihrer Mutter ins Krankenhaus zu geben.

Er selbst ließ sich mit der Limousine in die Privatklinik nach Nizza fahren. Der behandelnde Chefarzt erwartete ihn bereits am Eingang.

»Wie geht es meiner Frau, Dokter?«, fragte Marcel besorgt.

»Den Umständen entsprechend«, erwiderte der Arzt unverbindlich.

»Den Umständen entsprechend gut oder schlecht?«

»Das werden wir erst in den nächsten Stunden genau wissen. Wir haben Ihre Frau in ein künstliches Koma versetzt, damit ihr Körper sich voll auf den Heilungsprozess konzentrieren kann.«

»Dann ist sie also noch nicht über den Berg?«

»Ich bedaure. Sie ist eine gesunde, kräftige Frau, aber ich will Ihnen keine falschen Hoffnungen machen.« Doktor Dubois schaute ihn besorgt an. »Ich möchte gerne unter vier Augen mit Ihnen reden. Wenn Sie mir in mein Büro folgen würden. Es ist nicht weit vom Krankenzimmer ihrer Frau.«

»Kann ich sie sehen?«, fragte Marcel, ohne auf die Bitte des Arztes einzugehen.

»Jederzeit. Aber könnten wir zuerst …?«

»Natürlich. Entschuldigen Sie. Ich bin verständlicherweise ein wenig durcheinander.«

Nach einem kurzen Fußweg durch gestylte Krankenhausflure, öffnete Doktor Dubois die Tür zu seinem Büro und bat ihn herein.

»Darf ich Ihnen einen Kaffee oder Tee anbieten?«

»Einen Kaffee bitte, wenn es keine Mühe macht.«

»Nicht die geringste.«

Er drückte eine Taste auf dem Telefon, um seine Sekretärin zu instruieren. Nur eine Minute später erschien sie mit einem Tablett.

»Ich möchte nicht gestört werden.«

Die junge Frau nickte lächelnd.

»Monsieur Grünwald, ich will gleich auf den Punkt kommen und ganz offen sein.«

»Ich bitte darum.«

»Nun, Ihre Frau hat einen Selbstmordversuch unternommen.«

»Das weiß ich.«

»Ja, natürlich. Aber ich habe den Verdacht, dass sie es damit nicht ernst gemeint hat?«

»Wie bitte?«

»Sehen Sie, Monsieur Grünwald. Es gibt Menschen, die wählen den Freitod, weil sie die Absicht haben endgültig und unwiderruflich aus dem Leben zu scheiden. Aus welchen Gründen auch immer.«

Marcel wurde neugierig. Worauf wollte der Arzt hinaus?

»Den meisten Selbstmördern jedoch geht es nur darum, mit ihrer Tat Aufmerksamkeit zu erregen.«

»Wie meinen Sie das? Meine Frau liegt im Sterben.«

»Ja, sicher«, gab Doktor Dubois zu. »Weil sie sich in der Dosierung verschätzt und die Wirkung des Alkohols unterschätzt hat.«

»Ich verstehe nicht.«

»Ihre Frau hat sich erst kurz, bevor Sie sie gefunden haben, vergiftet.«

»Wie bitte?«

»Nun, ich denke, sie wollte rechtzeitig entdeckt werden.«

»Aber die Flasche Champagner war leer«, versuchte er zu erklären.

»Wahrscheinlich hat sie einen Teil des Champagners schon vorher getrunken und mit dem Rest die in einem Glas aufgelösten Tabletten hinuntergespült.«

»Woher wollen Sie das wissen?«

»Wir haben den Magen Ihrer Frau hier in der Klinik sofort professionell ausgespült und kaum noch Rückstände des Schlafmittels gefunden. Der überwiegende Teil ist bereits mit der ersten Magenentleerung entfernt worden, die uns Ihr Bordarzt zur Analyse mitgebracht hat. Das ist ein Indiz dafür, dass sie die Tabletten erst kurz zuvor hinuntergeschluckt hat. Normalerweise ist das eine gute Nachricht. Im Fall Ihrer Frau kommt aber der besondere Umstand hinzu, dass sie sich von meinem Kollegen ein ausgesprochen starkes Mittel geben ließ. Eines, dass extrem toxisch wirkt, wenn es zusammen mit Alkohol eingenommen wird, was mein Kollege nicht voraussehen konnte. Zumal er sie ja wegen der Schwangerschaft vor der Einnahme dieses Präparates ausdrücklich gewarnt hatte.«

»Sie meinen, da wir jeden Morgen zur gleichen Zeit gemeinsam frühstücken, hat sie den Selbstmordversuch so gelegt, das wir sie rechtzeitig finden können, sobald wir sie bei Tisch vermissen würden.«

»Ja, Monsieur.«

»Sie wollte sich also gar nicht das Leben nehmen, sondern hat sich nur verkalkuliert?«, fragte Marcel ungläubig mit dem Kopf schüttelnd.

»Das vermute ich.«

»Und das Kind?«

»Leider kann ich Ihnen da wenig Hoffnung machen. Ich denke, dass es bald zu einem Abort kommen wird, wenn nicht …«

Doktor Dubois vollendete den Satz nicht und schwieg betreten.

»Sie hat das Leben unseres zweiten Kindes als Risiko in Kauf genommen?«

»Ich weiß es nicht. Ich glaube eher, dass sie aus Unwissenheit im Umgang mit Schlaftabletten deren Wirkung unterschätzt hat. Für mich sieht das Verhalten Ihrer Frau sehr wie ein Hilferuf nach Aufmerksamkeit aus, Monsieur. Ich rate Ihnen, einen Psychologen zu konsultieren.«

»Vielleicht haben Sie recht. Ich werde mich darum kümmern.«

Marcel spürte kein Verlangen, den Doktor über die wahren Gründe ins Bild zu setzen.

»Ich würde jetzt gerne zu meiner Frau.«

Zum Zeichen, dass für ihn das Gespräch beendet war, stand er auf und hielt dem Doktor die Hand zum Abschied hin.

»Selbstverständlich werde ich Sie persönlich zu ihr bringen«, bot ihm der Arzt an, die entgegengestreckte Hand ignorierend.

»Wie lange wird meine Frau im Koma liegen müssen?«, wollte Marcel abschließend wissen.

»Nur wenige Tage. Dann werden wir sie wieder aufwecken.«

KAPITEL 90

Vor der Tür von Marianas Suite standen bereits zwei Leibwächter, die ihn mit ausdruckslosem Gesicht grüßten.

»Ich würde gerne mit meiner Frau allein sein«, verabschiedete er Doktor Dubois.

Über einen Flur erreichte er den Hauptraum, in dem Mariana lag. Nur die geballte Präsenz medizinischer Geräte unterschied diesen Raum von einem Luxushotel.

Er nahm in einem bequemen Sessel Platz, der nicht weit vom Krankenbett entfernt stand. Kabel ragten aus ihr heraus wie aus dem Steckfeld einer alten Telefonzentrale und dokumentierten ihre Lebensfunktionen auf zahllosen Monitoren. Ihr Gesicht sah aus, als ob sie friedlich schliefe. Ihm fiel auf, dass sie geschminkt war. War das ein Teil ihrer Inszenierung gewesen? Ein makelloses Äußeres, wenn man sie finden würde?

Sie hatte hoch gepokert und dabei ihr gemeinsames Kind verloren. Hatte sie geglaubt, ihn damit zurückgewinnen zu können? Indem er sich um sie sorgen, sie retten würde? Was ging nur im Kopf dieser Frau vor?

Oh Gott, wie sollte er das alles seiner kleinen Tochter erklären? Traurig sah er Marianas Gesicht an und fragte sich, was er für diese Frau eigentlich noch empfand.

Damals, vor neun Jahren, hatte er sich in sie verliebt. Er war angetan gewesen von ihrem Charme, ihrem Humor, ihren unvergleichlich hübschen Beinen, der Art, wie sie ihn verführte. Er war immer mit ihr glücklich gewesen, und sie hatte ihm das wertvollste aller Geschenke gemacht: Luisa.

Das Leben mit Mariana, der Luxus, die Reisen hatten ihn so in Beschlag genommen, dass die Erinnerung an Claudine mehr und mehr verblasst war. Wie ein Nebel, der sich allmählich auflöste. Durch Mariana hatte er neue Lebensfreude gefunden, eine klare Zukunft. Und diese Zukunft war vor wenigen Tagen zerstört worden durch Robertos Anschuldigungen, die sich als wahr erwiesen hatten.

Die mentale Anspannung forderte mit einem Mal ihren Preis. Ihm fielen die Augen zu. Eine Art Dämmerzustand überkam ihn.

Völlig unerwartet befand er sich in einem Gerichtssaal. Auf der ihm gegenüberliegenden Seite saß der Staatsanwalt, vor ihm ein Mann, der ebenfalls in eine schwarze Robe gekleidet war, augenscheinlich ein Anwalt. An der Stirnseite des kleinen Saales thronte die Richterin. Sie sah aus wie Mariana. Nein, es war Mariana. Sie war die Richterin. Mit einem Mal wurde ihm die Situation klar: Er saß auf der Anklagebank.

»Warum haben Sie sich geweigert, Ihrer Frau zu verzeihen, Angeklagter?«, fragte die Richterin im strengen Ton.

Noch bevor er antworten konnte, ergriff der Staatsanwalt das Wort: »Sie war Ihnen immer eine gute und treue Ehefrau gewesen. Außerdem hat sie in bester Absicht gehandelt. Leichtsinnig vielleicht, aber nicht mit Vorsatz oder Arglist. Das ist als mildernde Umstände zu werten. Zudem war sie nur mittelbar an der Tat beteiligt. Sie betrifft also höchstens eine Mitschuld. Und selbst die kann man ihr nicht hieb- und stichfest nachweisen.«

Um seine Worte zu unterstreichen, streckte der stattliche Mann den rechten Arm in die Höhe.

»Und daher sehe ich keinen Grund, warum der Angeklagte nicht für schuldig gesprochen werden sollte, seiner Frau die Vergebung zu verweigern.«

»Aber sie hat es doch gestanden«, murmelte er vor sich hin. »Sie hat es selbst zugegeben.«

Eine Berührung an der Schulter ließ ihn aufschrecken. Es war Giovanni. Dann erst sah er Luisa, tränenüberströmt über ihre Mutter gebeugt. Er stand auf, um zu ihr zu gehen.

»Komm her, mein Schatz«, sagte er sanft, legte seine Arme um sie und zog sie an sich. »Die Mama schläft nur tief und fest, damit sie schneller wieder gesund wird.«

»Ich habe mir erlaubt, sie herzubringen«, entschuldigte sich Giovanni. »Sie hat ständig nach Ihnen und ihrer Mutter gefragt.«

Marcel bedeutete ihm mit einem kurzen Nicken, dass es gut war.

»Wenn du möchtest, kannst du Mamas Hand halten. Ich nehme die andere, so wird sie bestimmt viel schneller wieder gesund«, versuchte er, Luisa Mut zu machen. »Aber wir müssen ein bisschen Geduld haben.«

Er zog ihr einen Stuhl heran. Vorsichtig legte er ihre Hand in Marianas freie Hand, an der keine Infusionsschläuche angelegt waren. Dann setzte er sich in seinen Sessel und nahm die andere. So saßen sie beide da, auf die Ehefrau und Mutter blickend, die vor ihnen lag.

Giovanni wandte sich ab, damit Luisa seine Tränen nicht sehen konnte.

KAPITEL 91

Marcel war beeindruckt, dass Luisa nicht müde wurde, die Hand ihrer Mutter zu halten. In den folgenden zwei Tagen verbrachten sie zusammen unzählige Stunden an Marianas Krankenbett. Nur das Argument, dass die Mama wenig begeistert wäre, wenn sie erführe, dass Luisa wegen ihr den Unterricht schwänzte, konnte sie davon abhalten, tatsächlich den ganzen Tag am Bett ihrer Mutter zu sitzen.

Am vierten Tag hielten es die Ärzte für ratsam, Mariana wieder aus dem Koma aufzuwecken. Komplikationen gab es keine. Nach eingehenden Untersuchungen waren sich die Spezialisten einig, dass Mariana selbst großes Glück gehabt hatte, das Baby bedauerlicherweise nicht. Sie rieten ihr dringend zu einer Abtreibung, da es im schlimmsten Fall zur erneuten Vergiftung ihres Körpers kommen könnte. Mariana willigte ein. Daraufhin blieb sie noch ein paar Tage in der Klinik, wollte allerdings niemanden sehen. Nach anderthalb Wochen rief sie an und bat darum, abgeholt zu werden.

Es herrschte eine seltsame Atmosphäre an Bord, als Mariana auf dem Sonnendeck erschien. Luisa hatte *Willkommen zu Hause Mama* aus lauter einzelnen Buchstaben auf große Blätter geschrieben und den Spruch mit Wäscheklammern an einer langen Leine befestigt. Sie lief freudestrahlend auf ihre Mutter zu, um sie zu umarmen. Das gesamte Personal stand in Reih und Glied auf dem Deck, um sie zu begrüßen. Mariana drückte Luisa fest an sich. Dann wandte sie sich Marcel zu, der sie unverbindlich mit Bisous auf beide Wangen begrüßte.

Unsicher sah sie ihm in die Augen. Dann schmiegte sie sich an ihn und küsste ihn leidenschaftlich auf den Mund. So unerwartet, dass er es nicht verhindern konnte.

Giovanni setzte ein Lächeln auf, das ihn die größte Selbstbeherrschung kosten musste. So wie Mariana zurücklächelte, schien sie jedoch nichts zu bemerken.

»Danke, Giovanni«, flüsterte Mariana. »Ich weiß nicht, wie oft sie mir schon das Leben gerettet haben. Als Kind und nun jetzt.«

»Ich habe nur geholfen«, erwiderte er ebenso leise mit einem Seitenblick auf Marcel.

»Ich danke Ihnen allen für den freundlichen Empfang«, wandte sie sich kurz an das Personal, das daraufhin wieder verschwand.

Niemand ahnte etwas von dem Selbstmordversuch. Nachdem Mariana mit dem Helikopter abtransportiert worden war, hatte Giovanni die Kabine aufgeräumt und die Tür diskret reparieren lassen. Nichts wies auf einen Suizidversuch hin. Die einzigen, die davon wussten, waren Doktor Bartoux und Doktor Dubois, der behandelnde Chefarzt in der Klinik. Sie waren zwar an die ärztliche Schweigepflicht gebunden, dennoch hielt Giovanni es für ratsam, den ehemaligen Bordarzt darauf hinzuweisen, was Signora Dariovesas Armee von Anwälten bei der kleinsten Indiskretion mit ihm anstellen würde.

Eigentlich hatte Marcel mit Mariana über den Suizidversuch sprechen wollen, sobald sie aus der Klinik kam, aber Mariana sah elend aus. Kein Wunder, hatte sie doch ihrem Organismus einen hochgiftigen Cocktail zugemutet. Sich davon zu erholen, kostete körperliche und der Verlust des Babys, den sie bestimmt nicht eingeplant hatte, viel emotionale Energie. Daher wollte er ihr Zeit geben, erst einmal wieder zu Kräften zu kommen und über alles nachzudenken. Solange würde er das heile Familienidyll weiter mitspielen, hatte er sich vorgenommen. Allein um Luisas willen. Doch dann wäre ein Gespräch unausweichlich. Davon würde abhängen, wie es weiterging.

Schlagartig flackerte der Albtraum wieder in seinem Kopf auf: Schuldig im Sinne der Anklage, seiner Frau die Vergebung zu verweigern. Einer reuigen Sünderin. Wurde er jetzt zum Täter und Mariana zum Opfer?

Er wünschte sich nichts sehnlicher, als ihr tatsächlich vergeben zu können. Dem aufrichtig Bereuenden zu verzeihen, lehrte die Kirche. Hatte nicht Jesus selbst gesagt: »*Wer ohne Sünde ist, der werfe den ersten Stein*«? Aber hieß es in der Bibel nicht auch: »*Zahn um Zahn, Auge um Auge*«?

Oh, er hatte das ungute Gefühl, dass es für seine Situation keine Standardlösung geben würde. Keine Lösung des Verstandes, sondern nur eine des Herzens. War er bereit, ihr zu glauben, wenn sie ihm schwor, aufrichtig zu bereuen? Bereute sie denn wirklich aufrichtig? Nach dem letzten Gespräch mit ihr hatte er nicht diesen Eindruck.

Aber genau das war die Frage, um die sich alles drehte. Wie konnte es ihm gelingen, die Gedanken an eine solche Tat aus seinem Kopf zu verscheuchen, um weiterhin eine glückliche Ehe, ein fröhliches Familienleben zu führen? Wie sollte er noch mit ihr intim sein?

Nichts konnte mehr wie früher sein, wenn er realistisch, wenn er ehrlich war. Das Ganze wäre doch nur eine Fassade, die zwangsläufig irgendwann einstürzen würde, um sie dann alle unter sich zu begraben. Mariana, Luisa, Giovanni und ihn.

Die laue Abendluft, die rot glühende untergehende Sonne, das leise Rauschen des Meeres. Draußen war eine romantische Stimmung, die in keinem größeren Kontrast zu seinen Gedanken hätte stehen können.

KAPITEL 92

Die nächsten Tage an Bord verliefen ruhig. Mariana schlief lange. Dennoch bestand sie darauf, dass sie gemeinsam frühstückten. Marcel erklärte Luisa daraufhin den Begriff *Brunch*, den sie lustig fand.

»Breakfast und Lunch ist gleich Brunch«, wiederholte sie singend.

Ihre Unterrichtsstunden wurden entsprechend drumherum gelegt. Die anderen Mahlzeiten verschoben sich leicht nach hinten, was für niemanden ein Problem darstellte. Alle nahmen Rücksicht auf Mariana, damit sie sich so rasch wie möglich erholen konnte. Deswegen waren sie übereingekommen, erst später nach Kronberg zurückzukehren und Luisa noch eine Weile an Bord unterrichten zu lassen.

Mariana sah zwar ein wenig müde aus, aber sie war stets todschick gekleidet. Bis auf eine Kleinigkeit, die Marcel sofort auffiel: sie trug keine Strümpfe mehr. Seit ihrer Rückkehr aus der Klinik hatte sie darauf verzichtet.

Selbstverständlich bekam sie es mit, dass er es bemerkte. Ansonsten benahm sie sich wie immer. Fast so, als ob in den letzten Wochen überhaupt nichts passiert sei.

Ihr ging es von Tag zu Tag besser. Die Müdigkeit legte sich, sodass sie wieder zur gewohnten Stunde das Frühstück einnahmen. Das Geschehene schien sie komplett auszublenden. Langsam gewann er den Eindruck, dass sie beabsichtigte, so weiterzumachen, ohne mit ihm darüber sprechen zu wollen.

Zwei Tage wollte er ihr noch Zeit geben, bevor er die Initiative ergriff. Er musste wissen, woran er war. So konnte er nicht weiterleben. Am Samstagmorgen würde der Chauffeur Luisa zu den Marineaux' bringen, um das Wochenende bei ihren Ersatzgroßeltern zu verbringen. Dann wären sie allein.

Die beiden Tage verstrichen, ohne dass Mariana irgendwelche Anstalten machte, das Gespräch mit ihm zu suchen. Allmählich spürte auch Luisa, dass zwischen ihren Eltern etwas nicht in Ordnung war. Und so war es gut, dass der Chauffeur sie nach Cassis zu Jacqueline und Paul brachte. Darauf freute sie sich jedes Mal. Kaum dass sie ihr Frühstück beendet hatte, verabschiedete sie sich mit einem dicken Kuss, ganz aufgeregt, in der großen Limousine gefahren zu werden.

Mariana und Marcel gingen an die Reling, um ihr zum Abschied nachzuwinken. Während Luisa die Decks hinunter zur Gangway eilte, standen sie nebeneinander und starrten aufs Wasser.

»Wir müssen miteinander reden«, sagte er leise.

»Müssen wir das?«, erwiderte sie mit einer seltsamen Stimme.

»Ja, das müssen wir.«

»Aber nicht jetzt und nicht hier. Wenn Luisa abgefahren ist, in meiner Kabine.«

Damit war die Sache für sie erledigt. Die restliche Zeit standen sie schweigend nebeneinander. Nachdem Luisa in die Limousine gestiegen war, winkten sie ihr noch nach, bis der Wagen die Pier verlassen hatte.

»Können wir jetzt, bitte?«, drängte Marcel.

»Ich dachte, es wäre bereits alles gesagt, aber wenn du darauf bestehst, dann lass es uns hinter uns bringen«, murmelte sie ein wenig schnippisch und folgte ihm.

Kaum dass er die Kabinentür geschlossen hatte, fing Mariana zu seinem Erstaunen sofort an zu reden.

»Was willst du noch von mir? Ich habe dir doch gesagt, dass es mir leidtut, dass ich aufrichtig bereue, was damals vorgefallen ist.«

Sie sprach in einem gelangweilten Ton, als ob sie die ganze Sache mittlerweile anöden würde.

Marcel war sprachlos.

»Ich kann nicht einfach so tun, als ob nichts geschehen wäre«, stammelte er aufgewühlt. »So nach dem Motto: Ich hab mich ja entschuldigt, nun muss es aber wieder gut sein. Deckel drauf und Schluss. Ich habe das Gefühl, du machst es dir zu leicht, Mariana. Du verstehst anscheinend überhaupt nicht, was in mir vorgeht.«

»Was ist denn so schwierig daran? Erwartest du, dass ich für den Rest meines Lebens mit gefalteten Händen auf den Knien vor dir herumrutsche und dich um Verzeihung anflehe? Die Sache ist doch im Grunde ganz einfach: Entweder du glaubst mir meine Reue, für die ich sogar bereit war, in den Freitod zu gehen und unser zweites Kind zu opfern, und liebst mich wieder, wie du es bisher getan hast, oder du tust es Luisa zuliebe. Kann es denn so schwer sein, mir nach den vielen Jahren glücklicher Ehe zu verzeihen?

»Ja, es ist so schwer. Weil ich Claudine geliebt habe, über alles geliebt habe und sie unser erstes Kind unter dem Herzen trug. Weil du ihre Mörderin bist. Deshalb ist es für mich unmöglich, dich wieder so zu lieben, wie ich es all die Jahre getan habe«, brach es plötzlich aus ihm heraus, sodass Mariana erschrocken zurückwich. »Wie soll ich dir glauben, wenn du so abfällig darüber sprichst?« Er blickte sie zornig an. »Und es war unverantwortlich, unser zweites Kind zu opfern, um meine Liebe zurückgewinnen zu wollen. Du hast dich kein bisschen geändert. Um zu kriegen, was du willst, bist du bereit jeden Preis zu zahlen, sogar zu morden.«

Er war er auf dem besten Weg, sich unkontrolliert in Rage zu reden. Dieser emotionale Druck hatte sich all die Tage in ihm angestaut und nur darauf gewartet herauszubrechen. Dennoch wollte er sich beherrschen, die Situation nach der Erfahrung des letzten Gespräches nicht eskalieren lassen. Bewusst tief ein- und ausatmend versuchte er, sich zu beruhigen.

Völlig überrascht von seinem Ausbruch, schaute sie ihn nur schweigend an. Plötzlich schlug sie ihre nackten Beine übereinander, sorgfältig achtgebend, dass sich ihr Rock weit nach oben schob, um ihre langen, schlanken Beine in voller Schönheit zu präsentieren. Mit ihrer erotischsten Stimme flüsterte sie: »Die tragen wieder Strümpfe, sobald du wieder lieb zu mir bist. Danach sehnst du dich doch, oder? Da bist du ganz scharf darauf, mein Schatz. Das habe ich in den letzten Tagen in deinem Gesicht ablesen können.«

Zur Betonung strich sie mit der Hand ihre Oberschenkel entlang, während sie ihn verführerisch anlächelte.

In diesem Augenblick wurde ihm klar, dass sie verrückt sein musste, psychisch krank. Es konnte keine andere Erklärung für ihr Verhalten geben. Sie würde niemals ernsthaft Reue empfinden. Dazu war sie anscheinend gar nicht in der Lage.

Traurig sah er sie an. Mit einem Mal begriff er, dass eine gemeinsame Zukunft völlig unmöglich war. Mariana brauchte dringend psychologische Hilfe, wie Doktor Dubois es bereits erwähnt hatte, wenn nicht gar psychiatrische. Aber wie sollte er das bewerkstelligen? Er hatte nicht die geringste Chance, Mariana dazu zu bewegen, sich in Behandlung zu begeben. Er stand auf verlorenem Posten. Seine Situation schien ausweglos.

Plötzlich kam ihm Luisa in den Sinn. Er durfte sie keinesfalls weiter bei einer psychisch kranken Mutter und Mörderin aufwachsen lassen. Doch auch diesbezüglich würden ihm ihre Durchtriebenheit, ihr Geld und ihre unzähligen Anwälte keine Chance geben, Luisa davor zu bewahren. Dem Gefühl der Hoffnungslosigkeit folgte tiefe Verzweiflung. Hätte er auf Giovanni hören sollen und sie einfach sterben lassen? Nein, nein, nein! Selbst wenn es nachvollziehbare Gründe gab, hatte er nicht das Recht, über Leben und Tod zu entscheiden. Wäre er Giovannis Rat gefolgt, dann wäre er nicht einen Deut besser als sie.

Während Mariana ihn weiterhin verführerisch anlächelte und auf eine Antwort von ihm wartete, suchte er nach Worten, um diese Farce zu beenden.

»Ich werde dich verlassen, und Luisa werde ich mitnehmen«, sagte er mit matter Stimme.

»Wage es.«

KAPITEL 93

Niedergeschlagen zog er sich in die Gästekabine zurück, in welcher er die letzten Nächte verbracht hatte. Kaum dass er sich hingelegt hatte, klopfte es an der Tür.

»Die Tür ist offen.«

Giovanni trat ein.

»Kann ich irgendetwas für Sie tun, Marcel?«

»Danke, Giovanni.«

»Wie wird es weitergehen?«, fragte der Butler ohne Umschweife.

»Ich habe eben versucht, noch einmal mit ihr zu reden, aber es hat keinen Zweck. Ich werde Mariana verlassen und Luisa mitnehmen. Wollen sie mit uns kommen?«

»Glauben Sie ernsthaft, sie würde Sie gehen lassen und Luisa mit Ihnen?«, überging er die letzte Frage.

»Genau das ist mein Problem, Giovanni. Sie ist eine raffinierte Frau. Was kann ich gegen ihren Reichtum und ihre Anwälte ausrichten?«, fragte er resigniert.

Giovanni schien darauf auch keine Antwort zu haben.

»Selbst wenn wir zusammen fliehen würden. Mit einer Armee von Sicherheitsleuten und Detektiven würde sie uns bald aufspüren, vor Gericht zerren und das Sorgerecht für Luisa ganz offiziell zugesprochen bekommen.«

»Wir, ich meine, Sie dürfen nicht aufgeben. Vielleicht brauchen wir ja nur die besseren Anwälte«, versuchte Giovanni, ihn zu ermutigen. »Schließlich geht es hier ja nicht um die Verwaltung eines Vermögens.«

»Ja, sicher, Giovanni. Aber Sie waren doch dabei, als Emilia Brendani uns klargemacht hat, wie belanglos unsere Beweise sind. Da nützen uns auch keine Anwälte, die cleverer sind. Danke, dass Sie nach mir gesehen haben. Ich weiß Ihre Fürsorge sehr zu schätzen, aber jetzt möchte ich gerne allein sein. Ich muss über vieles nachdenken, um nicht vorschnell zu handeln.«

Bevor Giovanni die Tür erreichte, drehte er sich noch einmal um.

»Wenn Sie mich brauchen, auch zum Reden, rufen Sie mich.«

»Danke, Giovanni, das werde ich«, versprach er.

KAPITEL 94

Zum Mittagessen ließ er sich von Giovanni ein Sandwich auf die Kabine bringen. Zum Abendessen fand er sich wieder an Deck ein. Mariana saß bereits am Tisch, schien auf ihn zu warten. Kaum dass sie ihn sah, eilte sie auf ihn zu, um ihm einen Kuss zu geben. Sie überrumpelte ihn mit dieser vertrauten Geste derart, dass er keine Chance hatte, ihr auszuweichen.

Sie hatte sich gestylt. Das Ergebnis sah umwerfend aus. Als er ihr den Stuhl zurechtrückte, zog sie kurz ihren Rock hoch, um ihm zu zeigen, dass sie Strümpfe trug. Er fragte sich sofort, was sie im Schilde führte.

»Wie wär's mit einem Aperitif? Einem Kir Royal?«, schlug sie bestens gelaunt vor, so als ob die letzten Tage und Wochen nicht existiert hätten.

»Sie ist verrückt«, rief er sich in Erinnerung.

Fieberhaft überlegte er, wie er mit der Situation umgehen sollte. Sie vor den Kopf zu stoßen, könnte sie provozieren und zu weiteren unüberlegten Handlungen hinreißen, was er unbedingt zu vermeiden versuchte. Deswegen war er zum Abendessen an Deck gekommen. Er wollte gute Miene zum bösen Spiel machen. Allerdings nur bis zu einer gewissen Grenze. Falls sie vorhatte, ihn zu verführen – das war endgültig aus und vorbei.

»Ja, gerne.«

»Na, dann hole ich uns zwei Gläser.«

Noch bevor er nachfragen konnte, warum nicht der Sommelier oder der Barmann die Getränke brachte, sprang sie auf und lief zur Bar.

»Ich habe dem Barmann freigegeben, damit wir möglichst ungestört sind«, rief sie zu ihm herüber. »Du musst mir nicht helfen, die Flaschen zu öffnen. Ich habe alles vorbereiten lassen.«

Vom Tisch aus schaute er ihr zu, wie sie geschickt den Champagner und dann einen Schuss Cassis in zwei schlanke Sektflöten goss. Dabei präsentierte sie ihm ein aufregendes Rückendekolleté. Sie war noch genauso schön wie vor neun Jahren, als er sie das erste Mal genauer in Augenschein genommen hatte bei der Lesung in dem Berliner Literaturcafé. Unhörbar stieß er einen Seufzer aus.

Formvollendet servierte sie ihm den Aperitif auf einem blank polierten Silbertablett.

Mit einem betörenden Lächeln erhob sie ihr Glas: »Auf einen wunderschönen Abend, mein Schatz.«

»Cheers«, erwiderte er ausweichend.

Er wusste nicht, ob er sich als Schauspieler, Lügner oder als beides fühlen sollte.

Mariana scherzte, kramte in gemeinsamen Erinnerungen. Sie lachte viel, und er versuchte mitzulachen. Unter normalen Umständen wäre es ein fantastischer Abend gewesen. Ständig fragte er sich, wie lange er wohl diese Komödie noch durchhalten würde, wobei es eher eine klassische Tragödie war, die sie hier aufführten.

Das Essen, dass ihnen der Chefkoch serviert hatte, war wie immer hervorragend.

»Für mich bitte einen Espresso zum Abschluss«, bat sie, nachdem das Dessert abgeräumt worden war. »Möchtest du auch einen?«

Sofort schoss ihm die Erinnerung an den Zwischenfall in dem Kaminzimmer der Kronberger Villa in den Sinn. Mit einem Lächen begann er eine Ausrede einzuleiten, um den Abend, der einen ungewissen Verlauf zu nehmen drohte, diplomatisch beenden zu können.

»Nein, vielen Dank. Ich bin angenehm müde von dem hervorragenden Essen und möchte nicht wieder munter werden, um heute Nacht gut zu schlafen.«

Er verspürte tatsächlich bereits eine gewisse Müdigkeit. Der Aperitif und der ausgezeichnete Wein hatten sicherlich ihren Beitrag dazu geleistet. Einem alten vollmundigen Cognac als Digestif konnte er dann doch nicht widerstehen. Auch diesmal eilte Mariana selbst zur Bar, um ihn perfekt temperiert in einem großvolumigen Schwenker zu servieren.

Mit einem flüchtigen Blick auf die Armbanduhr stellte er fest, dass das Abendessen sich über mehrere Stunden hingezogen hatte, sodass es durchaus Zeit war, sich für die Nachtruhe zurückzuziehen.

Mit einem unterdrückten Gähnen versuchte er geschickt, seinen Abgang von dieser Theaterbühne einzuleiten. Er entschuldigte sich für seine Müdigkeit und bat um Nachsicht, dass er jetzt schon schlafen gehen wollte.

Zu seinem Erstaunen hatte Mariana nichts dagegen.

Als er beim Aufstehen leichte Gleichgewichtsstörungen hatte, half sie ihm und begleitete ihn bis zu der Gästekabine, statt, wie erwartet, ihn zu ihrer gemeinsamen Suite zu bringen. Sie setzte ihn aufs Bett, gab ihm einen langen Gutenachtkuss und ließ ihn allein.

Schwerfällig zog er seine Kleider aus. Ohne sich die Zähne zu putzen, legte er sich ins Bett. Die nächsten Tage würde er auf Alkohol verzichten, nahm er sich fest vor. Dann schlief er ein.

In der Nacht wachte er auf. Auf dem Weg zur Toilette merkte er, wie der Boden leicht schwankte. Wahrscheinlich war Wind aufgekommen, dachte er noch, als ihm die Augen schon wieder zufielen.

Am nächsten Morgen klopfte jemand an die Kabinentür. Marcel schreckte aus dem Schlaf hoch und blickte auf den Wecker: zehn Minuten vor der Frühstückszeit. Er hatte jämmerlich verschlafen.

Nach einem erneuten Klopfen rief er: »Herein.«

Giovannis Kopf erschien in der Tür.

»Buongiorno, Marcel. Ich wollte nur nachsehen, ob es Ihnen gut geht«, erklärte er sein Erscheinen.

»Nicht wirklich«, gab er offen zu. »Habe wohl gestern Abend ein bisschen zu viel getrunken.«

»Nun, ein Aperitif, ein Glas Weißwein zu den Vorspeisen, ein Glas Rotwein zum Hauptgericht und ein Cognac sind in der Regel kein übermäßiger Alkoholgenuss zu einem guten Essen«, rechnete Giovanni ihm vor.

»Beobachten Sie mich?«

»Um ehrlich zu sein, ich habe ein Auge auf Sie.«

Marcel sah den Butler verdutzt an.

»Nur zu Ihrem Besten«, erklärte er rasch. »Die Signora erwartet Sie in Kürze zum Frühstück.«

Marcel drehte die Beine aus dem Bett. Sobald er aufrecht stand, merkte er, wie er Mühe hatte, das Gleichgewicht zu halten.

»Ziemlich windig«, stellte er fest. »Habe ich heute Nacht schon bemerkt.«

»Wir sind ausgelaufen und befinden uns auf See.«

»Was? Wieso das denn?«

»Die Signora hatte spontan Lust auf eine kleine Kreuzfahrt die Côte d'Azur entlang.«

»Ah ja. – Können sie mir bitte eine Kopfschmerztablette besorgen, Giovanni, und anschließend meiner Frau ausrichten, dass ich ein paar Minuten später zum Frühstück erscheine.«

»Gerne.«

Zu Marcels Verblüffung zog er eine Blisterpackung aus der Hosentasche, drückte eine Tablette heraus und hielt sie ihm zusammen mit einem Glas Wasser, das er vom Nachttisch nahm, hin.

Marcel ging rasch ins Bad, zog sich an und machte sich auf den Weg zum Frühstücksdeck. Mariana saß in einem hübschen Sommerkleid bereits am Tisch. Sie hatte auf ihn gewartet, ohne mit dem Frühstück anzufangen.

»Guten Morgen, mein Schatz.«

Sie taxierte ihn von oben bis unten.

»Du scheinst nicht gut geschlafen zu haben«, stellte sie mitfühlend fest.

»Nicht besonders«, gab er zu. »Ich muss wohl gestern Abend ein bisschen zu viel getrunken haben oder irgendetwas ist mir nicht bekommen.«

Mariana lächelte ihn an.

»Setz dich und iss nur etwas Leichtes heute Morgen«, empfahl sie fürsorglich. »Soll ich dir einen Kräutertee machen lassen?«

»Nein, danke. Ein Kaffee und ein wenig Toast mit Marmelade, bitte.«

Nach einer kurzen Handbewegung erschien der Chefkoch, und Mariana diktierte ihm ihre Wünsche. Dann entschuldigte sie sich für einen Moment.

Ein paar Augenblicke später kam sie zusammen mit dem Chefkoch zurück. Der Toast mit seiner Lieblingsmarmelade und ein ordentlicher Schluck von dem Milchkaffee weckten seine Lebensgeister wieder einigermaßen auf. Mariana schien sich zu freuen, dass es ihm schmeckte.

Als er einen weiteren Schluck nehmen wollte, verschüttete er beinahe den Kaffee, weil die Yacht plötzlich hin und her schaukelte.

»Du hattest Lust auf eine Spritztour die Côte entlang?«, bemerkte er daraufhin.

»Ich dachte, bei dem schönen Wetter wäre es doch schade, im Hafen zu liegen. Ich hoffe, dir gefällt die Idee.«

»Ja, schon, aber Luisa?«

»Ich habe Jacqueline angerufen, ob sie zwei Tage länger bei ihnen bleiben kann. Sie haben sich riesig gefreut, und Luisa sowieso. Sie vergöttert die beiden. Sie sind wie richtige Großeltern zu ihr.«

»Ja, das sind sie«, bestätigte er.

»Ich hoffe, dass es dir schnell besser geht, damit du unsere Spritztour genießen kannst.«

»Ich habe bereits eine Kopfwehtablette genommen, und das Frühstück hat auch geholfen. Ich denke, wenn ich mich noch ein wenig hinlege, bin ich heute Mittag wieder fit«, entgegnete er optimistisch.

Zurück in der Kabine, setzte er sich aufs Bett und legte den Kopf in die Hände. Was für ein Schmierentheater. Den Schein zu wahren, machte ihm schwerer zu schaffen, als er geglaubt hatte. Er hatte keine Ahnung, wie man mit einer psychisch kranken Person umging, was man tun oder besser lassen sollte. Am liebsten wäre er von Bord gesprungen, zu den Marineaux' gefahren und mit Luisa irgendwohin abgehauen. Nur, was sollte er ihr antworten, wenn sie ihn fragte, warum sie ohne die Mama weggehen? Die Wahrheit vielleicht? Einem achtjährigen Mädchen? Verzweiflung überkam ihn. Wie würde es nur weitergehen, wie enden? Er legte sich, so wie er war, aufs Bett. Die ganze Sache nahm ihn auch körperlich mit. Er war erschöpft und müde. Obwohl er keinen Schlaf finden konnte, blieb er liegen, seine Gedanken um eine ungewisse Zukunft kreisend.

KAPITEL 95

Rechtzeitig vor dem Mittagessen ließ er Mariana eine Nachricht zukommen, dass es ihm nicht besser ginge. Für einen Moment überlegte er, ob er den Arzt rufen sollte. Aber dann fiel ihm ein, dass der Nachfolger für Doktor Bartoux erst in einer Woche seinen Dienst antrat. Außerdem fühlte er sich nicht richtig krank, eher zerschlagen, so als hätte er zu lange gearbeitet. Doch davon konnte keine Rede sein. In letzter Zeit hatte er nicht ein einziges Wort geschrieben.

Es klopfte kurz an der Kabinentür, als Mariana auch schon mit einem Tablett hereinkam. Sie stellte es ab und legte ihm wie eine fürsorgliche Mutter die Hand auf die Stirn.

»Du gefällst mir gar nicht.«

»Mir fehlt nichts. Ich bin nur müde. Als hätte ich Blei im Hintern. Ich muss mich nur ausruhen.«

»Na, dann bleib am besten liegen. Ich habe dir eine Kleinigkeit zu essen gebracht. Einen leichten Salat mit vielen Vitaminen und einen Tee. Das wird dir guttun.«

Sie half ihm, sich aufzusetzen.

»Ich lass dich jetzt wieder in Ruhe. Später werde ich vorbeischauen, um zu sehen, ob es dir besser geht.«

Nach einem Kuss auf die Stirn verließ sie die Kabine.

Kurz darauf klopfte es erneut. Noch bevor er fragen konnte, ob sie etwas vergessen hätte, öffnete Giovanni die Tür, ebenfalls ein Tablett in der Hand, nahm ihm das von Mariana weg und stellte ihm seins auf den Schoß.

»Das hier ist leichter verdaulich und wird Ihnen wesentlich besser bekommen«, bemerkte er nur. Mit einem »Guten Appetit« verschwand er mit Marianas Tablett.

Marcel fragte sich, was das zu bedeuten hatte. Er überwand sich, einen Happen zu essen. Er war zu erschöpft, um über Giovannis seltsames Verhalten nachzudenken. Er stellte das Tablett beiseite und versuchte zu schlafen. Einfach nur schlafen. Ohne zu grübeln, ohne zu träumen.

Als er aufwachte, fühlte er sich noch ein wenig schwach, aber deutlich wohler. Der Wecker zeigte neun Uhr dreißig. Er hatte fast einen ganzen Tag durchgeschlafen. Durch die Bullaugen schien grell die Sonne herein. Das Tablett neben ihm war weg. Vermutlich hatte Giovanni es abgeräumt.

In dem Moment klopfte es an der Tür.

»Kommen Sie rein, Giovanni. Die Tür ist offen.«

Er war überrascht, als der Kapitän an sein Bett trat.

»Signore, ich muss Sie bitten, mich an Deck zu begleiten. Es ist etwas Furchtbares geschehen.«

Das aschfahle Gesicht des Kapitäns ließ keine Zweifel aufkommen, wie ernst die Lage war.

»Sinken wir?«, fragte Marcel besorgt.

Es konnte nur ein Problem mit der Yacht sein, dachte er, sonst würde nicht der Kapitän vor ihm stehen.

»Signore, bitte«, drängte der Mann.

Rasch zog er Hose, Hemd und Schuhe an. Dann folgte er dem Kapitän, darauf gefasst weitere Anweisungen zur Evakuierung des Schiffes zu erhalten. Die anderen waren bestimmt schon von Bord gebracht worden. Als man bemerkt hatte, dass er noch fehlte, hatte sich der Kapitän persönlich auf den Weg gemacht. Er war schließlich verantwortlich für die Yacht und ging als Letzter von Bord.

Zu Marcels Erstaunen führte der Kapitän ihn nicht zu den Rettungsbooten, sondern geradewegs zum Frühstücksdeck. Als er näherkam, stockte ihm der Atem.

»Es tut mir leid, Signore. Der Chefkoch hat sie eben so vorgefunden. Ich habe sofort alles absperren lassen und Sie dann geholt.«

In Zeitlupe näherte sich Marcel dem Frühstückstisch. Er blickte auf die in sich zusammengesunkenen Körper, die daran saßen. Mit leeren Augen starrten Mariana und Giovanni sich an.

»Wir konnten nichts mehr für sie tun. Sie waren bereits tot, als wir sie fanden«, erklärte der Kapitän.

Marcel ging erst zu Mariana und dann zu Giovanni, um ihnen die Augenlider zuzudrücken. Wie in Trance umrundete er mehrmals den Tisch, fassungslos auf die beiden Körper starrend.

Die Stimme des Kapitäns drang wie durch Watte in seine Ohren: »Ich habe bereits Kurs auf Antibes nehmen lassen. Der Helikopter ist auf dem Weg, um die Polizei an Bord zu holen.«

Marcel hörte, was der Mann sagte, aber er reagierte nicht. Als Kapitän wusste er sicher, was in einer solchen Situation zu tun war.

Plötzlich piepte seine Armbanduhr. Automatisch schaute er auf das Display. *Meine Kabine – Computer – Speicherkarte. Sorry. Giovanni,* las er. Gesendet um neun Uhr zwanzig. Es dauerte einen Moment, bis er Giovannis Botschaft verstand.

»Bitte warten Sie hier, Kapitän. Ich bin gleich wieder zurück.«

»Ja, Signore.«

Marcel machte sich auf den Weg zu Giovannis Kabine. Sie war unverschlossen. Der Computer stand gut sichtbar auf dem Schreibtisch. Wellenförmige Muster zuckten auf dem Display, die Audioaufnahme schien noch zu laufen. Er stoppte sie, nahm die Speicherkarte aus dem Einschub und steckte sie in die Hosentasche. Dann ging er wieder zurück an Deck.

»Sollen wir die Signora und Giovanni so dasitzen lassen?«, fragte der Kapitän.

»Ich weiß nicht, ob wir etwas verändern dürfen, solange die Polizei nicht da war«, antwortete Marcel mit matter Stimme. »Rufen Sie sie an und fragen Sie nach.«

In diesem Augenblick hörten sie die Rotorengeräusche des Helikopters im Anflug auf die Yacht. Wenige Minuten später erschienen ein Kriminalbeamter, ein Arzt und ein Fotograf auf dem Deck.

Der Kommissar sprach zuerst mit dem Kapitän, während der Arzt Mariana und Giovanni in Augenschein nahm und der Fotograf alles dokumentierte. Mit ratlosem Gesicht näherte sich der Arzt dem Kommissar, der ihn gespannt ansah.

»Es tut mir leid, ich habe keine Erklärung für diese ungewöhnlichen Todesfälle«, stammelte er verlegen. »Sieht nach Herzstillstand aus. Bei beiden. Sehr merkwürdig, so dicht beieinander, aber nicht unmöglich. Anzeichen von Gewalteinwirkung konnte ich keine finden. Genaueres allerdings erst, wenn ich sie im Institut untersucht habe.«

Er schüttelte den Kopf.

»Ah ja«, kommentierte der Kommissar die Zusammenfassung des Arztes, bei dem es sich anscheinend um einen Kollegen von der Gerichtsmedizin handelte.

Er nahm die Aussage des Kapitäns auf, der ihm mitteilte, dass Signor Grünwald noch im Bett gewesen sei, als er ihn in der Kabine aufgesucht habe. Als der Chefkoch bestätigte, dass der Butler ihn heute Morgen informiert habe, dass der Signore nicht zum Frühstück erscheinen werde, gab sich der Kommissar damit zufrieden und verzichtete auf eine Vernehmung. Falls erforderlich, hätte er nach der Obduktion der Leichen Gelegenheit dazu. Er sprach Marcel lediglich sein Beileid aus und bat um Verständnis, dass eine genaue Untersuchung der Todesursache unumgänglich sei. Bis zum Erreichen des Hafens könnten die Leichname in die Krankenstation oder eine der Kabinen gebracht werden.

Marcel dankte dem Kommissar für die Rücksichtnahme.

Er begleitete den Abtransport von Mariana und Giovanni in eine der Gästekabinen. Mit Erlaubnis des Arztes ließ er vom Personal Kerzen anzünden. Der hatte auch keine Einwände, dass Marcel in seinem Beisein in der Kabine blieb.

Bis Antibes hielt er so Totenwache. Immer wieder stellte er sich die Frage, was heute Morgen wohl vorgefallen war. So friedlich, wie sie sich gegenüber gesessen hatten, hatten sie bestimmt nicht gestritten, sondern nur ein Gespräch geführt. Aber worüber? Die Speicherkarte in seiner Hosentasche würde dieses Rätsel gewiss lösen, die Aufnahme darauf seine Fragen beantworten. Warum sonst hätte Giovanni ihm eine letzte Botschaft zukommen lassen? Doch solange er den Inhalt nicht kannte, würde er sie dem Kommissar vorenthalten.

KAPITEL 96

An der Anlegestelle wartete bereits ein Leichenwagen. Das gesamte Personal stand mit gesenkten Häuptern an der Gangway Spalier, als die beiden Zinksärge hinuntergetragen wurden. Die Bodyguards begleiteten sie in einer Art Ehrenformation zum Wagen.

Marcel blieb an Bord zurück. Allein.

Irgendwann würde er Jacqueline und Paul informieren müssen, und Luisa. Der bloße Gedanke daran schnürte ihm die Kehle zu. Später, sagte er sich, ein wenig später. Jetzt fehlte ihm die Kraft dazu.

Er verriegelte die Kabine, öffnete das Notebook und schob die Speicherkarte ein. Zitternd bewegte er den Cursor auf den Mediaplayer. Er zögerte, aus Angst, was er zu hören bekommen würde. Dann gab er sich einen Ruck.

»*Darf ich mich zu dir setzen, Mariana?*«, fragte Giovanni in ungewöhnlich vertrautem Ton.

»*Das letzte Mal haben Sie mich als Kind geduzt, Giovanni*«, entgegnete Mariana verwundert. »*Aber natürlich, nehmen Sie bitte Platz.*«

»*Es ist auch ein sehr persönliches Gespräch, dass ich mit dir führen muss.*«

Es klang fast so, als ob er zu einem kleinen Mädchen sprach.

»*Wie konntest du das alles nur tun?*«, fragte er leise.

Marcel konnte deutlich hören, wie Marianas Atem schwerer wurde.

»*Weil ich ihn so sehr liebe, Giovanni*«, antwortete sie jedes einzelne Wort betonend. »*Weil er und Luisa mein Ein und Alles sind, mein Glück, meine Welt, mein ganzes Universum. Sie beide definieren mein Dasein. Sie sind mein Leben.*«

»*Ein Mord ist keine Grundlage für eine Beziehung, Mariana. Auf der Ermordung einer schwangeren Ehefrau kann man doch keine Zukunft aufbauen.*«

»*Aber es hat funktioniert. Bis vor wenigen Wochen waren wir ein glückliches Paar, eine so harmonische Familie. Bis Roberto alles kaputt gemacht hat.*«

»*Mariana*«, erwiderte Giovanni tadelnd, »*nur, weil man bei einer Lüge nicht erwischt wird, heißt das noch lange nicht, dass man die Wahrheit gesagt hat. Du hast Marcel belogen, und nur, weil er nicht wusste, dass du für ihren Tod verantwortlich bist, kannst du doch nicht von einer Liebe sprechen, wie sie normalerweise zwischen zwei Menschen entsteht. Du hast dem Schicksal ins Handwerk gepfuscht, du hast dich als Herrin über das Leben aufgespielt. Selbst als du erwischt wurdest, hast du nicht aufgehört. Du hast Roberto umbringen lassen, sogar euer ungeborenes Kind hast du geopfert. Wie weit wolltest du noch gehen?*«

»*Soweit wie nötig*«, erwiderte sie kalt.

»*So weit, Marcel zu töten, den du über alles liebst, wie du gerade gesagt hast?*«

»*Er will mich verlassen und mir Luisa wegnehmen. Er will mich nicht mehr als seine Frau haben*«, rief sie starrköpfig. »*Aber ich bin seine Frau. Die einzige Frau, die es für ihn geben wird. Bis der Tod uns scheidet*«, redete sie sich in Rage. »*So haben wir es geschworen. Er will sich ja nicht daran halten. Dann soll er es so haben.*«

Marcel schrak zusammen, als er diese drastischen Worte hörte.

»*Was hast du ihm gegeben?*«, fragte Giovanni plötzlich in scharfem Ton.

»*Was meinen Sie, Giovanni?*«

»*Ich habe dich dabei gesehen. Also, was hast du ihm in den Champagner, in den Kaffee, ins Essen getan?*«

»*Sie müssen sich getäuscht haben.*«

»*Ich habe zwei Augen im Kopf, auf die ich mich noch sehr gut verlassen kann.*«

»*Es waren harmlose Vitamintropfen, damit er schneller wieder gesund wird.*«

»*Du scheinst wirklich zu denken, wenn es zehn Jahre funktioniert hat, warum nicht auch jetzt. Egal.*«

Er seufzte resigniert.

»*Dann habe ich dir ja heute Morgen lediglich eine Überdosis Vitamine in deinen Kaffee getan*«, stellte Giovanni tonlos fest.

»*Wie sind Sie an sie heran…?*«, schrie sie auf, aber Giovanni unterbrach sie: »*Ich habe gesehen, wo du sie aufbewahrst und dir das Fläschen entwendet, nachdem ich sicher war, dass deine Tropfen Marcel keineswegs guttun. Um deiner Seele willen, gestehe, was für ein Teufelszeug du ihm in den letzten beiden Tagen verabreicht hast.*«

Für einen Moment herrschte eisiges Schweigen. Mariana schien die Konsequenzen von Giovannis Worten langsam zu begreifen.

»*Wie viel hast du mir in den Kaffee getan?*«, duzte sie ihn plötzlich.

»*Sag mir erst, was es ist.*«

»*Ein Extrakt der sizilianischen Butterblume. Also, wie viel hast du mir davon gegeben?*«

»*Die Hälfte von dem, was noch im Fläschchen war.*«

»*Das ist viel zu viel! Das ist eine tödliche Dosis!*«

Marcel konnte deutlich die Panik in ihrer Stimme hören. Ihre zuvor gezeigte Selbstsicherheit schien mit einem Mal dahin.

»*Was hast du dir nur dabei gedacht? Meinst du, ich würde es dir zuliebe dulden, dass du auch noch Marcel umbringst?*«

»*Er will meine Familie zerstören. Das darf ich doch nicht zulassen.*«

»*Es tut mir leid, Mariana. Ich wusste nicht, wie ich dich sonst aufhalten sollte. Mir blieb nur dieser Ausweg. Denn du kannst oder du willst anscheinend nicht verstehen, was du den Menschen, die du angeblich so liebst, angetan hast.*«

Marcel konnte hören, wie Tränen Giovannis Stimme zu ersticken drohten.

»*Ich habe dich geliebt wie eine Tochter. Seit du ein kleines Mädchen warst, habe ich dich aufwachsen sehen. Mit dem Geld deiner Eltern hast du es geschafft, dich geschickt der irdischen Gerechtigkeit zu entziehen. Deswegen muss ich dein Richter sein, um die anderen vor weiterem Schaden zu bewahren, auch wenn du es nicht verstehst.*«

Die Traurigkeit, mit der Giovanni sprach, ließ Marcels Augen feucht werden.

»*Du darfst mich nicht töten, Giovanni*«, flehte Mariana mit schwächer werdender Stimme. »*Du hast meinen Eltern versprochen, immer auf mich aufzupassen.*«

Ihre Stimme war kaum noch wahrnehmbar. Mit einem Mal wurde sie wieder klar und deutlich.

»*Es tut mir leid, Giovanni, ich bin nur meinem Herzen gefolgt. Ich …*«

In diesem Augenblick schien ein heftiges Zucken durch ihren Körper zu gehen. Mariana verstummte.

»*Mariana*«, murmelte Giovanni mit tränenerstickter Stimme. »*Möge Gott deiner armen Seele gnädig sein.*«

Darauf folgte eine unheimliche Stille. Nur mit Mühe konnte Marcel hören, wie Giovanni eine Flüssigkeit in ein Glas goss, etwas hinzugab und mit einem Löffel verrührte, bevor er es in einem langen Zug austrank.

»*Es tut mir leid, Marcel*«, wandte Giovanni sich nun direkt an ihn. »*Als ich bemerkt habe, dass sie dich vergiften will, habe ich keine andere Lösung mehr gesehen, als die, welche du soeben mitangehört hast.*« Um seine Verbundenheit auszudrücken, duzte Giovanni nun auch ihn. »*Mariana ist tot. Auch wenn ich gute Gründe hatte, könnte ich mit dieser Schuld weder dir noch Luisa jemals wieder in die Augen sehen. Weiterhin ein normales Leben zu führen, ist für mich unmöglich geworden. Ich musste einen meiner liebsten Menschen töten. Darum habe ich entschieden, das Gift, das dir zugedacht war, mit Mariana zu teilen. Die Menge lässt mir wenig Zeit, dich um Verzeihung zu bitten und Abschied zu nehmen. Die Giftmenge, die dir Mariana verabreicht hat, wird dein Körper ohne bleibende Schäden abbauen. Du musst in den nächsten Wochen nur gänzlich auf Alkohol, Kaffee und Tee verzichten. Den Extrakt der sizilianischen Butterblume nutzt man auf Sizilien normalerweise wie Vanille zum Aromatisieren von Kuchen und Gebäck. Nur wenn man ihn zusammen mit Alkohol, Kaffee oder Tee zu sich nimmt, wirkt dieser harmlose Extrakt bei kontinuierlicher Einnahme oder in sehr hoher Dosis tödlich. Er schwächt die Herzmuskulatur, bis es zum Stillstand oder einem Herzinfarkt kommt. Deswegen hast du dich in den letzten beiden Tagen so angeschlagen gefühlt. Man kann ihn nur nachweisen, wenn man genau weiß, wonach man suchen muss. Es ist eine beliebte Methode betrogener sizilianischer Ehefrauen, sich an ihren Männern zu rächen. Ein guter Schuss davon in den Wein, damit er nie wieder fremdgeht. Aber du musst dir keine Sorgen machen, denn ich habe es Gott sei Dank früh genug bemerkt. Deshalb habe ich auch das Tablett ausgetauscht.*«

Giovannis Stimme wurde zunehmend schwächer.

»*Pass auf Luisa auf, mein lieber Marcel und grüße Jacqueline und Paul von mir. Sag ihm, dass ich gerne wieder mit ihm zum Fischen rausgefahren wäre.*«

Plötzlich schien er nach Atem zu ringen.

»*Möge Gott meiner Seele gnädig …*«

Mit einem Mal herrschte Stille. Eine grausame, entsetzliche Stille, die Marcels Körper anfüllte. Giovanni war tot.
Sie beide waren tot. Vor seinem inneren Auge sah er, wie sie sich am Tisch gegenübersaßen. Mariana und Giovanni.
Den Kopf in die Hände gelegt, starrte er durch einen Tränenschleier auf den Bildschirm. Es würde ihn sehr wundern, wenn der französische Leichenbeschauer die Essenz der sizilianischen Butterblume kannte. Langsam bewegte er den Cursor auf die Audiodatei, markierte sie und klickte auf *Datei löschen*. Dann steckte er die Speicherkarte wieder in seine Hosentasche.
Bevor er die Kabine verließ, blieb er noch einen Moment sitzen, um sich zu beruhigen. Auf dem Oberdeck ging er zielstrebig an die Reling und warf den kleinen schwarzen Chip weit hinaus ins Meer.
»Ruhe in Frieden, Giovanni«, sagte er leise.

KAPITEL 97

Der Obduktionsbefund bestätigte die erste Annahme des Arztes, dass in beiden Fällen zweifelsfrei ein Herzinfarkt die Todesursache war. Beim Butler war das Alter eine ausreichende Begründung. Der plötzliche Herztod Marianas war hingegen seltsam. Da man keinerlei Anzeichen von Fremdeinwirkung finden konnte, wurde er einer außergewöhnlichen körperlichen oder seelischen Belastung zugeschrieben. Dass beide zeitlich und räumlich so dicht beieinander einem Herzstillstand erlagen, war zwar sehr ungewöhnlich, aber nicht unmöglich. Aufgrund dieser Feststellung wurden die Leichname ohne weitere Ermittlungen zur Bestattung freigegeben.
Die Vorbereitungen für Marianas Beerdigung erforderten eine generalstabsmäßige Planung und nahmen einige Zeit in Anspruch. Wirtschaftsmanager, Politiker und VIPs aus aller Welt sendeten Kondolenzbotschaften und kündigten ihre Teilnahme zur Trauerfeier an, um ihr die letzte Ehre zu erweisen.

Die Feierlichkeiten glichen einem Staatsakt. Ihr soziales Engagement wurde überschwänglich in zahlreichen Trauerreden hervorgehoben, in denen man nicht müde wurde, den warmherzigen und großzügigen Charakter von Mariana Dariovesa hervorzuheben, einer einzigartigen Philanthropin.

Marcel kam sich vor wie auf der Beerdigung eines Drogenbosses, der lebenslang Unsummen für Waisenkinder, Krankenhäuser und unzählige wohltätige Zwecke gespendet hatte und deswegen ja wohl kein schlechter Mensch gewesen sein konnte, obwohl er dieses Geld mit Drogen, Prostitution, Mord und Totschlag verdient hatte. Nur würde keiner der Anwesenden, der nur diese eine Seite von Mariana kannte, jemals die andere kennenlernen, von der außer ihm nur Paul und Emilia wussten.

Um ihm auch dieses Mal wieder beizustehen, nahm Emilia an der Trauerfeier teil. In ihrem schicken schwarzen Kostüm war sie ihm mit ihren hübschen Beinen und den hochhackigen Pumps sofort aufgefallen. Nur Marianas Verwandtschaft und vereinzelte Trauergäste begleiteten ihn und Luisa zur anschließenden Beisetzung. Mit tränengeröteten Augen hielt Luisa tapfer seine Hand und ließ sie auch dann nicht los, als sie ihrer Mutter eine weiße Rose ins Grab warf.

Einen Tag später bat er den Kapitän, Kurs auf das kleine sizilianische Küstenstädtchen zu nehmen, in dem Giovanni zur Welt gekommen war. Mit Emilias Hilfe hatte er die Genehmigung erhalten, seinen Leichnam mit der Yacht selbst dorthin zu bringen. Eine letzte Ehre, die er Giovanni erweisen wollte.

Nach Marianas Beisetzung hatte er Emilia gebeten, sie an Bord der Yacht nach Sizilien zu begleiten. Luisa stellte er sie als alte Freundin vor. Zu seiner Freude schien sie Emilia sympathisch zu finden.

Die Fahrt dauerte kaum zwei Tage. Die Überführung mit der Yacht erlaubte es dem gesamten Personal, an der Beerdigung teilzunehmen. Zu seinem Erstaunen erschienen Schiffsbesatzung und Sicherheitskräfte ausnahmslos auf dem kleinen Friedhof. Giovanni war wohl sehr beliebt und für sie alle mehr als nur der Butler der Dariovesas gewesen. Auch ihrem Giovanni warf Luisa eine Rose ins Grab.

Mit Luisas Einverständnis lud Marcel Emilia ein, mit ihnen auf der Yacht nach Frankreich zurückzukehren, wo sie gemeinsam ein paar Tage bei den Marineaux' verbringen wollten, um ein wenig Abstand zu gewinnen. Jacqueline und Paul, die Emilia bereits aus Marcels Erzählungen kannten und einander auf der Beerdigung kurz vorgestellt worden waren, freuten sich darauf, sie näher kennenzulernen.

Die Abwicklung der Nachlassformalitäten überließ er den Anwälten. Sie bestätigten ihm, dass er und Luisa laut Testament die Haupterben seien. Bis zu ihrem achtzehnten Lebensjahr wurde er als Treuhänder für Luisa eingesetzt. Bezüglich seines Erbteils musste er nicht lange überlegen. Kurzerhand beauftragte er die Anwälte, eine Stiftung zu gründen und sein Erbe fast komplett als Stiftungskapital einzubringen, mit dem weiterhin internationale Hilfsprojekte gefördert werden sollten. Für Luisa wurde ein Sonderfonds angelegt, über den sie ab ihrem achtzehnten Lebensjahr frei verfügen konnte. Die Yacht sowie alle weltweiten Wohnimmobilien ließ er verkaufen und die Erlöse ebenfalls der Stiftung zugutekommen. Seinem Freund Martin überschrieb er den Verlag, mit der Auflage, ihn weiterhin zu betreuen.

Seinen und Luisas Lebensunterhalt wollte er mit den Tantiemen aus den Büchern bestreiten. Das war genug Geld, um sich ein neues Zuhause und ein bescheidenes Boot kaufen zu können. Alles sollte wieder *normal* werden. Zumindest *normaler*.

Als sie abends im Innenhof der Marineaux' saßen, klopfte Marcel auf den Tisch, um die Aufmerksamkeit der Runde zu gewinnen.

Luisa, Jacqueline, Paul und auch Emilia sahen ihn neugierig an.

»Was würdet ihr von dem Vorschlag halten, wenn wir alle in ein großes gemütliches Haus in der Provence ziehen?«

Als er das Leuchten in Jacquelines Augen sah, ergänzte er mit einem Seitenblick auf Paul: »Mit Aussicht aufs Meer und maximal einer halben Stunde zum Hafen«, dann schaute er Luisa an, »um dort zusammen ein ganz normales Leben zu führen, ohne Leibwächter.«

Luisa war außer sich vor Freude, während Jacqueline mit feuchten Augen ihren Mann ein wenig unsicher ansah. Doch auf Pauls Gesicht erschien ein zufriedenes Grinsen, und er zwinkerte Luisa zu, die ihn erwartungsvoll anstrahlte.

»Wer könnte zu so einem Angebot schon Nein sagen?«

Luisa lief zu Paul, um ihm einen dicken Kuss zu geben.

»Und Emilia kommt uns dort besuchen, wann immer sie Lust hat«, fügte Marcel an, damit sie sich nicht ausgeschlossen fühlte.

Emilia, die am anderen Ende des Tisches saß, versuchte, sich nicht zu sehr anmerken zu lassen, wie glücklich sie über diese Einladung war.

Für einen kurzen Moment wurde Marcel nachdenklich, als er Luisa so vergnügt sah. In zehn Jahren würde sie Zugang zu einem riesigen Vermögen erhalten und dann fast so reich wie ihre Mutter sein. Würde sie das viele Geld ebenso verändern?

Mit einer Handbewegung wischte er den Gedanken beiseite.

»Na, wenn wir uns so schön einig sind, ist das ja wohl ein Grund, darauf anzustoßen«, rief Paul in die Runde.

»Krieg ich dann auch ein bisschen Champagner?«, bettelte Luisa, indem sie Paul mit Kulleraugen unschuldig anschaute und gleichzeitig versuchte, sein Grinsen nachzuahmen.

Alle lachten.

»Du darfst mal bei mir nippen, Chérie«, grinste er verschmitzt zurück.

Gut gelaunt machte Paul sich auf dem Weg in den Weinkeller. Als er dabei die Tür zur Küche öffnete, verursachte er einen angenehmen Durchzug im Innenhof. Plötzlich wehte ein kurzer Windstoß Emilias Rock hoch und entblößte ihre hübschen Beine bis zu den Oberschenkeln.

Marcel bemerkte sofort, dass sie Strumpfhalter trug.

War es Zufall, dass sich genau in diesem Moment ihre Blicke trafen?

* * *

WEITERE BÜCHER VOM AUTOR

Taschenbuch, 700 Seiten
ISBN: 978-3-7357-6090-6

E-Book
ISBN: 978-3-7357-5982-5

Was würden Sie sagen, wenn man Ihnen die Chance bietet, die Welt zu retten? Nicht, indem Sie einen Atomkrieg oder die Klimakatastrophe verhindern, sondern indem Sie keinen Geringeren als Jesus Christus wiederauferstehen lassen?

Genau dieser Versuchung erliegt Emanuel Waltham, Professor für Humangenetik, als ihm der reichste Mann der Welt folgendes Angebot unterbreitet: Aus dem Blut Christi, das er in einer Kreuzreliquie gefunden hat, soll er den Sohn Gottes klonen, um der Menschheit eine zweite Chance zu geben. Aber hat ein geklonter Messias zweitausend Jahre später in einer Zeit von High-Tech und globalem Big Business überhaupt eine Chance?

Lässt Gott die Menschen in ihrem Ehrgeiz tatsächlich gewähren oder sorgt er für ein paar Überraschungen?

Ein Roman, der sich in einer humorvollen, spannenden Story mit der Gentechnik, der digitalen Welt, der katholischen Kirche und dem Glauben oder Nicht-Glauben an eine höhere Macht auseinandersetzt.